SÉRIE NOIRE

Créée par Marcel Duhamel

CHANG KUO-LI

LE SNIPER, LE PRÉSIDENT ET LA TRIADE

TRADUIT DU MANDARIN (TAÏWAN)
PAR ALEXIS BROSSOLLET

nrf

GALLIMARD

Cet ouvrage a été publié avec le concours
de Marie-Caroline Aubert.

Titre original :
第三顆子彈

Published by agreement with Chang Kuo-li
in association with The Grayhawk Agency, through Anna Jarota Agency.

Personnages principaux

Pour les noms chinois, le nom de famille, s'il y a lieu, vient en premier, suivi du prénom en une ou deux syllabes.

Le fantôme

« Tête-de-fer », colonel, ancien instructeur au cours des tireurs d'élite des forces spéciales de l'armée de Terre de la République de Chine (Taïwan), un bavard.

Ses disciples

Tuan (commandant), un buveur.

Ai Li (capitaine), alias caporal Alex Lee, légionnaire.

Lo Fen-ying (capitaine), alias « Bébé », sniper amnésique.

« Le Gros » (caporal), autre fantôme.

Le bonze

Sasaki Taro, autre légionnaire.

Le philanthrope

M. Fang senior, alias « Johnny », homme d'affaires adepte de la théorie du ruissellement.

Ses associés

Fang Te-min, fils du précédent, Jeffrey, Joe, Joan, etc.

Le démocrate

Hsü Huo-sheng, président de la République de Chine et candidat à sa propre réélection.

L'arriviste

Hu Yen-po, l'autre candidat à l'élection présidentielle.

Ses affidés

Le père Chu : honorable membre de la société civile, rangé des voitures ; sa fille, Lili.

Wu, policier à la retraite, aujourd'hui détective en assurance ; sa femme, Mme Wu, son fils, Fiston.

Les policiers

Le contrôleur de 3e classe Lu, directeur adjoint de la police de Taipei, un gourmand. Crâne d'œuf pour les intimes.

La Division des enquêtes criminelles, l'une des divisions de la police de Taipei.

Le Bureau des enquêtes criminelles, ancien service de Wu et de Lu dans *Le sniper, son wok et son fusil*, rattaché directement à l'Agence nationale de police.

Les barbouzes

Le Bureau des enquêtes du ministère de la Justice, service de contre-espionnage et de sécurité intérieure.

Le Bureau de la sécurité nationale, service chapeautant tous les autres services de sécurité, et dont une branche, le Service spécial, est responsable de la sécurité rapprochée du président de la République.

Je remercie Tseng Cheng-chong pour ses conseils
sur les armes. Il m'a accompagné pour terminer ce roman,
et je me souviens qu'ensemble nous avons écrit,
il y a fort longtemps, le manga de base-ball *La Balle courbe.*

Le roman, c'est comme le cinéma, c'est de la fiction.
Mais contrairement au cinéma, le roman se vante rarement
de s'inspirer de faits ou de personnages réels. En littérature,
il est malvenu de « s'asseoir aux places numérotées ».
Donc, toute ressemblance, etc.

PREMIÈRE PARTIE

L'ASSASSINAT

« À l'époque des Printemps et Automnes, au VIe siècle avant notre ère, vivait un célèbre assassin. Mes petits gars, des assassins devenus des héros il y en a des tas, mais des assassins qui ont atteint leur cible, beaucoup moins. Tuer quelqu'un, ce n'est pas aussi simple que vous vous l'imaginez. Cet assassin-là s'appelait Chuan Chu, et l'histoire nous fait l'éloge de sa piété filiale et de son sens du sacrifice.

« Or, après la mort du roi de Wu, sa parentèle se disputa le trône. Le prince Kuang était l'héritier, mais n'avait pas anticipé que son oncle le prince Liao lui faucherait la place sous son nez. Ni une ni deux, il embaucha Chuan Chu pour tuer Liao.

« Chuan Chu apprit que Liao aimait beaucoup le poisson. Il se rendit sur les bords du lac Tai y apprendre la meilleure recette des habitants du coin – un plat aussi tendre que savoureux. Vous voyez le poisson à la sauce pimentée du Szuchuan ? Non ? Bon, alors vous vous rappelez le maquereau sauté dans le soja que le mess nous a servi avant-hier ? Vous avez bien l'odeur de la poiscaille dans le nez ? Parfait.

« Puis Chuan Chu réfléchit à l'arme qu'il allait utiliser. Le grand armurier Ou Yeh-tzu avait consacré sa vie à forger cinq épées précieuses, mais arrivé à la cinquième il avait déjà épuisé presque tout le métal dont il disposait, et cette dernière épée fut donc plus courte que les autres. Forgée dans le meilleur acier, la lame avait été tant battue et rebattue que sa surface semblait se replier mille fois sur elle-même – on l'appela donc l'épée en intestin de poisson.

« Ayant ouï-dire que le prince Kuang hébergeait un maître queux très doué pour le poisson, le roi Liao demanda à en profiter. Bien sûr, il s'entoura d'immenses précautions. Chaque plat passait d'abord par un goûteur qui vérifiait qu'il n'était pas empoisonné, puis le serveur était fouillé pour s'assurer qu'il ne dissimulait aucune arme. Le plat de résistance arriva, apporté par Chuan Chu en personne. Et tout en expliquant au roi Liao sa recette, Chuan Chu ouvrit le poisson avec les mains, saisit l'épée cachée dans le ventre de la bête, se jeta sur le roi, transperça d'un seul élan les trois couches d'armure de métal que portait celui-ci, et le tua sur le coup. Bien entendu, il fut immédiatement mis à mort par les gardes du corps royaux. »

L'instructeur tendit une main prolongée d'un cigarillo à demi consumé, embrassa d'un geste les élèves qui le contemplaient du bas de l'estrade.

« Vous avez compris le sens de cette histoire ?

— J'ai compris, mon colonel ! Il faut toujours commander des sushis et des sashimis, jamais un poisson entier. »

Éclat de rire général.

« Eh bien, Tuan, il n'est que 16 h 30 et vous avez déjà faim ? Je peux vous libérer pour que vous alliez acheter vos saloperies de sushis. Chef de classe ! Notez : cette nuit, pour faciliter sa digestion, le jeune Tuan nous fera deux gardes, de 23 heures à 1 heure et de 5 heures à 7 heures. »

L'instructeur balaya les cendres parsemant sa manche.

« Le sens de cette histoire, c'est : un, qu'un assassin doit se renseigner sur les goûts de sa cible ; deux, qu'il doit comprendre son environnement ; trois, et c'est la leçon la plus importante pour un tireur d'élite, qu'il doit bien choisir son arme. Chuan Chu avait choisi l'épée en intestin de poisson parce qu'elle était extraordinairement affûtée d'une part, et parce qu'il pouvait la planquer dans le ventre du poisson d'autre part. Pour abattre l'ennemi à moins de 400 m sur le champ de bataille, pas la peine de se munir d'un M200 de 1,40 m de long avec ses cinquante cartouches de douze centimètres. Putain ! Vous autres tarlouzes, vous me feriez une hernie avant même d'avoir rejoint la position de tir. »

Autre éclat de rire général.

« Votre arme doit être comme l'épée de Chuan Chu : efficace, légère et surtout adaptée. Vous êtes des tireurs d'élite, pas des clients de supermarché qui chassent les réductions sur les plus gros paquets de raviolis surgelés. À force de penser à bouffer toute la journée, vous allez vous faire péter la panse, bande de petits bâtards ! »

Colonel Tête-de-fer,
instructeur au cours des tireurs d'élite
des forces spéciales de l'armée de Terre.

1

Le Président fut touché par balle à 9 h 17 précises. Il se replia sur lui-même comme une crevette géante, la main droite crispée sur l'abdomen. Dans une vaine tentative pour garder l'équilibre alors qu'il basculait sur la droite, il agrippa de cette même main le rail en métal devant lui, y laissa une magnifique empreinte palmaire écarlate. Des gouttes de sang tombèrent sur le sol de la Jeep et s'y figèrent rapidement en une flaque rouge vif, rouge comme l'un de ces « piments pointant vers le ciel » qui vous démangent la gorge rien qu'à les regarder.

~

Le convoi du Président Hsü Huo-sheng atteignit à 9 h 11 la rue Huayin, dernière ligne droite de sa campagne électorale. Hsü était un bourreau de travail notoire. Avocat ou président de la République, il se levait toujours à 6 heures tapantes, montait sur son tapis de course pour une demi-heure de footing en intérieur, prenait son petit déjeuner en consultant les dossiers en cours sur les grandes affaires domestiques ou internationales préparés par son secrétariat. Au cours de cette séquence, personne n'osait le déranger, pas même sa très chère épouse, Mme la Présidente.

Le majordome de la résidence avait pris sa retraite six mois auparavant. Cinq mois plus tard étaient parus ses Mémoires, lesquels décrivaient le petit déjeuner de Hsü : un bouillon de bœuf dans le style de Tainan, histoire de démontrer qu'il n'oubliait pas ses racines ; puis deux œufs au plat à l'américaine et huit raviolis farcis à la ciboule livrés quotidiennement par le restaurant spécialisé « Au vieux Shantung », pour prouver son haut degré de tolérance culturelle.

Le livre précisait que le Président considérait le petit déjeuner comme une source importante d'énergie pour la journée et jugeait indispensable d'y manger à satiété. Il accordait moins d'importance au repas de midi, qui se limitait – hors réceptions – à quelques papillotes de riz gluant fourrées à la viande et un bol de « soupe aux quatre esprits », tandis qu'au dîner il appréciait un bon steak. Un steak découpé en fines tranches, trempées dans une sauce soja avec une touche de wasabi, agrémentées de minces lamelles d'ail frit et accompagnées de riz blanc.

Au saut du lit, avant le petit déjeuner, le Président était d'humeur massacrante. Les médias avaient révélé qu'un jour, alors que son majordome lui apportait une cravate qui n'était pas à son goût, Hsü Huo-sheng l'avait vertement tancé : « Faut-il que je demande à quelqu'un d'autre de s'occuper de mes cravates ? » Bien entendu, le porte-parole de la Présidence avait démenti l'histoire une bonne dizaine de fois, mais il n'en restait pas moins vrai que personne ne se risquait à adresser la parole au Président de bon matin. Il ne commençait à sourire que lorsqu'il quittait à pied la résidence. Son sourire relevait de la catégorie des maladies professionnelles. Il était extrêmement rare qu'il l'adresse à ses conseillers, ou au chef du Yuan exécutif*, tandis qu'au contact de ses électeurs il arborait un grand sourire venu du fond du cœur.

Le degré d'amour des hommes politiques pour les bulletins de vote dépasse de loin même celui de la populace pour le papier-monnaie distribué à l'occasion des campagnes électorales.

Son QG de campagne planifiait l'agenda de Hsü par tranches d'un quart d'heure. Tous les matins, à 7 h 30 exactement, il tenait une réunion avec son équipe au complet, à 8 heures la réunion se poursuivait avec seulement les confidents, à 8 h 45 il montait dans sa Jeep et partait à la chasse aux votes.

L'heure était précisément choisie pour éviter le pire des foules du matin. À 9 heures, la Jeep progressait à toute petite allure sur la voie la plus lente, et le Président agitait la main en direction des électeurs entassés dans les immeubles de bureaux sur sa droite.

Hsü Huo-sheng adorait les périodes électorales. Un éditorialiste d'un quelconque média avait résumé son premier mandat présidentiel sous ce titre :

---

* Le Yuan exécutif est le nom de l'organe de gouvernement de la République de Chine à Taïwan, son chef est l'équivalent du Premier ministre. *(Toutes les notes sont du traducteur.)*

Si l'élection présidentielle se tenait tous les ans,
la vie de Hsü Huo-sheng serait parfaitement comblée.

Au cours de la précédente campagne, plus de trois ans auparavant, il avait rattrapé un handicap initial de dix-sept points jusqu'à ne plus accuser que trois points de retard dans les sondages, pour finalement l'emporter avec une avance de 38 808 bulletins.

Les Mémoires du majordome racontaient que, quand Hsü Huo-sheng était entré pour la première fois dans sa résidence, il en avait fait trois fois le tour en sautillant. Le majordome se disait qu'il montrait ainsi son appréciation pour la magnifique demeure, mais avait vite déchanté. Hsü s'était brusquement arrêté de sautiller, avait désigné le mur de la salle à manger et salle de réception : « Transférez-moi ce tableau dans la bibliothèque. Ici, on affichera une photo du dernier décompte des votes par la commission électorale. » Le majordome comprit qu'il ne s'agissait pas simplement de montrer les chiffres des votes en faveur de Hsü Huo-sheng, mais ceux de tous les autres candidats, alignés sous ceux de Hsü Huo-sheng.

Sans adversaires, il n'y a pas de vraie victoire. Hsü voulait que tous les VIP qui entreraient un jour dans la résidence sachent à quel point il aimait la victoire, et qui il avait écrasé pour en arriver là.

Hsü racontait souvent à des journalistes qu'il souffrait, petit, d'un asthme héréditaire ; quand une crise se déclenchait, maman Hsü l'emmenait à la clinique du bourg voisin pour sa perfusion. Il restait allongé quelques heures, retrouvait une respiration normale, et éprouvait une sensation de flottement, de légèreté, d'envol, de vide dans la poitrine : il croyait qu'il était déjà mort.

Le sentiment de triomphe final après l'élection relevait de la même sensation d'envol, comme s'il avait reçu une surdose de stéroïdes.

Cette année, le contexte électoral était encore plus tendu. Initialement, Hsü avait confiance en ses chances d'être reconduit, mais contre toute attente les présidents des deux partis d'opposition avaient surmonté leurs différends et se présentaient unis, comme candidats aux postes de président et de vice-président. C'était du jamais-vu. Dans les sondages du week-end dernier, Hsü Huo-sheng était à la traîne de onze points.

D'autres candidats dans cette situation auraient d'ores et déjà plié bagage, mais pas lui, qui au contraire y trouva matière à redoubler d'acharnement. Les 23 millions de Taïwanais avaient bien compris que son caractère l'empêchait de renoncer ; d'aucuns trouvaient cela admirable, d'autres le jugeaient parfaitement ridicule et le couvraient de railleries. La vidéo d'un discours enflammé du président-candidat à son équipe de campagne avait fuité sur Internet. On le voyait hurler, les traits convulsés : « Il ne faut pas avoir peur d'être derrière, cela nous incite à fournir plus d'efforts ! » Aussi le programme de sa dernière semaine de campagne était-il si rempli qu'un moustique n'y aurait pas trouvé de faille. Il avait ordonné : « Dans nos bastions électoraux, nous devons consolider nos positions ! Mais plus encore, nous devons aller nous battre là où nous sommes faibles ! »

Tout le monde se souvenait de la maxime qu'il avait adoptée quand il avait conquis la mairie de Taipei : « Un vote arraché à l'adversaire en vaut deux. Dites-moi où l'adversaire recueille le plus de votes, c'est là que j'irai. »

Juste avant d'arriver rue Huayin, Hsü Huo-sheng entendit des coups de trompettes d'encouragement – les mêmes qui servaient lors des matchs de base-ball. Des fans l'attendaient. Les piétons sur les trottoirs pouvaient l'admirer, debout à l'arrière de sa Jeep, le dos droit et la poitrine bombée, exactement comme s'il était le favori des sondages prêt à rempiler pour un nouveau mandat de quatre ans.

Du QG de campagne sur l'avenue Zhongshan Nord, le convoi électoral avait parcouru l'avenue Nanjing Ouest, longé l'avenue Chengde et s'engageait dans la rue Huayin pour rejoindre l'avenue Taiyuan. L'un des derniers rares vieux quartiers traditionnels de Taipei. Naguère, la structure de l'électorat local avait tendance à favoriser Hsü, mais le vent avait tourné et ses adversaires avaient déversé des flots d'argent dans un vaste effort de propagande destiné à le dépeindre comme un politicien obnubilé par le profit et oublieux de la justice.

— Moi, Huo-sheng, je viens saluer mes compatriotes ! J'ai grandi dans un village et jamais je n'oublierai mes parents travailleurs qui économisaient centime après centime pour envoyer leurs enfants à l'école ! Je vous le dis, Huo-sheng ne craint pas la médisance ! Devant vous, je promets que désormais le gouvernement vous aidera tous à payer les frais de scolarité de vos enfants !

Le convoi était précédé par le son de ses klaxons. Le Président s'agrippait d'une main à la barre d'acier inoxydable derrière le siège du conducteur et saluait sans cesse de l'autre, comme un chat mécanique à l'entrée des grands magasins japonais. Il agitait le bras sans trêve ni repos, avec des pansements aux deux coudes sous sa chemise et, sur le dos, deux rangées de marques rondes laissées par les ventouses. C'était un jour très important pour lui, le début du sprint final. Il n'y avait plus qu'une semaine avant l'élection.

Un parlementaire de son parti lâcha un long soupir et déclara à un éminent journaliste :

— La prochaine fois qu'il va offrir de l'encens au temple, allez prendre quelques photos. Sans mentir, il marmonne les yeux fermés comme s'il était en prise directe avec les dieux. Quand il quitte le temple, il est plus remonté que s'il s'était tapé cinq canettes de Red Bull.

Peu après les bruits de trompettes, un concert de pétards submergea la rue Huayin. La nuque rouge et gonflée, Hsü Huo-sheng hurlait :

— Donnez quatre ans de plus à Huo-sheng ! Je vous en fais le serment : notre économie sera la plus vigoureuse des quatre petits dragons d'Asie, la Bourse passera la barre des 20 000 points, le revenu par habitant dépassera les 30 000 dollars américains ! Un, deux, trois, pour Taïwan tout le monde se bat !

Depuis son entrée en politique, Hsü Huo-sheng n'avait pas encore perdu une seule élection… pas encore.

À 9 heures précises, un homme grand et mince, portant un survêtement Adidas gris à bandes blanches sur le côté, ouvrit la serrure de la grille en métal qui séparait la cage d'escalier de l'hôtel du palier du cinquième étage et parcourut le couloir d'un pas rapide, les oreilles pleines des explosions de pétards. Tout aussi prestement, il glissa une clé dans la serrure de la poignée sphérique de la chambre 502. Quand il observa la rue Huayin, debout devant la fenêtre, le convoi présidentiel venait d'y pénétrer.

Il avait accouru sitôt le message reçu. Les enseignes disparates aux murs des immeubles de la rue obstruaient une bonne partie de son champ de vision. Il sortit de sa poche une lunette de précision qu'il plaça devant son œil droit, régla la focale. Pas d'erreur : le type debout à l'arrière de la Jeep était bien Hsü Huo-sheng.

Il l'observait depuis onze jours. Le caractère le plus distinctif de son visage était le trio de petites rides qui se formaient au coin gauche de sa bouche quand il souriait. La distance était si courte qu'en visant ces rides, même une balle de calibre 5,56 suffirait à lui démolir la boîte crânienne. À peu près comme lorsqu'on touche une pastèque au champ de tir.

La cible fut brièvement dissimulée par une enseigne immense. Quand elle réapparut, le tireur ne distinguait plus le visage du Président, seulement une vague silhouette noyée dans la fumée des pétards. Devant l'hôtel, une autre pétarade répondait en écho, produisant son propre brouillard qui s'étalait sur la moitié de la largeur de la rue. Il s'en inquiétait si peu qu'il s'alluma tranquillement une cigarette avant d'assembler son long et mince fusil de sniper, ses deux mains s'activant avec la dextérité d'une longue pratique.

Il appréciait ce Dragunov SVD, une arme traditionnelle,

dont la crosse et le fût en bois, usés par des décennies de manipulation, patinés par la sueur et la graisse de paumes et de joues innombrables, transsudaient un sentiment d'intimité quasi corporelle.

Sortie d'usine en 1964, l'arme avait toujours eu un taux de panne très faible et ne pesait que 4,3 kg. Cet exemplaire avait été maintenu en excellente condition jusqu'à ce jour. Le tireur était habitué à se passer de bipied. Appuyé au mur, il pointa le canon, fixa le réticule de sa lunette sur les trois rides en éventail. Prit à tâtons un chargeur de cinq cartouches, approvisionna l'arme, chambra une munition.

La Jeep décapotable, arborant le numéro du candidat et un drapeau à son nom, guidée par une voiture de police, embouqua à très basse vitesse l'avenue Chengde, tourna dans la rue Huayin. La protection du véhicule était assurée par plus d'une dizaine d'agents en uniforme et un nombre identique d'agents en civil, mêlés à la foule. Les policiers en tenue portaient gilets pare-balles, tonfas et tasers, micro-caméras et menottes, radios et téléphones portables, pistolets Walther PPK réglementaires et chargeurs de rechange. Les agents en civil étaient dotés du même équipement, moins les matraques et les tasers, mais disposaient en plus d'ordinateurs portables de la taille de la paume qui affichaient les noms et photos d'individus susceptibles de menacer la sécurité publique. La sueur leur coulait dans le dos, mouillait leur front, mais tous gardaient les yeux grands ouverts pour tenter de repérer lesquels des passants étaient animés de mauvaises intentions, pour tenter d'extraire de la foule en urgence les menaces potentielles.

Maître Sun disait : « L'armée doit être rapide comme le vent ou lente comme la forêt ; agressive comme la flamme ou passive comme la montagne. » D'un regard de vent et de feu, les policiers faisaient comprendre aux citoyens s'approchant un peu trop de la Jeep que leur préoccupation n'était pas l'identité du futur président, mais le déroulement ordonné du processus électoral.

Selon les directives du QG de campagne, la police de Taipei devait reconnaître intégralement le parcours, une heure avant le passage du convoi, en collaboration avec le Centre de commandement du Service spécial chargé de la sécurité du président de la République. Le poste du quartier de Datong s'en était chargé. Des policiers avançaient à pied autour du véhicule ; avant le départ du convoi, sur ordre de leur coordinateur, ils avaient vérifié et chargé leurs pistolets. Ils étaient prêts à dégainer et à utiliser leurs armes, selon les circonstances : tasers, pistolets à gaz, ou PPK.

Aux pétarades des supporters du candidat-président se superposait tout un dispositif particulièrement belliqueux mis en place par l'autre candidat, Hu Yen-po. Avant le passage de Hsü Huo-sheng dans le quartier, Hu y était déjà passé trois fois. D'un coup d'œil vers la gauche, l'occupant de la Jeep pouvait apercevoir quelques vieillards coiffés d'une casquette au nom de son rival, et d'un bref regard sur la droite il tombait sur des grands-mères arborant un gilet brodé des trois mêmes caractères, en grande taille et en fluo ; aux fenêtres de plusieurs appartements pendaient des bannières aux couleurs de Hu Yen-po, que l'agent coordinateur balayait nerveusement du regard. Aussi enthousiaste que soit le boucan des pétards, il était clair que la rue Huayin était chasse gardée de l'adversaire de Hsü Huo-sheng.

Mais celui-ci s'accrochait et refusait de perdre espoir. Son rival avait fait pendre des drapeaux à ses couleurs d'un bout à l'autre de la rue ? Qu'importe ! Il était venu malgré tout. Il se battrait pour chaque vote. Les haut-parleurs clamaient toutes ses réalisations, dont certaines qu'il avait oubliées depuis longtemps. Son équipe de campagne les avait rassemblées pour lui. Apparemment, il avait approuvé la pose du revêtement de la zone piétonne de la rue Huayin quand il était encore maire de Taipei, cinq ans auparavant. À l'âge tendre de trente-trois ans, au cours de son premier mandat de conseiller municipal, il avait pris part à la procession circumambulatoire pour l'anniversaire du dieu protecteur local, l'Ancêtre-roi Wang. Et son arrière-grand-mère paternelle avait fait l'acquisition dans cette rue même, chez un apothicaire traditionnel depuis longtemps disparu, de pilules anti-abortives grâce auxquelles elle avait donné naissance en toute sérénité à son fils adoré, étape indispensable à la future conception du prodige Hsü Huo-sheng.

L'un des bons côtés des campagnes électorales était que des tranches de vie passées, oubliées de tous, retombaient du ciel en crépitant comme la grêle.

La population totale de Taïwan était de 23 millions d'habitants ; si l'on retranchait de ce nombre les moins de vingt ans, les abstentionnistes compulsifs et ceux qui ne votaient qu'en fonction du temps qu'il faisait, soit à peu près 7 millions de personnes qui ne franchiraient pas le seuil du bureau de vote, il restait 16 millions d'électeurs auxquels Hsü Huo-sheng, du haut de sa Jeep, s'adressait personnellement, à grand renfort de cris et de gestes de la main :

C'est le tien ! C'est ton vote qui me manque !

Débarrassés de toute vergogne, les candidats se disputaient âprement chaque rue, chaque bloc d'immeubles, mélangeant leur sueur et piétinant leurs traces de pas.

Enfin, les crypto-électeurs de Hsü Huo-sheng descendirent de chez eux et s'amassèrent des deux côtés de la rue, hurlant au candidat qui s'usait le bras sur sa Jeep : « Huo-sheng pré-si-dent ! Huo-sheng pré-si-dent ! » La foule cernait le véhicule de toujours plus près.

Cinq ans auparavant, la rue Huayin avait été rénovée. Mais c'était toujours une ruelle étroite bordée de vieux immeubles recouverts de tôles monotones contre les infiltrations, dont les fenêtres et portes munies de grilles d'acier disaient assez l'inquiétude des résidents envers l'insécurité qui régnait tout au long de l'année, qu'il pleuve ou qu'il vente.

La question des grilles aux fenêtres avait été abordée pour la dernière fois en 1981, quand le ministre de l'Intérieur en fonction, un nommé Lin Yang-kang, avait martialement répondu aux critiques pleuvant sur lui dans l'hémicycle du Yuan législatif : « Je suis résolu à briser les reins de l'industrie des grilles aux fenêtres, et ai toute confiance dans notre capacité à y parvenir ! » Lin avait cassé sa pipe depuis longtemps, les grilles aux fenêtres lui avaient survécu. Loin d'avoir disparu, elles avaient rouillé en toute quiétude, jour après jour.

Des mains s'agitaient pour le saluer à travers les barreaux des fenêtres grillagées, les supporters collaient presque à la Jeep. De la voiture de commandement tomba l'ordre : à tous, formez le cercle et empêchez le public de se rapprocher du véhicule présidentiel. Le candidat sur sa Jeep n'était pas d'accord : il espérait que la foule se presse contre lui, que les caméras des médias en diffusent l'image au pays tout entier.

Il leva les deux bras, hurla à gorge déployée :

— Je vous appartiens, je suis des vôtres ! Vous avez tous pu constater mes résultats ! Qui dit du mal de moi est de mauvaise foi ! Pas vrai ?

Applaudissements. Coups de sifflet. Pétarades. La fumée noyait toute la rue Huayin.

~

Vingt minutes plus tôt.

Dans un restaurant japonais du coin de la rue, Alex, en guise de petit déjeuner, déguste un bol de riz aux fruits de mer. Les crevettes insuffisamment décongelées lui donnent l'impression d'avaler un smoothie marin, tandis que les sashimis de thon, décongelés de trop nombreuses fois, rendent une saveur suspecte de viande avariée. Qu'à cela ne tienne : il verse quelques gouttes de sauce soja sur le tout. L'un des bons côtés des sauces n'est-il justement pas de couvrir les saveurs les plus étranges ?

Il attend depuis déjà un quart d'heure et déteste cette impression de s'être fait poser un lapin. Pourtant, le superintendant Wu n'est pas du genre à manquer à sa parole.

Il n'a plus été en contact avec Wu depuis fort longtemps, se contentant d'échanger de loin en loin quelques nouvelles avec son fils via Internet. Cette fois-ci, exceptionnellement, il a reçu un message de Wu directement sur son portable : « Ai Li, mangeons ensemble, j'ai à vous parler. »

Pour rencontrer son aîné, Alex est arrivé en avance et a choisi de s'asseoir adossé à un pilier, avec vue sur la rue Huayin. Une position plutôt sûre. Sauf que des marées humaines ont commencé à défiler sans interruption : touristes à la recherche du meilleur emplacement pour les photos, résidents du coin dégustant leur collation matinale à leur étal préféré, commerçants se préparant à relever leurs stores métalliques et à exhiber leurs marchandises. Alex n'aime pas les lieux trop fréquentés. Pourquoi Wu a-t-il choisi cet endroit ?

Les pétarades s'élèvent, le convoi présidentiel s'engage dans la rue étroite, les grappes de supporters s'agglutinent. Alex décide qu'il ne maîtrise plus du tout son environnement et qu'il ne peut attendre plus longtemps. Il est temps de s'esquiver. Il règle l'addition, constate que l'entrée de la rue est bloquée par le convoi, abaisse la visière de sa casquette, se lève et sort se mêler à la foule grouillante.

Surtout rester calme. Des flics armés sont partout, entraînés à repérer les gens nerveux autour d'eux. Alex se laisse entraîner par le flot. Il attend la meilleure occasion de disparaître.

Sa casquette lui cachant la moitié du visage, il se place sous l'enseigne d'un stand de sandwichs, observant avec curiosité, comme tous ceux qui l'entourent, le convoi électoral qui s'avance. Il a choisi de ne pas s'éloigner trop brusquement : l'arrivée du candidat-président fait de la rue

Huayin l'endroit le plus couru du moment, les alentours sont désertés et il risquerait d'y attirer davantage l'attention. Venir ici était beaucoup trop imprudent, d'autant qu'il n'a pas confirmé le rendez-vous. Pourquoi Wu a-t-il soudain décidé d'utiliser son propre téléphone pour envoyer un texto à un clandestin encore probablement recherché ? Et si ce texto n'émane pas de Wu, qui donc a piraté son portable ?

Il scanne les visages dans un rayon de dix mètres autour de lui. Rien de spécialement suspect. Mais la peau du visage le démange, comme si des yeux le fixaient et ne le lâchaient plus. Profitant de la fumée des pétards, il se mêle de nouveau à la foule afin de diminuer la surface de son corps exposée à un tir éventuel.

Deux scooters du poste de police de Datong ouvrent le convoi, avançant au pas, forçant les fans trop enthousiastes à reculer. La Jeep les suit. Un commerçant allume de nouveau tout un chapelet de pétards, apportant une contribution notable à la densification du brouillard. Alex distingue la bosse formée à l'arrière de la veste d'un agent en civil par la forme d'un pistolet, voit les caméras montées sur les voitures de police qui tournent et filment toute la scène. Il baisse encore la tête. Un homme se précipite vers la Jeep, une femme sur ses talons. Ils ne portent aucune arme, mais une sueur froide mouille le front et la nuque d'Alex.

La pétarade continue. Alex ne s'intéresse plus au Président sur son véhicule, mais aux vieux immeubles de l'autre côté de la rue. Il lève les yeux. Premier étage. Deuxième. Troisième… Son regard se fixe sur le cinquième niveau. Un éclat de lumière, fugitif. Il profite de ce que la Jeep passe devant lui pour se baisser légèrement et déposer sa casquette de base-ball sur le coin de l'étal pliable du marchand de sandwichs.

~

Le premier à se rendre compte du problème du Président fut le vénérable chef du quartier, soixante-douze ans, qui se tenait debout à ses côtés dans la Jeep pour l'aider dans sa récolte de voix. Malgré sa cataracte jamais opérée, son refus obstiné de porter les appareils auditifs offerts par son petit-fils et son léger Parkinson, il aurait eu du mal à ne pas s'apercevoir que le Président se renversait contre lui, manquant le précipiter hors de la voiture.

Le chef de quartier réagit lentement. Le Président dans les bras, il resta figé quelques secondes avant de s'exclamer à voix basse, comme s'il se posait la question à lui-même :

— Du sang ?...

Du sang : c'était, sans nul doute possible, le terme correct.

Le mot fit enfin réagir les deux agents spéciaux debout derrière lui et le Président, déclenchant des procédures affûtées par un long entraînement. L'un d'eux repoussa le chef de quartier, se jeta sur le Président pour le protéger de son propre gilet pare-balles alors qu'il s'effondrait en avant, l'autre s'accroupit et dégaina son pistolet, puis balaya du canon de l'arme les fenêtres grillagées et inexpressives des immeubles sur le côté gauche de la rue.

D'un nid lové quelque part au-dessus de l'une des grilles

de métal, un oiseau doté d'une longue queue, mais dont l'espèce exacte restera inconnue, s'élança dans les airs au-dessus de la Jeep présidentielle, alarmé par on ne savait quoi. Ce fut alors que retentit l'unique coup de feu que quiconque entendit ce matin-là : l'un des agents dans la voiture, extrêmement nerveux, leva son arme précipitamment et tira sur l'oiseau à longue queue qui s'enfuit de quelques vigoureux battements d'ailes, laissant derrière lui une poignée de plumes qui redescendirent en flottant longuement.

Le visage féroce, l'agent cracha dans sa radio. Le minibus noir en queue de convoi déclencha le premier sa sirène. Les deux scooters en tête, avec l'aide d'agents à pied, ouvrirent la route. Les policiers qui encadraient la Jeep dégainèrent dans un bel ensemble le pistolet qu'ils portaient à la ceinture et se mirent au petit trot pour accompagner le convoi qui accélérait et débouchait bientôt sur l'avenue Taiyuan, s'extirpant enfin du traquenard de la rue Huayin, laissant la foule derrière lui dans la confusion la plus totale.

Vertu 1 touché par balle !

Le convoi électoral de Vertu 1 – le nom de code attribué au Président – était resté moins de six minutes rue Huayin.

Vertu 1 touché par balle !

Conformément à leur entraînement, les agents protégeant la Jeep se tenaient prêts à tout et se frayaient un passage à travers la foule à coups de tonfa. Les silhouettes des passagers du véhicule émergeaient par intermittence de la fumée des pétards.

Le convoi se rapprochait. La bouche du canon se déplaçait latéralement. La Jeep émergea de derrière quelques enseignes et pénétra dans la zone de tir possible. L'homme grand et mince effaça la sûreté, ferma l'œil gauche, expira puis bloqua sa respiration. Son œil droit vissé à la lunette balaya encore une fois l'environnement, fut attiré par le visage d'un homme sous les arcades portant une casquette de base-ball, rencontra un regard aigu sous la visière levée. Le tireur n'eut même pas le temps de cligner de l'œil : la casquette était toujours là, l'homme avait disparu. Non : sous la pression de la foule, le couvre-chef tomba de l'étal où il était posé et disparut également.

Il remit la sécurité, abaissa son fusil, s'éloigna immédiatement de la fenêtre, se tourna vers la porte, s'interrompit. Il retira la cartouche de la culasse, sépara d'un geste brusque la balle de l'étui, déplia un canif, perça un trou dans l'amorce, versa la poudre par la fenêtre, alluma son briquet pour brûler les quelques résidus de poudre ; répéta l'opération avec une seconde cartouche ; déposa les deux étuis, bien alignés, sur le bord de la fenêtre. Il cracha la cigarette qu'il tenait au coin des lèvres, observa le mégot au filtre jaune rouler sur les carreaux. Il leva la semelle, hésita un moment, renonça à écraser le bout encore fumant. Il estimait probablement que les quelques étincelles ne suffiraient pas à déclencher un incendie.

Il repartit comme il était venu. Sortit de la chambre 502, ferma la porte à clé. Franchit la grille en métal de la cage d'escalier, la verrouilla également. Dévala rapidement les marches à pas légers, sans rencontrer personne. Ce fut à ce moment-là qu'il entendit l'unique coup de feu, la sirène et les sifflets, les hurlements, les appels stridents. Il s'engouffra dans une ruelle adjacente sans s'attarder.

2

Dans son minibus de police en queue de convoi, le contrôleur de troisième classe Lu, directeur adjoint de la police de Taipei et responsable du bon déroulement de la pêche aux voix de Vertu 1 dans sa ville, s'empare de son casque pare-balles dès qu'il entend l'agent perché sur la Jeep crier l'alarme, ouvre la portière, descend de son véhicule et gesticule à destination des policiers en tenue d'intervention postés à proximité :

— Dites-leur de s'accroupir !

Les canons de six fusils d'assaut se lèvent, le chef d'équipe s'égosille :

— À terre ! Tout le monde à terre !

La menace : le meilleur moyen de maîtriser le chaos ambiant. Brandir des armes à répétition : le meilleur moyen d'obtenir un degré suffisant de menace. En un clin d'œil, la foule s'accroupit et les hurlements se taisent.

— Sécurisez-moi tout ça !

Les ordres fusent. Les agents en uniforme et en civil restés à l'endroit que vient de quitter la Jeep présidentielle entourent la scène de crime d'un ruban jaune fluo, les agents armés du poste de Datong, promptement arrivés en renfort, ferment les deux extrémités de la rue Huayin dès leur descente de véhicule.

Le contrôleur Lu, au cours du briefing d'avant mission, a insisté : en cas de pépin, il faut tout boucler immédiatement, et personne ne doit pouvoir s'éclipser. Pour employer ses propres termes, ses mots du quotidien : « S'ils veulent pisser, qu'ils pissent dans le caniveau ; s'ils veulent chier, qu'ils chient dans leur froc. Sans autorisation de ma part, personne ne bouge, même l'Ancêtre-roi Wang ne bouge pas d'un poil. »

L'Ancêtre-roi Wang, en position du lotus sur l'autel du petit temple d'une ruelle proche, n'a nulle intention de bouger. Le respectable vieillard contemple l'homme grand et mince qui passe devant le temple, la tête baissée et un grand sac de randonnée sur le dos, sans brûler d'encens ni lui présenter ses respects. L'Ancêtre-roi le laisse aller, dans l'indifférence la plus totale. Quelques minutes plus tard, les pas lourds de policiers armés de pied en cap résonnent aussi dans la ruelle. Tout le monde semble avoir oublié l'encens ou la notion de respect.

21 fusils d'assaut et 27 pistolets automatiques réglementaires cernent la rue Huayin. Le contrôleur Lu crie encore, d'un ton propre à terrifier la populace :

— Interdiction absolue de remuer, même pour les rats ! Si vous en voyez un filer, flinguez-le !

Les regards des citoyens accroupis cherchent le rat. Mais de si bonne heure, les rats ne se promènent pas encore rue Huayin. Ils ne voient que les cafards qui courent dans tous les sens, terrifiés par les bruits de bottes, ou les débris de pétards multicolores qui papillonnent sous les pas des policiers.

La rue Huayin traverse le quartier situé derrière la gare de Taipei. Avant la rénovation de ladite gare, ce quartier était rempli de grossistes en produits du quotidien : boutiques de médecine chinoise traditionnelle de Dadaocheng, magasins de vêtements de l'avenue Taiyuan, cadeaux et souvenirs de l'avenue de Chang'an Ouest, et bien sûr le marché de nuit du grand rond-point de Taipei, plus célèbre encore que celui de Shilin. La rue Huayin, coincée entre tant de magnifiques rues et avenues, n'attirait pas vraiment l'attention, comme une ménagère pas encore maquillée assise sur son seuil à regarder le temps passer. Mais le temps a rasé les bâtiments du rond-point, le revenu par habitant toujours croissant a repoussé le marché de nuit sur l'avenue Ningxia, les boutiques de vêtements vendent désormais chaussettes et sous-vêtements féminins importés de Corée, et les marchands de tabac proclament en vitrine que « Fumer nuit gravement à votre santé ». La rue Huayin, après des décennies de profil bas immuable, fait toujours exception.

Deux policiers, aidés d'un témoin en claquettes et muni d'un smartphone, tracent sur le sol la position de la Jeep au moment des coups de feu. Lu embrasse du regard la rue Huayin, toujours recouverte de l'étouffante fumée de la pétarade.

— Ratissez-moi le terrain, ordonne-t-il fermement.

Huit policiers s'alignent à une extrémité de la rue et s'avancent, les yeux rivés au sol, conscients de ce qu'ils cherchent : balles, étuis de cartouche, traces de sang, tout ce qui peut avoir un rapport quelconque avec l'attaque.

Un autre témoin est amené.

— Voici Frère Cai, un commerçant de la rue. Il a pris plusieurs photos au moment où le Président a été blessé et est tombé.

Les photos ne sont pas très nettes, à cause de la fumée et de l'écran pare-balles de la Jeep. Mais il est possible de distinguer l'un des agents spéciaux se jetant sur le dos du Président. Le contrôleur Lu observe attentivement les photos, puis balaye l'écran pour voir celles prises avant le tir. Il s'arrête sur l'une d'entre elles.

— Et ce type avec une casquette de base-ball qui baisse la tête ?... Où est-ce que vous vous trouviez ? Juste en face ?

— Ce type ?... J'étais devant ma boutique, je l'ai vu de là, quand la voiture du Président s'est arrêtée.

Le contrôleur Lu va se placer devant l'étal à l'extérieur de la boutique de valises :

— Il y avait beaucoup de gens autour de lui ?

— Plein ! Tous avec leur portable à filmer le Président !

Lu va jusqu'aux arcades de l'autre côté de la rue en comptant ses pas, effectue un demi-tour réglementaire. Il est à côté d'un étal repliable, sous une enseigne vantant des sandwichs.

— Ici ? Il était pile là, le type à casquette ?

Frère Cai opine du bonnet, un policier brandit une bombe de peinture noire, trace un cercle autour des chaussures de Lu.

Lu observe la rue, un œil fermé comme s'il tenait un

pistolet à la main, comme s'il était un assassin qui tirait de cette position sur sa cible, une ligne de tir directe sur le torse présidentiel.

Il évite de crier « Pan ! » et se baisse pour ramasser une casquette de base-ball qui semble avoir été moult fois piétinée.

— C'était celle-ci ?

— On dirait, opina Frère Cai.

— Foutez-moi ça dans un sac à scellés.

Lu a trouvé la première pièce à conviction. Peut-être porte-t-elle encore l'ADN du suspect.

Le second témoin interrogé est une commerçante que presque tous les résidents de la rue connaissent sous le surnom de « Grand-tante ». C'est elle qui a allumé les premiers chapelets de pétards.

— C'était pour demain, pour recevoir le dieu ! Mais le Président qui débarque, hein, c'est pas tous les jours ! Alors j'en ai fait péter quelques-uns en avance.

Mariée à dix-neuf ans, Grand-tante s'est installée rue Huayin et depuis soixante ans elle ne l'a plus quittée, sauf pour rendre visite à sa famille à Miaoli. Personne ne l'a payée pour allumer des pétards, personne ne lui a gracieusement offert de pétards, elle n'a fait que remplir son devoir envers les dieux.

Elle a reconnu le vieux chef de quartier sur la Jeep, a immédiatement appelé son petit-fils pour qu'il prélève des chapelets dans la réserve et les pende à des perches de bambou coincées dans les interstices des plaques recouvrant le caniveau. Puis elle a allumé les mèches elle-même, de son briquet tenu d'une main tremblante.

Au temple, on confirme que l'anniversaire de Sun Wuk'ung le Grand Sage, Pair des Cieux, tombe le lendemain. Nombre de commerçants se sont fournis en pétards pour l'accueillir comme il se doit. Un dossier de demande d'autorisation d'une procession circumambulatoire a été déposé en mairie. Le contrôleur Lu refuse de s'étonner ouvertement qu'on fête l'anniversaire d'un personnage de roman vieux de plusieurs siècles. Le Roi des singes a-t-il fini par produire un vrai certificat de naissance ?

Le troisième témoin est un M. Sin, touriste venu de Hong Kong, arrivé à Taïwan deux jours auparavant avec sa femme et ses deux filles, logeant dans un petit hôtel du quartier de Ximending. Il se promenait de bonne heure rue Huayin à la recherche de sashimis et de donuts, ignorant que le convoi présidentiel viendrait tenter d'y récolter quelques suffrages.

— Je me trouvais devant la Jeep, oui, au niveau de cette arcade, j'ai vu le Président se plier en deux et se tenir le ventre comme s'il était pris d'atroces douleurs abdominales, et puis j'ai vu plein de policiers dégainer leur arme.

Les premières vérifications montrent que la seule arme potentielle dont dispose M. Sin est sa perche à selfie. Ses doigts ne sentent pas la poudre, ne réagissent pas aux produits de détection de la poudre. Son épouse ne présente pas non plus d'éléments suspects. On garde les touristes une demi-heure, le temps de vérifier leur identité, avant de les libérer. Pas pour qu'ils retournent à Hong Kong, mais afin que M. Sin puisse réintégrer la queue pour s'acheter des donuts. Lu pressent que depuis que l'habitude de poster ses découvertes culinaires sur Instagram a révolutionné les habitudes alimentaires, même un impact d'astéroïde ne dissuaderait personne de déferler en masse sur les boutiques les plus populaires d'Internet.

Le directeur de la police de Taipei, son chef direct, l'appelle de l'hôpital pour lui communiquer le peu qu'il a appris : le Président a reçu un projectile dans l'abdomen, la gravité de la blessure n'est pas encore confirmée.

Lu range son téléphone et reprend son inspection des lieux.

Il sait que le véhicule confié au candidat-président est passé par les ateliers du Service spécial, où l'espace ouvert situé derrière le chauffeur a été doté sur trois côtés d'un cocon de verre pare-balles, la protection sur l'arrière étant assurée par deux agents spéciaux servant de boucliers humains. Le seul risque est que le Président se recule trop brusquement, hors de la protection des parois de verre blindé sur les deux côtés, sans que les agents ne réagissent assez vite pour bloquer d'éventuelles lignes de tir ainsi ouvertes.

Alors, si le Président n'a pu être touché que dans le dos, pourquoi s'est-il brusquement plié en avant ? Et pourquoi l'hôpital a-t-il confirmé une blessure au ventre ?

Lu lève la tête, observe les vieux immeubles des deux côtés de la rue. L'autre possibilité est bien sûr que le tireur se soit trouvé en hauteur. La Jeep n'a pas de plafond de verre. Mais tirer du haut vers le bas sous un angle très prononcé n'est pas à la portée de n'importe qui.

En réalité, le Président a pu être touché de beaucoup d'endroits. Mais au cours des années, comme l'ont montré tant de reportages télévisés, il a visité un nombre incommensurable de marchés populaires, de quartiers résidentiels, de gares routières, a serré toutes les mains qu'il y voyait – et jamais, malgré tous ces contacts rapprochés, aucun accident n'a été signalé, la plus grosse menace pour la santé présidentielle restant la tendinite du poignet.

Mais cette fois, on lui a pourtant tiré dessus !

Putain de merde, on est à Taïwan ici, la possession d'armes est sévèrement réglementée, y a des caméras à tous les coins de rue, les gens récitent Confucius dès la maternelle et tout le monde se prend en photo en formant des cœurs avec les doigts.

~

Le Centre de commandement du Service spécial avait ordonné au convoi de rejoindre au plus vite l'hôpital général Xing'an, situé à un quart d'heure de route. Le samedi, il n'y avait normalement pas de consultations, mais en entendant les sirènes de police toute une foule s'était amassée aux portes de l'hôpital pour profiter de l'animation et le directeur de la police de Taipei avait dû frayer un chemin aux véhicules à la tête d'une petite troupe. Des agents spéciaux porteurs de boucliers pare-balles encadrèrent la civière jusqu'en salle d'opération.

Le chirurgien de service était le directeur adjoint de l'hôpital, spécialiste éminent s'il en fut, qui accueillit immédiatement le blessé avec trois autres médecins tout en enfilant gants et masque chirurgicaux. Deux agents spéciaux et le directeur de la campagne électorale de Hsü s'engouffrèrent également dans la salle. L'intervention dura environ une heure. L'hôpital annonça qu'il allait mener tous les examens supplémentaires nécessaires.

Deux hélicoptères tournaient au-dessus de l'hôpital Xing'an, l'état-major de la Police militaire dépêcha sur place trois véhicules blindés de type Panthère nébuleuse, et trois mitrailleuses lourdes de 12,7 mm prirent position, approvisionnées et chargées avec de clairs claquements de culasses.

Entre-temps, la nouvelle avait atterri sur Internet :

Le président Hsü Huo-sheng, en pleine campagne électorale, a été blessé rue Huayin à 9 h 17 par un tueur non identifié. L'intervention chirurgicale est en cours à l'hôpital Xing'an, le président est entre la vie et la mort.

La Vice-présidente Gu Tsui-li se présenta au journal télévisé et déclara qu'elle ne pouvait rien dire, n'ayant pas encore reçu confirmation de l'état du Président – les faits avaient été trop soudains et elle menait campagne à Taichung, loin de la capitale. Elle allait rentrer immédiatement à Taipei et n'était pas en mesure de s'exprimer sur une éventuelle suspension du processus électoral.

Le président du Yuan législatif émit un communiqué de presse, appelant tous les habitants du pays, quelle que soit leur appartenance politique ou factionnelle, à prier pour le Président.

~

Le contrôleur Lu a fait sécuriser avec célérité les deux scènes de crime : la rue Huayin et la Jeep présidentielle.

Les premières constatations terminées rue Huayin, il se rend sans tarder à l'hôpital et, sans perdre de temps à contacter le Service spécial, fait encadrer par des policiers les agents spéciaux présents. Il s'avance à grands pas, déchire les scellés d'une main épaisse, pénètre sur le parking à la tête des collègues du service technique et scientifique, leur communique ses instructions : recherchez les traces de sang, les traces de balle, récupérez les enregistrements du véhicule, et surtout, surtout, retrouvez-moi les projectiles.

À cet instant précis, ni l'identité du tireur, ni l'arme utilisée, ni le nombre de coups tirés, ni l'endroit précis où le Président a été touché – rien de tout cela n'est clair.

La Jeep dont le candidat se sert pour sa campagne a été fournie par les partisans de Hsü Huo-sheng. Le véhicule est divisé en deux parties : à l'avant, la cabine du chauffeur avec deux sièges ; à l'arrière, un caisson sans toit, d'où les sièges ont été retirés, et où ont été rajoutés un rail d'appui en métal et les parois en verre pare-balles.

L'équipe technique travaille rapidement. Trois minutes suffisent pour un premier compte rendu : aucun dégât constaté ni sur les roues ni sur la carrosserie du véhicule, aucune trace sur les parois de la cabine du chauffeur, qui attend patiemment d'être interrogé.

Second compte rendu, à la septième minute : traces d'abrasion constatées sur le rail d'appui métallique installé pour la durée de la campagne.

Huitième minute : une balle trouvée dans une rainure située à l'arrière de la plate-forme du caisson.

ON A BIEN UTILISÉ UNE ARME À FEU CONTRE LE PRÉSIDENT

Le contrôleur Lu a beau avoir récemment fêté ses cinquante-sept ans, il bondit martialement à bord de la Jeep en s'aidant d'une main. Personne n'applaudit. Dans la paume du technicien, le projectile est plus petit qu'une cacahuète, et sa surface présente à l'œil nu trois fines rayures.

— Envoyez ça à la balistique.

Le véhicule de l'équipe technique démarre. Douze minutes plus tard, Lu reçoit un rapport supplémentaire : l'examen initial estime que la balle, en plomb, a d'abord frappé le rail d'appui sur la Jeep, est ensuite tombée sur le sol en acier du caisson puis a roulé dans la rainure. Il s'agit d'une balle de 9 mm de fabrication artisanale, grossièrement moulée. On a retrouvé sur la base du projectile des résidus de poudre mal brûlés. Ce n'est cependant pas ce projectile qui a blessé le Président : on n'a détecté aucune trace de sang.

La Jeep étant classée pièce à conviction, Lu signe une décharge à l'officier du Service spécial qui lui tire une tête de six pieds de long, et le véhicule est remorqué jusqu'à la division des enquêtes criminelles de la police de Taipei pour des recherches plus poussées. Lu a besoin d'une autre balle. Il faut trouver celle qui a frappé le Président. Ou au moins une balle présentant des traces de sang.

Avant même la fin de l'opération du Président, Lu repart vers la rue Huayin. De nouveaux indices ont été recueillis sur place : on a trouvé des étuis de cartouche. À bord de son véhicule, Lu rugit dans son téléphone :

— Un projectile artisanal, ça pue la pègre. Faut gratter du côté des deux spécialistes du bricolage de flingots, comment ils s'appellent déjà ?... Ouais, le Maître des armes et le Forgeron – attendez, je crois me souvenir que le Maître des armes a pris perpète pour meurtre... Foutez-moi le Forgeron au ballon tout de suite, inventez des charges s'il le faut... Hein ? Si le proc' hurle à la mort ?... Tant pis, prenez une de mes cartes de visite et invitez le Forgeron à boire le thé... Bordel ! Offrez-lui un scotch de 25 ans d'âge, il paraît qu'il aime ça, c'est moi qui raque.

Lu range son téléphone, descend de voiture, entre d'un pas lourd dans l'Hôtel du Bonheur.

L'Hôtel du Bonheur occupe les deuxième, troisième et cinquième étages d'un immeuble de sept niveaux, qu'il partage avec un petit restaurant de nouilles, au rez-de-chaussée et au premier, et des appartements privés aux sixième et septième. Il n'y a pas de quatrième étage, le chiffre est tabou. La réception se trouve au deuxième, l'employé de service est une femme d'une quarantaine d'années arborant un corsaire ultra moulant et des chaussures à semelles ultra compensées. Elle détourne son visage très blanc du regard de Lu – peut-être ne souhaite-t-elle pas lui montrer que son air féroce l'effraye.

— Les chambres coûtent 500 dollars les deux heures*, on ne note pas l'identité des clients.

— C'est un hôtel de passe ? demande Lu à la réceptionniste qui a un peigne dans les cheveux, juste sur le front.

---

* Un NT$ (nouveau dollar taïwanais) vaut environ trois centimes d'euro ; 500 dollars sont donc l'équivalent de 15 euros.

— Oui, répond à sa place Lai, l'enquêteur qui a le premier fouillé l'hôtel. Les clients se cassent dès qu'ils ont remonté leur pantalon après avoir tiré leur coup, le patron ne veut rien savoir d'eux, leur pognon lui suffit.

— Qui occupait la chambre 502 au moment de l'attentat ? demande Lu en se penchant sur les patchs hydratants en croissant de lune que la réceptionniste porte sous les orbites. À quoi il ressemblait ?

— Il n'y avait personne, répond encore Lai. Y a pas de clients si tôt le samedi.

— Et le proprio ? dit Lu en baissant les yeux sur dix doigts aux ongles peints chacun d'une couleur différente, entre lesquels la réceptionniste a placé du papier hygiénique.

Elle a déjà été retirée de la liste des suspects.

— Il est bourré, il ronque dans une chambre à l'arrière, dit Lai.

Laissant temporairement tomber la dame et son peigne, le contrôleur Lu suit Lai jusqu'à la chambre 502, au cinquième étage.

Le troisième et le cinquième sont séparés de la cage d'escalier par une porte métallique grillagée qui, une fois ouverte, donne sur un long couloir et une enfilade de chambres vides. Dans la 502, Lu découvre l'entrée de la salle de bains sur sa gauche, une chaise en plastique devant une coiffeuse en contreplaqué sur sa droite, et, entre les deux, un lit double recouvert d'une couverture à motifs floraux rouge pâle, pliée en triangle. Nulle part où se cacher.

Sur le rebord de la fenêtre donnant sur la rue Huayin,

deux étuis de cartouche couleur bronze se dressent sur leur base, bien alignés.

— Des cartouches de fusil de guerre ?

— Ça y ressemble.

— Que les techniciens me passent cette chambre au peigne fin. Traces de pied, empreintes digitales – putain, qu'ils ne me ratent pas le moindre poil de cul !

~

De bonnes nouvelles émanèrent de l'hôpital, prononcées par le directeur adjoint en personne, toujours en blouse de salle d'opération et témoignant d'un trac certain face aux dizaines de micros dressés vers lui :

— Le Président va très bien. La balle lui a traversé l'abdomen…

Un cri aigu lâché par une journaliste l'interrompit.

— Veuillez m'excuser. Le projectile n'a pas traversé, mais effleuré l'abdomen. Il s'agit d'une blessure superficielle, qui n'a demandé que sept points de suture. Le Président va se reposer un moment, il pourra quitter l'hôpital dans une heure environ.

En un clin d'œil, les journalistes surexcités se mirent à bourdonner comme un essaim d'abeilles après que la ruche a été attaquée à coups de bâton, et le directeur adjoint fut cerné de toutes parts, noyé sous les micros. Tout juste s'il ne fut pas piétiné à mort.

~

La gravité très relative de la blessure ne signifie pas grand-chose pour la police de Taipei. Il s'agit toujours d'une tentative d'assassinat par arme à feu, il faut toujours arrêter le tireur et résoudre l'affaire. Dans une salle de réunion se pressent des agents de tous grades, ainsi que le chef du secrétariat du Bureau des enquêtes criminelles de l'Agence nationale de police, qui en théorie est là dans un rôle de soutien mais en réalité a pour mission de contrôler les progrès de l'enquête.

Le directeur n'a pas pu quitter l'hôpital. Comme le directeur de l'Agence et le ministre de l'Intérieur, il monte la garde en personne autour du Président. En se réveillant après l'anesthésie, le Président est censé être rassuré de voir tous ces responsables autour de lui, ce qui devrait mener à leur promotion – le directeur de la police de Taipei doit d'ailleurs déjà son poste actuel au Président, qui l'a pistonné quand il était maire de la ville.

Le directeur adjoint Lu, qui préside donc la réunion, entre en courant dans la salle, s'assied, exhale un grand soupir et examine la petite bassine en métal réniforme posée devant lui. Il l'examine de loin, l'examine de près, commence à loucher. Dans la bassine repose une balle de couleur dorée, et à côté de la bassine est étalée la veste de costume bleu sombre du Président.

CONFIRMATION D'UNE ATTAQUE PAR ARME À FEU

— Voici donc enfin la balle qui a blessé le Président. On est sur un gros coup. Je vais lire le compte rendu du directeur adjoint de l'hôpital pour éviter de me tromper.

Lu chausse ses lunettes de presbyte, baisse le menton vers une feuille de papier, mais aucun son ne franchit ses lèvres. Au bout d'un instant il ôte ses lunettes.

— Il en a écrit une tartine, mieux vaut que je reste sur l'essentiel. Le projectile qui a touché le Président n'a pas été retiré de son abdomen, mais de la doublure de sa veste.

Lu jette un coup d'œil en biais à l'envoyé du Bureau des enquêtes criminelles, puis son regard passe sur la douzaine d'autres policiers présents. Il a capté l'attention de tout le monde, l'assemblée est sur des charbons ardents. Bien.

— La balle n'a fait que frôler l'épiderme du ventre, le Ciel soit loué. Les chirurgiens n'ont pas trouvé de balle pendant l'opération, c'est une infirmière qui l'a découverte en accrochant la veste du Président au portemanteau. Quelque chose a roulé par terre, elle l'a ramassé, c'était une balle. L'hôpital confirme que le sang présent sur celle-ci est du même groupe que celui du Président.

Personne ne lève la main pour demander pourquoi la balle se trouvait dans la doublure.

— Les techniciens ont analysé la veste. Le projectile, après avoir frôlé le Président, aurait perdu beaucoup d'énergie et se serait glissé dans la doublure en soie, d'où il est tombé quand l'infirmière a manipulé la veste. Il s'agit d'une balle de pistolet de calibre 9 mm en cuivre, d'où la couleur dorée. Très probablement tirée par la même arme de poing que le projectile en plomb retrouvé dans la Jeep, sûrement une arme artisanale.

Personne ne pose la question de savoir pourquoi l'une des balles est en cuivre et l'autre en plomb.

— Les techniciens ont également analysé les deux

cartouches vides trouvées dans la chambre 502 de l'Hôtel du Bonheur. Ce sont des cartouches standard de 7,62 mm pour fusil, qui présentaient des résidus de poudre brûlée.

Personne autour de la table ne demande pourquoi des cartouches de fusil.

— Des cartouches de fusil de guerre... D'abord nous avions conclu que l'arme utilisée était un pistolet artisanal de 9 mm, et maintenant ce sont des cartouches de fusil de 7,62 qui tombent du ciel ? Vous connaissez la différence de taille entre des cartouches de fusil et de pistolet ?

De ses deux yeux triangulaires, le contrôleur Lu dévisage froidement tous les participants, son vieux collègue, ses subordonnés. Tout le monde a bien compris que le contrôleur Lu commence à perdre patience. De fait, il s'exclame d'un ton aigre :

— À peu près la même qu'entre ma bite et la vôtre.

Le chef du secrétariat du Bureau des enquêtes criminelles émet un petit rire. Il a partagé de longues années au Bureau avec Lu, son gloussement exprime tout le soulagement qu'il éprouve à l'idée que celui-ci, plus communément connu dans le métier sous le surnom de Crâne d'œuf, a retrouvé sa personnalité coutumière après une rude matinée de travail.

— En tout cas, beau boulot tout le monde, en aussi peu de temps retrouver deux balles de pistolet de 9 mm et deux étuis de cartouche de fusil de 7,62 mm, ça tient du prodige. Vous vous êtes tous déjà servis de fusils et de pistolets, et notre ami Yen ici présent est un ancien sous-off' de l'armée de Terre, on peut supposer qu'il a beaucoup tiré. Alors j'aimerais demander à tous les spécialistes que vous êtes, est-ce qu'on peut utiliser un fusil de calibre 7,62 pour tirer des balles de pistolet de 9 mm ? Sinon comment expliquer ce bordel ?

Tous froncent les sourcils et baissent les yeux, absorbés dans la recherche d'idées, aussi ténues soient-elles, quelque part sur la table. Un grand silence s'abat sur la salle de réunion. On entendrait une souris grignoter des copeaux de patate douce.

— Un cheval ne peut pas fourrer un chat, un stylo-plume ne rentre pas dans le capuchon d'un stylo-bille. Le diamètre ne colle pas. Allez, remuez-vous les méninges. Comment tirer une balle de 9 mm avec un fusil de 7,62 ?

— L'hypothèse la plus audacieuse, se lance l'inspecteur senior Yen que Lu vient de nommer, consisterait à supposer qu'il y avait deux tireurs, l'un sur la rue, l'autre à l'étage dans l'hôtel.

— Joli. Deux tireurs. Le tireur A avec un flingue bricolé, le tireur B avec un fusil assez long pour lui servir de manche à balai. On n'a pas retrouvé le pistolet, mais on a retrouvé les balles qu'il aurait tirées. On a retrouvé les étuis des cartouches que le fusil aurait percutées, mais pas les balles. Bon, supposons que A, après avoir tiré, ait profité du fait que la fumée des pétards ne s'était pas encore dissipée pour se foutre à plat ventre et récupérer ses douilles en tâtonnant, avant de quitter les lieux. B, lui, après avoir tiré, prend la peine de disposer élégamment ses cartouches sur le bord de la fenêtre. Il est beaucoup plus classe. À moins qu'il ne soit atteint d'un trouble obsessionnel compulsif quelconque. Ou que ce soit un putain d'ancien bidasse habitué à plier ses couvertures au carré, sans un poil qui dépasse. Il aligne ses cartouches, le voilà tout content, il range sa pétoire, redescend les escaliers et va s'envoyer un canard laqué dans un restau classé au Michelin au-dessus de la gare. C'est mon hypothèse à moi, elle est pas mal, non ?

Le chef ayant parlé, personne ne pipe mot, tout le monde s'attendant à ce qu'il ait déjà la réponse à sa question. Devant l'absence de réactions, le contrôleur Lu continue :

— Vu la configuration des lieux, le tireur A au pistolet aurait dû se trouver derrière la Jeep, là où il n'y a pas de verre pare-balles, pour tirer sur le Président. Alors pourquoi le Président a-t-il été touché au ventre et pas dans le dos ? Quant à B, au cinquième, si c'est lui qui a tiré, le Président aurait dû être touché à la tête ou aux épaules. Il y a quelqu'un de la balistique ici ? Que donne l'analyse de la trajectoire des balles ?

Un policier entre dans la salle et remet un sac en papier kraft au chef du service technique. Le contrôleur Lu louche dessus en martelant la table des cinq doigts de sa main gauche :

— C'est Bobonne qui vous envoie votre lunch-box ?

L'interpellé, aussi nerveux que s'il devait exhiber son RIB aux yeux de tous, retire du sac en papier un sachet plastique de collecte d'indices contenant un mégot de cigarette réduit à son filtre jaune :

— Outre les deux étuis de cartouche, nous avons trouvé ce mégot dans la chambre 502, sur le plancher juste devant la fenêtre. Nous en avons déduit que le tireur de l'hôtel avait fumé en attendant le convoi présidentiel.

— Et alors ? Qu'est-ce que ça a de si particulier ?

— C'est une cigarette de la marque japonaise Hope,

d'un modèle plus court appelé Short Hope. On a vérifié, ce n'est pas vendu à Taïwan. Ni dans les boutiques hors taxe des aéroports de Taoyuan ou Songshan.

— Très bien, le tireur fume une clope japonaise qui n'est pas en vente à Taïwan, et après la dernière bouffée il la balance sur le sol de sa chambre à l'Hôtel du Bonheur, ce qui prouve qu'il est allé au Japon, qu'il aime voyager, qu'il mange souvent des ramens au porc braisé ?

— Monsieur le directeur adjoint, je ne fais que rendre compte que l'inspecteur Lai, une fois arrivé sur place, a estimé que l'Hôtel du Bonheur était la position du tireur la plus probable, tous les appartements des deux côtés de la rue étant occupés. Il a conduit ses investigations à la tête de son équipe et a découvert deux étuis de cartouche et une cigarette consumée dont il ne restait que le filtre.

— Dites-moi quelque chose que je ne sais pas déjà. Bon, d'accord, vous inscrirez Lai au tableau d'honneur. Autre chose ?

Le chef du service technique, toujours nerveux comme s'il devait exhiber un reçu prouvant qu'il a lui-même loué une chambre à l'Hôtel du Bonheur, montre un autre sachet plastique, rempli de débris de pétards ramassés rue Huayin.

— Chef, nous avons rassemblé et passé au crible tous les débris de pétards, nous n'avons trouvé ni balle ni cartouche. Nous avons interrogé les commerçants, tous les pétards ont été achetés dans une seule boutique. Après contrôle, le marchand a reconnu se fournir dans une usine d'artifices clandestine. On a suivi la piste, l'usine est à Chiayi, nous avons contacté la police locale pour qu'elle nous aide dans l'enquête.

Le regard du contrôleur Lu se fixe sur le chef du poste de police de Datong :

— Alors, Fan, ça s'est passé chez toi. Qu'est-ce que ça veut dire ? Est-ce que de nos jours les gens n'attendent pas le Nouvel An pour balancer des feux d'artifice ? Depuis quand l'anniversaire de Sun Wu-k'ung exige de faire éclater des pétards ? L'Agence de protection de l'environnement n'en a-t-elle pas formellement interdit l'usage ?

— On s'est renseignés. Les anniversaires des dieux font partie des cérémonies populaires qu'on ne peut pas interdire, et les commerçants utilisent d'habitude des artifices sécurisés. La Grand-tante nous a expliqué que les pétards retrouvés dans sa boutique avaient été achetés cinq jours avant, mais pas pour recevoir le Président. Elle les a déballés en reconnaissant le chef du quartier, parce qu'il favorise son business et qu'il est l'un de ses vieux voisins.

— Pas pour le Président ? Ça va lui fendre le cœur. Dis-moi, la municipalité ne demande-t-elle pas en permanence aux commerçants de ne pas utiliser de pétards en ville ? Et à part la Grand-tante, d'autres en ont utilisé aussi ?

— Quand l'un commence, les autres l'imitent, c'est du comportement grégaire typique.

Une théorie sociologique dont l'auteur n'est pas nommé.

— Le tireur devait être au courant de l'anniversaire du Roi des singes et de l'achat de pétards par les commerçants. Et que l'Hôtel du Bonheur loue ses chambres à l'heure, ne demande pas de preuves d'identité et ne dispose d'aucune caméra de sécurité, pour éviter que les épouses légitimes ne tombent un jour sur des images de leur mari en pleine fornication. Le coup a été préparé plus minutieusement que le débarquement allié en Normandie.

— Oui, approuve comme avec réticence le chef du poste de Datong.

— Et avec une préparation aussi fignolée, le tireur aurait finalement utilisé un pistolet artisanal pour dessouder le Président ? Et comment expliquer qu'il n'ait pas continué à tirer alors que le premier coup n'avait pas touché sa cible et que le second l'a seulement égratignée ?

Personne ne tente d'explications. Le contrôleur Lu n'est pas le seul que ces mystères laissent fort perplexe.

— La police de Chiayi a répondu ? Bon, le service technique, envoyez une équipe là-bas, histoire de vérifier que l'usine clandestine de feux d'artifice ne serait pas aussi le constructeur de l'arme artisanale qui a servi à tirer.

Le chef de l'équipe d'identification se lève en hâte et prend congé.

— Nous nous trouvons devant la possibilité d'avoir deux tireurs, j'en veux pour preuve les deux cartouches et les deux balles qui ne concordent pas. Ils connaissaient le parcours du convoi électoral, savaient que la Grand-tante avait bourré sa boutique de pétards pour accueillir le dieu ; j'estime donc que ce plan d'assassinat du Président est l'œuvre d'une organisation. Mais qui en veut assez au Président pour lui tirer dessus ? Quel est le mobile ? Le Président avait-il des ennemis ? S'il avait succombé, qui en profiterait ?

Une autre voix anonyme s'élève :

— Si ça se trouve c'est son rival, Hu Yen-po.

Le contrôleur Lu claque la langue de satisfaction :

— Parfait, parfait, on a un premier suspect. Et si je vous envoyais persuader le procureur de nous fournir un mandat d'arrêt contre Hu Yen-po, dont le QG de campagne est entouré par à peine quelques dizaines de milliers de supporters ? Il ne faut pas être timide, ce n'est pas le proc' mais moi qui déciderai de votre promotion ou de votre mutation sur les îles Pratas.

— Peut-être que le Président avait une assurance décès ? Et si sa famille avait voulu toucher le pactole ? suggère quelqu'un, tentant de détourner la colère de Lu.

— Vous lisez trop de romans ! Le Président n'a qu'un seul fils adoré, qui se plaît beaucoup dans son rôle de prince de sang. Et la retraite que touchera le Président s'il reste quatre ans de plus en fonction sera bien supérieure au total à n'importe quelle assurance décès.

Un ange passe en salle de réunion, puis une voix se risque :

— Une histoire de paris clandestins ? J'ai entendu dire que cette année les sommes misées sur l'élection présidentielle étaient très importantes.

— C'est vrai. Et tous ceux qui organisent des paris sur l'élection sont donc suspects. Ils sont tous des triades, n'est-ce pas ? Fort heureusement, nous disposons d'exceptionnels spécialistes des crimes graves, j'ai nommé la 8e équipe de la Division des enquêtes criminelles de notre bonne police de Taipei, qui pour l'instant n'a pas moufté de toute la réunion mais va se jeter à corps perdu dans ce boulot. Et si vous avez besoin d'aide à plus haut niveau, le chef du secrétariat du Bureau des enquêtes criminelles nous honorant de sa présence, vous n'avez plus qu'à l'inviter à dîner et à picoler, et le prier de mettre à votre disposition la section de lutte contre le crime organisé du Bureau.

Le chef du secrétariat hoche la tête, indiquant qu'il accepte l'invitation à dîner et qu'il transmettra la demande d'aide aux personnels concernés.

Les deux petits yeux triangulaires du contrôleur Lu s'agrandissent soudain en deux œufs de pigeon ellipsoïdes :

— Et puis, bordel de merde, retrouvez-moi les douilles du pistolet et les balles tirées par le fusil !

La réunion est terminée. Il jette un coup d'œil à l'horloge murale : il est midi pile.

La matinée est passée, le Président n'est pas mort, la police n'a rien trouvé à part deux cartouches vides et deux balles, le chef du secrétariat du Bureau des enquêtes criminelles s'approche du contrôleur Lu et lui murmure à l'oreille :

— Ça ne serait pas inutile de contacter ton ancien adjoint à la section de lutte contre le crime organisé… il s'est frotté aux triades pendant des décennies.

Après avoir raccompagné l'envoyé de l'échelon central, Lu se détend un peu. Il ouvre un tiroir, cherche ses cigarettes, ne les trouve pas. Il attrape un stylo, le fait tournoyer un moment, s'en débarrasse. Pose les pieds sur son bureau et parle dans son téléphone :

— Eh, Wu, mon vieux !… Putain, Wu, c'est Crâne d'œuf, tu n'es pas à la retraite depuis un an que tu ne reconnais déjà plus ma voix ?… C'est ton taux de cholestérol… À force de t'empiffrer depuis que t'as quitté l'uniforme, tu as perdu tout sens de l'amitié… L'affaire du Président, faut que tu m'aides. T'es un ancien de la lutte contre les triades, je dois savoir qui a fabriqué les balles et le flingue… Quoi ? Pas le temps ?… Le Président se fait tirer dessus, et tu me dis que t'as pas le temps ?… Putain, qu'est-ce que c'est que ce type ?… Eh, mon vieux, flic un jour flic toujours, ce n'est pas parce que ta compagnie d'assurance te paye ton poids en lingots d'or tous les mois que tu peux oublier tes racines.

« Oui, l'important, ce sont deux balles tirées par un pistolet artisanal et deux étuis de cartouche de fusil de 7,62 mm qu'on a retrouvés à des endroits différents. Neuf chances sur dix que la pègre soit mouillée là-dedans… et la pègre c'est ton rayon, renseigne-toi à droite à gauche… Ah oui, il faudrait aussi que tu nous aides à identifier ceux qui s'amusent à lancer des paris clandestins sur le résultat du vote.

« Assez raconté de salades, on n'a qu'à déjeuner ensemble. Ah ! Non, pas possible, je suis à fond – allô ? allô ?… Wu, quand cette affaire sera réglée, je m'arrangerai pour que tu puisses monter un stand au QG de la police de Taipei pour fourguer tes assurances. Et je ferai les gros yeux à ceux qui ne signent pas, ça te va ?

3

Alex est en train de faire sauter des « perles de dragon ». Il a pointé au boulot à 11 heures, il est trois heures de l'après-midi et il en est à sa vingt-deuxième assiette de boulettes de bouches de calmar. En quittant la rue Huayin, pour échapper au fusil de l'Hôtel du Bonheur et aux probables caméras de surveillance, il a fait un long détour jusqu'au métro à Beimen, mais est arrivé à l'heure au restaurant.

Il n'a pas besoin de spatule : il branle le wok à la force du poignet, d'abord d'une main puis de l'autre, pour entretenir ses muscles de façon équilibrée.

La cuisine est un abri en tôle, vaste et aéré, qui mord illégalement sur la ruelle à l'arrière du restaurant. D'une main, Alex secoue le lourd instrument de fonte, de l'autre il répand les cacahuètes, et WOUFF ! une épaisse fumée s'élève, comme dans le conte juste avant que le génie de la lampe n'apparaisse.

Il a changé plusieurs fois d'employeur mais travaille ici depuis trois mois, cela n'a jamais duré aussi longtemps. Le petit restaurant où il bossait juste avant ne tournait pas très fort et le patron rognait sur son salaire. La paye dans les établissements plus importants n'était pas forcément meilleure et, dans l'avant-dernier, la jeune femme de la comptabilité lui courait après pour réclamer une preuve de son identité et sa carte de sécurité sociale. Le patron de cette gargote, le vieux Mo, ne gaspille pas sa salive, le paye rubis sur l'ongle et ne lui a jamais demandé de présenter de papiers ni de diplôme de cuisinier.

La carte d'un restaurant spécialisé dans les plats sautés est simple, et il est facile d'oublier le temps qui passe au milieu des odeurs de poivres et de piments. Trois mois déjà. Le business principal du vieux Mo n'est pas la restauration : il vend sous le manteau des armes et des stupéfiants. Les clients du boui-boui semblent couvrir un large éventail de professions diverses, ce qui facilite les affaires. Au cours de l'entretien d'embauche, Mo a demandé à Alex de lui préparer un riz sauté, avec pour argument : « Si tu sais sauter le riz correctement, tu sais tout faire sauter. C'est ce que j'ai appris d'une vie de marchand de soupe. » Alex s'est muni d'une paire de longues baguettes dont il a cassé les balles de riz et en a éparpillé les grains dans le wok remué de l'autre main, démontrant sa force, sa vitesse et sa maîtrise technique. Le vieux Mo hochait la tête lentement en le regardant, mouvement qui s'est dangereusement accéléré après qu'il eut avalé deux bouchées : « Ça marche ! Les grains ne collent pas, ça sent bon l'œuf, et y semble pas que tu m'aies empoisonné. »

Pendant que le vieux Mo riait tout seul de sa blague, derrière lui son chef cuistot, impassible, goûtait à son tour le riz sauté. Après deux clignements des paupières, il a sobrement et puissamment commenté : « Du travail de pro. »

Le chef n'était pas bavard et bossait sérieusement. Il avait sur le dos un tatouage, mi-dragon mi-serpent, dont on disait qu'il se l'était fait graver au stylo-bille, en maison de correction, peu après la campagne de répression du banditisme du milieu des années 80. Le dessin était vigoureux et expressif, mais ne s'embarrassait pas de beaucoup de détails. Personne en tout cas n'osait lui demander s'il s'agissait d'un dragon ou d'un serpent. Après la maison de correction, il s'était encore rendu coupable de divers coups et blessures, pour lesquels il avait passé dix ans en prison. À sa libération, le monde qu'il connaissait avait disparu et sa femme avait emménagé chez un autre homme avec ses enfants. Peut-être était-ce cela qui l'avait rendu aussi marmoréen, mais toujours est-il qu'il préférait désormais faire sauter des plats que de se mêler des histoires de la pègre.

Le vieux Mo appelle son chef cuistot « Binocles », parce qu'il porte des lunettes à double foyer ; Alex, comme tous les autres, l'appelle « Maître ». Et c'est en effet son maître, à un certain point : il lui a appris à cuisiner les perles de dragon, et surtout il lui a enseigné l'art de la graisse. La graisse : le grand secret de la cuisine chinoise.

— La graisse de porc, mon gars, y a que ça de vrai.

Le vieux Mo s'installe en cuisine pour parler boulot. Il s'assied à une petite table carrée placée dans un coin, les jambes bien écartées pour éviter de gêner la dissipation de la chaleur. Une bière en main, il discute avec son vis-à-vis, un homme d'âge mûr vêtu d'un costume occidental noir dont la veste présente une curieuse protubérance dans le dos, juste au-dessus de la ceinture.

— Grand frère, tu sais que tu peux compter sur moi. Pas de bla-bla, t'as qu'à l'ouvrir. Je sais que vous avez la pression des échelons supérieurs en période d'élections... Tu veux des armes, des drogues ? T'en veux combien ? Comme d'hab', je te refile une adresse, tu envoies tes hommes à l'assaut. Si tu veux choper du monde... je te donne deux frangins pour ton quota, mais faut d'abord qu'on soit sûrs qu'ils aient un casier vierge et soient mineurs, tout ça. Moins de deux ans à l'ombre et ils sortent en conditionnelle, sinon j'arriverai jamais à mettre assez de côté... Tu sais ce que c'est, les petites entreprises, ce qu'on ramasse dans la gueule... c'est la mort du petit cheval.

L'autre parle à voix basse, on voit à peine ses lèvres remuer.

— Eh, grand frère, tu blagues ou quoi ? Les coups de feu sur le Président je les ai vus à la télé comme tout le monde, et tu veux déjà que je te file le flingue qui a tiré ?... Pas que je veux pas t'aider, mais bon... J'ai cru comprendre que les pruneaux collaient pas avec les cartouches ? Ça a l'air compliqué votre histoire... Nan, y a pas moyen que je te trouve un spécialiste des munitions artisanales pour que tu lui foutes la main dessus et récoltes ta médaille... Ah ! grand frère, si y a mort d'homme, évite de débarquer ici pour me charrier, OK ?

L'homme d'âge mûr pousse une série de gloussements et se remet à parler à voix basse.

— Ouais, c'est possible... Une bastos en cuivre, une autre en plomb, hein ? Clairement le boulot du vieux schnock, celui qu'ils appellent le Forgeron. Un ancien des blindés. Y fait des flingots, y fait des munitions. Putain, vous les flics et les barbouzes, vous savez ça mieux que moi... Je dirais, du plomb, ça fait un peu petit budget. Mais couler du plomb ou du cuivre dans des moules, c'est le même boulot... et ceux qui achètent des munitions, y se foutent un peu de la petite différence de prix... mais...

Le vieux Mo regarde l'autre sérieusement, pour changer.

— Tu serais pas en train de me blouser, grand frère ?

L'homme en noir sourit, sort son téléphone, son portefeuille et son pistolet, écarte les pans de sa veste pour montrer qu'il n'est pas en train d'enregistrer la conversation.

— Tu savais qu'avant y avait un autre Forgeron ?... Un mec balèze, y pouvait te sortir des sulfateuses artisanales, te tracer des rainures dans un canon en acier inox. S'il est vraiment rangé, faudra qu'il vienne me faire ma vaisselle... Ouais, y fabriquait aussi des munitions, mais y te les vendait au feeling, s'il était content il t'en fourguait deux poignées gratos. Du cuivre, du plomb, pour tous calibres. C'est comme je te le dis, grand frère, j'ai entendu dire – je le connaissais pas, hein – qu'il ramassait tellement de blé avec les flingots que les balles, c'était compris dans le tas. Il en faisait avec tout ce qui lui tombait sous la main, du cuivre, du plomb, ouais, mais pas que. Que j'oublie pas de boire ? Mais non, si je bois tu bois aussi.

Le vieux Mo fait signe de la main à Alex, en plein récurage de wok.

— Apporte-nous deux bouteilles pour commencer.

C'est une petite gargote qui jouit d'une certaine notoriété sur Internet. Les affaires importantes s'y traitent en soirée et en pleine nuit, mais le vieux Mo n'a pas l'intention de payer son loyer mensuel pour laisser les lieux inoccupés la moitié du temps, et elle ouvre aussi pour le déjeuner. Alex y sert fidèlement, à son poste d'expert en perles de dragon – payé d'abord 200 dollars de l'heure, mais dès le deuxième mois, grâce à l'insistance de Binocles, le patron n'a pas pu refuser de l'augmenter à 300 dollars de l'heure.

Le vieux Mo possède six restaurants spécialisés dans les plats sautés, une particularité taïwanaise. Nul n'ignore que si, en apparence, il est restaurateur, en réalité il n'est autre que le second du parrain de la branche du Tigre rugissant de la triade de l'Alliance des dix mille*, ni que l'intitulé officiel de sa fonction au sein de cette organisation ne déparerait pas dans un roman de cape et d'épée chinois : « le Pontife de la Loi ». Il s'est un jour plaint à Alex qu'il devenait bien difficile d'être un voyou de nos jours. Pour décrocher le moindre contrat d'une entreprise publique, il fallait présenter un certificat de bon citoyen signé par trois générations d'ancêtres. Il avait beau être Pontife, il était obligé de tenir quelques restaus pour récolter un peu de fric et nourrir sa famille. Quelle déchéance !

Alex apporte les deux bières et les décapsule, debout face à l'agent en costume noir. L'autre lui jette un coup d'œil, ne réagit pas.

---

* Nom de triade fictive, qu'on retrouve souvent dans la littérature de genre, formé à partir des noms de deux vraies triades historiques de Taïwan, celle de l'Alliance du bambou et celle des 10 000 pays.

— Je te dis que je vais me renseigner, grand frère, pas la peine de revenir me casser les couilles, continue le vieux Mo. Hé, ça fait pas vingt ans qu'on se connaît, depuis que t'es entré au Bureau des enquêtes ? Tu dois même savoir combien j'ai de poils au derche.

Alex dresse l'oreille. Le Bureau des enquêtes ?... Non, pas le service où travaillait le superintendant Wu, mais l'agence de contre-espionnage et de sécurité intérieure du ministère de la Justice.

— Tu sais que je suis un gars sérieux, je touche pas à ces saloperies de flingues artisanaux. Moi, je vends que des Glock, à la rigueur des Uzi. Peuh ! Les revolvers ça n'a aucun intérêt, y en a qui prétendent que ça s'enraye moins souvent et que c'est pratique à trimballer, mais moi je dis qu'aujourd'hui tu peux pas te limiter à six ou sept cartouches. Et puis le barillet qui tourne me fait toujours penser au tambour de ces putains de machines dans les laveries automatiques... Ouais, me parle pas de la précision, avec les canons courts t'arroses comme un salaud, les bastos partent dans tous les sens, tu sais pas où tu tires. Je te jure.

L'homme d'âge mûr réprime un autre gloussement.

— Je croyais que c'était les flics qui s'occupaient de l'enquête sur l'attentat du Président ? Pourquoi ils vous font aussi bosser au ministère de la Justice ?... Ah, zob, tu veux dire que vous allez tous venir nous les briser ? Le Bureau de la sécurité nationale, le Département d'information stratégique, le renseignement militaire, la Police militaire... Bon, vide ton verre, grand frère, je te contacte dans les deux jours. Quand la sécurité du pays est en jeu, tous les bons citoyens doivent se sentir concernés… Nan, j'ai pas besoin de félicitations, tu m'inviteras à boire un verre et à taper le carton… Mais motus, hein ? Faudrait pas qu'on me prenne pour une balance, si ça se sait je vais y laisser ma peau.

Le vieux Mo se tourne et lance un nouveau signe à Alex :

— Hé, le nouveau, sers-nous une assiette de couilles de dragon. Mollis pas sur les cacahuètes au piment, mon grand frère n'est pas une tapette !

Les « perles de dragon » désignent en gastronomie chinoise la partie buccale du calmar ; jadis, quand on préparait le calmar, la première étape consistait à découper ce morceau de l'animal, le moins noble, et à s'en débarrasser. Un illustre inconnu s'est dit un jour que c'était bien dommage, a roulé les bouches de calmar dans la farine avant de les balancer dans son wok pour les rendre bien croquantes. Le plat est devenu immédiatement l'un des favoris des restaurants de fritures et de plats sautés. Comme le canard laqué à Pékin, la poitrine de porc « Tungpo » à Hangchow, et les abats de bœuf « mari et femme » au Szuchuan, les perles de dragon sont le plat qu'une gargote taïwanaise typique qui se respecte se doit d'avoir au menu.

Le nom complet du plat est « perles de dragon sautées », mais en vérité les boulettes de calmar sont frites au préalable. On chauffe de l'huile au fond du wok, on verse du piment et de la purée d'ail ; quand les fragrances explosent, on rajoute les perles de dragon pré-frites et des cacahuètes à l'ail ou au piment, et on secoue le tout rapidement avant de verser dans l'assiette. Le plat est croquant, goûteux, épicé ; la bière est le meilleur accompagnement.

Binocles supervisait les premiers essais d'Alex, lui racontant de sa voix rendue râpeuse par trente années de nicotine et de goudron :

— Ce que les autres veulent pas, nous on le fait sauter au wok.

Alex comprenait très bien. Orphelin de père et mère, il avait grandi chez son Papi, avec lequel il n'avait aucun lien de sang. À l'école primaire le maître lui avait demandé pourquoi il s'appelait Ai alors que son grand-père s'appelait Pi. Il était resté muet, ne sachant pas quoi répondre. Il était une bouche de calmar rejetée, et s'il n'avait été ni frit ni sauté, il n'aurait jamais figuré sur le joli menu.

« Perles de dragon » : un nom de génie. La légende ne dit-elle pas que l'humble carpe qui parvient à remonter les chutes de la porte du Dragon sur le fleuve Jaune devient, elle aussi, un dragon ? La bouche de calmar, sublimée par l'huile de friture, tient maintenant le haut de l'affiche à Taïwan.

Le vieux Mo pèse 120 kilos, son tour de taille ferait honneur à un hippopotame et quand il se tourne, on dirait le globe terrestre en rotation. Là, il s'est tourné d'une douzaine d'heures sur son axe, pour examiner une photo en même temps que son interlocuteur.

— Lui ? Connais pas. C'est l'ancien des forces spéciales ? Les types de Liangshan ? Le tireur d'élite ? Non, jamais vu. Comment qu'il s'appelle ? Ai Li ? Écoute, grand frère, de Shipai à Beituo je suis chez moi, je sais tout ce qui s'y passe mieux qu'un putain de flic. Je te le signalerai, sans faute. C'est lui qu'a flingué le Président ?

Ils se taisent un moment pour mâcher leurs perles de dragon et leurs cacahuètes, *cric croc*.

— Bon, tu sais que je suis un ancien biffin, j'ai encore pas mal de contacts chez les vétérans, je demanderai. Cet Ai Li, y circule à moto ? À vélo ? Il aime bouffer des raviolis en sirotant du kaoliang dans les restaus pour nostalgiques du continent ? Grand frère, faut que tu me donnes un peu plus d'infos sur ce type, j'peux pas juste aller toquer de porte en porte en demandant *(le vieux Mo élève la voix)* : « Hé, bande de bâtards, vous avez un Ai Li planqué chez vous ? »

L'autre lui ressert de la bière en souriant.

— Plus tu m'en diras mieux ce sera. À quelle brigade il a appartenu, à quel bataillon, à quelle unité. Je fais passer le mot et si ça se trouve dans deux jours j'ai des réponses. Taïwan, je sais plus quel ministre des Affaires étrangères l'a dit un jour, c'est grand comme une crotte de nez, on va forcément le trouver, suffit d'y passer du temps. Je m'en occupe tout de suite. « Chez soi, on compte sur ses parents ; dehors, on compte sur ses amis » ; c'est comme ça qu'on débusque les gens. Si t'as une promotion grâce à moi, tu t'occuperas encore mieux de moi. Tu me connais : j'suis peut-être pourri jusqu'à l'os, mais question patriotisme, y a pas plus correct que moi.

Les deux hommes hennissent comme Jim Carrey au cinéma. À trois mètres de distance Alex peut apercevoir leurs luettes qui s'agitent comme un pendule au fond de leurs gueules béantes.

Alex termine la vaisselle, accepte une cigarette du chef cuistot. Ils s'accordent leur pause, sortent fumer dans la ruelle, ne peuvent s'empêcher d'observer l'homme en noir de dos, par la porte ouverte.

C'est reparti. Il a beau se tenir à carreau, ne pas conduire de voiture, ne pas acheter d'appartement, ne pas passer les examens de la fonction publique, se planquer dans un trou à rat… Il suffit d'un coup de feu, et toutes les agences lui courent de nouveau après.

Alex est déjà recherché pour trois homicides à l'étranger. L'année dernière, un conseiller en stratégie de la Présidence a été assassiné à Rome. Alex l'a tué, sur ordre. C'était le premier d'une série de quatre morts et demi : le conseiller, son frère d'armes le Gros – un sniper lui aussi –, encore un sniper, Chang Nan-sheng, à Telč en République tchèque, l'instructeur Tête-de-fer. Bébé, l'assistante de Tête-de-fer, blessée, est restée entre la vie et la mort. Le superintendant Wu lui a confirmé que les indices rassemblés contre lui étaient insuffisants. Le seul capable de prouver qu'il avait tué le conseiller en stratégie était Tête-de-fer, mais il était mort, abattu par Wu. Aucune charge n'a été retenue contre Wu, qui a tué le colonel Huang Hua-sheng en légitime défense après que celui-ci l'eut blessé à deux reprises au cours d'un échange de coups de feu digne d'un western.

Y a-t-il d'autres mandats d'arrêt au nom d'Ai Li ?

Ça sent mauvais. La veille, quelqu'un lui a envoyé un texto, en utilisant le numéro de téléphone de Wu, afin de lui fixer rendez-vous pour le petit déjeuner ce matin rue Huayin. Coïncidence, Wu n'est pas venu, mais on a tiré sur le Président au même endroit. Et dès l'heure du déjeuner, un membre du Bureau des enquêtes se renseigne sur lui, dans le restaurant où il travaille.

Il doit trouver un autre job.

Dans la ruelle, il aperçoit une clé de contact sur le démarreur d'un scooter. Mais deux amoureux appuyés contre la machine se pelotent et s'embrassent. Sans doute des lycéens. Ils en ont pour un bout de temps. Binocles les observe froidement. Alex les contemple, impuissant. Il sort son téléphone et envoie un message.

— D'accord ! rugit le vieux Mo. Compte sur moi ! Je vais te les dégoter, l'artiste des pistolets et ce salopard d'Ai Li !

À deux, ils ont descendu trois grandes bouteilles de bière en une demi-heure. Ils ont trop chaud et bouillent d'une juste colère.

— Cet aprèm' je… je vais discuter avec quelques collègues. L'attentat contre le Président, y a pas que vous, nous aussi ça nous fout les boules. La p… paix et l'harmonie, y a que… y a que ça qu'est bon pour les affaires !

Le vieux Mo bredouille. L'homme en costume finit son verre, cul sec.

— Grand frère, t'es… t'es pas tombé de la dernière pluie, tu sais ce que c'est qu'un vieux couple… Ma mère, elle aime pas ma conne de femme, elle passe son temps à me dire de la quitter. Mais l'autre, hein, elle me supporte depuis si longtemps, pourtant j'ai pas d'appart de luxe ni de Mercedes, et elle m'a donné deux petits trous du cul bien gras. Comment je pourrais lui balancer comme ça, hé, désolé ma belle, ma vieille veut que tu me lâches la grappe et que tu retournes chez toi. Hein ! Mais de quoi j'aurais l'air, moi ? Faudrait que je trouve un autre appart, que je récupère les mômes après la crèche pour les amener chez leur grand-mère, que j'aille les chercher le soir pour les ramener chez leur mère. Bordel, j'ai pas une tronche de chauffeur, quoi, m… merde ? Et puis, regarde-moi, je dois dîner deux fois par jour. Une fois chez ma mère, une fois chez moi, et pas des portions de gonzesse, non ! Ma mère qui verse des larmes à la mémoire de mon père, bobonne qui me balance son oreiller à la gueule en me disant d'aller coucher au restaurant. Fils parfait et mari aimant… comment tu veux que je prenne pas du poids ?

Le petit couple d'amoureux se roule une pelle passionnée, une main baladeuse se faufile sous une jupe. À Taipei, il faut certes attendre la fin du mois de décembre pour qu'on puisse prétendre être en hiver, mais là, l'atmosphère est plus torride qu'en plein été. Binocles termine sa canette de *root bier*, l'aplatit entre ses mains et la jette dans une poubelle.

Le vieux Mo raccompagne l'homme en noir puis revient à la porte arrière de la cuisine :

— Binocles ! File-moi une clope.

Binocles lui jette une cigarette. Mo fume d'un air absent, Binocles regarde les amoureux d'un air absent, Alex songe d'un air absent au soleil qui se lève chaque matin et se couche chaque soir.

— Les enfants, vous avez entendu tout ce qu'on vient de dire. Y a rien que je déteste plus que de devoir jouer les indics, mais je peux pas m'amuser à indisposer le Bureau des enquêtes. Alors démerdez-vous. Binocles, tu t'entends bien avec le nouveau, tu t'occupes de lui, je veux rien savoir.

« Et toi, mon petit pote, ajoute le vieux Mo en plantant son index dans la poitrine d'Alex, t'as bien changé par rapport à la photo. On peut pas compter que sur les gènes favorables que vous refilent vos parents, hein, c'est pas parce qu'on est né mignon qu'on le reste toute sa vie. Faut prendre soin de soi aussi, ou se tartiner de trompe-couillon. Moi j'ai l'œil, faut croire que l'autre n'a rien vu, mais si le Bureau des enquêtes vient traîner ses guêtres par ici, c'est qu'on a dû leur glisser un truc à l'oreille.

Il lève le bras, lui pince la joue.

— T'es plus maigre que sur la photo et bien plus noiraud. Tu t'es battu au Moyen-Orient ? T'as l'air d'un dur, dommage que j'aie plus le temps de t'écouter raconter tes campagnes. Quand ça se sera calmé, reviens donc boire un verre. Binocles t'a traité comme un disciple, ne joue pas les « bouche de miel, cœur de fiel »… pas de putain d'ingratitude avec moi.

D'une chiquenaude, il imprime à son mégot une superbe trajectoire balistique puis réintègre la cuisine.

Binocles ne dit rien, projette lui aussi sa cigarette à deux bons mètres, et désigne sa bicyclette appuyée contre le mur.

Alex quitte les lieux sur la vieille bécane grinçante, sans attendre de savoir si les efforts des deux jeunes amoureux ont été concluants. Quand il les dépasse, le scooter cède définitivement à leur enthousiasme et bascule d'un seul coup en arrière.

Il franchit deux feux rouges et descend de vélo, soulève sa machine et l'insère péniblement entre deux scooters sur une zone de stationnement de deux-roues pleine à craquer. Fourre les deux mains dans ses poches et s'engouffre dans une bouche de métro. Son téléphone sonne, il décroche, parle à voix basse :

— Alors ?

— Papa est à la retraite depuis presque un an, il va lui falloir un peu de temps pour savoir si tu as un mandat au cul. Il va te rappeler, d'une cabine publique si j'ai bien compris.

— Merci.

Debout sur le quai, Alex attend la rame de métro. Son téléphone sonne de nouveau, il monte dans le wagon, reste près de la porte et écoute un long moment avant de répondre :

— Je suis désolé de vous déranger, superintendant. Ne vous inquiétez pas, ce numéro est clean, j'en ai changé à 11 heures ce matin… C'est plutôt à vous de faire gaffe… c'est de votre numéro qu'on m'a envoyé un message hier.

Des passagers libèrent des places à la station suivante, il s'assied dans un coin.

— Oui, j'étais sur place… Superintendant, c'est salement louche. Qui peut savoir qu'on était en contact, et connaître en plus mon numéro ? Et pourquoi m'attirer rue Huayin ? Pour être témoin ? Ou pour tout me coller sur le dos ?

Il descend du wagon, passe sur le quai en face, laisse passer une rame et repart en sens inverse.

— Deux balles de pistolet, mais deux cartouches de

fusil ?… OK, compris, envoyez-moi des photos, j'aurai peut-être une idée. Non, je n'ai pas besoin de fric, l'argent est un fardeau et je n'aime pas la pression… Et puis je suis un soldat, les militaires ne se mêlent pas de politique, ça n'a aucun intérêt.

Il se tait, inspire un grand bol d'air, reprend :

— Superintendant, pour ce que je vous ai demandé la dernière fois ?… Il faut que je retrouve Bébé. Oui, Lo Fen-ying, que j'avais blessée…

Nouvelle pause, nouvelle station. Un jeune homme avec un casque sur les oreilles vient s'installer à côté de lui.

— Merci, superintendant, et remerciez aussi le contrôleur Lu… Non, ce n'est pas grave si ça ne donne rien, je sais que vous faites de votre mieux…

Alex range son téléphone, baisse la tête. Un an déjà… impossible d'oublier le coup de feu, ni le cri de Bébé dans la nuit pluvieuse.

4

Wu a été un enquêteur de haut niveau de la police criminelle. Il a pris sa retraite dès que possible, un an auparavant, le jour de ses soixante ans. Il n'est pas resté un jour de plus. Blessé la veille de son départ, il a passé deux mois de convalescence chez lui : il n'avait qu'à ouvrir la bouche pour qu'on le nourrisse, à tendre la main pour qu'on lui donne son journal. Il s'est promené pieds nus en pyjama toute la journée dès qu'il a pu se remettre sur ses jambes, se transformant peu à peu d'amant de sa femme qu'il était dans sa vie antérieure en ennemi juré pour les siècles des siècles. Il a intégré une compagnie d'assurance sur recommandation d'un de ses anciens supérieurs et s'est remis au boulot comme détective d'assurance après trois mois de formation.

Son fils lui a demandé un jour ce qu'était un détective d'assurance.

— Mon travail consiste à trouver le plus de moyens possibles – le plus de moyens *légaux* possibles – de ne pas indemniser les assurés.

Fiston est resté quelque peu interdit, puis a répondu, se forçant visiblement :

— Papa, ça n'a pas l'air très moral.

Le boulot c'est le boulot, ça n'a rien à voir avec la morale.

À la minute présente, il est au domicile d'un récent défunt, cherchant à expliquer pourquoi la compagnie ne peut pas payer l'indemnité prévue.

Avant de venir, il s'est tapé tout exprès trois quarts d'heure de métro pour se rendre à la fameuse pâtisserie Leechi sur l'avenue de Chang'an Est, a poireauté une demi-heure et réussi une percée de dernière minute pour acheter la dernière boîte de gâteaux de lune farcis à la pâte de petits pois. L'expérience accumulée au cours d'une vie lui a appris que le destinataire d'un cadeau doit pouvoir percevoir les sentiments qui l'accompagnent. La marque du produit démontre assez le cœur qu'il a mis dans l'affaire, ce qui lui vaut de recevoir de la veuve éplorée une tasse de vrai café, venue d'une vraie machine.

Il doit trouver le moyen d'expliquer avec tact l'absence d'un quelconque rapport entre la mort du défunt et les clauses du contrat d'assurance.

Un soir, deux mois auparavant, un grand cri a jailli d'un immeuble de quinze étages du quartier de Neihu. Une promeneuse a découvert un cadavre d'homme dans la cour, les quatre membres disposés selon des angles bizarres. Peu de temps après, l'épouse et la fille du défunt sont arrivées sur place, en même temps que la police. Un foyer de plus sans père ni mari.

La police technique a établi que la mort était due à un choc violent à l'arrière de la tête. Choc pouvant résulter soit d'un coup porté avec un instrument contondant, comme une batte de base-ball, soit du contact du crâne avec le sol à l'issue de la chute.

La position du corps, allongé sur le dos avec le visage tourné vers le ciel, et les fragments d'herbe et bribes de terre prélevés sur la blessure crânienne ont conduit à privilégier la seconde solution : la chute. Soit un accident, soit un suicide. Un examen de la pièce où se trouvait le défunt avant sa mort a montré que la rambarde du balcon était à hauteur de poitrine, que la pièce était fermée à clé de l'intérieur, qu'elle ne contenait aucune empreinte digitale récente appartenant à des tiers. Ce qui réduisait considérablement les chances que le mort ait été poussé du balcon – ou qu'il ait basculé accidentellement –, d'autant que son sang ne présentait aucune trace d'alcool. Au bout de deux mois, le parquet, sur la base de l'enquête de police, a conclu à un décès par suicide et rejeté l'hypothèse du meurtre.

Mais la famille ne peut accepter cette décision. Le défunt dirigeait une succursale d'une chaîne de restauration, ne rencontrait pas de problèmes au travail, ni chez lui. Un check-up médical effectué l'année précédente s'est révélé entièrement normal. Il n'avait aucune raison de se tuer. Quant à la possibilité que la récente décision de licenciement dont, selon la police, il avait été informé par son entreprise, l'ait mis au trente-sixième dessous, la famille affirme qu'il s'en fichait éperdument, qu'il cherchait des investisseurs pour ouvrir son propre restaurant et que son moral était au beau fixe.

Mais le parquet n'a pas démordu de sa conclusion.

La tâche de Wu est d'expliquer de nouveau que selon

l'article 109 de la loi sur les assurances, si l'assuré est soupçonné de s'être donné la mort, l'indemnité ne peut être payée que si le contrat a été souscrit au moins deux ans auparavant.

— Mais cela faisait des années qu'il payait ses primes d'assurance ! Parce qu'il avait un petit retard sur la dernière, vous appeliez trois fois par jour pour le lui rappeler, pire qu'une banque qui réclame le remboursement d'un emprunt ! Et maintenant vous dites que vous ne voulez plus payer ?

C'est la fille qui interpelle Wu, le visage pâle et tiré.

Wu veut s'expliquer, ouvre la bouche, la referme. Le défunt ne payait plus ses primes d'assurance depuis sept mois, le contrat était suspendu. La famille ne semble pas être au courant. Que pourrait-il bien dire ?

— Nous dépendions entièrement de ses revenus, dit la veuve en sanglotant. Nous avons encore sept millions de dollars d'emprunt immobilier à rembourser, comment allons-nous payer ?

Wu se voit forcé de dire la vérité sur la suspension du contrat. Il est chassé du domicile avant même d'avoir terminé son café. Il se résigne à son destin : personne n'aime les enquêteurs d'assurance. Sur le palier de l'étage, les portes entrouvertes laissent passer des regards furtifs qui l'observent pendant qu'il attend l'ascenseur pour s'enfuir. Il se dit que jadis, au cours des enquêtes pour meurtre, quand elle avait identifié une victime la police tentait toujours d'envoyer un agent adapté pour informer la famille. En général un agent féminin, plus apte à diffuser une atmosphère apaisante.

Wu sort de l'immeuble, quelque chose tombe du ciel : la boîte de gâteaux de chez Leechi. Fort heureusement, elle n'est pas tombée sur lui, mais – coïncidence – pile à l'endroit où le défunt s'est écrasé. Il a très envie de ramasser le carton, les gâteaux de lune ne sont pas moins bons quand ils sont en morceaux. D'autant qu'il les a payés de sa propre poche.

Son portable sonne. Une voix bizarre bien connue. Mais Wu répond brusquement :

— À qui ai-je l'honneur ?

Le fantôme de Crâne d'œuf revient le hanter.

Dès qu'il en a fini avec lui, la sonnerie retentit de nouveau. Pour changer, c'est une voix féminine :

— Eh, mon vieux, on oublie ses amis quand on part à la retraite ?... Mon père aimerait te voir, viens boire un café.

Faut-il vraiment retourner finir les cafés pas terminés ?

Vingt-sept minutes plus tard, Wu se retrouve dans la petite gargote de Chu Lili, dans la ruelle près du siège du Bureau des enquêtes criminelles. Lili l'éternellement jeune porte toujours ses hauts talons et ses bas de soie noire. Elle s'approche à petits pas, plante un doigt à l'ongle écarlate dans ses pectoraux pendouillants de poulet décrépit :

— Il paraît que tu vends des assurances maintenant ? Pourquoi n'es-tu pas venu me voir ? C'est pas que je me fasse beaucoup de fric, mais l'amitié ça compte. Je pourrais te filer l'assurance au tiers de ma bagnole ?

Lili a divorcé à trente-sept ans. Il serait plus juste de dire qu'elle a viré son ex à grands coups de pompe dans le derche sans lui demander un *mao* d'allocation, avant d'ouvrir son café de ses blanches mains. Quand la pression de son travail au Bureau était trop forte, le superintendant Wu, pas encore retraité, se réfugiait dans la petite boutique. À force, il s'est lié d'amitié avec Lili, une amitié d'abord non entièrement dépourvue d'attraction sexuelle. Mais quand il a su qui était le père de Lili, sa libido est instantanément retombée à la température d'une palette de sardines en chambre froide. Le père Chu était un parrain des triades, qui se prétendait certes rangé des voitures, mais Wu n'avait jamais rencontré de parrain vraiment retiré.

Les doigts fins de Lili l'agrippent par sa cravate.

— Comment se passe ta vie de retraité avec ta femme ? J'espère que tu l'emmerdes pas trop. Je t'avais dit de passer de temps en temps taper la causette avec papa, mais tu ne m'as pas écoutée. De quoi t'as peur ? Je vais pas te renverser sur mon plumard. On boira un verre de vin, comme des petits vieux, pour te décontracter. Ah, et la police incendie de mon appart est périmée aussi, tu n'as qu'à me faire un prix global.

Wu hoche la tête pour exprimer sa reconnaissance. Il ne refuse pas, n'a pas la force d'expliquer la différence entre le travail d'un enquêteur et celui d'un agent d'assurance.

Le père Chu est assis comme d'habitude sur son fauteuil en rotin, sous son parasol, nourrissant son principe vital les yeux fermés. Quand Wu s'assied en face de lui, une créature jaillit du ventre du vieillard. Le chat multicolore s'étire de tout son long, toutes griffes dehors sur le sol dur, et s'éloigne en remuant la queue après sa démonstration de yoga, jouant l'indifférence à la présence de Wu.

Il est bien arrogant pour un chat de douze ans. Il faut croire que le bar frit aux herbes de Lili lui réussit.

— Superintendant Wu ! Prenez place, servez-vous, l'accueille le vieux brigand en se redressant, pointant du doigt la théière sur la table.

— Alors comme ça, vous participez à la campagne de Hu Yen-po ?

— Eh, on peut pas avoir vécu si longtemps sans avoir quelques relations, pas vrai ? Une vraie toile d'araignée. Z'avez entendu les nouvelles, pour Hsü Huo-sheng ? Sur Internet la rumeur court que Hu serait derrière l'attentat. Bordel, il avait plus de dix points d'avance, pourquoi y se serait emmerdé à faire abattre son rival ? Ce serait complètement débile. Mais faut qu'il trouve des preuves pour désamorcer les accusations du camp de Hsü, et ce avant le jour des élections. Alors il est venu me voir, et il m'a dit que c'était vous qu'il voulait.

— Je suis à la retraite depuis un an.

— Pas de ça avec moi. Y se sont renseignés sur vos compétences d'enquêteur, c'est vous ou rien. Dites votre prix, et si vous résolvez l'affaire on y rajoutera ce chiffre.

Il trace en l'air un trait : « 1 ». Wu ne demande pas s'il s'agit d'un million, ou de dix.

— Ne parlons pas d'argent. Je vous dois une faveur, et plus tôt je vous l'aurai rendue mieux je respirerai.

— Si vous avez besoin de quoi que ce soit… j'ai encore quelques contacts là où il faut.

— Je vous tiens au courant.

— Cette histoire de balles et de cartouches… ça pue.

— C'est intrigant.

— Le directeur adjoint de la police de Taipei, c'est votre vieux pote Lu, non ?... Il est comment ?... Plutôt supporter de Hsü, ou de Hu Yen-po ?

— Crâne d'œuf ? Il n'a jamais voté, il dit qu'il doit déjà supporter sa femme, c'est bien assez. Mais, monsieur, votre riche expérience devrait vous dire que les fonctionnaires doivent obéir à ceux qui détiennent le pouvoir.

— Je me doutais bien que Hsü profiterait de sa position pour nous sortir un de ses coups bas. Qui peut lui avoir refilé cette idée ? Se faire tirer dessus pour être plaint par les gogos et récupérer leurs votes, c'est du grand art.

À ces mots, Lili ouvre la porte et fourre une tablette entre les mains de son père, qui y jette un coup d'œil et fait un signe de la tête à Wu. Celui-ci pêche son portable dans sa poche, consulte les nouvelles ; le directeur adjoint de l'hôpital Xing'an tient une nouvelle conférence de presse.

Le chirurgien montre une photo de la blessure de Hsü Huo-sheng : un trait de 11,7 cm au beau milieu du ventre, juste au-dessus du nombril ; l'image est un peu floue, mais l'on voit bien l'épiderme déchiré, la chair ouverte. D'après l'hôpital, la profondeur de la blessure va jusqu'à deux centimètres ; il est heureux qu'aucun organe n'ait été touché. La blessure a nécessité sept points de suture. Avec des soins réguliers, et en évitant de mouiller la plaie, elle devrait guérir en sept à dix jours. À peu près comme quand Wu s'est renversé de l'eau bouillante dessus, le mois dernier.

Les questions des journalistes fusent. Le directeur adjoint explique qu'il ne relève pas de sa responsabilité de vérifier la présence de résidus de poudre sur la blessure. Quand le patient est arrivé en salle d'opération, les médecins ont avant tout songé à lui sauver la vie : ils ont nettoyé et examiné la plaie, l'ont immédiatement désinfectée puis recousue.

Comment est-il possible que la balle n'ait causé qu'une telle blessure superficielle ? L'hôpital n'a qu'un seul commentaire à ajouter : adressez-vous à la police.

M. Chu commente à sa place, en posant la tablette sur ses genoux :

— Ce flingueur est décidément d'une précision étonnante. Même les bidasses tireurs d'élite pourraient pas être sûrs de seulement lui racler le gras du bide. Si j'étais le Président, j'émettrais un ordre d'urgence pour retrouver ce mitrailleur et l'envoyer aux jeux Olympiques.

Wu ne répond pas à ces insinuations sans preuves. Certes, malgré le verre blindé et des agents spéciaux, un tueur qui ne toucherait sa cible qu'une fois sur deux à cette distance serait un bien piètre assassin, et une telle blessure est parfaitement improbable. Mais elle n'est pas impossible.

Le vieux brigand en a fini avec ses remarques sur les compétences du tireur :

— Nous espérons que vous coincerez le coupable. Même la veille du vote… même en pleine nuit – on aura le temps d'alerter les médias. Si le vote a commencé, ça servira plus à rien.

« Mais cette affaire de cornecul… faut pas trop nous prendre pour des jambons.

Wu ne savoure ni le steak de Lili, ni le thé Pu'er de son père, n'avale même pas un verre d'eau. Il embouque l'avenue Zhongxiao Est, en direction du mémorial de Sun

Yat-sen. Dix mille pas par jour au minimum : le seul sport auquel il a droit.

Son téléphone vibre : un appel de Fiston.

— Papa, Ai Li va te contacter dans une minute.

De fait, dès que Wu raccroche, Ai Li se manifeste par un message.

— Superintendant Wu… J'ai vu les nouvelles. Les étuis qu'ils ont retrouvés à l'Hôtel du Bonheur sont beaucoup plus importants que les balles sur la voiture du Président. Je vous en reparle à l'occasion.

5

À midi, le candidat Hu Yen-po arriva à l'hôpital général Xing'an pour rendre visite à l'autre candidat, Hsü Huosheng, mais ne put le voir. Les autorités de l'hôpital lui signifièrent que le Président était en salle de réveil. Le directeur de campagne de Hsü raccompagna poliment Hu jusqu'aux grandes portes de l'hôpital et lui secoua chaleureusement la main, le temps pour les caméras, appareils photo et téléphones portables massés à l'extérieur d'immortaliser ces rares instants de paix durant la guerre électorale.

Hu Yen-po ne remonta pas immédiatement dans sa voiture. Il fit face aux médias, la mine grave, exprima sa condamnation émue de la violence et son mépris des méthodes terroristes. En vue de garantir l'équité de l'élection, il déclara d'un ton ardent qu'il suspendait immédiatement ses propres activités de campagne et espérait un prompt rétablissement de son rival, afin de reprendre la lutte à la loyale.

Hu avait cinq ans de plus que Hsü, soit déjà soixante-huit ans, cette campagne présidentielle était sa dernière. Sept jours avant le vote, il menait de onze points dans les sondages et n'avait pas entrevu un seul instant la possibilité que la tenue de l'élection puisse brutalement se retrouver à dépendre d'une décision de justice.

Il n'était pas possible de tout recommencer depuis le début, de rassembler une nouvelle fois autant de fonds, de petites mains dévouées et d'allant. Hu Yen-po retourna à son QG de campagne et réunit tous ses conseillers, qui planchèrent sur les tactiques adaptées à la situation. La seule conclusion que donna la réunion fut : il ne fallait pas que le Président meure. Si Hsü Huo-sheng mourait, le parti au pouvoir pourrait présenter un pangolin des montagnes comme candidat, et il serait élu dans un fauteuil par des électeurs haïssant la violence au plus haut point. Si le Président survivait, il fallait prouver très rapidement que Hu Yen-po n'avait rien à voir avec l'attentat. Le mieux était donc que le tireur soit arrêté au plus tôt et que la justice suive son cours ; c'était le seul espoir de voir la campagne se poursuivre équitablement.

Le pire… le pire serait que la police identifie le coupable mais ne l'annonce qu'après le vote, laissant volontairement s'amplifier la vague de sympathie que l'électorat ne manquerait pas d'éprouver envers Hsü Huo-sheng. Hsü était le Président en exercice et, en définitive, c'était lui qui disposait.

Les sondages privés commandés par l'équipe de campagne étaient bien plus précis que ceux des médias. L'avance de Hu Yen-po fondit à toute vitesse, en particulier dans les parties centrale et méridionale de l'île. Les Taïwanais avaient pour qualité déplorable d'être les personnes les plus douées de compassion au monde. Les deux camps avaient ostensiblement suspendu toutes leurs activités, mais il n'en restait pas moins que les chaînes de télévision et Internet repassaient en boucle les images de Hsü Huo-sheng touché par balle, ce qui revenait à faire campagne pour lui.

La méthode la plus directe pour stabiliser la situation était de veiller à ce que l'affaire soit résolue au plus vite.

Un conseiller avança un nom : Wu, l'ancien chef adjoint de la section de lutte contre le crime organisé du Bureau des enquêtes criminelles, aujourd'hui à la retraite mais dont les contacts tant au sein des forces de l'ordre que dans la pègre valaient toujours. Naguère, quand Hu Yen-po occupait la mairie du Nouveau Taipei, Wu travaillait justement à la direction des enquêtes criminelles de la police de la ville ; tous deux se connaissaient et s'appréciaient.

Si Wu acceptait, le camp de Hu disposerait d'un ancien policier fiable pour superviser la police de Taipei, chargée de l'enquête sur l'attentat. Une conférence de presse serait organisée matin, midi et soir pour exposer les progrès des investigations, ce qui renforcerait la pression sur la police et éviterait à l'opinion publique d'associer le tueur au candidat.

Politiquement parlant, Wu était réputé impartial. L'un de ses amis, interrogé, affirma qu'il n'aimait pas particulièrement Hsü Huo-sheng et que sa femme était fan de Hu Yen-po. Beaucoup de citoyens avaient encore à l'esprit qu'un an auparavant, au cours de la fusillade du temple de Kuan-yin*, Wu avait abattu l'assassin de sa propre main. C'était un héros et le public lui ferait confiance. La décision

* Cf., du même auteur, *Le Sniper, son wok et son fusil*, Gallimard, 2021.

fut prise : on tenterait de recruter l'ancien superintendant Wu dans l'équipe de campagne.

Depuis l'intervention chirurgicale, personne, à part le personnel soignant, n'avait pu voir le Président. Même son épouse et la Vice-présidente furent tenues à l'écart de la chambre du blessé, devant laquelle son directeur de campagne montait la garde et empêchait quiconque d'entrer.

Peu après le départ de Hu Yen-po, un camarade d'université de Hsü Huo-sheng se présenta. Fang Te-min avait partagé avec Hsü les bancs de la faculté de droit de Taipei et sa chambre à l'internat. Après avoir décroché un doctorat aux États-Unis, il était revenu à Taïwan et avait pris le poste de directeur général du consortium des Quatre Mers. Nul n'ignorait que depuis la première élection de Hsü au Yuan législatif, Fang Te-min avait été le plus puissant de ses soutiens en coulisse, qu'il avait rallié à sa cause le monde des affaires et rassemblé les fonds pour ses campagnes ; en bref, qu'il était le principal de ses bienfaiteurs financiers.

La relation entre Fang et le Président n'était pas secrète. Pour cette élection comme pour la précédente, les Quatre Mers avaient mis des locaux à disposition de l'équipe de campagne. Les véhicules et les équipements de communication informatiques avaient également été fournis par des entreprises liées au groupe.

Près de quatre ans auparavant, quand Hsü Huo-sheng avait été élu à la grande surprise de tous les grands médias, Fang Te-min avait émis un communiqué de presse annonçant qu'il ne poserait plus le pied ni à la Présidence, ni à la résidence du Président ; qu'il ne contacterait plus jamais celui-ci ni en personne ni au téléphone ; et qu'aucune entreprise du consortium ne participerait plus aux appels d'offres gouvernementaux. Il avait effectivement tenu parole, jusqu'à ce jour.

PLUS QUE SEPT JOURS AVANT LE VOTE

Il restait une semaine avant le jour du vote et Hsü Huosheng avait subi une tentative d'assassinat. Fang Te-min arriva seul à l'hôpital, entra dans la chambre du blessé et en émergea vingt minutes plus tard. Il refusa de s'adresser à la presse et se contenta de crier à la foule massée devant l'hôpital : « Le Président va bien ! », avant de s'engouffrer dans sa grosse Mercedes. On s'émut de sa sollicitude et de son empressement envers son condisciple. La direction des relations publiques des Quatre Mers rappela que son directeur général et le Président se connaissaient depuis l'université, qu'ils étaient des amis très proches, que cette visite avait été commandée par leurs sentiments personnels et n'avait rien à voir avec les affaires ; par conséquent, les Quatre Mers ne pouvaient pas s'exprimer au nom de Fang Te-min.

Le directeur de la campagne électorale du Président sortit de l'hôpital, porteur de bonnes nouvelles. Le blessé comptait quitter l'hôpital le soir même, sous réserve d'un dernier contrôle par les médecins. Si tout allait bien, les activités de campagne pourraient redémarrer immédiatement.

Il se confirmait que le Président n'était pas gravement atteint.

Un célèbre éditorialiste de télévision livra son analyse :

la visite de Fang au Président cachait deux préoccupations importantes : un, s'assurer que l'homme pour lequel il avait tant investi était sain et sauf ; deux, si c'était le cas, exiger de sa part qu'il reparte en campagne pour démontrer son courage. Les Quatre Mers n'avaient pas pour habitude de traiter les choses par-dessus la jambe. Un employé anonyme du groupe évoqua les résultats d'un sondage privé commandé par une fondation liée à Fang Te-min : après cet épisode, le retard de Hsü Huo-sheng sur Hu Yen-po dans les intentions de vote s'était réduit à quatre points.

Un journaliste de la chaîne de télévision SSB avait suivi Fang Te-min jusqu'au siège des Quatre Mers. L'étonnement qu'il ressentit en voyant que Fang était accueilli dans le grand hall d'entrée par son propre père, en fauteuil roulant, ne l'empêcha pas de photographier la scène. Le père et le fils ne s'étaient pas montrés ensemble en public depuis plus de dix ans. L'homme qui poussait le fauteuil n'était autre que le directeur du département sécurité du groupe, Chao Tso. Fang senior était âgé de quatre-vingt-trois ans.

Le département sécurité des Quatre Mers était très important. Il avait pour double tâche de protéger les secrets industriels du groupe et la sécurité de tous les membres de la famille Fang, petits et grands, soit une douzaine de personnes. Chao Tso était un vieux de la vieille, un diplômé de l'École de police. Il avait rejoint les Quatre Mers dès sa retraite, après avoir quitté le poste de chef du secrétariat de la police de Taichung. Peu après le retour de Fang Te-min au siège, Tso appela son ancien subordonné Crâne d'œuf sur son portable. Personne ne répondit, il laissa un message : « Monsieur le contrôleur, je vous serais reconnaissant de me rappeler dès que vous aurez du temps. »

~

Du temps ? Crâne d'œuf ne peut pas ne pas en avoir. Il ne peut pas ne pas prendre le temps de passer par ce restaurant japonais un peu paumé sur l'avenue Minsheng Est, un restau sans tables avec huit chaises vides alignées devant le comptoir. Il est le seul client. Le patron, coiffé d'une petite calotte blanche, ne lui demande pas ce qu'il désire manger et lui sert d'office une bière glacée à lui brûler la main et une soucoupe d'amuse-gueules. Crâne d'œuf avale une bouchée, Chao Tso s'annonce, ôte ses gants, essuie la sueur de ses mains et tapote l'épaule de Crâne d'œuf :

— Alors, directeur adjoint ? On est occupé ces temps-ci ?

— C'est la panique à tous les étages. Si vous avez quelque chose à me dire, monsieur, allez droit au but, je dois y retourner.

Chao Tso lui présente l'écran de son portable, qui montre la conférence de presse du directeur adjoint de l'hôpital Xing'an.

— Bizarre comme blessure.

— Ça fait à peine une demi-heure qu'on le sait.

— Un hasard pour le moins rarissime. Les munitions maison sont de mauvaise qualité, et si en plus elles sont tirées par un pistolet artisanal sans mire correcte ni rayures dans le canon, ça disperse un max. Incroyable que ça ait été juste assez précis pour frôler l'épiderme du Président, non ?

— Les vérifications sont en cours. Hé, votre patron, c'est pas justement le soutien le plus actif de Hsü Huosheng ?

Crâne d'œuf aperçoit une petite balle de pistolet qui pend à la ceinture de Chao.

— Ça ne serait pas une balle qui a blessé le Président ? Il y avait donc une troisième balle. Pas étonnant qu'on ait usé nos chaussettes à clous sans la trouver, c'était vous qui l'aviez. Quel heureux hasard. Vous vous rendez aux autorités ?

Chao Tso caresse le morceau de métal comme s'il s'agissait d'un lingot d'or.

— Tu sais ce qui m'est arrivé… la fois où j'ai failli y passer, il y a vingt ans. Mais le type était bien trop nerveux, sa main tremblait, il ne m'a touché qu'au bide. Coup de bol, je m'étais fait un tassement de vertèbres quelque temps avant et je portais un corset de soutien. La balle s'est écrasée contre une boucle en métal. En voyant que je tenais toujours debout, il est resté bouche bée. Je n'ai pas demandé mon reste et lui ai mis un pruneau dans la poitrine. Plus tard, à l'hôpital, le toubib a dit que j'étais protégé par le Ciel, je n'avais même pas une égratignure. Depuis ce jour je garde la balle au bout d'une petite chaîne, comme une amulette. Lu, cette balle m'a sauvé la vie plusieurs fois. D'ailleurs tu n'as pas un talisman toi aussi ? Il paraît que le bonze au temple de Matsu à Taichung en avait demandé un pour toi à la déesse.

Crâne d'œuf fourre la main dans sa poche, en retire son portefeuille, en sort un papier rouge plié en forme d'octogone :

— C'est ma femme qui l'a demandé à la divinité. Mon talisman c'est ma femme, vous voyez ?

Chao Tso éclate de rire et s'adresse en mandarin au patron du restaurant, lequel ne parle que japonais :

— Comme d'habitude.

Une svelte silhouette surgit dans son dos : Fang Te-min, du groupe des Quatre Mers, toujours en costume sombre, le cheveu savamment peigné, de fines lunettes sur le nez. Il s'assied à côté de Crâne d'œuf, sans lui laisser le temps de se lever.

— Monsieur le directeur adjoint, pouvons-nous discuter un moment ?

— Je vous en prie.

— Nous souhaitons que l'enquête aille jusqu'au bout des choses. Un attentat en plein jour contre le Président, c'est inadmissible. Les coupables doivent être châtiés. Mais nous avons une demande particulière à formuler : quand vous serez sur le point de procéder à l'arrestation du tireur, faites-le-nous savoir. Avec une heure d'avance, ou dix minutes, qu'importe.

Crâne d'œuf a trente années de police derrière lui et ne s'est pas hissé dans la hiérarchie jusqu'à son poste de directeur adjoint de la police de Taipei sans apprendre à rester impassible et à ne pas hausser le ton quand il ne le faut pas.

— Rassurez-vous, monsieur Fang. Un seul principe nous guide : tirer au clair cette histoire, et le plus vite possible.

— Nous ne pouvons qu'approuver.

— Puis-je vous demander la raison de cette demande ?

— Que je soutienne mon frère Huo-sheng n'est une

nouvelle pour personne. Mais nous ne pouvons permettre que cela soit au détriment de la réputation de l'entreprise. Si le mystère des deux balles se révélait avoir une solution... simple, je dois trouver le moyen de nous protéger.

— Bien entendu. Monsieur le directeur général, j'ai moi aussi quelque chose à vous demander. Une jeune femme de mes connaissances travaillait au ministère de la Défense et a été blessée par balle. Elle a passé sa convalescence dans une maison de repos du ministère, mais on a perdu sa trace après. Les Quatre Mers sont un bienfaiteur important de cette maison de repos. Pourriez-vous m'aider à savoir où elle est passée ? J'aimerais la revoir.

— D'accord, répond Fang sans l'ombre d'une hésitation.

— J'appelle mon frère aîné Chao Tso dès que j'ai des nouvelles.

— Si vous avez besoin de quoi que ce soit, contactez-le également.

Crâne d'œuf pose un billet de cinq cents dollars sous sa bière et prend congé. Il n'a jamais mangé à l'œil, ni accepté de cadeau. Son refus de ce genre de menus profits a moins à voir avec l'honnêteté qu'avec un amour-propre monumental, ancré dans ses gènes.

Deux balles artisanales de couleur différente. Deux étuis vides de cartouches de fusil de guerre. La blessure superficielle sur le ventre présidentiel. Ce n'est plus une enquête criminelle, c'est un traquenard politique. Sa carrière va se fracasser sur ce crime sans cadavre.

Il consulte sa montre, presse son chauffeur. Il a du pain sur la planche. Il éprouve une certaine nervosité. Il ne fait pas de politique, mais il en connaît les nécessités. En ces moments critiques, il est bon de comprendre tous les tenants et aboutissants. S'il arrête le tireur juste après le vote, il sera immanquablement conspué et suspecté d'avoir, pour des raisons bassement politiques, retardé délibérément la conclusion de l'enquête et couvert le Président. S'il l'arrête avant, il annulera l'effet d'aspirateur à suffrages de l'attentat, le Président ne sera pas content, le président du Yuan législatif ne sera pas content, pas plus que ne le seront ses supérieurs hiérarchiques, et il sera immanquablement accusé d'être un suppôt de Hu Yen-po.

Les deux camps sont désormais à peu près à cinquante-cinquante. Si Hsü Huo-sheng est réélu sans que l'affaire ne soit éclaircie, les sbires de Hu Yen-po et les médias vont l'accabler, lui, Crâne d'œuf, et dans l'exaltation post-victoire le Président n'hésitera pas à sacrifier un simple directeur adjoint de la police de Taipei pour calmer la juste colère du public. Si Hsü doit dégager et est remplacé par Hu, lui, Crâne d'œuf, sera tout aussi coupable de n'avoir pas bouclé l'enquête à temps et sera le bouc émissaire idéal de la nouvelle administration. Plutôt que de le couvrir de louanges, Hu Yen-po n'hésitera pas à le sacrifier pour calmer la juste colère des soutiens et électeurs de Hsü Huo-sheng.

Il ne reste que sept jours avant les élections. Il n'a donc plus que sept jours à son poste. Les deux candidats sont de force égale et il ne peut pas savoir de quel côté penchera la balance. Il lui faut rassembler les preuves et coffrer le tireur, et après on verra.

Avec des preuves et un tireur sous la main, il pourra poser des conditions – quel que soit le vainqueur de l'élection.

DEUXIÈME PARTIE

« TROIS FLÈCHES PACIFIENT LES MONTS TIENSHAN »

« La menace que posent les tireurs d'élite à l'ennemi n'est pas moindre que celle posée par une armée entière. L'armée, on la voit arriver, on réagit en fonction de ses manœuvres. Le sniper est invisible, tel le moustique qui vrombit à vos oreilles au beau milieu de la nuit, une calamité dont il est impossible de se débarrasser.

« La première bataille historiquement attestée entre tireurs d'élite impliquait le fameux général de la dynastie Tang, Hsieh Jen-kui – oui, celui que certains romans surnomment le "petit général en robe blanche", auquel les générations ultérieures ont également donné le titre, on ne peut mieux adapté, de l'"excellent archer". En 662 de notre ère, soit la deuxième année de l'ère Longshuo du règne de l'empereur Kao-tsong, l'alliance des Neuf Tribus leva une armée de plus de cent mille hommes, qui s'appuyait sur les défilés stratégiques des monts Tienshan pour empêcher la progression de l'armée Tang. Les Turcs connaissaient les talents d'archer de Hsieh Jen-kui et décidèrent d'écraser publiquement le moustique. Ils envoyèrent plusieurs dizaines de leurs propres archers d'élite lancer un défi personnel à Hsieh. Plusieurs dizaines contre un seul homme ! Ce n'était pas le sens de l'honneur qui les étouffait, oui.

« Mais pour être tireur d'élite il faut avoir à la fois les burnes bien accrochées et la tête sur les épaules. Hsieh Jen-kui se lança seul au-devant de ses adversaires. Et pendant que ceux-ci perdaient leur salive à lui lancer des insultes, le vieux Hsieh restait bouche cousue

mais décochait trois flèches qui abattirent trois des meilleurs archers turcs, et le reste de l'armée ennemie, prise de panique, s'enfuit la queue entre les jambes ou se rendit.

« Un tireur d'élite ne doit en aucun cas mépriser l'arme qu'il a entre les mains. Certes, sa puissance de feu, sa létalité sont inférieures à celles d'une mitrailleuse ou d'un fusil d'assaut, son apparence n'est pas aussi impressionnante que celle d'un lance-missiles antichar FGM-148, mais n'oubliez pas : maître Sun a dit que "le général doué pour la défensive sait se cacher dans les moindres replis du terrain, tandis que le général doué pour l'offensive doit se mouvoir comme s'il descendait des cieux". Nous pouvons féliciter Tuan, que les instructeurs n'ont retrouvé qu'au bout de 2 h 32 mn au cours du test de camouflage de cet après-midi, sur un terrain de 500 mètres sur 400. Pas évident de rester planqué si longtemps ! »

Tuan se leva et adressa une révérence à la cantonade en se grattant le crâne, fraîchement tondu.

« Un sniper doit savoir se dissimuler. L'objectif n'est pas de pouvoir allonger son duvet bien tiède et se taper tranquillement un petit roupillon. L'art du camouflage consiste à empêcher l'ennemi de voir d'où vient la balle qui le frappe. S'il lève la tête pour tenter de nous repérer, un coup d'index sur la détente – c'est la mort. La balle n'a pas de pitié. "Le Ciel a donné naissance aux dix mille êtres pour le bien de l'homme / Mais jamais l'homme n'a repayé le Ciel d'un quelconque bienfait / Que mérite-t-il ? La mort ! la mort ! la mort ! la mort ! la mort ! la mort ! la mort !"

« Attendez, tout ça m'a donné soif... vous comprenez la morale de l'histoire de Hsieh...

« Hein, bande de bleus-bites ? Vous l'aviez comprise ? J'entends les mouches voler. Vous avez peur de raconter des conneries et que je vous prive de permission ? Vous avez peur que votre grognasse soit obligée de se réchauffer le réduit au vibromasseur ?

« Peuh ! Et le courage, vous en avez entendu parler ? D'où ça vient, le courage ? Ça vient de la confiance en soi. D'où vient la confiance en soi ? De l'entraînement. En quoi consiste l'entraînement ?

L'entraînement, c'est de la sueur, des permissions qui sautent, des petites copines esseulées.

« Regardez-moi donc vos gueules de six pieds de long. On pense à sa copine ? On pense à ses roberts ? On a envie de se réfugier aux goguenots pour se dérouiller le petit frère ? »

Il balaya d'un geste large de la main la grosse dizaine de visages lui faisant face, tous s'efforçant de contenir un rire prêt à éclater.

« N'oubliez jamais le premier principe du combattant révolutionnaire : "Rester impassible devant la montagne qui s'écroule." Le boulot du sniper, c'est simple : il faut pouvoir dégommer l'ennemi en une seconde, pas deux. Vous devez agir comme Hsieh Jen-kui, forcer l'ennemi à vivre dans un état de terreur perpétuelle.

« Ça vous fait marrer ? Croyez-en votre instructeur préféré, quand l'ennemi déboulera à nos portes, ce qui vous sauvera, ce ne sera pas Pépette et ses gros lolos, ce sera le fusil au canon glacé que vous serrez sur votre poitrine.

« La victoire de Hsieh Jen-kui ce jour-là, qu'est-ce qu'elle lui a rapporté ? Ni une médaille, ni une récompense en bon argent. Mais un poème en deux vers célèbre depuis plus de mille ans : "De trois flèches, le général a pacifié les monts Tienshan / Depuis, dans toute la Chine s'élèvent des chants à sa gloire." »

L'instructeur Tête-de-fer laissa échapper un nuage de fumée long et dense.

« Trois flèches pour pacifier un pays entier. Voilà le véritable héroïsme. »

Colonel Tête-de-fer,
instructeur au cours des tireurs d'élite
des forces spéciales de l'armée de Terre.

1

La scène montrant Hsü Huo-sheng recevant une balle tournait en boucle. Elle repassait au ralenti, en marche arrière, sous différents angles. La seule chose qu'on y voyait, c'était le Président baisser brusquement la tête, porter la main à son ventre puis basculer sur le vieux chef de quartier.

— Vous avez repéré quelque chose ?

À la question du vieillard en fauteuil roulant, les quatre hommes un peu plus jeunes assis ou debout autour de lui répondirent en secouant la tête.

— Et qu'en disent les spécialistes ?

Un homme d'un peu plus de soixante ans, le cou ceint d'un foulard vert pomme, se frotta le menton et répondit :

— L'instructeur Tchou de l'armée de Terre a regardé les bandes plus de dix fois. Il dit qu'une balle volant à grande vitesse devrait être visible par l'air qu'elle déplace autour d'elle. Mais sur ces images, même au ralenti, on ne voit absolument rien. Il en déduit que le coup a été tiré de très près, probablement moins de cinq mètres. Et le bruit des explosions de pétards est trop fort… Le mieux serait de payer un bon prix pour récupérer d'autres vidéos prises au moment du tir. Il y avait rue Huayin beaucoup de jeunes, qui filment en permanence ce qui se passe autour d'eux. Il suffit de rassembler suffisamment de bandes pour avoir une probabilité élevée d'en trouver une où on verra le tireur.

— Et la blessure au ventre de Hsü ?

— L'hôpital Xing'an est muet comme une tombe, on ne peut rien en tirer, il a fallu demander à d'autres chirurgiens, répondit un autre sexagénaire en polo à manches courtes. On a contacté un ancien responsable de l'hôpital des vétérans – vous le connaissez, Johnny –, il a dit qu'au vu des photos qui ont été publiées, la blessure n'est pas très profonde. Il pensait d'abord que la balle n'avait qu'éraflé l'épiderme, mais la police ayant déclaré qu'elle avait retrouvé du sang dessus, ça signifie que la chair a bien été touchée. Le Président a beau courir tous les matins, en trois ans de mandat il a avalé tellement de steaks et bu tellement de vin français qu'il en a la bedaine proéminente. Une blessure de onze centimètres, ce n'est pas rien, mais dans ces conditions elle peut être causée même par un passage superficiel du projectile.

— L'instructeur Tchou s'intéresse beaucoup à cette plaie, interrompit le foulard vert. À part au cinéma, il n'a jamais vu de blessure tombant autant à point nommé. Je le cite, « un coup de fusil qui cause tout juste une légère blessure, qui fait tout juste couler le sang, qui traverse tout juste les couches superficielles des muscles, qui est tiré comme par hasard dans un lieu public ». Et j'ajouterai, qui est arrivé comme par coïncidence tout juste une semaine avant le vote.

— Le gars qu'on a payé ? continua le vieillard d'une voix habituée à donner des ordres.

— Il a disparu après son dernier message, intervint un homme plus jeune qui portait un club de golf. On a fait vérifier les registres de la police des frontières. Il est peut-être ressorti avec un autre passeport. On nous a communiqué des enregistrements de vidéosurveillance d'aéroports pour pouvoir comparer.

— Quel dernier message ? On a oublié de me prévenir ?

— Pour éviter de vous fâcher inutilement, Johnny, dit le golfeur en souriant. Il nous a envoyé un texto très court : un grand F majuscule.

— Sommes-nous certains que ce n'est pas lui qui a tiré ?

— Certains. S'il avait tiré, Hsü serait mort. Et les balles ne correspondent pas. C'est nous qui avons fait passer son fusil et ses munitions par les douanes, il ne connaît personne à Taïwan et n'aurait pas pu se procurer l'arme sur place. Et les types dans sa branche ne toucheraient pas des armes artisanales avec des baguettes.

— Et le légionnaire ? Le nommé Ai Li ?

Le silence se fit, dura. L'homme au foulard répondit finalement :

— Toutes les agences le recherchent. Le Bureau des enquêtes dit qu'il s'est évanoui en un clin d'œil. Je les ai chargés de surveiller le superintendant Wu. Si Ai Li n'a nulle part où aller, il va sûrement essayer de le contacter.

— Que devient Wu ?

— Le père Chu l'a embauché pour aider le camp de Hu Yen-po à rassembler les indices destinés à contrer les partisans de Hsü. Aux dernières nouvelles, le directeur adjoint de la police de Taipei souhaite aussi qu'il travaille sur l'affaire.

Johnny se mit à tourner en cercle dans la pièce sur son fauteuil roulant. Personne n'osa plus prononcer un mot jusqu'à ce qu'il arrête de tourner.

— Jeffrey, pour Hu Yen-po, attendez encore un jour.

— On ne le soutient plus ?

— Hsü n'est pas mort, il s'est pris une balle. Hu Yen-po ne peut plus gagner.

— Mais Hu a accepté nos conditions : cinq vice-ministres, les vice-présidences des trois banques publiques et…

— Ce n'est pas lui qui décide. S'il est élu, les deux partis et demi avec lesquels il s'est allié s'attendront à récupérer des postes à tous les échelons, ça nous fera beaucoup trop de gens avec lesquels il faudra composer, et à la fin tous ceux qui auront été évincés iront se plaindre à la presse. On ne peut pas risquer ça, sauf en cas de nécessité absolue.

— Alors on remet la pression sur Hsü ?

— Oui ! S'il ne cède pas, on déroule le plan pas à pas.

— Il est en train de grimper à toute vitesse dans les sondages. Et si ça l'incitait à ne pas craquer ?

— S'il ne veut pas payer la facture… nous allons dans son sens et nous lui filons un coup de main.

— Comment ça ? Qu'est-ce que vous voulez dire, Johnny ?

— Sur place, il n'y avait que notre tireur, mais il n'a pas tiré. Et s'il avait tiré, vu qu'il utilise un fusil, d'où sont tombées les deux balles de pistolet artisanal ? Du ciel ? Les flics n'ont pas retrouvé les douilles utilisées pour le pistolet artisanal, mais les balles sont vraies, la blessure de Hsü est vraie, le retournement de situation à la veille de l'élection est vrai aussi. Vous ne devinez pas qui a monté tout ça ? Pas la peine de se creuser les méninges, on monte dans le camion et le responsable va se dévoiler.

— Je crois que je commence à comprendre…

— Allez-y.

Jeffrey se resservit un whisky, reprit posément :

— Si c'est Hsü en personne qui a orchestré ce cirque… on va dans son sens, et puisqu'il y a des balles mais pas de tireur, nous nous montrons charitables et nous lui procurons un tireur.

— Vous avez compris, opina Johnny.

— Attendez…, demanda le golfeur. Vous voulez dire que… s'il n'y a pas d'assassin, on en fabrique un, et les preuves qui vont avec, et Hsü comprendra que nous voyons clair dans son jeu ?

— Hu Yen-po ne veut-il pas faire venir un expert judiciaire de l'étranger ? La Fondation couvrira tous les frais de l'expert américain qui débarquera à Taïwan pour apaiser les doutes de l'opinion publique et balayer pour le Président les vilaines rumeurs qui suggèrent qu'il se serait tiré lui-même dessus. Et puis, après tout, si l'expert est payé par nous, la Fondation aura toutes les informations de première main, et Hsü en sera réduit à se demander quelle potion on garde en réserve dans notre calebasse.

— C'est ça.

— Et comment on fabrique cet assassin ?

— Laissez Jeffrey s'en occuper. Joe, vous, vous me trouvez quelqu'un pour régler la question d'Ai Li ; Jacob, vous êtes en relation avec le directeur de la police, demandez-lui de vous tenir au courant des progrès de l'enquête. Il sait que notre Te-min et Hsü sont de vieux amis, il ne pourra pas refuser. Jackson… allez voir votre contact chez Hu Yen-po, celui qui a été votre camarade de classe… ah, Allen, c'est ça. Allez le voir en privé, nous avons besoin que Hu nous fournisse une garantie sur la liste de noms qu'il a promise.

Le vieillard fit pivoter son fauteuil.

— Et dites à Chen de me ramener à la maison.

— Merde !

La balle de golf de Joe avait manqué sa cible au bout du tapis d'un bon mètre.

Le directeur général de la société demanda à parler à Wu. Pas celui de la filiale de Taïwan, mais le niveau au-dessus, basé à Singapour. À minuit onze, un Wu à demi réveillé conjecturait autant qu'il comprenait l'anglais de son interlocuteur et répondait par quelques monosyllabes. Il termina la conversation par un « Yes, sir ! » et raccrocha. Il regarda le réveil posé sur la tête de lit et se frappa le crâne. Une nouvelle journée commençait.

2

Plus que six jours avant le vote

La météo prévoyait des températures maximales de 31 °C pour la journée et les jours suivants à Taipei, ce qui expliquait peut-être pourquoi Hsü Huo-sheng choisit de quitter l'hôpital à six heures et demie du matin, à la fraîche.

Il se présenta à la porte de l'hôpital, soutenu par deux aides. La rumeur s'était répandue en ligne : le Président n'a en réalité pas été blessé, il simule pour tromper les électeurs. La clameur l'avait assez aiguillonné pour qu'il décide de ne plus paresser dans un lit de convalescent.

Il prononça quelques brèves paroles en faveur des journalistes présents, expliqua qu'il n'y avait plus de risques pour sa santé, que les médecins voulaient qu'il rentre chez lui se reposer. La campagne pourrait reprendre son cours normal dans l'après-midi.

— Huo-sheng n'a pas peur des balles ! Je suis inébranlable !

Une vague d'applaudissements monta vers lui. Il se tourna vers ses supporters et leur sourit.

Hsü Huo-sheng n'avait pas demandé à la justice d'interrompre le processus électoral. Il restait six jours avant l'élection, Hsü affichait le calme des vieilles troupes. Les Taïwanais étaient… en pastichant Hu Yen-po, on pouvait affirmer que les Taïwanais étaient doués d'une immense et calamiteuse compassion envers les faibles et les victimes. En moins d'une journée, l'écart entre les deux candidats s'était réduit à trois points : moins que la marge d'erreur. Hsü et Hu étaient quasiment à égalité.

Avant sa sortie de l'hôpital, Hsü avait invité cinq représentants des médias à venir constater de visu la réalité de la plaie. Mais ils n'eurent pas le droit aux photos, celles-ci étaient fournies par la Présidence. Cela fit certes baisser le nombre de gens qui doutaient qu'il fût blessé, mais suscita de nouveaux soupçons : la blessure avait-elle bien été infligée par un tiers ?

Les commentaires sur l'attentat avaient remplacé tous les éditoriaux politiques. Les deux camps concentrèrent toute leur puissance de feu sur la fabrication de rumeurs et sur leur réfutation. Le directeur de campagne de Hu Yen-po affirma sans tabou que la blessure du Président était du cinéma. L'équipe de Hsü Huo-sheng exigea sans vergogne que Hu leur livre l'assassin. La vie politique de Taïwan, à cause de deux simples balles de pistolet, fit un bond de vingt ans en arrière. Les camps adverses s'agonirent d'injures sur Internet, à la radio, à la télé, comme des harpies déchaînées.

La journée entière consista en un flot continu de nouvelles sur Hsü Huo-sheng. Hu Yen-po arriva péniblement à émerger de ce déluge grâce à une unique mention : il offrait dix millions de dollars taïwanais à qui éluciderait l'affaire.

Au moment où Hsü quittait l'hôpital, son rival Hu, le dos au mur ou, plus exactement, le dos au mur du temple du Gardien des remparts, le dieu de la ville de Taipei, prêta serment en déposant une déclaration écrite aux pieds de la divinité : ce n'était pas lui qui avait envoyé le tireur. Puis il hurla à l'attention des journalistes qui l'entouraient :

— Dix millions ! Je payerai de ma propre poche, je ne toucherai pas aux dons prévus pour la campagne. Je promets dix millions de dollars à qui fournira un indice permettant de faire aboutir l'enquête !

Le camp de Hsü s'abstint de commenter cette déclaration. Le candidat, toujours revêtu de son pyjama d'hôpital tout fripé et chaussé de pantoufles bicolores bleu et blanc, une main posée sur son ventre et l'autre sur l'épaule d'un de ses aides, le visage crispé à intervalles irréguliers par des vagues de douleur, démontrait à tout un chacun qu'une blessure par balle n'était pas à négliger, quelle que soit sa gravité. La campagne électorale était devenue une joute d'acteurs.

Hsü Huo-sheng se redressa de toute sa taille, signifiant ainsi aux journalistes qu'il ne baisserait pas le front devant la violence et qu'il s'engageait à lutter – jusqu'à la mort s'il le fallait. À ses côtés, le directeur de campagne s'empara d'un micro, dénonça d'une voix rauque d'indignation les fausses nouvelles répandues par le camp adverse pour influencer les électeurs, exigea que la commission électorale s'empare du sujet.

Les partisans des deux candidats étaient si farouchement

hostiles que plusieurs en seraient venus aux mains, si des policiers antiémeutes brandissant boucliers et matraques n'étaient pas accourus pour former un mur humain et les séparer.

~

Fort peu intéressé par le discours du Président sur son retour à la compétition électorale, Wu contourne la foule enfiévrée devant l'hôpital et entre dans le grand bâtiment administratif par une porte latérale. Il a besoin en urgence d'une attestation de blessure pour Hsü Huo-sheng. L'hôpital la lui refuse au prétexte qu'il se présente hors heures ouvrables. Mais son directeur a exigé qu'il récupère le document ce matin même. Il y a trente ans de cela, Hsü Huo-sheng a souscrit auprès de la compagnie une assurance-vie, une assurance accidents, une autre contre le cancer, une encore contre le risque d'incendie du domicile et enfin l'assurance au tiers pour son véhicule. L'agent qui lui a jadis vendu ces contrats est depuis longtemps à la retraite, installé à Miaoli et reconverti en agriculteur. Mais, toujours à l'écoute de l'actualité, il a décroché son téléphone pour appeler le directeur de la branche de Taipei. La nouvelle est remontée degré par degré jusqu'au PDG à Singapour qui a demandé à Wu d'annoncer au plus vite, et publiquement, la procédure d'indemnisation. Le grand chef tout excité a déclaré que c'était une formidable occasion de publicité pour la compagnie.

Une blessure légère, une nuit d'hôpital : l'indemnité ne dépassera pas quelques dizaines de milliers de dollars.

Insignifiant en termes financiers et d'impact probable sur le bonheur du foyer, surtout en comparaison de ce que ça aurait représenté pour une famille venant de perdre père et mari. Mais, apparemment, beaucoup plus urgent. Wu est déprimé, son moral anticipe largement la vague de froid prévue pour fin décembre.

Il appelle le directeur de l'hôpital chez lui : il est absent. Le directeur adjoint : il est encore de service, mais personne ne répond dans son bureau ; le chef du service de chirurgie externe, à domicile : absent aussi.

Pourquoi est-ce que tout d'un coup plus personne ne répond au téléphone ? Après tout, il n'a besoin que d'une attestation officielle pour pouvoir indemniser son assuré.

Quelqu'un le rappelle finalement : c'est Crâne d'œuf.

Wu intercepte un taxi. Il compose en chemin sept numéros, reçoit un autre appel. Avant même que la partie en cours soit terminée, il va devoir en commencer une nouvelle.

Dans son véhicule banalisé, Crâne d'œuf passe onze appels et en reçoit un. Lui aussi va devoir commencer une autre partie avant que celle en cours soit terminée.

Wu arrive à Panchiao, un quartier du Nouveau Taipei, limitrophe de l'ancien. Son taxi s'arrête devant une boutique de thé traditionnelle, peut-être en activité depuis des générations. Devant la porte, deux jeunes gens montent la garde, souples sur leurs appuis, la fumée vindicative. Sans un mot de bienvenue, ils désignent l'intérieur de la boutique du bout incandescent de leur cigarette et laissent entrer Wu.

Dans le magasin, trois clients, le gérant qui les conseille et le comptable qui tape sur un clavier d'ordinateur. Personne ne se tourne vers la porte qui s'ouvre. Wu glisse jusqu'à l'arrière-boutique comme s'il était l'homme invisible. T'u le Petit Dragon est assis à une table en bois, imitation Ming.

— Du thé ? dit T'u.

— Pas le temps. Frère Dragon, j'ai besoin de ton aide. Je dois aller aux toilettes.

T'u le Petit Dragon hoche la tête et montre la pièce sur l'arrière. Wu disparaît derrière le rideau suspendu au linteau.

Wu et T'u le Petit Dragon, parrain de Panchiao et Wanhua, se connaissent depuis plus de vingt ans et ont eu l'occasion de s'entraider. Il y a de nombreuses années de cela, au cours de la cavale du kidnappeur et assassin Chien noir, T'u avait signalé que celui-ci ne pouvait s'endormir sans une femme à son côté. Bien que Chien noir eût beaucoup de maîtresses, il n'accordait sa confiance qu'à une seule d'entre elles. Wu avait déniché la famille de ladite maîtresse, planqué sous les fenêtres de ladite famille, collé au train du petit frère de la maîtresse qui s'était rendu deux jours de suite au supermarché RT Mart, filoché le livreur des provisions, dégoté la maîtresse et cueilli Chien noir au saut du lit.

Certaines habitudes sont plus difficiles à perdre qu'une addiction. Chien noir ne pouvait se passer de femme, sa femme ne pouvait se passer d'une certaine marque de brioches au beurre, exclusivité du RT Mart.

Wu s'est largement acquitté de sa dette. Plus tard, le

Petit Dragon avait été inculpé d'atteintes graves à l'intégrité corporelle d'autrui par le parquet de Tainan. Wu avait remarqué que le coin d'une page d'une des pièces du dossier d'accusation était légèrement corné et taché de rouge, en avait informé l'avocat de T'u. L'analyse d'ADN avait montré que la tache venait de la salive et du sang de l'accusé. L'avocat s'était plaint auprès du procureur que l'accusé en question avait été victime de torture. Il s'était avéré que le poste de police à l'origine de la pièce du dossier avait opportunément oublié de filmer l'interrogatoire. Toutes les preuves apportées par la police avaient été rejetées et T'u le Petit Dragon s'était retrouvé libre comme l'air.

Il n'avait pas pu remercier Wu en personne mais avait fait circuler le mot : il était son obligé.

Les faveurs avaient déjà été échangées, mais cette fois Wu n'a pas trouvé d'autre solution pour parvenir à ses fins. Il se rend donc à contrecœur à la boutique de thé de T'u le Petit Dragon, mais ce n'est pas pour y boire du thé. Il sait que la boutique a une sortie secrète.

— Tournez à droite puis tout droit, le chauffeur Uber vous attend au coin.

La pièce est l'endroit où T'u stocke ses réserves de thé. La climatisation élimine l'humidité 24 heures sur 24. Très peu de gens y pénètrent. La plupart croient que des armes ou des stupéfiants y sont planqués, Wu sait que le Petit Dragon préfère de loin le thé aux armes et aux stupéfiants.

La salle de bains et les toilettes sont de l'autre côté de l'entrepôt, et une petite porte dissimulée donne sur une ruelle coupe-feu. Du moins c'était jadis sa fonction initiale ; la ruelle est si étroite qu'il faut veiller à ne pas se cogner les épaules contre les murs. Dans ce vieux quartier de maisons anciennes, les moindres espaces ont depuis longtemps été occupés par des bacs à fleurs ou des places de parking pour scooters, et il est absolument impossible de distinguer l'entrée de la ruelle. Wu franchit la petite porte, tourne à droite, atteint l'extrémité de l'allée, se faufile entre les différents obstacles et monte dans la limousine qui attend là. Des pare-soleil noirs obscurcissent les vitres.

— Où on va, monsieur ?

Les plaques d'immatriculation des deux voitures qui viennent de se garer dans la rue devant la boutique de thé comportent deux 8, symbole de chance. Des gens se battent pour les plaques avec plus de deux 8, qui coûtent les yeux de la tête. C'est pour les Bentley, les Mercedes, les BMW ; les propriétaires de Ford ne s'autorisent pas ce genre de dépense. Le dernier appel d'offre de fourniture de véhicules de service pour le Bureau des enquêtes a été remporté par Ford, et il est bien connu que toutes les voitures de cette agence ont des 8 sur leurs plaques d'immatriculation. Mais pour cela, elle n'a pas besoin de dépenser un seul dollar, un coup de téléphone suffit.

Wu note les numéros sur son téléphone et les envoie à Crâne d'œuf, qui le rappelle immédiatement :

— Où est-ce que t'es, bordel ? « C'est mon cœur qui supplie / Qui prie et te crie / Où es-tu ? » Tu es suivi par deux bagnoles ? Qu'est-ce qui t'arrive ? C'est toi qui as tiré sur le Président ou quoi ?... OK, je vais vérifier les numéros... Mon vieux, depuis que t'es à la retraite, tu mérites encore plus ton surnom de vieux singe... ben oui, toi aussi t'as la police au derrière… On se retrouve dans cinq minutes dans notre ancien petit nid d'amour.

« Notre ancien petit nid d'amour » ? Crâne d'œuf a un don certain pour provoquer une légère nausée chez ses interlocuteurs, quel que soit le thème de la conversation.

— Je peux emprunter votre téléphone ?

Sans hésiter, sans même tourner la tête, le chauffeur lui tend un portable tout neuf.

— Le boss a dit que vous en auriez besoin.

Wu compose un numéro de mémoire. C'est à peu près le seul qu'il connaisse encore par cœur en plus de celui de son propre domicile, des numéros du fixe et du portable de son père, de celui du standard de la compagnie d'assurance, et de celui de son dernier poste dans la police, le Bureau des enquêtes criminelles. À l'époque d'avant les téléphones portables, il pouvait garder en tête plus d'une centaine de numéros. La technologie est extrêmement néfaste aux capacités de l'être humain. Il s'adresse au téléphone :

— C'est nouveau. Je suis aussi sous surveillance. Ne contactez plus mon fils, ne rentrez pas chez vous, ne m'appelez plus sur mon téléphone. Mais vous savez toujours comment me joindre, n'est-ce pas ?

— Les nuages noirs s'amoncellent au-dessus de votre tête, superintendant. Je les vois moi aussi à l'horizon…

— Dans trente minutes, appelez le numéro du contrôleur Lu, je viens de vous l'envoyer.

— Reçu.

Wu raccroche, jette inconsciemment un coup d'œil par le toit ouvrant : aucun nuage noir. Seulement quelques cirrocumulus en écailles de poisson qui défilent à toute vitesse vers l'ouest.

L'hiver se rapproche.

Crâne d'œuf ne retourne pas au siège de la police de Taipei, près du Palais des expositions Sun Yat-sen, pour y écouter les rapports sur les progrès de l'enquête. Il a demandé à son chauffeur de le conduire à un petit restaurant de la rue Ningxia, célèbre pour son riz au porc braisé sauce soja. Wu est déjà là quand il arrive, il a commandé une soupe au calmar. Crâne d'œuf renifle d'un air dégoûté, commande la spécialité de la maison, dans un grand bol, et quatre amuse-gueules différents.

— File-moi ton téléphone.

— Hein ? Tu es d'une impertinence coupable envers le directeur adjoint de la police de Taipei. Tu me fais pas confiance ?

— Je te ferais confiance si tu n'étais pas monté aussi haut. Mais maintenant que tu es contrôleur de troisième classe, ton regard est troublé par le voile malsain de la cupidité. Je préfère assurer le coup.

Crâne d'œuf lui tend son portable, Wu le pose à côté de son assiette.

— On attend un coup de fil.

Crâne d'œuf ne dit plus rien et attaque son repas d'un air sombre.

— Ne mange pas si vite. Si tu meurs en t'étouffant, vu que je suis enquêteur d'assurance et premier témoin, tu pourras réclamer ton indemnité immédiatement ; et moi, quand je retournerai au boulot mon patron me demandera : qu'est-ce que vous foutiez à déjeuner avec lui ? Rassure-moi, tu n'as pas souscrit de contrat dans ma boîte ?

— J'ai une autre vision des choses. Crever en s'étouffant, ça vaut toujours mieux que de crever de faim. Crever de faim, ça dure une semaine au minimum. Les assurances, c'est ma femme qui les a prises, je sais même pas chez qui.

— Crâne d'œuf, tu te fais vieux. Il n'y a que les vieux qui pensent toute la journée à la façon la plus agréable de mourir.

— Putain, ma femme a souscrit des assurances pour moi, si ça se trouve il y en a pour des dizaines de millions et elle attend en silence dans son coin que je rejoigne mon cercueil plus tôt que prévu pour faire fortune. Du coup, moi, les assurances, ça me rassure pas du tout.

Le téléphone sonne. Wu décroche, donne un des écouteurs à Crâne d'œuf, fourre l'autre dans sa propre oreille.

— Hé hé, mon vieux, on est là à se partager des écouteurs, on dirait deux adolescents qui se content fleurette. J'espère qu'il y a des paparazzis dehors pour nous flasher ? Si on sort du restau main dans la main, tu crois que ça fera encore plus le buzz ?

Wu l'ignore.

— Le contrôleur Lu est en ligne, parlez.

— Bonjour messieurs. J'ai vu les nouvelles et j'ai quelques questions à vous poser. Les deux étuis de cartouche de fusil, c'est bien le même modèle ?

— Même modèle, même calibre.

— Du 7,62 mm pour fusil de guerre ?

— C'est ça.

— Quelle est la taille de ces étuis ?

Crâne d'œuf fait signe à Wu.

— Tu ne regardes pas tes fichiers et tu ne joues pas au plus malin, dit Wu en lui rendant son téléphone.

— Ne vous inquiétez pas, je suis dans une cabine publique, difficile à tracer, dit Alex qui a entendu.

— Tu vois, Ai Li est plus respectueux que toi de mes droits inaliénables et sacrés.

Crâne d'œuf tapote son téléphone, ouvre le dossier de la police technique.

— Ce sont des cartouches de 7,62 pour fusil… un calibre standard.

— Excusez-moi, monsieur, ce n'est pas assez précis. Il me faut la longueur exacte des étuis.

— Leur longueur ? À quoi ça sert ?

— Pour un même calibre, la longueur des cartouches peut varier. La tendance mondiale aujourd'hui c'est d'utiliser des munitions au standard OTAN, du 5,56 × 45 ou du 7,62 × 51;45 ou 51, ça désigne la longueur de la cartouche en millimètres. Si c'est une arme en service à Taïwan qui a tiré ces cartouches, c'est du standard OTAN, les étuis font forcément 51 mm de long.

Alex raccroche. Crâne d'œuf balaye l'écran du téléphone d'une main et s'enfourne quelques cuillères de porc braisé de l'autre.

— Elles viennent de l'armée, les cartouches ? demande Wu. Tu as vérifié avec le ministère de la Défense, Crâne d'œuf ?

— Quoi, le ministère de la Défense ? Faudrait d'abord que je pige ce qu'Ai Li veut dire. Tu me sors un expert en armement, moi je suis pas grossiste en munitions, je mélange tout dans ces histoires de calibres.

— Eh bien ? D'habitude le riz au porc braisé suffit à te rendre ta bonne humeur.

— C'est parce que j'ai peur que ta femme découvre qu'on partage une paire d'écouteurs et que le scandale éclate.

Le téléphone vibre de nouveau.

— Alors ?

— C'est pas 51 mm ni 45, c'est l'inverse : 54 mm.

Un long silence.

— Ai Li ? Qu'est-ce que vous en pensez ?

— Monsieur le contrôleur, est-ce que vos types de la balistique ont confirmé qu'il y a la trace du percuteur sur le culot des cartouches ?

— Je sais pas. Faut que je demande.

— Il y a des traces de poudre ? Ça a réagi aux produits de détection ?

— Oui.

— Mais on n'a pas trouvé de projectiles de 7,62 mm, et ce n'est pas une balle de 7,62 mm qui a blessé le Président ?

— Correct.

— Ce qu'il y a de plus bizarre, c'est que la rue Huayin étant très étroite, en tirant du haut vers le bas, vu que la Jeep n'avait pas de plafond en verre blindé, un pro n'aurait jamais manqué sa cible.

— Achevez votre raisonnement.

— Vous pourriez demander à vérifier la longueur ? Que c'est bien 54 mm ?

— OK.

— Je réfléchis…

Nouvelle pause, un peu plus longue cette fois. Crâne d'œuf termine son plat principal et tous les à-côtés, le service technique lui confirme qu'ils ont vérifié de nouveau, trois fois : les étuis trouvés font bien 54 mm de long.

Repu, une demi-canette de soda à la salsepareille derrière la cravate, Wu lâche un rot alarmant. Ai Li rappelle.

— 54 mm ?

— Oui, c'est confirmé.

— Pourriez-vous me lire les inscriptions sur le culot de la douille ?

— Les lettres et les chiffres ?

— Oui.

— Sur l'image que j'ai c'est franchement pas clair… J'ai pas le détail, c'est trop flou.

— Est-ce qu'il y aurait des trucs qui ressembleraient à des lettres latines retournées horizontalement ?

Crâne d'œuf enfile ses lunettes de presbyte et rapproche ses yeux de l'écran.

— J'y vois rien. Je demande au service technique, rappelez dans un moment.

Crâne d'œuf compose un numéro :

— Vous allez me sortir vos caméras de précision qui coûtent une blinde au contribuable et me photographier les deux étuis sous tous les angles. Quand vous avez toutes les inscriptions, vous me les envoyez immédiatement. Magnez-vous !

Ai Li :

— Est-ce qu'il y a des lettres latines dans le mauvais sens ?

— Non, les seules inscriptions sont JAOW96.

— Encore plus bizarre.

Wu intervient :

— Ai Li, qu'est-ce que vous voulez nous dire ?

— Superintendant, les seules armes qui tirent des cartouches de 7,62 avec un étui de 54 mm sont des armes russes.

— Merde, un complot international, s'excite Crâne d'œuf.

— Mais ce qu'il y a d'étrange si c'est un fusil russe, c'est que les inscriptions que vous m'avez données ne correspondent pas à celles qu'on trouve normalement sur les munitions russes, qui sont en cyrillique. C'est pour ça que je vous demandais s'il y avait des lettres qui ressemblaient à des lettres latines dans le mauvais sens.

— Plus je vous écoute, plus je me sens comme un élève de primaire. Est-ce que vous pourriez nous parler dans un langage que les non-spécialistes sont capables de comprendre ?

— C'est un sniper venu de l'étranger.

— Un Russe ?

— Pas forcément, c'est une arme appréciée chez certains fans de tir en Europe ou aux États-Unis. Mais je me suis renseigné auprès d'une connaissance, un type des triades qui importe des armes. Pour lui, il n'y en a pas à Taïwan, ni des vraies, ni des copies. Et les cartouches ne sont pas d'un lot russe.

— On est donc dans le noir complet.

— Non, j'ai réfléchi. Il est possible que je connaisse ce tireur.

Crâne d'œuf reste coi, Wu attend qu'Ai Li s'explique.

— Un type qui n'est pas de Taïwan. J'avais entendu dire qu'il avait sombré dans l'alcool. Mais il n'a sûrement rien à voir avec celui qui a tiré sur le Président au pistolet artisanal, un peu comme… comme…

— Comme un type qui prend le bus et un qui conduit une Ferrari, intervient Wu.

— À peu près. Si c'est bien ce type dont on a loué les services, il n'y avait aucun besoin de s'adresser *aussi* à un pignouf avec un pistolet artisanal. De l'Hôtel du Bonheur, il avait un bon angle de vue, avec un fusil de précision il ne pouvait pas rater sa cible ou être assez mauvais pour ne causer qu'une blessure superficielle au ventre. Un coup de feu, l'affaire était dans le sac, il remballait et quittait les lieux, aucun besoin d'être couvert, surtout par un amateur. Sauf que… sauf qu'il n'a pas tiré. Le Président a été blessé par des balles de 9 mm. Et ça serait bien la première fois qu'un type armé d'un fusil de sniper sert de couverture à un autre armé d'un pistolet fabriqué dans l'arrière-cour d'une ferme.

— On peut voir ça sous un autre angle. Deux tireurs prévus, l'un avec le pistolet, prioritaire, le sniper en renfort éventuel pour achever le boulot ou le faire à sa place en cas de pépin, plutôt qu'en couverture pour « protéger » le premier tireur. Le type au pistolet tire, le Président s'effondre, le sniper croit qu'il est mort et s'en va sans avoir eu besoin de tirer.

— Ou alors deux organisations sans rapport entre elles qui auraient toutes les deux choisi le même jour et le même endroit pour assassiner le Président, et le type au fusil, voyant que quelqu'un l'a devancé, se dit qu'il y a du louche et s'enfuit.

— Hmmm… Attendez, cette hypothèse ne colle pas avec les deux douilles et le mégot de cigarette.

— À moins que le sniper n'ait voulu exprès signaler à quelqu'un qu'il était sur place.

— Et ce quelqu'un serait ?

— Moi, probablement.

— Pourquoi aurait-il voulu vous envoyer ce message ?

— Peut-être pour dire qu'il avait perçu la vérité, ou une partie de la vérité, et parce que le seul Taïwanais qu'il connaît, c'est moi. Pour l'instant je m'en tiens là, je vous recontacterai.

Ai Li termine la conversation et ne rappelle plus.

— Et ce que je t'avais demandé de vérifier la dernière fois ? Tu m'avais promis une réponse.

— Super. Je suis directeur adjoint de la police de Taipei, et tu me questionnes comme si j'étais un délinquant en garde à vue !

Alex quitte la cabine de téléphone, enfourche son vélo et pédale jusqu'au restaurant cantonais « Fengch'eng », sur l'avenue Xinsheng Sud, à proximité de l'université nationale de Taïwan, où il commande un riz aux trois trésors. S'asseoir, enfin, après avoir couru toute la matinée de cabine publique en bureau de poste. Un nouveau message s'affiche sur l'écran de son portable : une adresse à Yilan, sur la côte nord-est de l'île. Il répond : « Merci, superintendant. Je savais que je pouvais compter sur vous. Je vous recontacte. »

— C'est pas logique. C'est moi qui ai trouvé que Lo Fen-yin se planquait là-bas, et c'est toi qu'il remercie ? Il peut compter sur toi, mais pas sur moi ? J'espère que si je joue les vieilles biques entremetteuses, je toucherai au moins ma petite enveloppe rouge.

— Crâne d'œuf, c'est bien un truc de haut fonctionnaire que de pinailler sur tout et n'importe quoi.

— C'est pas que je pinaille, c'est que j'aimerais qu'on reconnaisse mes mérites. Je me suis cassé le cul pour trouver l'adresse de Bébé, et c'est toi qui reçois tout l'amour.

— Je te paye le déjeuner. Ça va mieux ?

— Tu me prends pour un radin ? Cela dit, ça sonne bien. Je ne pinaillerai pas. Sinon, j'ai la solution : tu peux me rendre une petite faveur, un vrai jeu d'enfant.

— Je t'écoute.

— Qu'est-ce que t'es allé foutre chez T'u le Petit Dragon ?

— Boire du thé.

— Essaye de répéter ça sans avoir l'air coupable.

— Il y avait ces types qui me filaient, j'avais besoin de sa sortie secrète pour les semer.

— C'est pour ça que tu m'as demandé d'identifier des numéros de plaque ? Tu te rends compte de tous les trucs honteux que t'as demandés en une seule journée à un honnête directeur de police adjoint ?

— Ça donne quoi, les plaques ?

— Ça donne rien. Elles ne sont pas dans l'ordi.

— C'est la police politique ?

— Ouais. Le Bureau des enquêtes. Ils aiment bien

manœuvrer en douce, pas du tout comme nous les gentils flics.

— Et pourquoi ils me suivaient ? Et toi, comment sais-tu où j'étais ?

— Nous avons tous nos amis. Toi, tu as T'u le Petit Dragon, moi j'ai M. Li, la mère Chao, grand-père K'o. C'est pas la peine de jouer les étonnés.

— Et puisque tu savais que les types du ministère de la Justice me suivaient, pourquoi as-tu éprouvé le besoin de me demander pourquoi j'étais passé chez T'u ?

— Pour tester ta première réaction, éprouver la solidité d'une vieille amitié entre vieux collègues.

— Crâne d'œuf, à force de l'éprouver, il risque bientôt de ne plus y avoir de vieille amitié.

— D'accord. Note personnelle : ne plus provoquer mes amis à l'avenir. Mon vieux, tu as raison, mais écoute-moi : nous la police, on travaille sur des indices et des preuves pour retrouver le gars qui a fabriqué les munitions artisanales, celui qui a fabriqué le flingue artisanal, celui qui a tiré sur le Président. Mais au Bureau des enquêtes, ils s'en branlent des indices. Eux, c'est la sécurité du pays qui les intéresse, et s'ils peuvent en profiter pour boucler le plus de gens louches possible, ton petit pote Ai Li, ex-sniper d'élite de l'armée de Terre, ex-mercenaire en France, mouillé jusqu'au cou dans la fusillade du temple de Kuan-yin l'année dernière, suspect n° 1 dans l'assassinat du conseiller en stratégie du Président, eh bien il a les roustons sur des charbons ardents. S'ils avaient pu le choper ils l'auraient fait il y a longtemps et, puisqu'ils n'ont pas pu le choper, c'est toi qu'ils surveillent.

— Moi, un simple détective en assurance ? Ça ressemble carrément à de l'atteinte à la vie privée. Il leur faut une autorisation pour ça.

— Alors, primo, s'ils sont autorisés à rechercher Ai Li ils ont le droit de te surveiller, c'est pas plus compliqué que deux et deux font quatre. Secundo, ils t'observent de loin sur la voie publique, c'est pas de l'atteinte à la vie privée mais du souci légitime de protection de la population laborieuse. Tertio, Ai Li est un sniper, on sait qu'il a un fusil, le considérer comme suspect dans l'attentat contre le Président ne relève pas entièrement du fantasme. Et pour finir, maintenant, pourquoi Ai Li se serait amusé à tirer sur le Président ? Pas vraiment le genre de passe-temps auquel se livre le citoyen lambda en se levant le matin après un bon dîner et une bonne nuit de sommeil. Alors qui serait derrière lui ? Mon vieux Wu, j'ai tendance à penser que ce n'est pas toi.

— Merci. Ai Li est un pro, il ne se servirait pas d'un pistolet artisanal, il n'aurait pas laissé exprès les étuis de ses cartouches, il ne fume pas de cigarettes japonaises. D'ailleurs il ne fume pas vraiment, seulement quand on lui file une clope. Et puis la seule chose qu'il a en tête c'est Bébé, je ne crois pas que le Président soit son rival sur ce coup.

— J'en ai conscience, mais le Bureau des enquêtes n'en sait rien, et ils veulent s'attribuer le mérite de sa capture.

— Tu ne leur as pas expliqué ?

— Wu, t'es un vieux flic, et les vicieux du Bureau des enquêtes tu les connais aussi bien que moi. Qu'est-ce que tu veux leur expliquer ? C'est comme si je plongeais dans l'étang du parc faire des bulles avec les poissons rouges.

— Si ça en est à ce point-là, je suis content d'être avec toi.

Crâne d'œuf laisse échapper le grand sourire réjoui du gamin qu'il était cinquante ans en arrière, quand il avait volé un dollar dans le porte-monnaie de sa mère pour s'acheter des cigarettes.

— Imagine le nombre de clichés qu'ils ont pris de nous en train de partager des écouteurs. Ils sont en train de rédiger leur rapport pour l'envoyer au Bureau de la sécurité nationale, avec en annexe la preuve fatale, une photo compromettante du directeur adjoint de la police de Taipei quasiment joue contre joue avec un enquêteur d'assurance. Hé hé, on va aussi être surveillés par le BSN, après tout c'est bien le Service spécial qui dépend d'eux qui est responsable de la sécurité du Président, et vu la réussite ça serait pas étonnant qu'ils cherchent à regagner le terrain perdu.

— Et le Département d'information stratégique ? Ils ne vont sûrement pas rester les bras croisés.

— Ai Li était militaire, bien sûr qu'ils doivent remuer ciel et terre pour essayer de le retrouver.

— Mais enfin, Ai Li n'est officiellement nommé dans aucune enquête en cours, il n'y a pas de mandat d'arrêt contre lui. Sur quelle base ils le recherchent ?

— Ouais… l'année dernière le colonel Huang, l'ancien du DIS – Tête-de-fer, c'est ça ? –, l'avait envoyé à Rome en mission, pour assassiner le conseiller en stratégie du Président histoire d'éviter que le lucratif business de nos achats d'armement tombe dans d'autres mains… Tête-de-fer est mort, la police italienne n'a rien trouvé, il n'y a aucune base légale pour arrêter Ai Li. Moi je me tiens aux contraintes légales, mais il y a des agences qui n'y sont pas forcément obligées.

— Heureusement qu'Ai Li se sert de téléphones publics…

— Hé, il a appelé mon portable, et si j'étais moi aussi sur écoute ?

— Et alors ? Tu es toujours enquêteur, même à ton niveau. Tu te dois de rester en contact avec tes indics, c'est le principe n° 1 du boulot.

— Et que j'aie été soudoyé par toi, c'est pas grave non plus ?

— À période électorale extraordinaire, méthodes extraordinaires.

— Il paraît que ta boîte veut indemniser le Président ? Tu cherches partout une attestation médicale ?

— C'est une occasion inespérée de publicité gratuite.

— Bien dit.

— Et toi, où en es-tu dans tout ça ?

— Mon pote, quand je suis arrivé à ce poste je savais déjà que je serais confronté à des palanquées de subordonnés qui voudraient me glisser des peaux de banane et des tétrachiées de supérieurs qui auraient voulu que je leur cire les bottes.

— Mais tu es un gros malin et tu vas t'en tirer.

— Ouais, je vais m'en tirer, mais, entre nous, ça te dirait vraiment pas de revenir comme conseiller ? De toi à moi, tu veux pas me dire ce que le père Chu et ses copains mijotent dans leur coin ? C'est pas que les charmes épanouis de notre douce Lili qui t'attirent dans son café.

Wu se lève et sort sans un mot, sans même payer son addition, et monte dans un taxi. Avec certaines personnes qui jouent trop souvent les gros malins, il est très difficile de rester ami.

3

Malgré les avertissements, Alex rentre chez lui. Il n'aime pas se déculotter. Et surtout, il est curieux comme un chat et veut savoir ce que ses adversaires ont en tête.

Son choix d'un vieil immeuble dans une longue impasse donnant sur l'avenue des Huit Vertus n'est pas dû qu'à la modicité du loyer et à un proprio très arrangeant. La façade de l'immeuble est dotée d'un escalier de secours en colimaçon, particularité des plus rares à Taipei. Par la suite, les résidents s'étant probablement inquiétés que leurs enfants tombent en jouant, ils ont fait poser des barrières en grilles métalliques tout autour de l'escalier. De loin, on dirait une énorme cheminée rajoutée contre le bâtiment, dans un style postindustriel qui évoque confusément une tumeur géante. Cela signifie que la résidence dispose d'une seconde sortie, en plus de la cage d'escalier intérieure. Puis Alex a découvert encore d'autres entrées. Son appartement ne lui assure pas seulement un relatif confort, mais comporte aussi des aspects bien pratiques.

Comme l'escalier de secours n'est pas fermé, que l'immeuble de quatre étages n'a pas de gardien, que la serrure de la porte d'entrée principale est cassée et toujours pas réparée depuis de longues années, la porte en question reste grande ouverte. On n'est pas là dans une résidence fortifiée. Mais seuls les vieux occupants savent que le toit en terrasse recouvert de tôle ondulée communique avec ceux des immeubles alignés de ce côté de la rue. C'est la troisième voie d'accès possible. Alex entre par le n° 71, grimpe jusqu'au toit, enjambe quelques parpaings de ciment égarés çà et là, franchit les parapets écartés d'à peine trente centimètres et arrive de toit en toit au n° 33. Mais il évite l'escalier de secours, agrippe la gouttière et, en se balançant un peu, rentre chez lui par la fenêtre d'une petite cour intérieure. C'est la quatrième entrée et sortie.

Aucune trace d'intrusion humaine dans l'appartement. Le vieux chat du deuxième s'est invité et cultive son essence vitale, les yeux fermés sur une couverture, sous la fenêtre. Il ne s'effraye pas de l'entrée subite d'Alex, l'ignore superbement. La soucoupe de lait et la dose de croquettes qu'Alex avait préparées ont été entièrement nettoyées, ce qui prouve que le chat n'a pas été dérangé. Qui a dit que les félins ne pouvaient pas être d'excellents gardiens ?

La fenêtre reste ouverte, il ne compte pas la fermer. Il s'allonge et extrait de sa cachette un sac à dos qui contient toutes ses possessions importantes. Alex est toujours prêt à déménager dans l'instant. Il allume la lumière dans la chambre, démarre un vidéoprojecteur, tapote la tête du chat, remonte sur le toit par la fenêtre.

Si les gus du Bureau des enquêtes surveillaient l'endroit, ils auraient probablement garé deux camionnettes près du petit parc, se seraient renseignés auprès des voisins, seraient entrés chez lui sans mandat d'arrêt. Si c'était plutôt des policiers, ils seraient allés taper un brin de causette avec le chef de quartier, et celui-ci, veillant à la tranquillité du voisinage comme son devoir le lui impose, serait depuis longtemps venu attendre le retour d'Alex au rez-de-chaussée avec une tête de six pieds de long, ou aurait appelé le propriétaire pour le prier d'envoyer Alex loger ailleurs. Mais rien de tout cela n'est arrivé et si des gens sont venus, ce sont des gens qui n'ont donc aucune envie de l'arrêter ni de perdre de temps à le filer. Ce qui signifie qu'ils ont pour mission de l'éliminer directement.

De retour sur le toit, Alex farfouille en silence dans la poche latérale de son sac, en sort un lance-pierre et deux billes de verre. Une arme qu'il s'est fabriquée pour la chasse, pendant le cours de survie en milieu naturel. La précision et la portée du lance-pierre sont certes limitées, mais la rue n'est large que de six mètres et il n'a l'intention de tuer personne, ça devrait donc suffire.

Il contrôle les battements de son cœur pour mieux écouter. Il entend : un très léger claquement métallique, le bruit familier d'une cartouche chambrée.

Si le gars en face a aussi reçu une formation de tireur d'élite, il doit planquer depuis un certain temps quelque part au troisième étage ou sur le toit du bâtiment d'en face. Et a dû utiliser ses jumelles de vision nocturne pour observer Alex changer de slip.

L'impasse est plus animée en soirée qu'en journée. Les adultes rentrent du boulot, les gamins rentrent de l'école, les télévisions et les cris appelant les enfants pour dîner se font écho. Un sniper intelligent se sert de la normalité du quotidien comme d'une couverture. Le problème est que quelqu'un n'a pas pu s'empêcher de déplacer d'une quinzaine de centimètres à peine le drap blanc qui sèche à un fil à linge sur le balcon de l'appartement vide de l'autre côté de la rue, juste en face des fenêtres du sien. Or tous les jours, en sortant de chez lui, Alex va en face modifier légèrement la position du vieux drap qui sèche éternellement. Cela, il n'y a que lui et le vieux chat qui le savent. Mais le vieux chat est bien trop paresseux pour bondir d'ici à là-bas et changer la position du drap. Ce chat est plutôt du genre oisif, pas du genre sportif.

Le projecteur est programmé pour envoyer diverses silhouettes sur les murs de l'appartement, pendant une dizaine de minutes. En théorie assez pour inciter l'adversaire à passer à l'action. Au-delà, Alex devra se carapater par là d'où il est venu, ou bien prendre le risque d'aller débusquer le type d'en face là où il est.

Si l'ennemi ne bouge pas, je ne bouge pas ; si l'ennemi veut bouger, j'agis en premier. L'une des premières leçons du cours des tireurs d'élite. Pendant la formation, un temps considérable est consacré à l'art du camouflage, et des épreuves testent même l'aptitude des stagiaires à demeurer immobiles. Alex pourrait rester là où il est, sans bouger, pendant très, très longtemps. Il ne fait ni trop froid ni trop chaud ce soir et il veut des réponses à ses questions. Qui l'a retrouvé et a décidé de le tuer ? Il n'a pas cherché noise à quiconque depuis près d'un an, et pourtant, depuis le message qu'il a reçu sur son téléphone la veille du passage du Président à la pêche aux votes rue Huayin, il est devenu une proie.

Sur la terrasse d'en face, le drap de lit se balance doucement au gré du vent. Aux étages inférieurs, de chaque appartement émane la lueur glauque des écrans de télévision. Sauf au troisième, qui reste plongé dans les ténèbres. Alex a attendu la bonne durée : de l'une des fenêtres de l'étage émerge un canon de fusil, un tube d'acier ordinaire, sans pare-flamme ni guidon de mire. Très vraisemblablement le canon d'un T93, arme *made in Taiwan* sortie de l'Usine 205 dépendant du Bureau des armements du ministère de la Défense nationale ; dérivée du Remington 700 américain, mécanisme à verrou, cartouches standard OTAN de 7,62 mm, visée assurée par une lunette de précision × 10 de modèle TS95 montée sur rail tactique.

Il reste à peine deux minutes avant la fin du petit film d'ombres projetées. Alex place une bille dans l'élastique épais du lance-pierre, qu'il bande à fond. Il aperçoit alors un second canon qui s'avance, sur le toit du n° 36. S'il était resté dans son appartement pour riposter au premier tireur, il n'aurait pas manqué d'être pris de flanc par celui-ci. C'est aussi un T93.

Jamais deux sans trois : Alex se doit de se livrer à un round supplémentaire d'observation. Bingo : le troisième fusil se trouve sur le toit du n° 72 et couvre l'entrée de l'impasse. Mais ses adversaires ont commis une faute, ils ne maîtrisent pas aussi bien l'environnement que lui, ils ont déplacé le drap qui gênait leur visée.

L'analyse attentive du champ de bataille aboutit à la conclusion que c'est le tireur du 72 le plus gênant. À cette distance, l'angle est trop fermé, ce fusil ne menace aucunement sa position actuelle, en revanche il est idéalement placé pour lui couper la retraite.

Alex se déplace légèrement, trouve dans son sac un petit miroir de maquillage circulaire acheté à un étal dans la rue, le fixe par son clip au bout de sa chaussure. Puis il se concentre sur la silhouette sombre à la fenêtre du troisième étage.

Dans ce genre de situation, un côté finit toujours par craquer. Alors que le petit film est sur le point de se terminer, le gars d'en face ouvre le feu sur la fenêtre ouverte de l'appartement d'Alex. On entend le bruit d'un objet qui tombe sur le sol, le projecteur a été touché. Bien visé. Alex bloque sa respiration, écarte les deux doigts de sa main droite qui pinçaient l'élastique et la bille. Son bras gauche tremble au relâchement de la tension, c'est la même sensation que quand une balle quitte le canon d'un fusil. Le projectile file droit vers sa cible, heurte de plein fouet le fût du T93. Alex lève le pied brièvement au-dessus du parapet du toit, le miroir accroche les lumières de la rue et illumine brièvement le muret tout noir. Le second sniper sur le toit du 36 tire, rate le miroir aussitôt rabaissé, la balle se perd dans la nuit. Elle retombera quand elle aura épuisé son élan.

En un clin d'œil, Alex s'est tourné, a lâché une nouvelle bille. Il ne touche pas le fût de l'arme, il a visé derrière, dans l'obscurité. Risqué mais ça en valait la peine. Bruit mou, cri de douleur, le fusil tombe dans le vide, glisse sur l'auvent qui abritait le petit balcon du troisième étage, se prend dans les fils de la télévision par câble, pendouille lamentablement dans le vide.

Le premier fusil a disparu, les résidents du quartier ouvrent leur fenêtre pour tenter de saisir ce qui se passe dehors, les deux victimes d'Alex se planquent en vitesse. Alex attrape son sac, glisse par la gouttière jusqu'à la rue, cavale, assomme d'un coup de poing le troisième tireur qui déboule du 72 pour lui aussi quitter les lieux. Il fouille ses poches : l'homme a une carte du Bureau de la sécurité nationale.

Des gars du BSN qui voulaient le buter sans avertissement ? Alex n'y comprend vraiment plus rien.

Quelqu'un a hacké le téléphone du superintendant Wu pour lui envoyer un message lui fixant rendez-vous rue Huayin, comptant visiblement lui mettre l'assassinat du Président sur le dos. Raté : Alex a décidé de s'esbigner avant d'avoir terminé ses crevettes, et les deux étuis vides laissés sur place par le sniper de l'Hôtel du Bonheur ont concentré toute l'attention de la police. Le plan a échoué, donc on lance la seconde attaque : on tue Alex pour lui clouer le bec et une nouvelle fois attribuer l'attaque contre le Président à un cadavre tout frais et extrêmement mort nommé Ai Li.

Trois snipers qui se servent tous trois du même fusil de précision, le T93, fierté des arsenaux du pays. Est-ce que le Service spécial du BSN s'amuserait à envoyer trois tireurs d'élite d'active éliminer un sniper à la retraite tout simplement parce qu'il est vexé de n'avoir pas pu protéger le Président ?

Alex n'a pas envie de se torturer les méninges pour imaginer les raisons qui auraient poussé le Bureau de la sécurité nationale à vouloir lui faire porter le chapeau. À ce moment précis, il n'a pas vraiment le choix : « Des trente-six stratégies, la meilleure est la fuite. » En chemin il envoie un courriel et s'achète deux galettes aux échalotes et un verre de thé au lait. Les galettes devraient répondre à ses besoins physiologiques les plus urgents, le thé au lait devrait l'aider à retrouver son calme, et quant au courriel, il est assez bref :

« Est-ce qu'il faut que j'aille à Séoul ? Il paraît que le bibimbap* en bol de pierre, c'est délicieux. »

---

* Plat coréen, constituant un repas complet : riz, viande, œuf, légumes, etc., le tout assaisonné d'une sauce typique fermentée et pimentée.

4

Wu a trouvé une cabine publique et rendu compte au père Chu de son absence de progrès. Puis il retourne à son bureau, écluse sa paperasse. Dans son tiroir, il a encore un autre téléphone. Un seul message, c'est son fils qui lui écrit en code :

« Ça te dirait un bibimbap, papa ? »

« Pourquoi pas ? »

Il éteint son téléphone, descend dans le métro, rentre chez lui.

Fiston l'attend. Wu retire sa veste. À Taïwan, on n'a pas vraiment besoin de veste jusqu'à début décembre, mais c'est une habitude de policier. On doit supporter la sueur qui vous trempe le dos, pour dissimuler l'arme et les menottes portées à la ceinture. Fiston enfile la veste, ajuste la casquette de son père sur sa tête, subit l'inspection de Wu : il manque un détail important pour que la ressemblance soit optimale. La touche finale : dix feuilles de journaux pliées et maintenues autour de la taille.

Ce garçon est le portrait craché de son père, à un centimètre près, sauf pour les ravages de l'âge. Wu baisse les yeux sur son propre ventre et soupire. S'il y a bien quelque chose qu'il regrette, c'est de ne pas réussir à perdre du poids.

— Fiston, comment restes-tu en contact avec Ai Li ? C'est un mystère complet pour moi. Mais après tout c'est moi qui ai payé tes études d'informatique, tu ne pourrais pas m'expliquer ?

— Papa, c'est trop compliqué. Tu commencerais par insulter Steve Jobs et Bill Gates, et après tu t'en prendrais à moi.

Fiston ricane et se dirige vers la porte avec le téléphone de Wu, qui lui assène ses dernières recommandations :

— Je commande d'habitude du bibimbap ou des nouilles udon. Ce soir tu es censé manger coréen, ne va pas bâfrer au Burger King, ça dévoilerait le pot aux roses immédiatement.

— Papa, c'est pas illégal de bouffer des hamburgers de temps en temps.

— Pas de hamburger ce soir.

— OK, OK, du bibimbap ou rien.

— Où est-ce que je m'assieds d'habitude ?

— À la table en face du Burger King. Je ne peux pas me taper de hamburger, mais au moins je pourrai mater la vitrine.

— Dégage !

Fiston abaisse la visière de la casquette sur ses yeux, évite l'ascenseur, descend par l'escalier jusqu'au rez-de-chaussée, passe dans le hall de l'immeuble B, sort enfin sur l'avenue Jingye, 3e section. S'il suit les consignes, il doit se diriger vers le nord jusqu'au Miramar, près du carrefour de l'avenue

Bei'an, descendre au sous-sol où se trouve la « rue des gourmets » avec une bonne trentaine de petits restaurants. Mais ce soir il n'a droit qu'au bibimbap avec un œuf poché pardessus ; avant de commencer à manger, il doit crever l'œuf, mélanger le jaune d'œuf épais au riz et à la sauce aux algues. Se concentrer sur son repas, ne pas oublier un seul grain de riz, laisser son bol aussi propre qu'au sortir de la machine.

Wu n'éteint pas chez lui, descend en douce par l'escalier chez son vieux voisin et ami, M. Shih, deux étages plus bas. M. Shih est un professeur de lycée à la retraite qui vit seul chez lui et accompagne parfois Wu pour une promenade dominicale dans le parc au bord de la rivière.

Le professeur Shih ouvre son réfrigérateur, en sort deux bières. Wu allume la lumière sur le balcon, les deux hommes s'installent pour regarder le base-ball à la télé. Lin Che-hsuan galope de base en base, brandit son gant, la balle vole si haut et si vite qu'elle n'a pas le temps d'ouvrir la bouche pour appeler au secours avant que le téléphone de M. Shih ne sonne. Wu lance un coup d'œil interrogatif à Shih, qui agite la main : « Je t'en prie. »

— Vous êtes chez M. Shih, parlez.

— Ça craint, superintendant. Trois snipers du BSN armés du fusil de précision réglementaire de l'armée de Terre, le T93, m'ont attaqué chez moi.

— Le BSN ? Oui… il pourrait se permettre un truc de ce genre.

— Faites gaffe à vous, superintendant.

— Oui. Et vous, planquez-vous, cette histoire ne vous concerne pas.

— Bien sûr qu'elle me concerne, je n'aime pas servir de cible d'entraînement à qui que ce soit.

Wu garde le silence une fois de plus et attend.

— Superintendant, il y a aussi un problème avec le projectile qui a blessé le Président. De là où il était, sur l'arrière de la voiture, le tireur au pistolet ne pouvait pas toucher sa cible au ventre, ni la barre d'appui métallique entre le chauffeur et les passagers. Je suggère que le contrôleur Lu organise une reconstitution de la scène, surtout pour confirmer que les traces relevées sur le rail d'appui et sur la balle retrouvée dans le véhicule correspondent ou pas. Si c'est bien cette balle qui a touché le rail, elle a forcément emporté des particules d'acier inoxydable.

— Qu'est-ce que vous voulez dire ? Que c'est bidon ?

— En plus, à ce moment-là il y avait de la fumée de pétard partout. Quand le Président est tombé, en quelques secondes ça a été le chaos absolu, alors comment le tireur aurait pu retrouver ses douilles par terre dans le bordel et la fumée ? Moi, j'étais sur place et je faisais très attention à ce qui se passait, pourquoi n'ai-je rien vu ni entendu ? Superintendant, à la télé le contrôleur Lu a montré la position où était censé se tenir le type au pistolet, il était à moins de deux mètres de moi. Je n'aurais pas pu le rater.

— On n'a pas retrouvé de douilles de pistolet sur la scène du crime, vous n'avez repéré personne de suspect, donc en réalité il n'y a pas d'étui et pas de tireur ?

— Voilà. Ou alors, il avait un silencieux vraiment exceptionnel. Je devrais essayer de retrouver ce fabricant de flingues artisanaux.

— Inutile. Ai Li, je suis vraiment désolé que vous soyez

impliqué dans cette histoire. Vous devriez vous tenir à carreau un moment.

— Je ne peux pas.

— Vous êtes allé chercher Bébé ?

— Pas encore.

— Je vous souhaite bonne chance. Gardons le contact.

— Merci. Je vais en avoir besoin !

~

Wu regarda la fin du match, prit congé et remonta chez lui. Sa femme venait de rentrer, elle avait profité de l'affluence moindre juste avant la fermeture pour piller la moitié du supermarché. Les capacités cachées des femmes de l'espèce sont inaccessibles à l'analyse scientifique ; elles sont normalement incapables de déplacer un canapé ou la télé, mais quand il s'agit de courses ou de shopping, elles peuvent grimper dans le bus en trimballant un poids supérieur au leur. Mme Wu était en train de ranger son butin, indifférente aux risques d'obésité et de crise aiguë d'hyperglycémie encourus par le réfrigérateur.

— Tu es encore allé t'enfiler de l'alcool chez le professeur Shih ?

— De la bière.

— La bière, c'est aussi de l'alcool.

— Certes. Mais je dois m'en contenter, puisque les bons vins que jadis je pouvais savourer en compagnie de ma femme me sont désormais interdits par elle.

— On en reparlera quand ton cholestérol sera retombé.

Sa femme était, elle, inaccessible à l'ironie.

Fiston réapparut, se plaignant de la veste trop chaude, de la casquette trop moche, du bibimbap trop fade. Il se débarrassa de la veste, arracha les journaux, balança la casquette sur le sofa, s'adressa à sa mère comme un enfant gâté :

— Par pitié, maman, qu'est-ce que t'as acheté de bon à manger ?

— Regarde-toi, ils ne te nourrissent pas à l'École de police ? Attends, j'ai acheté un beau bifteck, ça va te rendre la santé.

— Et moi ? dit Wu, se joignant à l'enthousiasme familial.

— Tu peux te faire cuire des nouilles, et il y a du bouillon de bœuf au freezer, ainsi qu'un micro-ondes très pratique.

— Bien qu'ils partagent le même statut d'être humain, l'époux a toujours eu la priorité sur le fils. C'est la réalité historique.

— La réalité historique, tu peux la ranger avec les tablettes des ancêtres. Ah, sinon, tu vas voir ton père demain à l'hôpital ? À quelle heure ? Je t'accompagnerai si je peux, est-ce qu'il lui faut quelque chose ? J'espère qu'il mange et qu'il boit un peu.

— Je préfère être seul, j'ai quelques trucs à demander au toubib, ça risque de durer. On ira ensemble la prochaine fois.

— C'est toi qui vois.

Wu ne répondit pas. Ils avaient vieilli, l'époque avait changé, un mot de travers pouvait déclencher une guerre de tranchées. Fiston lui glissa dans la main une douille et un petit bâtonnet soigneusement taillé pour y ressembler.

— C'était enveloppé dans une serviette en papier.

Ça pouvait attendre la fin des nouilles.

— Tu ne vois pas que je suis occupée ? Que viens-tu faire dans ma cuisine ?

Une expulsion en bonne et due forme, sans coup férir.

Les nouilles pouvaient attendre minuit. Il ne pouvait y avoir deux tigres sur une seule colline, ni deux hommes adultes dans le même foyer. Wu comprenait mieux les lions de la savane africaine qui chassaient leurs fils du clan dès la puberté, sans excessive considération d'amour parental.

~

L'étui est long de 51 mm, c'est un étui de cartouche standard OTAN 7,62 × 51 mm, que le Bureau des armements taïwanais produit aussi. Le bâtonnet est plus long, 54 mm. Wu vérifie sur Internet. Les fusils d'assaut Kalachnikov tirent des cartouches dont l'étui mesure 39 mm, les nouveaux modèles de fusil de précision spécialisés des nations de l'OTAN tirent en général un autre calibre standard, du 12,7 mm. Les seuls fusils qui tirent du 7,62 × 54 mm sont des armes de précision russes, le SV98 moderne et son prédécesseur, le Dragunov SVD. Une arme élégante, avec sa crosse en bois à l'ancienne.

Fiston s'introduit dans la pièce, deux verres de vin rouge à la main :

— Tiens, papa.

Les verres s'entrechoquent, Wu contemple la couleur intense du vin. Sa femme aurait-elle osé ouvrir une des bonnes bouteilles qu'il stocke depuis si longtemps ? Elle doit en rêver, de lui faucher tous ses trésors pour les filer à leur rejeton.

— Je l'ai acheté au Miramar.

Ouf. Qu'importent l'étiquette et le terroir, du moment qu'il peut boire le vin sans boire le calice, c'est du bon vin.

— Tu l'as vu ?

— Ouais, il est passé devant ma table et a laissé tomber le papier avec les deux cartouches à mes pieds.

— Tu l'as encore ? Le papier ?

— Ah… oui. Tiens, d'ailleurs, y a un truc marqué dessus : « Japan Asahi Okuma Weapon 1996 ». Qu'est-ce que c'est, papa ?

— Les étuis qu'on a retrouvés à l'Hôtel du Bonheur, ils sont marqués JAOW96.

— Ah.

— J'imagine que ça veut dire « fabriqué au Japon, usage militaire, sortie d'usine 1996 ». Mais Asahi Okuma…

Il vérifie : Asahi Okuma, AO, une entreprise de machines-outils, dont certaines destinées à la production de munitions.

Wu lève son verre et le vide d'un trait.

— Doucement, papa.

— Eurêka.

— Eurê… quoi ?

— Le sniper est un étranger qui se sert d'une arme d'origine russe mais de cartouches fabriquées au Japon. Ai Li a résolu le mystère des inscriptions sur les étuis de l'Hôtel du Bonheur.

— Et ça suffit pour clamer « Eurêka » ?

— Ai Li connaît le sniper.

— Incroyable ! Papa, ce pauvre Ai Li est vraiment dans la merde.

— Oui, il a marché dedans, mais du pied droit. J'ai bien peur que ceux qui en ont après lui aient le bras très long. N'oublie pas d'effacer toutes les traces de son pseudo sur ton ordinateur. Écoute-moi : fais très attention, personne ne viendra te chercher des noises, mais si tu tends le cou, quelqu'un en profitera pour te botter le train.

— Papa, tu t'exprimes de plus en plus bizarrement, heureusement que je suis ton fils sinon je n'y capterais rien. Cool. Ne t'inquiète pas, on a nos propres codes pour communiquer.

Ai Li sait se défendre tout seul, Fiston pas encore. Il y a un an, Fiston a mis le nez par curiosité dans l'affaire du conseiller du Président assassiné à Rome, puis a pris contact sur Internet avec Ai Li. Ai Li lui a envoyé des recettes de riz sauté, et bien qu'ils ne se soient jamais rencontrés, il est devenu l'idole de Fiston. Mais là, les choses se corsent, et que ce soit le BSN ou une autre agence qui veuille la peau d'Ai Li, ce n'est pas Fiston, tout juste entré à l'École de police et qui ne connaît rien à la vraie vie, qui…

— Papa, du calme, je retourne demain à l'école, je serai à l'abri. Et puis tonton Crâne d'œuf veille sur moi.

Crâne d'œuf, tu parles. Il y a des choses que même Crâne d'œuf ne peut plus contrôler.

~

Le chef du poste de police de Tunghsiao affichait un air passablement stressé en accueillant, devant l'école primaire du canton, les hauts gradés qui débarquaient à tour de rôle en voiture. Certains arboraient un petit sourire gêné. Après tout, ça se déroulait chez lui, mais on le tenait aussi éloigné que possible de l'enquête. À peu près aussi loin que Tunghsiao l'était de Taipei.

Le premier véhicule était arrivé en pleine nuit, à 1 h 45 du matin : un camion de commandement et de transmissions du Bureau des enquêtes criminelles, qui avait immédiatement lancé deux drones silencieux pour explorer la campagne alentour.

5

Plus que cinq jours avant le vote

Le Bureau des enquêtes criminelles établit un poste de commandement temporaire dans l'école primaire jouxtant le poste de police. L'affaire était de taille, la situation urgente, tout cela méritait bien que le chef du Bureau se déplace en personne, ainsi que le directeur adjoint de l'Agence nationale de police.

Le Bureau des enquêtes du ministère de la Justice dépêcha lui aussi trois véhicules, de la station de Taipei, de la station locale de Miaoli et de celle de Hsinchu. Le Bureau était persuadé que l'attaque contre Hsü Huo-sheng était une tentative d'influer sur l'élection présidentielle par la terreur, avec implication possible d'une puissance étrangère, or le terrorisme relevait de ses attributions. Le chef du Bureau des enquêtes criminelles, policier qu'il était, se frotta le nez sans rien dire. Il n'avait pas d'opinion arrêtée là-dessus, mais il n'avait pas non plus la moindre intention de leur transférer la responsabilité du commandement sur zone.

Les policiers et les agents du Bureau des enquêtes disposaient chacun d'un véhicule d'écoutes électroniques, équipé sur le toit d'une antenne circulaire capable d'intercepter les communications à partir de téléphones mobiles et d'indiquer la direction de l'émetteur. Les véhicules se ressemblaient comme deux gouttes d'eau, mais en creusant un peu, on aurait pu constater que le camion du ministère de la Justice était de marque européenne, tandis que celui des policiers était *made in Taiwan.* Ce n'était pas une question de goût personnel des chefs des deux bureaux, mais de nombre de zéros alignés dans leur budget. Le Bureau des enquêtes criminelles relevait de l'Agence nationale de police, elle-même dépendant du ministère de l'Intérieur, tandis que le Bureau des enquêtes était directement subordonné au ministère de la Justice ; les deux organismes portaient tous deux le nom de « Bureau », mais en réalité se situaient à des niveaux différents de la bureaucratie.

Crâne d'œuf n'avait rendu compte à personne d'autre qu'à son chef direct, le directeur de la police de Taipei, mais ne fut pas autrement surpris de voir débarquer à Tunghsiao tant de frères d'armes empressés.

À sa suite, ce fut une véritable armée de siège qui prit position devant l'école primaire transformée en quartier général, soit plusieurs équipes de la Division des affaires criminelles et une équipe d'assaut arrivée dans un grand bus, munies au total de douze fusils de précision, quatorze fusils d'assaut et vingt-quatre pistolets automatiques. Assez de puissance de feu pour que les flics de Tunghsiao mettent trois bonnes années à récupérer du complexe d'infériorité qui les saisit soudain à cette vue.

Le Bureau de la sécurité nationale, qui pourtant disposait du budget le plus important de tous, n'avait envoyé sur place que deux véhicules de son Centre de commandement du Service spécial, mais il s'agissait carrément de deux blindés à roues camouflés. De celui de tête débarqua un général de brigade en tenue de combat qui apportait deux mitrailleuses lourdes et les directives du BSN : le commandement des opérations resterait aux mains du Bureau des enquêtes criminelles, l'assaut serait mené par la police de Taipei, les agents de la Justice n'auraient qu'un rôle d'observateur.

Pendant qu'à haut niveau se réglaient ces questions essentielles, aux rangs inférieurs il apparaissait que les tireurs de précision de l'équipe d'intervention désapprouvaient ouvertement la présence des mitrailleuses lourdes de 12,7 mm montées sur les blindés, tandis que les servants des mitrailleuses lourdes dissimulaient mal le mépris qu'ils éprouvaient envers les M24 des policiers.

Le contrôleur de 3e classe Lu, directeur adjoint de la police de Taipei, descendit de voiture et entra dans la salle de classe du rez-de-chaussée où se trouvait le PC tactique. Il rendit compte aux officiers très supérieurs présents de la disponibilité de ses personnels et des informations connues sur le suspect. Celui-ci était accompagné de deux à quatre complices, tous étaient équipés de fusils et de pistolets et appartenaient sans nul doute à une organisation criminelle.

Le général du BSN exposa d'un ton grave les exigences des autorités. L'affaire touchait à l'élection présidentielle, il fallait la résoudre dans les délais les plus brefs. L'intervention pouvait être assimilée à une opération d'antiterrorisme, ce qui justifiait que le centre des opérations spéciales de l'armée de Terre se tienne prêt à fournir des renforts. La police du district de Miaoli contrôlait tous les carrefours importants du canton et attendait l'ordre de se déployer pour boucler toutes les routes.

— La possibilité de capturer les suspects vivants dépendra des circonstances précises sur place pendant l'assaut, la décision sera de la responsabilité du contrôleur Lu.

Crâne d'œuf grommela en réponse, son ventre gronda en écho. Ce qu'il avait entendu, c'était que ce galonné du BSN n'aimait pas les prisonniers. Un assaut bien mené, des bouches qui se fermaient à jamais, cela pouvait épargner bien des ennuis, et on lui offrait en prime de devenir le héros de l'histoire. Mais il éprouvait comme un léger malaise. Après une vie entière dans la police, l'envie de connaître la vérité le démangeait presque insupportablement, comme une mycose plantaire au printemps.

~

Wu est venu de Taipei avec Crâne d'œuf, il descend de voiture en même temps que lui devant l'école mais se rend au poste de police à proximité. Il a un badge sur la poitrine mais pas de statut officiel, il attend donc sagement le lancement des opérations, debout devant le comptoir à l'accueil. L'enquêteur en titre de la police de Tunghsiao, Ah Lo, est une vieille connaissance. Il s'approche et demande :

— Superintendant ! De retour parmi nous ?

— Non, je suis détective pour une boîte d'assurance, et le Président avait un contrat chez nous. Alors je colle aux basques du contrôleur Lu pour essayer de comprendre ce qui s'est passé, avant de décider si on paye ou pas.

— Vous êtes ouvert à la corruption, superintendant ? Si vous ne payez pas son indemnité au Président, ça fera plaisir à plein de gens. Sinon, on doit préparer la bouffe pour tout le monde, qu'est-ce que vous voulez dans votre carton ? Vous avez le choix entre entrecôte, pattes de poulet, cheeseburger aux champignons, poulet frit de chez Mei Mei, porc à la vapeur aux pruneaux ou cassolette de légumes hakka.

— Ne vous occupez pas de moi, je suis à la retraite.

— Ne vous inquiétez pas, c'est le district qui paye. Si vous ne mangez pas, ça sera gâché !

L'administration du district de Miaoli est officiellement en pleine banqueroute depuis des années, Wu se dit que leur faire supporter la facture de son repas ne serait pas très honnête.

— Je n'ai pas faim.

— Ah, superintendant, vous n'avez pas changé. Toujours à cheval sur les principes !

Les cent cartons commandés par la police aux frais du district pour la collation nocturne des troupes amassées à l'école sont encore en train de cuire que Wu a déjà reçu son repas. Le policier de faction à l'entrée du poste roule des yeux à la vue de la boîte cubique isotherme Uber Eats, suffisante pour une bonne dizaine de plats. Ah Lo guide le livreur qui dépose en s'inclinant l'énorme conteneur en polystyrène devant son client.

— Ah ! En fait, vous aviez anticipé. Ça m'a l'air plus copieux que ce qu'on a prévu ? se renseigne Ah Lo.

Wu soulève le couvercle de la boîte isotherme, qui contient un récipient rond et un autre carré. Dans le rond : un liquide odorant, très probablement un bouillon de poule aux jujubes, spécialement conçu pour revigorer les jeunes mères après une naissance. Dans le carré : fricassée de porc, riz gluant aux huit saveurs, champignons ; soit le plat traditionnel offert aux familles qui fêtent le premier mois d'un enfant, qu'on partage dans le bonheur de voir la maman retrouver la santé.

Le livreur joue les livreurs et demande respectueusement à Wu :

— M. Wu est-il satisfait ? Puis-je vous prier d'en témoigner en me notant en ligne ?

— Très satisfait, confirme Wu. J'avais en effet commandé un repas de relève de couches pour quatre personnes. Dix sur dix.

— Vous avez encore besoin de quelque chose ?

— Vous croyez que vous pourrez le reconnaître ? demande Wu à voix basse.

Le livreur ne répond pas et ressort avec sa boîte isotherme.

Le riz gluant aux huit saveurs, c'est un peu exagéré. Personne n'aurait commandé ça pour un pique-nique sur le pouce. L'odeur des champignons semble avoir en tout cas réveillé d'autres démangeaisons : Crâne d'œuf s'annonce, attrape une boule de riz gluant entre deux doigts :

— Mon vieux Wu, t'as raison, c'est bon pour c'que t'as. Tu te souviens de la façon dont la favorite Yang est morte après la mutinerie de Maweip'o ?

— De faim ?

— La grande armée du rebelle An Lu-shan avait conquis Chang'an. L'empereur Tang Hsuan-tsong s'était carapaté avec toute la maison impériale, mais en route les soldats ne recevaient plus leurs rations alors que l'empereur et sa famille continuaient à bâfrer. Les bons soldats, ne pouvant critiquer ouvertement le Fils du ciel, s'en sont pris à la concubine Yang Kui-fei. Elle est morte sous le poids de la haine de dizaines de milliers de bidasses.

— Je ne suis qu'un pauvre civil. La police est censée travailler sur l'enquête, pourquoi est-ce que tu m'as forcé à venir ?

— Pour me couvrir, putain. Mon chef direct, l'honorable directeur de la police de Taipei, est un homme de Hsü Huo-sheng, moi pas. Le directeur de l'Agence de police est un homme de Hsü Huo-sheng, moi pas. Le chef du BSN est un homme de Hsü Huo-sheng, moi pas. Je te le dis, mon vieux, de toutes les huiles rassemblées ici représentant les autorités de la République de Chine, je suis le seul petit bâtard, l'enfant illégitime. Je suis plus éloigné du Président que du paradis, et c'est pour ça qu'ils m'envoient en première ligne ; si je bute les suspects, je suis cuit, et si je les cueille vivants, je suis grillé. Mais ça, je m'en fous, au moins c'est franc du collier. Ce sont leurs coups en douce qui m'inquiètent.

— Quels coups en douce ?

— Hé, si je pouvais les décrire, ils ne seraient pas en douce. Mais toi t'es un vieux de la vieille, tu peux tout observer et tout noter, y compris les combines de nos amis. Et s'ils essayent de me faire un enfant dans le dos, tu pourras dévoiler la conspiration aux médias.

Crâne d'œuf avale une nouvelle bouchée de riz aux huit saveurs et part donner le signal de départ à ses troupes.

— Vous en avez acheté beaucoup trop. À quoi ça rime ? Je ne suis pas supposé rentrer à Taipei en courant.

Le livreur est occupé à examiner la roue de son scooter, juste devant l'entrée du poste de police. Nul ne pourra lui reprocher de ne pas consacrer assez de temps à l'entretien de son véhicule.

— C'est la première fois que je vous accompagne en mission, je ne pouvais pas risquer que vous ne soyez pas rassasié, répond Ai Li en relevant la visière de son casque.

— Vous en voulez la moitié ?

— J'ai déjà mangé, prenez-en un peu plus, ça risque de durer.

Et Ai Li sort une thermos de son sac, remplit à ras bord une tasse de thé d'orge fumant, la tend à Wu.

— Eh bien, j'ai un peu l'impression d'être traité comme Yang Kui-fei, conclut Wu.

~

À 2 h 20 tapantes le ciel de Tunghsiao se couvrit de lourds nuages. Trois minutes plus tard, une pluie diluvienne s'abattit sur la campagne, crépitant comme un orage de mousson en plein après-midi d'été. Les informations avaient été confirmées, les cibles repérées, l'opération pouvait commencer. Des hommes armés en petits groupes encerclèrent en silence une ferme traditionnelle, trois bâtiments en U plantés au milieu des rizières à l'écart du petit bourg.

Dans la cour, l'aire de séchage du grain était vide, à part quelques habits pendus à une corde à linge, désormais complètement trempés. À l'arrière du corps de ferme principal, des tireurs de précision rampaient dans la rizière, couverts de boue. Un peu à l'écart, une guirlande d'ampoules délimitait une mare à poissons. À l'intérieur, on distinguait vaguement une silhouette derrière une fenêtre.

Sans avertissement, sans appel à la reddition, Crâne d'œuf se rua à l'assaut à la tête de ses hommes, même pas protégé par un imperméable.

Dans la cuisine : une vieille dame assise, un bol de riz dans les mains au beau milieu de la nuit. À son âge elle n'avait plus besoin de beaucoup dormir, et comme elle avait dîné à cinq heures de l'après-midi, soit huit heures auparavant, elle avait un petit creux.

Dans une chambre : une jeune femme et deux enfants, tous endormis. On pouvait supposer qu'ils avaient eux aussi dîné à 17 heures mais n'avaient pas encore faim. En tout cas, ils n'avaient pas été réveillés par le piétinement des bottes d'assaut des policiers. C'était du sommeil de qualité.

Un cadavre était allongé dans la mare. Il s'agissait d'un homme d'âge moyen, vêtu d'un short, d'un débardeur et de hautes bottes en caoutchouc. Dans le tournoiement sanglant des gyrophares des ambulances, les responsables de chaque agence représentée contemplaient, un peu nerveux, la surface de l'eau constellée de myriades de petits cratères de pluie, tandis que les enquêteurs de la Division des enquêtes criminelles pataugeaient dans l'eau en s'efforçant de ne pas détruire d'éventuels indices.

Le chef du village convoqué confirma que le défunt était

le nommé Tsai Min-hsiung, propriétaire de la ferme, de la mare aux poissons, des rizières dans le périmètre bouclé. Les clauses légales des droits fonciers dérivés permettaient d'inférer que le pistolet repêché dans la mare par les policiers lui appartenait donc aussi.

Les agents du BSN se pressaient autour de cet important élément de preuve. Les agents du Bureau des enquêtes, pelotonnés dans leurs véhicules à l'écart, dévoraient leur repas en boîte de carton. La police du district élargit le périmètre de bouclage. Les enquêteurs et les techniciens de la police scientifique passaient au tamis l'eau de la mare à la recherche d'autres indices. Les membres de l'équipe d'intervention avaient dressé une grande tente le long d'un des chemins du domaine pour se protéger de la pluie et attendaient les ordres.

Le général de brigade du BSN, le directeur adjoint de l'ANP et le chef du Bureau des enquêtes criminelles accompagnaient le ministre de l'Intérieur, tout juste arrivé en hélicoptère, qui menait une inspection du terrain. Le directeur adjoint Lu, de la police de Taipei, trottinait sur leurs talons, pas assez près toutefois pour porter le parapluie du ministre. En décembre, le temps peut changer brusquement, il faut se prémunir contre les coups de froid.

Tout cela était bien mystérieux. L'information reçue par le BSN quelques heures avant le lancement de l'opération disait qu'un minimum de trois hommes armés se terraient chez Tsai Min-hsiung. La source semblait fiable : il s'agissait du Forgeron, le spécialiste des armes artisanales. Le BSN avait alors transmis le renseignement à la police de Taipei, chargée de l'enquête, et pour éviter d'alarmer les suspects, Crâne d'œuf était parti directement avec sa petite armée vers le sud. Résultat après l'assaut : quatre suspects capturés, soit : la mère, la femme et les enfants de Tsai, mais pas d'hommes armés. L'équipe d'intervention n'avait pas tiré un coup de feu et le suspect languissait déjà dans son plan d'eau. Les agents de la police technique estimaient que sa mort remontait aussi à une poignée d'heures. Autrement dit, après que sa petite famille se fut endormie, Tsai Min-hsiung se serait soudain préoccupé du sort de ses poissons et serait malencontreusement tombé dans sa mare la tête la première pour se noyer dans trente centimètres d'eau.

Le chef du Bureau des enquêtes criminelles râla :

— Alors, Lu, quelle surveillance aviez-vous mise en place ? Vous n'avez même pas été foutu de détecter que Tsai Min-hsiung avait été tué ?

Crâne d'œuf se tint coi : il était impossible de rejeter la faute sur le BSN.

Le général de brigade du BSN ne râlait pas ni ne reprochait rien à personne, mais répétait de sa voix de commandement :

— Qu'est-ce qui s'est passé ? Qu'est-ce qui s'est passé ?

Crâne d'œuf n'avait rien à lui répondre, il ne pouvait que se plaindre à Wu :

— Qu'en pense le représentant de la compagnie d'assurance ?

Au moins, toutes les autorités policières et ministérielles présentes tombèrent d'accord : la mission confiée au petit, tout petit directeur adjoint de la police de Taipei avait lamentablement échoué. Exclu du cercle décisionnel après avoir eu droit à une pluie de remontrances, il s'éloigna sur les digues entre les rizières en essuyant la pluie sur son visage et en offrant des chewing-gums au détective en assurance qui le suivait.

— Tsai Min-hsiung n'est pas le type qui a tiré sur le Président.

— On a interrogé sa famille, sa femme a dit qu'il était très remonté contre la faiblesse des subsides agricoles. Sa mère a déclaré qu'il pestait à tout bout de champ en regardant les émissions politiques à la télé. En résumé, il était un peu aigri.

— Sur 23 millions d'habitants, il y en a au moins 10 millions qui sont un peu aigris par la politique actuelle, ça ne veut rien dire.

— Le BSN reçoit une information, je reçois l'ordre d'intervenir pour arrêter le bonhomme, je débarque à la ferme des Tsai avec plusieurs dizaines de flingues, et résultat je me retrouve avec un seul cadavre qui a déjà pris l'eau. C'est quoi la suite pour moi ?

— L'indicateur vous a tous enfumés. Qui était-ce ? Pourquoi n'avoir pas vérifié l'info ? C'est s'exposer à la cata.

— Le BSN a fait confiance à l'indic, le Forgeron, le spécialiste des flingues et munitions artisanaux. Il leur a déclaré qu'il voulait se rendre et que les munitions, c'était lui qui les avait vendues à Tsai.

— Le Forgeron ? Et tu vas en faire quoi ?

— Rien. Le Bureau des enquêtes criminelles reprend la main et va s'en occuper. Et je me retrouve coincé. Bordel de merde, qu'est-ce que je fous maintenant ?

— Crâne d'œuf, garde profil bas, ne joue pas les héros. Tsai Min-hsiung n'est pas le tireur.

— Facile à dire. Au moins j'ai retrouvé l'arme du crime, le cadavre de Tsai est un coupable tout trouvé.

— Ouvre un peu les yeux. Le pistolet que vous avez repêché dans la mare, tu le connais parfaitement et moi aussi. Il était déjà à la mode auprès des triades il y a trente ans. C'est un Étoile noire* fabriqué sur le continent.

— Ouais, un Étoile noire, même plein de boue je l'ai reconnu. Mais mon pote, c'est quoi ton argument ? Le flingue est trop vieux, le canon est bouché comme ta prostate, il peut plus tuer personne ?

— C'est surtout un calibre 7,62 mm.

— Comme à l'Hôtel du Bonheur ?

— L'Étoile noire tire des cartouches qui font la moitié de la longueur de cartouches de fusil. Et les balles qui ont blessé le Président sont du 9 mm, tu as oublié ?

— J'y crois pas, on s'est cassé le cul à choper un assassin, mort ou vif on s'en foutait. Et… et tu es sûr que le flingue n'aurait pas pu les tirer, ces cartouches ?

— Elles n'auraient même pas pu entrer dans le canon.

— Même en rentrant le bide ? En se serrant un peu ?

— Je te dis de t'écraser. Les preuves sont insuffisantes, s'ils comptent sur cet Étoile noire pour boucler le dossier ils vont se ridiculiser.

---

* « Étoile noire » : surnom couramment donné au pistolet « Type 54 », copie de l'arme russe Tokarev 33, fabriqué en République populaire de Chine depuis 1954. Deux étoiles noires sont gravées de chaque côté de la crosse.

Alex vit l'Étoile noire sorti de l'eau, tapota Wu dans le dos, s'éloigna. Il fut immédiatement suivi : un véhicule du Bureau de la sécurité nationale, arrivé discrètement loin derrière les véhicules blindés. Les agents envoyèrent les images de leur filature au poste de commandement à Tunghsiao. Le général du BSN scruta l'écran de l'ordinateur portable installé sur les genoux de l'un de ses subordonnés.

— Le civil en scooter qui traînait, c'était lui ?

Le général téléchargea les images sur son téléphone crypté et les envoya derechef dans l'éther.

Les images d'Ai Li sur son scooter s'affichèrent dans une pièce disposée comme le bureau de Sherlock Holmes : pas très grande mais dotée d'un piano, d'un canapé en vrai cuir, d'un bar et de plusieurs dizaines de bouteilles de whisky ou de cognac de marques différentes. La fumée qui obscurcissait la pièce venait de cigares et non de pipes, et obligeait six paupières à se plisser pour observer la grosse boîte isotherme Uber Eats qui bringuebalait sur l'écran.

— Il faut reconnaître que ce gamin les a bien accrochées. Il était sur place et personne n'a songé à l'arrêter ?

— Les agents du BSN le filent, les autres n'ont pas dû le repérer. Qu'en pensez-vous, Johnny ?

— J'en pense qu'il faut ne rien faire pour l'instant et attendre que la poussière soit un peu retombée.

Johnny n'avait pas répondu, c'était Joe, qui semblait prêt à partir au golf à toute heure de la journée comme de la nuit, qui s'était exprimé. Johnny balaya ces paroles d'un geste d'impatience de la main.

— Le temps perdu n'est jamais rattrapé. D'autant que

la filature peut être compliquée. Il faut l'éliminer. Dites-leur de déguiser ça en accident de la route ou je ne sais quoi. Quoi ? Ça pose des difficultés ? Ce général du BSN n'est pas d'accord ?

— Le général Liu renâcle un peu, il n'est pas satisfait du poste de chef des bureaux de l'état-major de l'armée de Terre qu'on vient tout juste de lui proposer.

— Il veut le commandement de l'Académie, mais le Président a déjà ses favoris, c'est compliqué…

— Comment ça, c'est compliqué !

Les deux hommes plus jeunes quittèrent l'écran des yeux. Le vieillard en fauteuil roulant avait le regard exorbité et ses deux mains tremblaient légèrement. Jeffrey, un foulard de soie jaune autour du cou, tendit une main pour l'apaiser.

— Johnny, nous ne sommes plus tout jeunes, il ne faut pas s'énerver comme ça. Calmons-nous avant de poser le prochain pion, de toute façon personne ne peut quitter le plateau de jeu.

Joe ne dit rien. Johnny se retourna vers l'écran.

— Il a éliminé les trois balèzes que le BSN lui avait envoyés ? reprit-il d'une voix encore agitée. Si nous n'agissons pas maintenant, qui nous dit qu'il ne va pas nous filer entre les doigts encore une fois ? Vous ne m'avez pas dit que le BSN avait le mobile du contrôleur Lu sur écoute ? Le sniper aurait laissé les deux étuis de cartouche et son mégot sur place exprès pour qu'Ai Li l'identifie et parte à sa recherche ? Cet assassin, c'est notre unique erreur. D'accord, il s'est enfui et n'osera jamais revenir, de toute façon personne ne le croirait jamais. Mais si Ai Li l'a reconnu et le retrouve, ce n'est pas bon pour nous. Pas bon du tout. Alors dites aux gars du BSN de lui rentrer dedans. La route est glissante à cause de la pluie et nous couvrirons tous les frais légaux et les compensations civiles. Allez ! Qu'ils me le butent !

Joe hocha la tête. Il sortit un répartiteur de pilules de sa poche, préleva un médicament de chaque sorte et avala le tout, puis s'affaira à envoyer quelques textos.

— C'est parti.

— Jeffrey, voyez avec l'intermédiaire. Qu'est-ce que c'était que ce tueur qu'ils nous avaient trouvé ? Il y a rupture de contrat. On refuse de payer le solde. Foutez-leur la pression.

— D'accord. On leur demande de descendre le type ? Ça nous évitera d'avoir à chercher un autre tueur pour ça.

— Non, cet intermédiaire n'est pas l'un de ceux avec qui nous travaillons d'habitude, ils ont merdé une fois et je ne veux pas que ça recommence.

« Et du côté de Hsü ? Il y a de l'écho ?

— Rien.

— S'il sait déjà que le cadavre dans sa mare est l'un de ses anciens camarades de classe de primaire, il doit être un peu secoué, il lui faudra du temps pour réagir. Joe, reprenez contact avec l'homme de Hsü, dites-lui qu'on les a aidés à régler les choses en douceur, histoire de voir comment Hsü réagit.

— Bien.

— Et faites circuler le bruit que c'est le conseiller adjoint de Miaoli – comment s'appelle-t-il déjà ? Shang Hu ? – qui a incité Tsai Min-hsiung à se rendre à Taipei.

— C'est Shao Hu. Mais je croyais qu'il était du parti de Hu Yen-po ?

— Justement. Si on effraye Hsü, il faut aussi effrayer Hu. D'ici le jour du vote il peut se passer un tas de choses. On jette les filets et on voit ce qu'on ramène.

Les deux autres approuvèrent.

— Je rentre. J'ai du mal avec les nuits blanches. Je compte sur vous pour gérer la suite, dit le vieillard en manipulant les commandes de son fauteuil.

— Joe, appelez le chauffeur de Johnny.

— Attendez, Johnny… les gars du BSN l'ont encore perdu.

Sur l'écran, le scooter et sa boîte Uber Eats avaient disparu.

— Jeffrey, prenez rendez-vous avec Liu pour déjeuner demain. J'ai l'impression qu'il a une cervelle de moineau, il est incapable de mener quoi que ce soit à bien.

6

Wu aussi pouvait jouer au plus fin. Il se rendit à son travail en métro, laissa ses deux téléphones dans un tiroir de son bureau, descendit au garage et emprunta l'une des voitures de l'entreprise. Pour ce qu'il en voyait dans son rétroviseur, aucun véhicule suspect ne le suivait.

Il prit la voie express côtière jusqu'à Yilan. Le ciel au-dessus du Pacifique était bleu pâle, strié des traînées blanches des avions, rectilignes comme des trajectoires de flèches. Yachts et navires de pêche erraient paresseusement sur une mer à peine piquetée de quelques moutons. La côte est de Taïwan, après la fin de la voie express, était presque immobile. La seule chose qui remuait était le corps du poisson-sabre argenté, long et mince, qui venait de mordre à l'hameçon et dépensait ses dernières forces pour réfléchir les rayons du soleil dans toutes les directions.

Wu tourna à droite vers le mont Taiping, ralentit. Il devait trouver une église nichée dans un cul-de-sac.

L'église était dissimulée derrière des bois. Le père Koo, qui malgré son nom chinois arborait un visage occidental, l'attendait en souriant à la porte du bâtiment.

Dans un coin de l'immense cour, quelques paroissiens accroupis autour d'un potager semblaient discuter de la maturité des choux cabus ; plus loin, un jeune homme à la chemise trempée de sueur déchargeait des caisses de vieux livres et de vieux habits d'une camionnette. L'église n'était pas très grande, mais outre le lieu de culte elle abritait une bibliothèque, une cuisine collective et un dortoir.

Le père Koo mena Wu à la salle de la bibliothèque, à l'arrière du bâtiment, et le laissa. Bébé était assise dans la lumière du soleil qui descendait d'une fenêtre en diagonale. Wu pouvait apercevoir autour d'elle les particules de poussière en suspension, pouvait sentir la douce odeur des fleurs d'osmanthe qui entrait dans la pièce par la fenêtre ouverte ; il s'arrêta, inspira profondément.

Bébé était tout entière concentrée sur la lecture d'un livre. Wu décida de ne pas la déranger et s'assit. Le jeune homme aux livres s'activait consciencieusement. Il ne se contentait pas de poser les caisses et de repartir, il rangeait chaque livre l'un après l'autre à sa place sur les étagères, selon leur genre. Ainsi, se disait Wu, les livres ne seront pas terrifiés à l'idée d'arriver dans une maison inconnue.

La capitaine Lo Fen-ying, « officier de liaison » au ministère de la Défense, avait été blessée au cours de la fusillade du temple de Kuan-yin sur la colline au Trésor. L'ex-capitaine des forces spéciales Ai Li, ex-caporal à la Légion étrangère sous le nom d'Alex Lee, qui assistait le superintendant Wu du Bureau des enquêtes criminelles, avait touché d'une balle Lo Fen-ying sur la partie gauche du front, alors qu'elle s'apprêtait à abattre Wu. Les premiers secours lui avaient sauvé la vie, mais elle avait été atteinte au cerveau. Le Département d'information stratégique qui l'employait avait organisé son transfert de l'hôpital interarmées à l'hôpital des Vétérans, mais sa guérison exigeait du temps. Une fois les procédures de retrait des cadres d'active remplies, le Conseil d'assistance aux vétérans avait voulu l'envoyer en convalescence dans une de ses maisons de repos à Hualien, mais elle avait refusé et choisi de récupérer dans cette paroisse de montagne à Yilan, loin de tout. Elle était croyante, une enfant de Dieu.

Lo Fen-ying avait été condisciple d'Ai Li au stage des tireurs d'élite des forces spéciales de l'armée de Terre organisé par le colonel Huang Hua-sheng, puis affectée après la formation au DIS où elle avait retrouvé Huang, avant de travailler comme secrétaire du vice-ministre qui avait été placé à la tête de l'agence. Huang, alias Tête-de-fer, membre de l'organisation secrète « la Famille », avait organisé, de concert avec Peter Shan, représentant officieux de Taïwan en Europe pour les achats d'armement, l'assassinat du conseiller en stratégie du Président venu à Rome négocier l'achat de sous-marins auprès des Ukrainiens ; Huang et Shan craignaient de voir leur échapper les lucratives commissions sur les contrats d'armement, dont une partie finançait les œuvres caritatives de la Famille auprès des orphelins et familles de militaires*.

Le rapport final de la police avait listé exhaustivement les violations de la loi commises par Huang Hua-sheng et les circonstances de sa mort, et conclu à l'absence de culpabilité de Lo Fen-ying. Les poursuites avaient été abandonnées.

---

* Cf. *Le Sniper, son wok et son fusil, op. cit.*

Les règles militaires, cependant, étaient plus strictes que la loi, et l'armée avait exigé d'elle qu'elle démissionne.

C'était la première fois que Wu la rencontrait. Ils n'avaient jamais communiqué que par téléphone. La bataille de la colline du Trésor s'était déroulée de nuit et sous une pluie battante, Bébé avait été blessée par Ai Li en aidant son supérieur et père adoptif Huang Hua-sheng à résister à l'arrestation. Wu aurait pu témoigner qu'elle avait ouvert le feu délibérément sur un policier, mais s'était tu. Il était allongé à l'hôpital, son fils avait rempli pour lui les formulaires nécessaires pour son départ à la retraite, pourquoi compliquer les choses en envoyant une pauvre orpheline au cachot ?

Le jeune homme aux livres était efficace et discret, lui non plus ne souhaitait pas déranger Lo Fen-ying. Quel était donc le bouquin qui la captivait autant ?

Rien de très étonnant : on était dans une église, c'était bien sûr une édition particulièrement volumineuse de la Bible.

Sur le front de la jeune femme, une cicatrice rouge sombre s'étalait comme un ver hideux. Elle avait la peau extraordinairement pâle et fine, Wu avait l'impression de percevoir chaque pulsation des minces veines bleues sur sa tempe.

Wu avait apporté un cadeau, des friandises que sa femme avait tout spécialement choisies. En sortant de chez lui, il avait eu droit à un jugement définitif de sa part :

— C'est toi qui l'as mise dans cet état, cette gentille gamine. Tu ne te vantais pas de placer toutes tes balles hors de la cible à l'entraînement ? Et le jour où tu aurais dû rater ton tir, voilà que tu vises droit. Vraiment ! Blesser des gens le jour même de ton départ à la retraite !

Il n'avait pas expliqué que ce n'était pas lui, mais Ai Li qui avait tiré sur Bébé. À la place d'Ai Li, il aurait pu tirer trois cents fois sans jamais la toucher. On ne pouvait pas expliquer grand-chose aux épouses, elles voyaient en général toute défense de la vérité par les hommes comme une tentative délibérée de les faire taire par des arguments fallacieux.

Lo Fen-ying portait un T-shirt blanc à col rond et un jean si usé qu'il en était presque blanc lui aussi, les cheveux qu'on lui avait rasés à l'hôpital avaient suffisamment repoussé pour qu'elle puisse se coiffer comme un lycéen.

Elle avait l'air de bien se porter.

— Elle n'a toujours pas parlé, lui avait dit le père Koo juste avant, je ne souhaite pas l'y obliger, Dieu seul peut décider ce que sera sa vie désormais.

Le prêtre signifiait à Wu qu'il ne souhaitait pas non plus que Wu force Bébé à parler. Mais Wu, lui non plus, n'avait pas envie de parler. Il était flic retraité, reconverti en détective d'assurance, qu'aurait-il raconté ? Il n'allait pas demander à Lo Fen-ying quels contrats elle avait souscrits ou si elle avait besoin d'aide pour recouvrer ses indemnités.

Il ne resta qu'un court moment, ressortit silencieusement de la bibliothèque en laissant son cadeau, ne prit pas congé du père Koo, redescendit la route de montagne sinueuse et s'arrêta sur une aire de la voie express. Il éprouvait une soudaine envie de fumer.

Il n'avait pas de cigarettes, alors il ouvrit le paquet de chewing-gums que lui avait donné Crâne d'œuf.

La camionnette du livreur de livres arriva en trépidant bruyamment de toutes ses pièces, le jeune homme au volant baissa sa vitre :

— Auriez-vous une cigarette, s'il vous plaît ?

— Non, mais j'ai ça.

Le jeune homme accepta un chewing-gum sans protester et tous deux se concentrèrent un moment sur leur mastication. Peut-être le jeune homme était-il tombé soudain amoureux des chewing-gums et avait-il renoncé au tabac. Peut-être Wu se jurait-il de ne plus jamais en bouffer, l'une de ses fausses molaires s'était prise dans la pâte molle comme une vieille verge et menaçait de quitter son emplacement.

— Vous avez vu Bébé. Alors ? Le vent a-t-il emporté autant qu'il pouvait des sentiments passés, ou bien les cendres de la torche éteinte se rallument-elles ?

— Je vois ce que vous voulez dire, superintendant.

— Sans compter qu'elle a aidé Tête-de-fer à vous piéger et a tenté de vous...

— Vous remuez le couteau dans la plaie, superintendant.

— Ça fait mal ?

— Très. Ce n'est même plus le couteau dans la plaie. Vous aimez racler l'os ?

— J'ai un peu vécu. Pour guérir d'un chagrin d'amour, rien de mieux que d'accélérer la transformation de l'amour en haine. L'amour c'est douloureux, la haine c'est confortable. Et puis on peut haïr plus ou moins, la haine ça finit par passer. On se trouve une nouvelle petite amie et, au bout de cinq ans, on regarde en arrière et on soupire un bon coup en se demandant pourquoi on n'arrive plus à prendre les choses autant au sérieux.

— Superintendant, vous m'aviez un jour parlé du papier qu'on pose sur une cible au stand de tir : tout neuf quand on le pose, plein de trous quand on le récupère.

— Vous vous souvenez de ça ?

— Et vous avez dit que tout le monde se fout du papier tout neuf. Ce qu'on garde comme souvenir, qu'on laisse en héritage, c'est le papier troué, parce qu'il est la marque de vos réussites. Des années d'entraînement au tir, symbolisées par une feuille de papier pleine de trous.

— J'ai raconté des conneries pareilles ?

— Oui, c'est ce que vous m'aviez expliqué.

— Vous avez envie de laisser un papier troué en souvenir de vous ?

— Il semble que je n'ai pas grand-chose d'autre à laisser derrière moi.

— Bien sûr que si. Vous avez même bien plus que moi.

— Comment ça ?

— Vous avez la jeunesse.

Ai Li tendit la main pour un autre chewing-gum. Il n'avait ni carie ni fausse dent, il en avait pour encore au moins vingt ans avant son premier implant, il pouvait mâcher autant qu'il le voulait de saloperies qui feraient chialer un dentiste.

— Chaque fois que j'ai une conversation avec vous, je dois y réfléchir pendant des heures.

— Quoi ? Je parle un chinois tout ce qu'il y a de standard.

— Non, non, vous prononcez souvent des paroles

mystérieuses. En vous écoutant on a l'impression que vous dites un et un font deux, mais quand on y réfléchit, ce n'est plus du tout ça.

— Qu'est-ce que j'ai dit de si mystérieux ?

— C'est comme si vous disiez « Est-ce qu'un et un font deux ? ». Est-ce que ça ne ferait pas zéro ? Mon camarade à la Légion m'a appris un peu de japonais, toutes les phrases commencent par des formules de politesse interminables mais le verbe important est à la fin. Il faut rester concentré, et quand vous entendez « Et n'est-ce pas parfait comme ça ? », vous devez vous souvenir de tout ce qui a été dit avant pour savoir si, en fin de compte, ça veut dire que c'est vraiment bien, ou alors carrément à chier.

— Ha ha ! Et quand je m'exprime, c'est comme ça ?

— Oui, ce que vous dites n'aide pas à choisir la direction dans laquelle il faut avancer, mais aide à choisir la direction dans laquelle il faut réfléchir.

— Et avez-vous choisi la direction en question ?

— J'ai choisi. Ennemi dissimulé derrière une fenêtre à cadre en bois sur la gauche de la maison isolée à onze heures, à traiter par trois cartouches par le tireur de précision. La direction du chemin le plus direct.

— Le chemin de l'homme seul. Bien, l'essentiel est que vous ayez une direction, mais ne la suivez pas jusqu'au bout si vous risquez de vous perdre…

— Reçu, superintendant. Je n'ai jamais rien commis contre ma volonté.

— Peut-être qu'un jour vous devriez essayer, au moins une fois.

Ai Li relança le moteur.

— Superintendant, vous recommencez à faire du un plus un font deux.

— Eh oui.

— Le coup d'hier soir m'a rappelé quelque chose que Tête-de-fer nous expliquait… « Attirer le serpent hors de son nid. »

— Vous parlez du cadavre de Tsai Min-hsiung dans sa mare ?

— Oui. Sur le champ de bataille, si on ne distingue pas clairement le nombre et la position des ennemis, mais qu'on a l'avantage de la puissance de feu, on peut ordonner à un des snipers de son camp de dévoiler brièvement sa position et arroser une des positions probables d'en face. Si ça fait peur à l'ennemi, il cherchera à s'abriter mieux et se fera repérer en bougeant. Sinon, il ripostera en concentrant le feu sur le premier tireur, et se sera dévoilé à son tour.

— OK. Mais qu'est-ce que ça veut dire ?

— Le coup de l'Étoile noire. J'ai vérifié, Tsai était un paysan, il se rendait très rarement à Taipei. Je suis sûr qu'il n'a rien à voir avec l'attentat, en revanche il doit être quelqu'un de spécial. Sinon pourquoi aller jusque dans ce trou paumé de Tunghsiao pour le tuer, à part pour exploiter sa mort afin de forcer le vrai tueur ou d'autres personnes impliquées à sortir du bois ?

— Vous aussi, vous avez vite appris à poser des additions qui ne donnent pas forcément le bon résultat…

— Je suis sûr que vous comprenez.

— Ouais, en tout cas c'est bon d'avoir à me creuser un peu la cervelle, pour éviter de sombrer trop vite à mon âge.

— Au revoir, superintendant. Je vous souhaite une bonne santé éternelle !

Le capot de la camionnette s'écarta en crachotant, Ai Li s'éloigna cahin-caha.

7

Le visage du chef du Bureau des enquêtes criminelles lisant un communiqué occupait le tiers de l'immense écran de télévision :

« Bien que la mort du suspect Tsai Min-hsiung, dont le cadavre a été retrouvé dans sa propre mare à poissons, puisse être accidentelle, sa participation à l'affaire est toujours étudiée. Un nouveau filtrage attentif des images des caméras de sécurité autour de l'heure de l'attaque contre le Président a montré – projection, s'il vous plaît – que treize minutes après l'attaque, cet individu masculin vêtu d'un poncho imperméable, qui rentre en se pressant dans le grand bâtiment de la gare routière longues distances de la capitale, est très certainement Tsai. Les vérifications ultérieures ont permis d'établir qu'il était un camarade de classe du président Hsü à l'école primaire. »

Les journalistes présents devant l'estrade partirent dans des conciliabules effrénés, l'orateur fut saisi d'une violente quinte de toux.

La première image projetée montrait un homme en imperméable traversant la rue en courant, vers la gare routière. La suivante venait de l'intérieur du bâtiment, l'homme grimpait dans un car en direction de Hsinchu. Puis il y eut deux visages agrandis, celui de Tsai Min-hsiung et celui de l'homme en imperméable.

« Quant à l'autre tireur, celui au fusil, le Bureau le soupçonne très fortement, après de multiples vérifications, d'être un ancien militaire nommé Ai Li, déjà impliqué dans un assassinat à Rome l'année dernière. Il s'agit d'un ancien tireur d'élite des forces spéciales de l'armée de Terre qui a servi cinq ans dans la Légion étrangère française. Voici une photo de l'individu en question, franchissant les contrôles de l'aéroport de Taoyuan, déguisé en femme. Le Bureau des enquêtes criminelles a lancé un mandat d'arrêt à son encontre, nous espérons que les citoyens qui le reconnaîtront pourront nous fournir des pistes. À l'heure actuelle, le degré d'implication d'Ai Li est encore peu clair, et nous l'appelons à se présenter à la police pour s'expliquer. »

Le policier fixa la caméra un moment puis reprit sa lecture :

« L'enquête sur l'attentat se poursuit selon trois axes. L'hypothèse d'une vengeance personnelle contre le président Hsü fait à l'heure actuelle l'objet de multiples vérifications. Par ailleurs, la police, dans sa démarche de recherche de la vérité, ne pouvait écarter l'hypothèse d'une rivalité politique et a donc dû interroger le candidat Hu Yen-po ; nous tenons à présenter nos excuses à tous ceux qui ont pu se sentir offensés, cela n'a rien à voir avec le processus électoral. Enfin, l'hypothèse, qui a pu apparaître ici et là dans les médias, de l'implication d'organisations de paris clandestins, n'est pas négligée, nous enquêtons en ce sens dans tout le pays. »

La conférence de presse avait déjà été d'une longueur indue. Le chef du Bureau posa son papier et s'adressa directement aux journalistes devant l'estrade.

« Nos premières déductions sont que Tsai Min-hsiung, une fois rentré à Tunghsiao, a craint d'être retrouvé et a voulu jeter l'arme du crime dans sa mare pour éliminer les preuves à son encontre. Mais sous la pluie, avec les bords de la mare boueux, il a pu glisser par inadvertance, tomber dans l'eau et s'y noyer. Les conclusions du médecin pathologiste vont en ce sens, l'autopsie a confirmé qu'il ne portait aucune blessure extérieure et avait les poumons remplis d'eau ; il est bien mort par noyade. À propos des doutes qui se sont élevés dans l'opinion publique parce que le pistolet Étoile noire repêché sur place serait incompatible avec les balles qui ont blessé le Président, nous sommes en train de conduire des vérifications complémentaires. Concurremment, nos spécialistes dépêchés dans le district de Miaoli ont vidé l'eau de la mare et l'explorent pouce par pouce pour retrouver d'autres armes ou indices éventuels qui auraient pu être engloutis par la vase ou abîmés par des pierres. »

Trois hommes âgés étaient assis devant l'écran. Joe agita les glaçons dans son verre :

— J'avais communiqué en avance l'identité de Tsai aux hommes de Hsü, il semble qu'ils nous en soient reconnaissants, nous devrions avoir très vite une réaction de leur part.

— Mais rien de Hsü ? interrogea le vieillard en chaise roulante, sourcils froncés.

— L'un de ses hommes a l'air de souffrir mille morts, l'autre s'est lancé dans un concours de flagornerie, s'est répandu en remerciements et nous a félicités pour l'aide que nous apportons à la police. C'est du puissant, ce qu'on leur a refilé. Mais il est probable que Hsü lui-même ait un peu de mal à avaler la pilule. Jamais il n'aurait pu imaginer qu'on lui sortirait un tireur tout prêt, et encore moins son copain de primaire. Cette fois, il lui sera impossible de cerner tout ce qu'on a sur lui. Ça doit lui rester sur l'estomac.

— Qu'est-ce que ça donnerait, en termes de base-ball ?

— C'est l'équivalent de la balle qui rebondit sur le marbre après le coup du batteur et le frappe à l'entrejambe. Une faute directe… mais très douloureuse.

— C'est ça, une faute directe, répondit le vieillard avec un rare sourire.

Jeffrey fumait un cigare. Il exhala un rond de fumée, demanda :

— Et le pistolet ? L'Étoile noire dans la mare ? Qu'est-ce qu'il fout là ?

Le club de golf de Joe frappa une nouvelle fois de travers.

— C'est le gars qu'on a envoyé régler son compte à Tsai qui a cru bon de réfléchir. Comme il n'a pas pu se résoudre à balancer un pistolet neuf dans la mare, il l'a échangé contre une de ses armes anciennes.

— Qu'est-ce que c'est que cette façon de bosser, râla Johnny d'une voix tremblante de colère. Votre premier tueur laisse exprès des indices sur place, le deuxième se débarrasse du mauvais pistolet ?

— C'est-à-dire que…

— Pas de fausses excuses !

Johnny abattit la main sur l'accoudoir de son fauteuil. Son regard brillait d'un éclat inhabituel.

— Frère aîné, ne vous énervez pas, le calma Jeffrey. Nous avançons pas à pas. À nos âges il est inutile de se presser, ne risquons pas l'hypertension pour une histoire pareille.

« La police a tapé dans la fourmilière des paris clandestins. La plupart des paris se sont jusqu'ici portés sur Hu Yen-po. Si c'est bien Hu qui gagne, tout un tas de petits caïds se retrouveront sur la paille. J'en vois bien un recruter un crevard quelconque pour tirer deux balles foireuses sur Hsü, susciter un vote de compassion en faveur de Hsü, voire le faire gagner. Certains petits chefs ne pensent plus qu'à leurs bénéfices et se fichent bien de qui sera président. Ce sont des suspects idéaux. Maintenant que le “tireur” Tsai Min-hsiung est mort, si des gens s'interrogent sur le mobile, ils vont tout naturellement pointer du doigt un quelconque parrain d'organisation de jeux illégaux. Ça revient à ce que nous ayons tiré une grosse épine du pied de Hsü ; comment pourrait-il ne pas nous en être reconnaissant ? Pour le problème de l'Étoile noire et des cartouches de 9 mm, avez-vous des directives, Johnny ?

Johnny hocha la tête :

— On doit s'arranger pour que les flics puissent noyer le poisson. Au départ Hsü avait toutes les cartes en main, personne ne savait d'où venaient les balles qui l'ont frappé.

Maintenant, la police a un tireur et une arme, et si on en croit leur conférence de presse ils ont gobé le coup pour Tsai. Les atouts ont changé de main et Hsü sera obligé d'accepter nos conditions, il ne peut en être autrement. Ne nous pressons pas, c'est un type intelligent, il sait qu'il doit à tout prix éviter de me fâcher.

« À propos d'intelligence, qu'allez-vous faire de l'abruti qui a buté Tsai ?

— On l'a payé, pour l'instant on le garde au chaud, répondit Joe prudemment.

— Et du côté de Hu Yen-po, qu'est-ce que ça donne ?

— Ils paniquent et tentent à tout prix de convaincre un expert criminel américain de sauter dans l'avion.

Joe lut un message sur son téléphone et intervint :

— L'un des hommes de Hsü s'inquiète, il dit que si l'Étoile noire n'est pas la bonne arme, où est la vraie arme du crime ?

— Il faut planquer un 9 mm quelque part dans la ferme de Tsai, trancha le vieillard. Ça dira à Hsü que nous nous efforçons de lui trouver un assassin, que nous ne laisserons pas ce tueur être innocenté au bénéfice du doute. Procurez à la police un pistolet adéquat et transmettez à Hsü que Tsai a laissé une « lettre d'adieu » qui risque de le plomber, que nous essayons de la retrouver. Il comprendra. Et s'il ne raque pas dans les deux jours, on envoie la lettre d'adieu à la presse.

— Il y a une lettre d'adieu ? bouche-béa Joe.

— Il n'y a pas de tireur, et pourtant la police croit maintenant que Tsai est le tueur. Mais Tsai est mort et les morts ne parlent pas, ce n'est pas lui qui dira si sa lettre d'adieu est vraie ou fausse. Vous avez vu sa pauvre mère et sa femme à la télé ? Elles pleurent sur leur avenir misérable plus que sur la mort de leur fils et mari. Fort opportunément, la Fondation leur a déjà envoyé un million de dollars pour les soutenir dans leurs affres.

— Hsü ne pourra jamais nier que Tsai est son tireur, et pourra encore moins contester la lettre laissée par Tsai. Johnny, c'est une excellente idée.

Johnny ignora le compliment.

— Il faut régler aussi la question des deux douilles de fusil, dit-il en baissant la voix.

— Une fois qu'on aura attrapé Ai Li, on lui colle tout sur le dos, ça résoudra tout. Notre tireur japonais a eu peur et s'est enfui, il ne reviendra pas se dénoncer à sa place.

— Surveillez Ai Li et Wu. Ai Li est rusé comme un renard, mais Wu a une famille et un boulot, il ne s'enfuira pas.

L'un des membres de ladite famille gisait sur son lit d'hôpital. Seul le bruit du respirateur artificiel témoignait de l'existence ténue de M. Wu senior. Assis d'un côté du lit, Wu tenait la main sans réaction de son père.

Wu ne savait plus où il avait lu que dans un vieux couple, quand le premier partait, l'autre ne lui survivait pas très longtemps. Sans plus personne sur qui s'appuyer, le père de Wu n'attendait plus grand-chose de la vie. Moins d'un an après la mort de son épouse, il s'était affaibli en un laps de temps assez court, sa mémoire avait battu en retraite, il avait perdu le sens du goût. Mais il avait toujours refusé d'emménager chez son fils, ou de le laisser organiser des soins à domicile.

Les voisins avaient prévenu Wu, qui était arrivé cinq minutes après l'ambulance, juste au moment où les secouristes rentraient la civière à l'arrière du véhicule. Le vieux M. Wu était tombé pendant sa toilette. Chaque soir, son voisin venait voir, avant de se coucher, si tout allait bien. Mais ce soir-là, personne n'était venu lui ouvrir la porte ni n'avait répondu à ses appels. Fort heureusement, Wu lui avait donné une clé. Le voisin était entré, avait découvert le vieux monsieur inconscient, avait immédiatement composé le 119.

La tête avait heurté le carrelage : traumatisme crânien. Depuis trois mois et douze jours, M. Wu senior dormait sans réagir ni aux sons, ni à la lumière, ni à aucun contact. L'expression des remords et regrets filiaux n'avait pas suffi à réveiller sa tête de mule de père.

Il avait dit ne pas vouloir perturber la vie de son fils, être en excellente santé et habitué à vivre seul dans son vieil appartement où flottait encore la présence de sa femme.

Rien de tout cela n'avait convaincu le destin.

Wu payait maintenant une infirmière pour laver son père chaque jour, le retourner, faire jouer ses articulations. Mais comme il devait travailler pour gagner de quoi payer ces soins et les frais d'hospitalisation, il n'avait pas pu venir chaque jour « goûter les décoctions d'herbes médicinales », comme le bon fils confucéen qu'avait été l'empereur Wen des Han. Les fonctionnaires ont beau toucher une retraite, elle reste assez limitée.

Son téléphone vibra encore une fois, Wu l'ignora.

Dès qu'il le pouvait, il venait s'asseoir au chevet de son père, une demi-heure à peu près. Cela pouvait-il compter comme l'accomplissement de ses devoirs filiaux, ou n'était-ce que l'équivalent de repentances larmoyantes à la vue du cercueil ?

Ce fut l'infirmière en chef qui le chassa ce jour-là. Peut-être sa physionomie totalement éreintée avait-elle fait craindre aux personnels soignants d'avoir à bientôt se coltiner un vieillard allongé supplémentaire.

~

Wu sort de l'hôpital, il a six messages de Crâne d'œuf sur son téléphone et aucune envie de répondre à ce harcèlement. Mais il serait difficile de ne pas rappeler Chih-ming, qui dans son message vocal disait qu'il était en bas du bâtiment.

— Superintendant, je suis Chih-ming, l'un de vos anciens subordonnés. Le contrôleur Lu m'a envoyé vous chercher. Je ne vous ai pas vu, êtes-vous encore à l'hôpital ? Par pitié, ne me laissez pas tomber, sinon le chef va m'en vouloir à vie.

— Pas le temps. Ma femme m'a chargé d'un truc important.

— Je vous en supplie, superintendant, le chef est déjà à moitié fou. Allez-y, moi je vais chez vous, je m'occupe de tout. Mme Wu veut du thé de Luku ? Des pieds de porc de Wanluan ? Un masque facial de chez SK-II ? Ou bien un sac à main Louis Vuitton ?

— Elle est allée jouer au mah-jong, il faut que j'aille la chercher.

— Où est-ce qu'elle joue ? C'est avec ses amies ? Je

passe par le marché de nuit de Yongle, je leur apporte des nouilles de riz au marlin. À moins qu'elles ne préfèrent les raviolis du marché de la porte de l'Est ?

Wu rit à en avoir un point de côté.

— Eh bien, Chih-ming, la Terre a cessé de tourner ou quoi ?

— Superintendant, peut-être n'étiez-vous pas au courant ? J'ai l'honneur de vous rendre compte que le président de la République a été victime d'une tentative d'assassinat.

Wu est assis dans le bureau du contrôleur Lu, et on lui accorde le même traitement qu'à sa femme.

— Tiens, c'est un paquet de Oolong, tu m'en diras des nouvelles. Eh, vous ! Allez me chercher des gâteaux aux haricots mungo au frigo. Hé ! Pas si vite, je n'ai pas terminé. Le superintendant Wu apprécie le kaoliang, j'en ai planqué une bouteille dans le coffre. Vous connaissez le code. S'il reste du chocolat, apportez-en aussi.

— Ô immense directeur adjoint, j'avais compris que le Bureau des enquêtes criminelles avait officiellement repris l'enquête. La police de Taipei est déchargée, arrête de remuer sur ton fauteuil, quelqu'un va finir par avoir pitié et te porter jusqu'aux toilettes.

Crâne d'œuf tire sur sa veste d'uniforme.

— Ils avaient en effet l'air inexplicablement pressés de boucler l'enquête, mais le flingue n'est pas le bon et ils ont eu droit à une offensive générale des médias comme tu le prédisais. La pression me retombe dessus, il y a une demi-heure le ministre de l'Intérieur et le directeur de l'ANP m'ont appelé pour me dire de réparer les dégâts, du style mes informations étaient erronées, je me suis fait rouler dans la farine par le Forgeron. Bordel, c'est le BSN qui avait reçu l'info, j'obéissais à leurs ordres, et maintenant tout est de ma faute. Je savais que je n'aurais pas dû demander cette promotion et me contenter d'un poste pépère d'instructeur à l'École de police. La vie d'un haut fonctionnaire dans ce pays, c'est pas humain.

Wu ne dit rien, Crâne d'œuf mastique son chewing-gum aux fruits. Depuis qu'il a cessé de fumer, il doit en consommer une bonne cinquantaine par jour. Dans la police, tout le monde connaît son plus fameux axiome : « Vous connaissez les effets secondaires de l'arrêt du tabac ? Un putain de diabète sucré ! »

Encore un chewing-gum aux fruits. Wu bâille un grand coup :

— Si tu dois lâcher un vent, vas-y.

— Mon vieux Wu, t'as passé ta vie entière dans la police, ne me dis pas qu'il y a des choses plus urgentes qui t'attendent. Et puisque des représentants des forces de l'ordre te suivent, n'est-il pas de ma simple responsabilité d'en discuter avec toi autour d'un petit café ?

— Allez, crache.

Crâne d'œuf lui pose une feuille de papier imprimée sous le nez :

1935 – Wang Ching-wei survit à un attentat, malgré trois blessures par balle. Le tireur, Sun Feng-ming, a utilisé un revolver.

1981 – Six coups de feu sont tirés en direction du président des États-Unis Ronald Reagan. Les tirs sont très imprécis. Un seul projectile touche Reagan, après avoir rebondi sur la carrosserie de la limousine. Le tireur a utilisé un revolver de calibre 22.

1981 – Le pape Jean-Paul II est touché de deux balles, mais survit. Le tireur s'est servi d'un pistolet semi-automatique Browning de 9 mm.

1995 – Le Premier ministre israélien Rabin est tué de quatre balles. L'arme utilisée est un pistolet de 9 mm, équipé de balles dum-dum.

— « L'assassinat pour les nuls ». Tu m'as convoqué ici en urgence pour que je révise mes cours d'histoire ?

— Écoute, je préférerais que ça reste entre nous. Wang de la Division des enquêtes criminelles m'a aidé à pondre ça. Tu ne vois pas comme une tendance ?

— Explique.

— L'attentat sur Wang Ching-wei, c'était il y a relativement longtemps. Le tireur a dû se rapprocher pour ouvrir le feu avec un revolver. Reagan est tombé sur un dingue, qui a aussi tiré de très près, et il n'est pas mort non plus. En 1981, le type voulait vraiment tuer le pape, le pistolet de 9 mm qu'il a utilisé était beaucoup plus létal qu'un revolver. Pour Rabin, c'était encore pire, avec des balles dum-dum, c'est-à-dire des balles expansives, Rabin n'avait aucune chance de s'en tirer.

— J'ai bien compris.

— Ouais. L'histoire récente semble donc montrer que quand on ouvre le feu sur quelqu'un, c'est en général qu'on veut le tuer.

— Tu veux dire que personne ne se serait amusé à aller

tirer sur le Président avec un pistolet et des cartouches artisanaux ?

— Je dis que tu n'aurais pas dû partir à la retraite. Mais n'en parle pas autour de toi. Putain, Wu, ça m'empêche de dormir depuis des jours. Y a jamais eu de tentative d'assassinat contre le Président. Un type qui se munit d'un flingue fabriqué maison pour tirer sur un président dans une bagnole blindée, ça ressemble à rien.

— Peut-être que le tireur a été simplement pris d'une crise de rage et qu'il s'est servi de ce qu'il avait sous la main.

— T'as déjà entendu parler d'un projectile si faiblard qu'il s'arrêterait dans la doublure d'un costard après avoir taillé dans le lard ?

— Tu nous soupçonnes, nous pauvres Taïwanais, non seulement d'avoir voulu tuer le Président, mais en plus d'être trop inaptes pour y arriver ? C'est ça qui t'empêche de dormir ?

— Non, mon pote, j'ai peur que cette enquête ait du mal à se conclure.

Wu a compris, mais il compte bien attendre ce que Crâne d'œuf a à lui dire.

— Disons, clame celui-ci en se levant, que Tsai Min-hsiung n'est pas un assassin. On n'a toujours pas retrouvé les douilles des cartouches des balles qui ont blessé le Président, ni les balles qui correspondent aux douilles vides de fusil. Je dis qu'il n'y a jamais eu de tireur. Personne n'a tiré au pistolet sur Hsü Huo-sheng. Il s'est fait ça tout seul. Il a fabriqué un bouc émissaire, mais n'avait pas prévu l'erreur de l'Étoile noire.

« Un mensonge doit être déguisé par d'autres mensonges. Tu sors un premier mensonge, et tu dois très vite commencer à fabriquer le deuxième, puis le troisième mensonge.

Wu regarde Crâne d'œuf froidement, puis secoue la tête, soupire et dit :

— On a déduit qu'il n'y avait pas de tireur, que Hsü a monté le coup. Mais il n'y a aucune preuve de ça, c'est de la pure spéculation, ça ne nous avance à rien. Tu as un moyen de faire éclater la vérité ? Avant que notre ancien chef adoré du Bureau des enquêtes criminelles, les rigolos du ministère de la Justice et les casques à pointe du Bureau de la sécurité nationale aient déclaré l'enquête bouclée et l'affaire résolue ?

— Et comment ils feraient ça ?

— Crâne d'œuf, ne joue pas les cons.

— Hé, tu m'as pas dit qu'hier soir le BSN a envoyé des types attaquer Ai Li chez lui ? C'est logique, si Tsai Min-hsiung ne peut plus être le tireur, ils foutront Ai Li à sa place. Et s'ils l'ont buté avant, ils économisent une enquête et des tas d'emmerdes…

— Tu vois ce que je vois ?

— Qu'est-ce que tu vois ?

— Deux tireurs potentiels. Le premier, bien que la prétendue arme du crime ne convienne pas, est malgré tout catalogué comme suspect d'avoir tiré sur le Président avec un pistolet artisanal. Le second a laissé des étuis de cartouche de fusil, or Ai Li est un sniper professionnel, c'est donc un suspect idéal si quelqu'un l'a payé pour qu'il tire sur le Président. Tsai Min-hsiung est mort, si Ai Li meurt aussi, le dossier est bouclé, ni vu ni connu. Et le mieux dans tout ça, c'est que…

— C'est que le seul à avoir un mobile pour louer les services d'un tueur histoire de flinguer Hsü Huo-sheng, c'est Hu Yen-po.

— C'est toi qui l'as dit, pas moi.

— Avant le vote, pas besoin de preuves. Rien que la rumeur peut lui coûter des dizaines de milliers de voix.

— C'est encore toi qui le dis.

— Où est Ai Li ?

— Je ne sais pas. C'est toi qui rêves de gloire et de fortune, pas moi.

— La jalousie te fait déparler. Mais je ne suis que la dernière roue du carrosse, mon pote, je ne vaux pas la peine que tu rumines toute la journée. C'est à Yilan que t'as vu Ai Li pour la dernière fois ?

— Oui.

— Il est parti où ?

— Après qu'il a vu Bébé, je lui ai dit de se planquer. Inutile qu'il se retrouve impliqué de force dans ce cirque.

— Écoute, mon pote, abats tes cartes. Si tu ne me dis rien, je ne peux pas avancer.

— A priori, il vivait dans l'impasse près de l'avenue des Huit Vertus, c'est là que les résidents ont rapporté des coups de feu. Le BSN l'a retrouvé, lui a envoyé trois snipers, et ils sont repartis la queue basse !

— Pas d'autre planque ?

— Je n'ai pas demandé.

— Vous êtes pas censés être amis ?

— Il ne m'a pas invité à dîner chez lui, je ne lui ai

pas envoyé de carte pour Noël, je n'ai jamais songé à lui demander son adresse…

« Bon, écoute, voilà l'adresse de repli qu'il m'avait donnée, à Daguan.

— Daguan… C'est un quartier de Xindian, hein ?

Crâne d'œuf ouvre un tiroir et en sort une photo :

— Le BSN a reçu une clé USB, expéditeur anonyme, avec un enregistrement vidéo de l'attaque contre le Président, vue sous un nouvel angle. On voit confusément le visage d'un gars dans la foule qui porte une casquette de base-ball, celle que j'ai récupérée sur place. Après comparaison, ils pensent que c'est Ai Li.

Wu jette un coup d'œil distrait à la photo, sirote son kaoliang la tête baissée. Un petit verre ne suffisant pas à compenser un trop long sevrage, il s'en ressert un autre, l'avale cul sec, repose lourdement le verre sur la table.

— Crâne d'œuf, pourquoi n'as-tu pas commencé par ça ? Tu parles d'un vieil ami.

8

— C'est vraiment le scooter d'Ai Li ?

Le vieillard en fauteuil roulant scrutait la photo affichée en grand sur l'écran.

— Oui, il était garé devant un restaurant de nouilles à Tucheng, en banlieue sud. Photo prise par le BSN, un couple, l'homme est Ai Li, celui qui était déguisé en livreur la dernière fois, la femme est son amie, Lo Fen-ying.

L'image à l'écran changea. Un scooter identique était arrêté sur le parking d'un motel à proximité d'une voie ferrée.

— Ils sont maintenant à Taoyuan, quartier de Zhongli. Le général Liu vient de nous appeler : il les arrête ou pas ?

Le vieillard ne répondit pas, activa les commandes de son fauteuil, se mit à tourner en rond dans la pièce.

— À mon avis, déclara Jeffrey en arrangeant son foulard, ils pourraient même lancer l'assaut et les éliminer. Quelques coups de feu, et l'opinion publique sera persuadée qu'il a essayé de résister. Entre les images de Tsai pas loin du lieu de l'attentat, et celles qu'ils viennent de recevoir montrant Ai Li sur place, c'est quasiment sans bavures.

Jeffrey regarda le vieil homme, comme s'il essayait de deviner s'il était d'accord pour qu'il continue à parler.

— Mais le problème, Johnny… si Ai Li est tué, la police proclamera immédiatement que le dossier est bouclé, qu'Ai Li et Tsai Min-hsiung avaient comploté ensemble pour tuer le Président. Je crois que l'opinion publique se fout de ces histoires de pistolet et de fusil, de cartouches artisanales pourries et de sniper perché qui n'a pas tiré. Deux suspects morts, pas d'aveux. Hsü n'aura plus rien à craindre, et si plus tard nous sortons la « lettre d'adieu » de Tsai, ça tombera à l'eau, ses hommes auront beau jeu de dire que c'est un faux.

— Vous avez raison. Pour l'instant, il n'est plus nécessaire pour nous de faire tuer Ai Li.

— Il ne faut pas le tuer, acquiesça Jeffrey.

— Mais si on le laisse aller, et que d'autres agences tentent de l'arrêter ? dit le vieillard.

— Nous devons le protéger… temporairement.

— Comment ça ?

— On le laisse quitter Taïwan et on l'envoie au Japon rechercher le tireur qui nous a lâchés. Têtu comme il est, il voudra aller au fond des choses. Or n'oublions pas qu'il sait que le BSN a déjà essayé de le tuer, et…

— Et « un vrai homme cherche toujours à se venger ».

— Voilà.

— On le piste au Japon, on compte sur lui pour nous mener à l'autre sniper… et on fait d'une pierre deux coups ?

— Oui, Johnny. On le fait tuer au Japon, on ordonne à notre nouveau tueur d'éliminer toute trace, de brûler le corps. La police japonaise ne pourra pas l'identifier par son ADN, de notre côté on ne dit rien, les gens de Hsü ne sauront rien et resteront dans l'angoisse permanente vu que plus personne ne pourra attraper Ai Li. Ils seront persuadés que c'est nous qui l'avons et accepteront d'autant plus facilement nos conditions.

Le vieillard scruta Jeffrey pendant une longue minute de sous ses sourcils froncés.

— « Chu-ko Liang mort terrifiait toujours Chung-ta vivant »* ? Pas mal, Jeffrey, pas mal.

— J'ai été à bonne école, Johnny.

— Ai Li ira-t-il au Japon, s'il a sa petite amie en remorque ?

— Au besoin, on utilise Wu pour le persuader.

Le vieillard fit pivoter sa chaise et fit face à Joe.

— Rappelez aux gens de Hsü que le choix des membres du cabinet est une prérogative du président élu, nous la respectons, nous n'avons jamais exigé de postes de ministres ou de présidence des assemblées. Comme d'habitude, nous voulons cinq vice-ministres et trois vice-présidences de banques publiques. Et le plus important, c'est le poste de vice-président de la Banque centrale pour Jeffrey. Soyez ferme, c'est ma dernière proposition, qu'il se rende compte que le temps du marchandage est terminé.

— D'accord.

— Qu'il revienne dans le droit chemin.

---

* Lors de la guerre civile dite « des Trois Royaumes », le général Szu-ma Chung-ta du royaume de Wei, ayant appris la mort du commandant des armées du royaume de Shu, le fameux stratège Chu-ko Liang, n'osa pas se lancer à l'attaque car il craignait que cette annonce ne soit un piège pour l'attirer dans une embuscade.

— Très bien, dit Jeffrey en jetant un coup d'œil à Joe. Joe discute des conditions avec les hommes de Hsü, la Vice-présidence est notre ligne rouge. De mon côté, j'ordonne à toutes les agences de garder l'œil sur Ai Li, mais de loin. S'il part au Japon pour rencontrer l'autre sniper, on les descend tous les deux, on fout les cadavres au feu, et quand la police japonaise commencera à tenter de les identifier l'élection sera loin derrière nous. Nous seuls saurons qu'Ai Li est mort, Hsü sera dans le noir complet, il sera obligé de filer droit…

— Johnny, vous connaissez Hsü mieux que nous, intervint Joe. D'après ce que j'en sais il est plutôt du genre à obéir à la carotte qu'au bâton. Ne risque-t-il pas de se rebiffer stupidement ?

— Non, Hsü n'a jamais été un idéaliste révolutionnaire, c'est un businessman, un joueur. Le vote a lieu très bientôt, sa situation s'est nettement améliorée, il ne va pas se créer des complications. Il va accepter nos exigences.

— OK.

— Pour ce qui est d'Ai Li, voyez avec le général Liu, qu'il confirme que c'est bien lui. Qu'on soit sûrs de ne pas s'être fait berner encore une fois.

— Bien sûr.

— Et l'assassin que vous avez trouvé, il est au niveau cette fois-ci ? Ne regardez pas à la dépense. Ils doivent tous crever. Je ne veux plus personne. Personne, vous comprenez ?

C'était bien le scooter d'Alex. Il avait récupéré Bébé sur le mont Taiping, était rentré à Taipei, avait changé de véhicule et filé vers le sud.

Après avoir quitté Wu, Alex craqua, fit demi-tour et retourna à l'église. Il s'accroupit devant Bébé. « C'est moi, Ai Li, tu te souviens de moi ? »

Bébé l'observa, le regard vide. Alex lui prit la main. « Bébé, c'est moi. Tu me détestes ? »

Elle l'observait toujours, sa main tremblait, Alex serra plus fort. « Je te demande pardon, je savais que c'était toi à la fenêtre derrière le fusil, mais tu visais le superintendant Wu, j'ai tiré sans réfléchir, je te demande pardon. »

Elle ne détourna pas le regard. Quelque chose apparut dans ses yeux. Un tout petit éclat, qui grandit peu à peu. Puis s'éteignit.

« Viens avec moi. » Alex la fit lever, « tu ne peux pas rester ici pour toujours, tu es encore jeune. Tu verras, on dépensera une fortune s'il le faut, mais on trouvera une clinique pour te guérir ».

Elle n'opposa aucune résistance, se leva, sortit avec lui de la bibliothèque, s'assit dans la camionnette. C'était le début de l'hiver, le soleil brillait comme tous les débuts d'hiver et semblait d'autant plus doux que l'air et la terre étaient glacés.

Alex et Bébé entrèrent dans le motel de Zhongli. Dix minutes plus tard, des hommes et des femmes en sortaient en courant avec leurs habits renfilés de travers, démarraient leur voiture, grimpaient sur leur scooter. Le chaos complet. Trois hommes en costume noir jaillirent d'un minibus et interpellèrent une femme qui portait un badge nominatif aux couleurs de l'établissement. Il s'avéra qu'un individu porteur d'une carte de police avait exigé que l'établissement soit évacué dans les plus brefs délais : il avait reçu une information selon laquelle un trafiquant de drogue recherché s'y cachait. Les hommes en costume noir réagirent immédiatement, l'un d'eux pénétra dans le motel le pistolet en main, un autre appela des renforts, le dernier tenta d'empêcher les rats de quitter le navire.

Échec complet. La plupart des couples de clients n'étaient pas mari et femme, mais mari et femme d'autrui. Ils n'avaient aucune intention de s'attarder. Le fonctionnaire du BSN qui tentait de les intercepter, ne portant pas d'uniforme, avait toutes les peines du monde à s'imposer.

Avertie, la police du district, la vraie, boucla chaque carrefour avoisinant. Il était trop tard : au moins cinq voitures avaient déjà rejoint à toute allure la voie express, et une en était déjà redescendue.

Les lumières de plus d'une dizaine de voitures décarrant dans la panique striaient l'écran. Les spectateurs sentaient l'appréhension les gagner. De son fauteuil roulant, Johnny demanda :

— Eh bien, qu'est-ce que c'est ? Jeffrey, vérifiez !

Jeffrey envoya un texto, lut la réponse, répondit en hâte :

— C'est raté… Ai Li et Lo Fen-ying ont disparu.

Johnny leva la main :

— Qu'ils les laissent partir. Dites-leur de surveiller les aéroports. Et puis, Jeffrey, organisez-moi une rencontre avec le superintendant Wu.

C'était le dernier rush de la nuit à l'aéroport de Taoyuan. Une minute avant la fermeture du comptoir d'EVA Air, deux jeunes femmes arrivèrent en courant et tendirent leurs réservations. Afin d'éviter tout retard au décollage et de se conformer aux principes du service à la clientèle, deux hôtesses au sol accompagnèrent les passagères pour faciliter les contrôles des passeports et de sécurité. La plus petite des deux jeunes femmes eut droit à quelques minutes d'obstruction par une fonctionnaire vétilleuse qui la palpa de la tête aux pieds et exigea qu'elle repasse sous le portique aux rayons X en enlevant ses chaussures.

Arrivées à la porte d'embarquement, les deux passagères, un peu haletantes, remercièrent profusément les hôtesses. Elles étaient les dernières à entrer en cabine.

L'avion décolla à l'heure. C'était le dix-septième vol de la journée vers le Japon. Les deux passagères s'endormirent avant même que l'appareil n'ait quitté le sol. Elles ne se réveillèrent que quand une hôtesse leur apporta leur repas.

En classe affaires, le menu était plantureux : quatre entrées à la française au choix, quatre sortes de pain, quatre vins proposés, steak ou fruits de mer, quatre desserts, deux variétés de café.

L'une des deux jeunes femmes n'avait pas beaucoup d'appétit, l'autre stupéfia le personnel et les passagers par sa voracité : elle termina le plateau de son amie après avoir expédié le sien, puis demanda un autre steak avant de se rendormir repue. L'un des stewards ne pouvait détacher son regard des mollets de la carnassière et glissa à l'une de ses collègues :

— Elle s'entraîne, dis donc. Les femmes devraient toutes faire du sport, ça met en valeur le galbe des mollets.

Après deux heures et demie de vol, l'avion se posa à l'aéroport international Kansai d'Ōsaka. Au Japon, l'hiver était déjà installé. La météo prévoyait l'arrivée d'une masse d'air froid sibérien, avec une chute rapide des températures dans les deux prochains jours et des chutes de neige sur Hokkaidō et le Tōhoku, ainsi que, peut-être, sur les régions du Chūgoku et du Kansai.

Deux heures et demie avant, le directeur adjoint de l'Agence nationale de police avait convoqué Wu. Leur relation remontait à leur séjour à l'École de police, le directeur adjoint était un ancien de Wu, tous deux s'étaient retrouvés en poste ensemble à Tainan, à Hualien, à Hsinchu, à Taipei. À chaque fois l'autre avait été le supérieur de Wu. Un jour, au cours d'une conversation d'après boire, il avait déclaré que tant qu'il serait dans la police, Wu ne pourrait espérer percer. Il n'avait pas donné de raisons particulières à cela, et d'ailleurs Wu, à qui on l'avait rapporté, ne s'en était pas offusqué : dans la bureaucratie, les inimitiés duraient souvent toute une vie. Et il était inévitable que sa connaissance de la pègre fasse naître rumeurs et ragots.

Les grands chefs souhaitent que leurs subordonnés aient des relations avec la pègre pour aider à la résolution des enquêtes, mais sont toujours réticents à l'idée d'accorder une quelconque chance de promotion à ceux de leurs subordonnés qui entretiennent en effet de telles relations.

Les grands chefs sont atteints de germophobie bureaucratique : ils doivent garder les mains propres, lisses et brillantes comme s'ils passaient à la manucure une fois par semaine et n'avaient jamais tenu un pistolet de leur vie. Leur surnom préféré, c'est « le Général lettré ». Leur idéal est Chu-ko Liang qui, d'un coup d'éventail, chassait l'ennemi à plus de mille lis.

~

Le directeur adjoint est d'une politesse de mandarin. Les deux hommes se serrent la main et s'asseyent l'un en face de l'autre, dans une immense salle de réception.

— Eh bien, Wu, vous n'êtes même pas venu me rendre visite avant de nous quitter. Étiez-vous donc si pressé de vous débarrasser de votre uniforme ?

Foutaises. Wu arbore un large sourire.

— Cela ne se passait pas bien au Bureau des enquêtes criminelles ? Vous auriez dû venir me voir. Votre départ anticipé est une perte pour la police tout entière.

Encore plus de foutaises. Wu maintient son sourire.

— Il m'est revenu aux oreilles que vous aidiez Hu Yen-po ? Ah, s'il est élu, vous aurez droit à tous les postes que vous demanderez ! Si vous n'êtes pas conseiller à la sécurité nationale, vous serez directeur général de l'ANP !

Le directeur adjoint émet deux brefs gloussements. Le sourire de Wu devient douloureux.

— Je me dois de vous informer du fait qu'Ai Li s'est évanoui.

Wu ne peut plus décemment continuer à sourire. À la

place, il affiche une stupéfaction de circonstance. Comment ? Surveillé par toutes les agences et avec Bébé à sa traîne, Ai Li a pu leur filer sous le nez ?

— Il a disparu avec Lo Fen-ying.

Ah ! L'attitude adaptée est désormais la confusion.

— Arrêtez votre cirque, Wu. Nous nous connaissons depuis l'École de police, j'ai presque terminé sous la table à votre mariage. Alors, plus de faux-fuyants. Je suis parfaitement au courant de vos liens avec Ai Li, et vous avez demandé au contrôleur Lu de se renseigner sur ce que Lo Fen-ying était devenue. Ai Li est allé la chercher à Yilan et on a perdu leur trace. Wu, cet homme est impliqué dans l'attentat contre le Président, vous ne pouvez plus le couvrir. Évitez d'être mouillé à votre tour.

Wu ne peut plus garder bouche cousue. Il s'éclaircit la voix, claironne :

— Monsieur le contrôleur, je vous remercie de la sollicitude dont vous m'entourez depuis tant d'années. Quant à Ai Li, puisque vous me posez la question, je vous confirme qu'il était l'un de mes indicateurs. J'ai depuis perdu tout contact avec lui, mais, d'après les informations que vous avez daigné me confier, j'estime que Lo Fen-ying et lui ont quitté Taïwan.

— Pour aller où ?

— En Grèce, à mon avis, monsieur.

— Mais pourquoi la Grèce ?

— Pour y passer leur lune de miel.

Touché ! Wu entend distinctement l'estomac du directeur adjoint qui se contracte : *couic*.

Au même moment, soit deux heures et demie avant l'atterrissage de l'avion d'Ai Li et de Bébé à Ōsaka, Crâne d'œuf démarre en souplesse. Il n'a pas mobilisé l'équipe d'intervention ni demandé de bus au roulage. Il part avec six agents de la Division des enquêtes criminelles répartis en deux voitures, prend la voie express qui mène à Keelung, franchit le pont sur la rivière Xindian, tourne sur une petite route de montagne assez abrupte.

L'un des policiers s'installe dans le poste de garde à l'entrée du complexe, devant les écrans qui retransmettent les images des caméras de sécurité. Le reste de la troupe débarque plus loin, grimpe une côte qui manque d'achever Crâne d'œuf, laisse un autre agent en faction en bas du monte-charge à l'arrière d'un immeuble. Crâne d'œuf et les quatre derniers vérifient que leur gilet pare-balles est bien bouclé, brandissent leur pistolet, se positionnent de part et d'autre de la porte blindée de l'appartement n° 7 dès leur sortie du monte-charge, au onzième étage. Crâne d'œuf appuie sur la sonnette, sans grand espoir ; il a fait apporter un bélier. À sa grande surprise, on lui ouvre immédiatement et un homme bedonnant en caleçon s'adresse avec un large sourire aux policiers qui lui font face, arme au poing :

— Tiens ?… Ching-jung ! Y a le beau-frère qui débarque, mets les raviolis à cuire !

Crâne d'œuf fait disparaître son pistolet.

— T'as amené des collègues ? Allez, entrez tous ! On a préparé toute une palanquée de raviolis aujourd'hui, n'ayez pas peur de manquer ! Entrez, jeunes gens, je vous file des pantoufles.

En ôtant son gilet pare-balles, Crâne d'œuf songe avec

amertume qu'il s'est toujours vanté de sa mémoire infaillible. En effet, il se souvient maintenant que sa femme lui a confié – il y a quelque temps déjà... – un paquet à envoyer par transporteur express à son petit frère, qui vient de déménager en banlieue.

Wu l'a proprement embobiné.

Crâne d'œuf se résigne à cette idée, d'autant plus aisément qu'il y a des raviolis à la clé. Seul problème : son beau-frère l'attire dans la cuisine et demande :

— C'est vraiment sympa de ta part de m'apporter le paquet en personne, t'étais pas obligé. Où est-ce qu'il est ?

Le paquet est encore sur son bureau. Si c'est du périssable ça doit commencer à puer.

Alors, avant d'avaler son premier ravioli, Crâne d'œuf intime à ses agents de lever leur verre :

— Buvons en l'honneur de l'un de nos vieux collègues, j'ai nommé le superintendant Wu que nous aimons et admirons tous. Et espérons qu'après avoir bu le Oolong que je lui ai refilé, il passe la nuit entière à aller pisser !

TROISIÈME PARTIE

PERCEVOIR L'OMBRE SANS VOIR L'HOMME

« Quand un tireur d'élite tombe sur un autre tireur d'élite ? Excellente question, mais la réponse est très simple. Il faut que l'ennemi aperçoive votre ombre mais ne vous voie pas vous-même, tandis que vous, vous devez identifier l'ennemi à partir de son ombre.

« Comment, "On comprend pas" ? Décidément, celui qui disait que "la jeunesse mérite d'être instruite" s'est bien planté. Après avoir appris l'art de la tromperie, quand vous maîtrisez les conditions de terrain, vous devez être capables de vous fondre dans votre environnement de façon à ce que l'ennemi, dans sa lunette, voie partout des ombres sans savoir laquelle vous correspond. Mais si vous, vous ne repérez pas laquelle des ombres est l'ennemi, bande de bras cassés, vous devrez faire marcher ce qui vous sert de cervelle. Vous ne pouvez pas le forcer *à se dévoiler, il faudra trouver un moyen de l'*inciter *à le faire.*

« Quoi ? Votre instructeur divaguerait ? Tenez, j'en ai encore : quand l'ennemi croira que tout ce qui vole ou rampe est votre ombre, il ne lui restera qu'à s'enfuir ou à se rendre. Mais si c'est vous qui rencontrez un des très rares tireurs arrivés à ce degré de maîtrise, vous en voudrez à votre chienne de mère de ne vous avoir donné que deux jambes. Vous tremblerez de trouille de la fontanelle jusqu'au bout des orteils. »

L'instructeur posa ses bottes de saut sur la table et inclina sa chaise en direction du soleil couchant. Il s'alluma un nouveau cigare, profitant de ce moment de calme pour s'extraire du piège discursif qu'il avait lui-même créé.

« Revenons à l'histoire de Hsieh Jen-kui, en l'an 659, quatrième année de l'ère Hsien-ching de l'empereur Kao-tsung des Tang. Quand le général Hsieh affronta la grande armée des Coréens du royaume de Koguryo dans une bataille majeure au pied du mont Hengshan, il mena la charge de la cavalerie, armé de deux arcs. Les annales historiques décrivent ainsi la scène : "Il se ruait en avant, les cordes de ses arcs sonnant comme le chant des cithares." Ou bien, pour le dire comme dans les romans anciens : "À chaque vibration de la corde, un ennemi tombait à terre, les yeux au ciel." Hein ? Inutile d'applaudir comme des élèves de primaire : Hsieh Jen-kui est mort depuis mille trois cents ans, il ne vous entendra pas. Et si vous comptez lécher le cul de votre instructeur, je vous en dispense. Il suffit de lire des livres, et j'en ai lu plus que vos têtes de buses pourraient l'imaginer. »

L'instructeur éclata d'un rire satisfait, qui eut pour résultat de répandre la cendre de son cigare sur son uniforme. Il ignora l'incident, aspira une nouvelle bouffée d'une vigoureuse succion, les deux joues creusées.

« Après cette victoire, l'armée Tang arriva sous les murs de Shih-ch'eng, mais cette fois eut affaire à plus forte partie. Les Coréens disposaient aussi d'un archer d'élite, qui se dissimulait derrière leurs lignes et abattit plus d'une dizaine de soldats d'affilée, ébranlant le moral de l'armée chinoise qui n'osait plus avancer ni reculer. Hsieh Jen-kui n'hésita pas. Il devait tuer ce type, sinon il ne pourrait pas rendre leur courage à ses troupes.

« Mais comment identifier le tireur au sein des dizaines de milliers d'ennemis et des nuages de poussière qui cachaient le soleil ? Hein ? Dites-moi comment vous auriez fait, les résidus de fond de slip.

— Il suffisait de tirer sur les ombres, et l'autre serait apparu magiquement. »

Éclat de rire général. L'instructeur ne haussa pas un sourcil :

« Encore vous, Tuan ? Vous ne pouvez décidément pas vous retenir d'ouvrir votre grande gueule. Les anciens avaient raison, "les

montagnes s'arasent, la nature humaine est immuable". Mais cette fois, vous avez le cul bordé de nouilles : vous échappez à la marche commando. Tuan a l'habitude de raconter des conneries, mais là il n'a pas entièrement tort.

« Sur le champ de bataille régnait le chaos, Hsieh Jen-kui ne pouvait identifier le tireur d'élite ennemi. Il galopa seul dans la direction d'où jaillissaient ses traits, en décochant flèche sur flèche qui toutes touchaient leur cible. Les cavaliers du Koguryo s'égaillaient devant lui comme des rats, et bientôt il se retrouva face à un archer isolé qui tentait de se planquer dans un coin du champ de bataille. Oui, cet archer exceptionnel, l'histoire en dit que "son arc et ses flèches devenus inutiles, il fut capturé vivant". Quelle tristesse.

« Si je t'attaque et que tu as peur, la panique te paralysera et je pourrai venir tranquillement te botter les fesses. Hé hé. Quelqu'un a compris ? Oui, le Gros ? À vous.

— Mon colonel, j'peux pas croire que le tireur d'en face ait tranquillement attendu que Hsieh Jen-kui vienne lui botter les fesses. Il pouvait pas simplement lui tirer dessus ?

— Hélas ! Parler littérature avec des gus qui ne lisent jamais, c'est s'exposer à ce qu'ils reconnaissent les mots mais pas le sens. Le Gros, ah, mon Gros, qu'est-ce que je vais faire de votre grosse tête ? Même accrochée à ma selle, elle ne servirait à rien. Vous ne pigez pas ? Hsieh Jen-kui, dans sa jeunesse, avait décapité un général coréen et laissé pendre sa tête à la selle de son cheval, afin de terroriser le reste des soldats ennemis. Je devrais faire pareil avec vous, pour servir d'exemple aux autres : un sort semblable sera infligé à tous ceux qui oseront étaler leur bêtise ! Mais je crains fort que cela ne suffise même pas.

« Alors, analysons ce qu'a fait Hsieh Jen-kui : en se lançant à l'offensive tout seul, il reprenait l'initiative du mouvement et faisait changer la peur de camp. Les cavaliers s'enfuirent devant lui, sauf ceux qui couvraient l'archer ennemi, qui restèrent sur place et furent abattus.

« Comment a-t-il capturé l'archer ? Dans les livres il est écrit "son arc et ses flèches devenus inutiles", ce qui signifie que le tireur d'élite des Koguryo avait soit brisé son arc, soit épuisé toutes ses flèches, voire

qu'il s'en était débarrassé. D'après moi, il avait évidemment dû vider son carquois en tentant d'abattre Hsieh, espérant le transformer en porc-épic. Mais Hsieh était si formidable qu'aux yeux du tireur de Koguryo, c'était des dizaines de Hsieh Jen-kui qui fondaient sur lui au milieu du vent, des nuages de poussière et des cris de guerre qui noyaient le champ de bataille. L'homme avait peur, sa main tremblait, et plus une seule de ses flèches ne put atteindre sa cible – même quand Hsieh Jen-kui se dressa devant lui.

« La trouille ! Si vous foutez une telle trouille à l'ennemi qu'il en perd ses moyens, vous avez déjà gagné à moitié.

« C'est compris maintenant ? Confucius a dit : "Le véritable homme de bien ne cherche pas la compétition. Même au cours d'un tournoi d'archerie, il salue son adversaire et lui cède le passage avant d'accéder au pas de tir. Après l'épreuve, il boit avec lui. Jusque dans la compétition, il demeure un homme de bien." Mon cul ! Nous ne sommes pas des hommes de bien, et une bataille entre snipers n'est pas un putain de tournoi. Nous sommes des tireurs d'élite implacables ! En entendant notre nom, l'ennemi doit avoir envie de détaler comme un lapin pour aller gémir dans le giron de sa bergère !

« VOUS DEVEZ IMPOSER VOTRE PUISSANCE À L'ENNEMI !

« Assez pour qu'il ait peur de se noyer dans un de vos glaviots. »

Colonel Tête-de-fer,
instructeur au cours des tireurs d'élite
des forces spéciales de l'armée de Terre.

Bar « TARO & JIRO »

Alex et Bébé entrèrent dans un étroit immeuble en béton. Les plaques posées à l'entrée prouvaient qu'il ne fallait pas juger le bâtiment à son aspect extérieur : il comportait huit étages, avec quatre boutiques par étage, soit trente-deux commerces divers en tout, dont « Sushi », un restaurant spécialisé en poissons, « Plats frits & sautés », un autre restaurant, de tempuras, et « SNACK », un troisième restaurant spécialisé en cafés et currys. Ai Li s'était accordé un moment de réflexion avant d'opter pour un bar nommé « TARO & JIRO », parce qu'il aimait ce qu'évoquaient en lui les noms et l'histoire des deux huskys ayant survécu seuls tout un hiver en Antarctique.

Au quatrième étage, ils tournèrent à gauche en sortant de l'ascenseur. Un tout petit bar les attendait. Le long comptoir pouvait accueillir six clients ; le long du mur opposé s'alignaient trois petites tables carrées, où pouvaient s'asseoir trois personnes maximum. Il était 22 h 45 et il ne restait que trois places libres. Les clients étaient concentrés sur leur verre d'alcool ou sur l'écran de leur téléphone. Alex remorqua Bébé jusqu'au comptoir et s'adressa au barman, très mince, très beau, la cravate froissée.

— *Zankyo, two.*

Le barman haussa les sourcils deux fois, montrant qu'il avait compris le mélange de japonais et d'anglais.

Alex s'assit, soupira. Depuis qu'il avait soustrait Bébé de l'église, elle n'avait fait que répondre à ses questions et accepter passivement ses plans, sans jamais donner un seul avis, ni témoigner d'un quelconque enthousiasme envers leurs retrouvailles. Il n'aurait pas dû l'amener au Japon, mais n'était pas tranquille à l'idée de la laisser seule à Taipei. Et peut-être le fait de quitter un environnement trop familier aurait-il un impact positif sur sa condition.

Condition que les médecins de l'hôpital général interarmées avaient décrite dans un style très interarmées, sans un mot de trop : état de stress post-traumatique. L'hôpital des Vétérans avait été un peu plus concret : le lobe frontal a été légèrement endommagé, le rétablissement demandera du temps. Le dossier médical ne précisait pas combien de temps. Alex devait se contenter d'attendre. Heureusement, il n'avait absolument rien d'autre à faire dans la vie que d'attendre.

— Vous êtes Jiro ? Taro n'est pas là ?

— Vous êtes l'ami de Taro ?

— Je suis Alex, j'arrive de Taïwan.

Jiro recommença sa petite gymnastique de sourcils, ne répondit rien. Peut-être était-il entré en communication télépathique avec Taro pour confirmer l'identité d'Alex.

— Un ami japonais m'avait dit qu'il connaissait un

petit bar à Ōsaka qui préparait un cocktail appelé « Écho », *zankyo* en japonais, parce que le goût reste en bouche très longtemps…

Les cocktails arrivèrent. C'était un mélange à base de whisky et de divers parfums, une impression immédiate d'explosion dans la boîte crânienne qui s'atténuait lentement, suivie d'un arrière-goût qui remontait de la gorge pour vous laisser savourer en paix. Bébé avala une gorgée et se figea brusquement, la main cramponnée à son verre. Alex ruminait en silence d'autres sensations profondément enfouies.

Le barman leur apporta également la photocopie d'une carte géographique, sur laquelle avaient été inscrits à la main plusieurs caractères. Alex le remercia d'un hochement de tête. Bébé ne posa aucune question, Alex voulut expliquer mais renonça.

Un peu avant 23 h 10, la température grimpa et Alex se rendit compte que le bar s'était rempli. Quelques personnes attendaient une place sur le palier. Un groupe était arrivé, composé d'un pianiste, un contrebassiste et un guitariste.

Sans doute grâce à la musique, Bébé sortit de sa transe. La distance focale de ses deux pupilles revint progressivement à une valeur normale. Bébé entrait en résonance avec l'écho de l'alcool et s'amollissait graduellement, mais restait toujours aussi lointaine.

La ville d'Ōsaka était très animée, en particulier les étroites rues commerçantes derrière la gare de Namba. Alex avait trouvé un hôtel à proximité. Bébé dormait sur le lit, il avait étalé son sac de couchage sur le parquet. Quand il sortit de la salle de bains, Bébé avait disparu.

Elle était sur la terrasse au sommet de l'immeuble, bouche bée devant les enseignes multicolores. Alex s'assit, sortit le paquet de cigarettes qu'il venait d'acheter : des Short Hope. Un peu plus courtes que la normale, mais elles avaient le mérite d'exister. Exister était un avantage, c'était une leçon qu'Alex avait retenue des champs de bataille.

La cigarette : un produit étrange qui présente deux avantages contradictoires, le premier étant d'accompagner la solitude, le second, de raccourcir la distance entre des inconnus. Jouir de la solitude mais espérer l'intimité : une contradiction radicale.

— Mon ami japonais s'appelle Sasaki. Je l'ai connu à la Légion étrangère. Tête-de-fer s'était arrangé pour que je quitte l'armée un peu plus tôt, il voulait que j'aille à la Légion pour m'aguerrir, ça pourrait s'avérer utile plus tard. L'entraînement était en effet beaucoup plus dur qu'à Taïwan, et après j'ai été envoyé en mission dans plusieurs pays. J'ai rencontré Sasaki en Afghanistan, on se complétait. J'étais tireur d'élite, il était observateur. Si j'étais blessé il pouvait me remplacer, et moi je passais à l'observation et à la protection. Si les ennemis étaient plus nombreux, on se partageait les cibles et on se couvrait l'un l'autre.

« Bébé ? Tu te souviens, au troisième mois du stage, quand on formait un binôme tous les deux ? C'était la même relation. On se disputait souvent juste parce qu'on aimait ça. Un jour, je t'avais écrit une lettre, il y avait ton nom sur l'enveloppe, Lo Fen-ying. Sasaki a poussé une gueulante, personne ne pouvait s'appeler "Lo", en japonais c'est l'autre nom de Kyōto, c'est trop beau pour être un nom de famille. Je lui ai expliqué que Fen-ying voulait dire "Pétales flottant doucement jusqu'à terre", il a soupiré en disant qu'il fallait qu'il te rencontre un jour.

Des déflagrations multicolores emplirent le ciel nocturne. L'été était terminé depuis longtemps, mais les jeunes voulaient en conserver le souvenir par des feux d'artifice, à moins qu'ils ne veuillent capturer l'écho de la saison défunte.

— J'avais oublié… tu n'as pas reçu la lettre. Ce n'était pas une erreur de la poste, je ne te l'avais pas envoyée… comme beaucoup d'autres lettres.

Alex appuya le menton sur sa poitrine, prit une profonde inspiration, releva la tête.

— En japonais, « Lo » désigne aussi Kyōto… ils avaient construit leur nouvelle capitale sur le modèle de celles des Tang, la moitié ouest de Kyōto s'appelait « Paix éternelle » comme Ch'ang-an, la moitié est « Au nord de la rivière Lo » comme Lo-yang. Peut-être qu'on pourra aller se balader à Kyōto ? Sasaki a quitté la Légion un peu avant moi, il avait dit que si je voulais le retrouver il fallait que je compte sur mon odorat, que je suive l'odeur de l'alcool. Il faut dire qu'il aimait bien picoler… Et il avait rajouté que son petit frère Jiro travaillait dans un bar à Ōsaka. Un expert des cocktails. Jiro, ça veut dire « le fils cadet », Sasaki est l'aîné, Taro… J'ai appris qu'il était devenu pochard et qu'il avait claqué ses économies et sa prime de départ dans la boisson.

Bébé frissonnait. Ils étaient au Japon après tout, et l'hiver déboulait furieusement, piétinant les feuilles mortes obligeamment tombées.

— Il avait rapporté une prise de guerre, un fusil de précision russe. Un vieux modèle, le Dragunov SVD, pas plus de 4,3 kg. Une arme très pratique, il disait. Mais qui tire des cartouches particulières, du 7,62 × 54 mm.

Alex baissa les yeux sur la nouvelle cigarette entre ses doigts, qu'il venait d'allumer.

— Dès que j'ai su qu'ils avaient retrouvé deux étuis de cartouche de 7,62 × 54 mm sur les lieux de l'attentat contre le Président, et un mégot de Short Hope… j'ai pensé à lui.

Il continua à fumer en silence ; Bébé tendit le bras, lui prit le paquet et son briquet, s'alluma une cigarette.

— La rue Huayin où s'est passée l'attaque n'est pas très large. Le tireur était au cinquième, de là-haut il a dû voir tout ce qui se passait… et me voir moi. Les indices qu'il a laissé traîner étaient pour moi, pour me dire de venir le chercher. C'est pour ça que nous sommes ici. Au début du XXe siècle, son aïeul avait émigré au Brésil en famille, son frère et lui étaient de la cinquième génération, ils sont retournés au Japon une fois adultes. Il parlait japonais avec un accent assez fort, s'intégrait mal à Tōkyō, ne s'adaptait pas aussi vite que son petit frère… Ils ont fini par atterrir à Ōsaka et s'y installer plus ou moins de bon gré. Après quelques années, Taro est reparti pour la France, s'engager dans la Légion.

Alex se souvenait du dernier jour de Sasaki à la Légion, du lourd regard mélancolique qu'il lui avait adressé en disant qu'il retournait finalement au Japon, qu'il ne pouvait continuer à fuir. Alex était un orphelin, son grand-père maternel qui l'avait recueilli était mort très tôt, il se voyait comme une plante aquatique, dépourvue de racines. Il pensait que dériver au fil de l'eau suffisait à remplir une vie. Ce jour-là, le regard de Sasaki lui avait fait comprendre que la dérive n'était pas le but dans la vie, mais un processus qui devait mener à la stabilisation. La dérive était la recherche.

— Un bar d'Ōsaka appelé « TARO & JIRO »... c'était clair qu'il fallait que je l'essaye.

Alex déplia la petite carte.

— Une fois qu'on sera au mont Kōya, il faudra trouver les autres indices. Sasaki adorait les cartes, pas les cartes satellite, mais les vraies, en papier. Chaque fois qu'il en examinait une, il était excité comme pour une chasse au trésor. Un vrai gamin... Tête-de-fer nous l'avait dit, les fans de la vie militaire n'ont pas envie de grandir, ils se réfugient dans leur uniforme.

Bébé jeta un œil sur la carte. Elle grelottait, sa jambe se mit à trembler.

— Il est bientôt 2 heures. La nuit est froide, rentrons.

1

Plus que quatre jours avant le vote

Alex prit Bébé par la main. Ils descendirent l'escalier, épaule contre épaule. L'odeur de Bébé, celle d'avant, dont il se souvenait – cette odeur n'avait pas changé.

~

Il est minuit. Wu descend de la limousine : une Rolls-Royce, une voiture qui n'existait jusque-là que dans son imagination. Alcool, thé et mignardises à profusion – il n'y a pas touché, il doit garder la tête froide.

L'un de ses anciens supérieurs, retiré depuis plusieurs années, lui a passé un coup de fil :

— Wu, ça fait longtemps ! Un de mes vieux amis aimerait vous voir. À propos de l'affaire qui vous occupe ces temps-ci. Ne refusez surtout pas, j'y perdrais la face… il faut que vous le rencontriez. Une condition : le secret. Vous devrez n'en parler à personne, ni à votre femme, ni à votre fils, ni au père Chu – à personne. D'accord ?

Alors, à 23 h 45, Wu s'est rendu au parc le long du fleuve et a grimpé dans la Rolls. Le chauffeur a simplement demandé :

— M. Wu ?

Il a répondu :

— Wu comme le *wu* de « cinq », un deux trois quatre cinq, mais en grande écriture*.

Il descend devant un vieil immeuble dont la façade, dissimulée jusqu'à hauteur du premier étage par des échafaudages et des filets, est largement écaillée au-dessus. Un grand ravalement se prépare. Le chauffeur lui ouvre la porte au moyen d'une clé, appuie pour lui sur le bouton du septième étage, le dernier. Même l'ascenseur est antique : il vibre de tout son être, émet cliquètements et claquements comme les articulations d'un vieillard.

Les portes de l'ascenseur s'écartent, un majordome en queue-de-pie, d'âge respectable – peut-être quelques années de plus que Wu –, s'avance d'un pas feutré, s'incline légèrement :

— Bienvenue, monsieur Wu. Par ici, je vous prie.

La première impression est celle du luxe. La seconde impression infirme la première : il ne s'agit pas de luxe, mais d'élégance. Fauteuils et canapés de cuir couleur café. Derrière chaque fauteuil, un lampadaire à abat-jour incrusté de motifs en vitrail : deux montrent des libellules, deux des lys blancs. Même les vitres aux fenêtres sont en vitrail.

---

* La grande écriture correspond à certains caractères plus complexes utilisés en remplacement des chiffres pour éviter la fraude.

À sa gauche, un autre domestique beaucoup plus jeune le salue à son tour d'une courbette et lui présente une feuille de papier sur un porte-bloc en bois sombre.

— Veuillez signer ici, s'il vous plaît.

Wu signe, sans perdre de temps à réfléchir.

Le majordome âgé lui tend, de ses deux mains revêtues de gants blancs, une enveloppe ornée de motifs floraux vert sombre à bordure dorée. Wu accepte son chèque : ses honoraires de conseiller. Puis il suit le domestique.

Ils traversent un long couloir aux murs couverts de tableaux. Sur l'un d'eux, Wu reconnaît la signature de Chang Tai-ch'ien, « l'Ermite » ; sur un autre – des poissons rouges –, il déchiffre « Wang Ya-ch'en ». Cela lui dit quelque chose : un peintre de Shanghai du début de la période républicaine, qui a étudié au Japon puis en France et enseigné aux États-Unis avant de s'installer à Taïwan vers la fin de sa vie, dans la région de Chungyungho – pour finalement retourner mourir à Shanghai. Une vie errante.

Le majordome interrompt le fil de ses pensées en tendant poliment le bras droit. Wu quitte les poissons rouges et se dirige vers une autre pièce.

Un vieux monsieur, le col caché par un léger foulard de soie jaune, l'accueille à la porte :

— Superintendant Wu, enchanté de vous rencontrer. Entrez, je vous en prie.

Il y a deux autres personnes dans la pièce : un type aux cheveux gris en costume de golf à carreaux, club en main, qui tente de pousser la balle dans un petit récipient de verre posé à l'autre bout de la moquette. Il relève la tête à l'entrée de Wu, le salue en brandissant son club. Le dernier occupant est beaucoup plus âgé et semble avoir décidé de produire le moins de bruit possible du fond de son fauteuil roulant. Wu lui donne à peu près quatre-vingts ans. Sur son visage ridé, il ne lit pas un sourire, ni même une quelconque émotion.

— Je m'appelle bien Wu, mais je ne suis plus superintendant. Aujourd'hui je suis enquêteur d'assurance.

Il y a un bar en bois contre un mur et un assortiment de bouteilles variées dans une vitrine. Ici aussi, les fenêtres et les abat-jour sont incrustés de vitraux multicolores. Des peintures à l'huile agrémentent les murs. Un immense écran plat détonne un peu dans ce décor.

— Asseyez-vous où vous voulez. Vous buvez quelque chose ?

Avant même que Wu ait eu le temps d'ouvrir la bouche pour refuser, l'homme au foulard jaune ouvre le réfrigérateur du bar et en retire une bouteille :

— Il paraît que vous appréciez le kaoliang ? dit-il en contemplant l'étiquette décolorée. Ceci est une cuvée 1976 de Kinmen. Les connaisseurs le surnomment le « Dragon noir » ou le « Diamant noir ». Vous n'êtes pas à la retraite depuis si longtemps, superintendant ? Nous sommes plus ou moins du même âge, le kaoliang fait partie des souvenirs communs à notre génération : une saveur intense de conflit entre les deux rives du détroit, un arrière-goût d'espoir indistinct.

1976, 65e année de la République de Chine : une bonne année pour le kaoliang de Kinmen. Wu se rappelle les bouteilles planquées sous le lit de son père. Quand il allait retrouver de vieux amis ou collègues pour dîner, il prélevait une bouteille dans la réserve et sortait d'un pas léger. Adolescent, Wu l'accompagnait de temps en temps. Il voit encore la pièce remplie de tous ces « oncles » dont le visage s'illuminait d'un grand sourire à la vue du kaoliang.

— Préférez-vous un Macallan ? Ou plutôt, vu qu'il se fait tard… Johnny, voulez-vous un verre de cognac ? Le meilleur alcool avant d'aller dormir !

Wu accepte un verre de kaoliang. Il en hume l'odeur, l'odeur de la jeunesse de son père.

Le type au club de golf cesse son petit jeu et s'approche, Wu prend place sur un fauteuil confortable à haut dossier, ses deux interlocuteurs lui font face, l'un assis, l'autre debout. Tous trois forment comme un triangle isocèle. Le vieillard en chaise roulante sirote son cognac, dos à l'écran mural. L'homme au foulard et le golfeur observent Wu avec un sourire, comme ils contempleraient un animal de compagnie. Leurs regards mettent Wu très mal à l'aise, ils lui rappellent l'entretien avant son entrée à l'École de police.

— J'ai oublié les présentations, dit l'homme au foulard. Je suis Jeffrey, voici Joe. Nous connaissons très bien la compagnie d'assurance pour laquelle vous travaillez, superintendant. Le directeur de la succursale Asie-Pacifique s'appelle Louis, un Suédois ; lui, ce qu'il préfère, c'est la vodka.

— Je ne connais pas ce Louis, je ne suis qu'enquêteur d'assurance pour la filiale de Taïwan.

— Ah ?… Évidemment, nous ne nous préoccupons plus vraiment de ces questions, mais nos enfants s'intéressent beaucoup aux montants inscrits sur nos contrats.

Il lève la tête et émet un rire bref, puis reprend :

— Mais nous ne sommes pas là ce soir pour parler d'assurances. Avez-vous saisi les détails de notre arrangement ? Pardonnez-nous, nous avons la mémoire courte à nos âges.

— J'ai bien saisi. J'ai signé un accord de discrétion.

Joe intervient, comme s'il souhaitait expliquer quelque chose :

— Superintendant, nos vérifications ont montré que vous avez toujours été digne de confiance. Vous êtes très respecté dans la police. L'année dernière, au cours de l'affaire du temple de Kuan-yin, vous avez abattu un sniper professionnel d'un coup de pistolet. C'est extraordinaire !

— Je suis retraité. Le passé est le passé. Si vous avez besoin de moi, messieurs, je vous prie d'en venir au fait.

— Très bien, reprit Jeffrey. Nous vous observons depuis longtemps, nous souhaitons savoir si vous accepteriez de rejoindre notre entreprise. Ce n'est d'ailleurs pas vraiment une entreprise, mais plutôt une fondation. Une sorte de club, aussi. Pour venir en aide à quelques vieillards.

— En quoi pourrais-je vous aider ?

— Difficile à dire précisément… Nous avons tous besoin de temps, nous souhaitons tous conserver une bonne santé… Mais ce dont nous avons le plus besoin, c'est d'être capables de prendre le pouls de la société en perpétuelle évolution ; peut-être devrions-nous aussi disposer d'un tiers, un observateur, qui nous signalerait de temps en temps combien nous nous éloignons de l'époque… pour éviter que les jeunes ne tournent en ridicule les conseils que nous leur donnons de bonne foi.

— Vous n'avez pas besoin de moi pour cela, vous devriez vous trouver des assistants plus jeunes. Moi..., dit Wu en écartant les deux mains, je suis déjà un objet de ridicule, comme vous dites.

Joe prend la relève.

— Quelle est votre opinion sur l'élection présidentielle qui se profile, monsieur ?

— Mon opinion ? Je suis pensionné. Je ne suis même pas sûr de surmonter ma flemme pour aller déposer un bulletin de vote. Les politicards – je vous demande pardon, nous autres policiers avons l'habitude de nous exprimer grossièrement –, ils crient beaucoup mais en font très peu. Et le peu qu'ils font, j'ai le sentiment que c'est en général parfaitement crétin.

Les deux hommes éclatent d'un grand rire, le troisième sur son fauteuil roulant se contente d'une autre gorgée. Son regard dissimulé derrière ses sourcils blancs donne à Wu la sensation d'être assis sur un coussin d'aiguilles.

— Mais vous ne m'avez pas convoqué pour parler de mes convictions politiques ?

— Nous n'avons pas oublié nos rêves de jeunesse. Aujourd'hui que nous avons les reins plus solides – financièrement parlant –, nous pouvons d'autant mieux les concrétiser. La Fondation se soucie de certaines personnes, cherche à en recruter d'autres, et à concentrer ses ressources – qui ne sont pas infinies – de façon à ce que... hmm... la société civile puisse apporter sa contribution à... aider le gouvernement à... maintenir les grands équilibres.

— On croirait presque une association de bonnes œuvres militant contre le tabagisme ou la drogue.

— Nous faisons bien plus que des bonnes œuvres. Bref..., continue Jeffrey en s'asseyant enfin, juste en face de Wu. Disons simplement que nous cherchons quelqu'un. Nos contacts dans la police ou les agences de détectives privés n'ont encore rien donné. Wu, on nous dit de vous que vous aviez un excellent réseau tant au sein de la police que de la pègre. Alors, pouvez-vous nous venir en aide, oui ou non ?

— Dans la mesure de mes capacités limitées. Mais puisque je suis là... dites toujours, et peut-être pourrai-je en effet vous aider.

Le regard de Jeffrey se vrille sur celui de Wu par-dessus la monture de ses lunettes.

— Vous pourrez. Nous cherchons Ai Li.

Aïe. Évidemment, s'ils se cherchaient un ancien enquêteur de la criminelle, ça n'annonçait pas grand-chose de bon. Mais pourquoi ces trois vieux gentlemen s'intéressent-ils à Ai Li ? Wu comprend une chose, c'est qu'il vaut mieux ne pas poser trop de questions. Crâne d'œuf lui a dit un jour de ne pas tenter de deviner ce que les riches pensaient. C'est assez clair : ils pensent à l'inverse de nous.

Le vieillard en chaise roulante le fixe de ses deux yeux brillants qui semblent ne jamais cligner. Il ne le regarde pas : il veut voir à travers lui.

Wu se lève, s'incline respectueusement devant les deux hommes qui lui font face :

— Veuillez me pardonner. Si je ne me trompe, vous êtes M. Tseng, ancien vice-ministre des Finances, et vous... M. Mai, ancien secrétaire général du ministère de l'Économie ?

Ils hochent la tête en souriant :

— Vous méritez votre réputation, superintendant.

Wu se tourne vers le vieillard, avance la main, plie le pouce et l'index sans les joindre, les trois autres doigts tendus.

— Et vous, monsieur… « Trois poignées et demie d'encens, en commémoration du suicide de l'empereur Ch'ungchen sur la colline de Charbon le dix-neuvième jour du troisième mois lunaire – trois, unité, neuf » ? Vous êtes le seigneur Fang, de la génération des T'ong de la Bande verte.

Le visage du vieillard affiche enfin une expression. Une expression extrêmement contenue, mais au moins a-t-il battu des paupières.

— Très peu de gens le savent, superintendant. Nous sommes-nous déjà rencontrés ?

— Il y a très longtemps de cela, au banquet d'anniversaire du seigneur Tai. Mais je ne fais pas partie de la Bande verte et ne la connais que très peu… Veuillez me pardonner d'avoir utilisé l'un de vos signes de main secrets.

Wu repose l'enveloppe sur la table basse.

— Je vous suis reconnaissant d'avoir bien voulu penser à moi. Merci encore. Je ne peux accepter ces honoraires de conseiller. Je ne peux pas vous aider, et quant à ce kaoliang, dit-il en levant le verre et en le vidant d'un trait, c'est vraiment un excellent alcool. Il glisse très bien, tout en étant assez corsé. Tout à fait comme vous trois, grands frères : main de fer, gant de velours. Conformément à notre accord, je ne parlerai à personne de ce qui s'est passé ce soir. Mes respects…

— Rien ne presse, dit Jeffrey en l'arrêtant. Si vous ne

souhaitez pas vous mouiller dans cette affaire, nous avons d'autres travaux pour vous.

— J'ai déjà du travail. Je n'ai pas accepté votre demande, Jeffrey – si vous me permettez de vous appeler Jeffrey ?… Il serait étonnant que vous ne m'en gardiez pas rancune. Vous me convoquez au beau milieu de la nuit pour me demander de trahir un ami, je ne peux pas accepter et *moi*, je vous garde rancune d'avoir pensé que j'en serais capable. Bien sûr, la rancune… si nous étions tous jeunes, nous trouverions le temps de nous expliquer et de nous pardonner. Mais vu nos âges respectifs, nous n'avons ni le temps ni la patience pour cela. Surtout s'il s'agit d'Ai Li. Désolé, c'est impossible.

— Vos paroles sont inestimables, superintendant. Rassurez-vous, nous n'aurons pas de rancune envers vous. Que des regrets.

— Des regrets ? Inutile. Nous ne nous sommes jamais rencontrés, il n'y a même rien à garder secret.

Wu s'incline de nouveau et s'éloigne. Jeffrey ouvre la bouche, le vieil homme en chaise roulante le retient. Ils observent le dos de Wu qui rejoint à grands pas le couloir.

~

— Vous le laissez partir comme ça, Johnny ?

— Oui. C'est une vieille habitude, j'aime voir à qui j'ai affaire. Ce type n'est pas mal du tout… dommage.

— Il a réveillé vos instincts guerriers ?

— On peut dire ça comme ça. Il a passé des décennies dans la police sans percer, il manque de finesse. Il n'est devenu un héros que sur le tard, il manque donc de témérité. S'il nous avait rejoints, il occuperait un poste d'encadrement, du niveau d'un assistant… sans doute un bâton rouge. Mais… il a une volonté de fer, de l'expérience, il est fiable, c'est un adversaire de valeur. Têtu comme un vieux flic, aime jouer les durs. Il refuse d'admettre sa position d'infériorité, se croit assez intelligent pour prendre notre mesure. Et il a compris qu'il n'arriverait pas forcément à sauver Ai Li, et probablement pas à se sauver lui-même.

— Hé hé, dit Joe d'un petit rire satisfait, ah, Johnny, ça faisait longtemps qu'on ne nous avait pas fait de déclaration de guerre.

— Une déclaration de guerre ? Non… tout au plus, il frime, avec ses connaissances des triades.

Jeffrey changea de sujet :

— Hu Yen-po nous doit une faveur. Je vais lui dire que lui et le père Chu doivent se désengager de l'affaire. Si Wu s'amuse à nous compliquer les choses, ça risque de ruiner le plan.

— Non, la poussière n'est pas encore retombée, ce n'est pas le moment de clôturer. Vous me connaissez. J'apprécie ce Wu et sa vieille tête de mule. Mais s'il nous chie dans les bottes, j'apprécierai encore plus de la lui briser.

« Et pour Ai Li ? Qu'est-ce qu'il en est ? dit le vieillard en baissant la voix.

— Il est arrivé à Ōsaka, avec la femme – Lo Fen-ying.

— Des amoureux en fuite.

— Au bout du monde.

— On a trouvé un autre tireur ? Cette fois, je ne veux pas simplement un type qui vise juste, je veux un pro, un tueur au sang froid prêt à abattre père et mère, pas un type qui pense trop.

— On a un Philippin, un ancien guérillero de Mindanao qui s'est battu contre les troupes gouvernementales. Johnny, on arrête de réfléchir et on passe à l'action ?

— Dites-lui de nous ramener des photos des trois corps. Je veux qu'il mette une balle dans le crâne de chaque victime, qu'il brûle les cadavres et les enterre ensuite. S'il fait tout cela, je rajoute 100 000 dollars américains.

— Ai Li aussi ? demanda Joe d'un ton hésitant.

— Ai Li aussi. On est à quelques jours de l'élection, et tant que Hsü n'aura pas trouvé Ai Li, il croira que c'est nous qui l'avons. Attendez… on va faire comme ça : faites-lui passer le mot, demandez-lui s'il veut Ai Li vivant ou mort.

Le caractère 丼 est formé à partir des composants de base 井, « puits », et 丶.

En chinois, 丼 est prononcé *tan* ou *ching.* Il représente le bruit de quelque chose jeté dans un puits, ou bien est un synonyme ancien de 井, le « puits ». Dans l'ancien système de division des champs sous la dynastie Chou, huit familles se divisaient un champ en huit carrés autour d'une parcelle commune qui contenait le puits.

En japonais, le caractère se lit *don* et désigne un grand bol. La nourriture contenue dans le *don* s'appelle 丼物, *donburi-mono.*

Ils prirent le train de très bon matin, dépassèrent la gare de Tengachaya et continuèrent vers l'est. C'était la ligne qui arrivait directement au pied du mont Kōya. Après une heure et dix-neuf minutes de trajet, ils arrivèrent à Gokurakubashi, où ils étaient censés prendre le téléphérique. Mais ce jour-là, le téléphérique était en réparation et ils durent prendre un bus de substitution pour monter jusqu'au complexe de temples et de monastères dans la montagne. Gokurakubashi signifie « le pont menant à la Terre pure ». On passe le pont et on pénètre dans la Terre pure du Bouddha : le mont Kōya.

En montagne, l'hiver arrive plus tôt. La grêle était tombée la veille au soir et recouvrait les feuilles au sol. En vérifiant les horaires des bus de retour à la petite station, Ai Li aperçut un kanji particulier : 辷. Il ne put se retenir de rire.

— Sasaki est bien dans le coin… Attends…

Il sortit son téléphone, vérifia : ce caractère japonais signifiait « glisser, glissant ». Mais surtout, il était composé du caractère de la marche, 辶, et de 一, qui voulait dire « un » mais pouvait aussi signifier « plat », « plan ».

Devant la station de bus s'étendait une route asphaltée, lisse et plane. Il suffisait de la suivre.

— Plus qu'à trouver le « deux ».

Deux jours avec Bébé, et il avait pris l'habitude de parler tout seul. Bébé ne réagirait pas, mais il continuait tout de même. S'il se taisait, il craignait de suffoquer sous le poids de la tristesse.

La route était toute plate. La grêle de la veille avait purifié l'air, l'avait refroidi. Ai Li comprit pourquoi Sasaki s'était réfugié ici : au bord de la route s'étalait un minuscule cimetière de pierre. Sur une stèle, il lut : Sanada Nobuyuki et Sanada Nobumasa. Deux généraux de la période des Royaumes combattants du Japon.

— Bébé, c'est marrant, si mon ami s'est planqué dans le coin, c'était pour se rapprocher des grands guerriers du passé.

Un petit drapeau blanc pas plus grand qu'un mouchoir pendait au portail du cimetière. Au centre de l'étoffe figurait un caractère en écriture cursive, à peine reconnaissable : 辻, calligraphié au pinceau.

— Il joue encore avec les caractères chinois. C'est le genre de type à refaire les mêmes plaisanteries jusqu'à ce qu'on lui tape dessus. Il ne nous donne pas un « deux », 二, mais un « dix », 十 ? En tout cas, je n'ai jamais vu ce caractère en chinois. Faut que je le googlise.

Son téléphone lui fournit la réponse : en japonais, 辻 se lisait *tsuji*, et voulait dire « carrefour ».

— C'est logique, le caractère de la marche, et une croix. J'imagine que ça veut dire qu'on doit marcher jusqu'au prochain croisement.

Alex se rengorgea. La résolution du rébus marchait comme sur des roulettes.

De fait, ils arrivèrent bientôt à un carrefour. Droit devant, des rizières. À gauche, un paysage plutôt désolé. À droite, temples et monastères s'alignaient de chaque côté de la route.

— Je parie sur la droite. Sasaki n'aime pas la solitude, dit Alex en s'animant de plus en plus. On va sûrement trouver un autre indice. Sasaki s'amusait tout le temps à me tester sur les caractères chinois. Au Brésil, son père et son grand-père, craignant qu'il oublie le japonais, lui avaient fait apprendre par cœur les kanjis depuis qu'il était tout petit. Il en connaissait des tas de bizarres.

Bébé le suivait, un pas en arrière, et ne disait rien.

Des deux côtés de la route partaient de temps en temps des petits chemins qui menaient aux édifices religieux, mais ils ne virent rien qui évoquait un « deux ». Ils continuèrent leur marche, traversèrent un pont, et Alex aperçut un *hiragana* japonais tracé au marqueur noir dans le coin d'une enseigne en tissu à l'entrée d'une ruelle : に. Il sautilla sur place de joie mal contenue :

— C'est ça ! C'est le deux en japonais, notre 二 devient に. Ça se prononce *ni.* On va le trouver par ici !

La ruelle serpentait entre les murs des cours de maisons traditionnelles. Des branches d'arbres et des fleurs de saison passaient par-dessus les murs, évoquant l'ombrage bienvenu qu'elles devaient procurer en été. Un peu plus loin, un sentier partait en biais vers le mur d'enceinte d'un petit monastère devant lequel poussaient des bambous. Au-dessus du portail, un grand panneau en bois horizontal portait deux grands caractères : 凪院.

— Voilà ! C'est forcément ici.

Tout excité, il tira Bébé par la main, lui montra le panneau :

— Regarde le premier caractère ! Celui-là, il n'existe même pas dans le grand dictionnaire de K'ang-hsi. Mais on le trouverait sur Google. C'est le caractère chinois 止, « s'arrêter, s'immobiliser », à l'intérieur de la clé du vent, 風. En japonais il se lit *nagi,* et ça veut dire « calme, tranquille », pour le vent ou la mer. En tout, ça fait « le monastère de la tranquillité ». Pas de doute, Sasaki est là-dedans, ça décrit son état d'esprit. Il me disait toujours qu'il rêvait de rentrer au Japon pour devenir bonze et se trimballer avec un bol à aumône. Après des années de Légion, le seul endroit où il pouvait trouver le calme, c'était bien dans un temple bouddhiste. Il paraît que certains moines japonais ne crachent pas sur la viande et l'alcool, et qu'ils sont même autorisés à se marier. Ils peuvent se dédier au Bouddha même sans renoncer aux désirs matériels. C'est clair que Sasaki doit faire un bonze assez joyeux !

Ils franchirent le portail du monastère. Des feuilles de ginkgo décolorées jonchaient le sable de la cour, frémissaient sous la bise de montagne. La température allait encore descendre, le vent annonçait la première neige de l'année. Au centre de la cour se dressait le bâtiment principal du monastère, flanqué d'oratoires et de pagodes. Ils les contournèrent et débouchèrent sur les lieux de vie des moines. Tout à l'arrière, la bouche d'un puits. Où était Sasaki ?

Bébé ramassa un fruit blanc sur le sol et le jeta dans le puits – DOOOONG ! Le *plouf* fut couvert par le son grave de la cloche du temple. Des quartiers des moines sortit un bonze qui s'inclina devant les visiteurs en joignant les mains devant sa poitrine. Le 丼, « bruit de quelque chose jeté dans un puits », aurait-il malgré tout dérangé la tranquillité des religieux ?

On les fit entrer dans une pièce de style japonais : tatamis, porte en bois coulissante, théière posée sur une table basse. Le bonze baragouinait l'anglais : énormément d'étrangers se rendaient au mont Kōya, en simples touristes ou en quête spirituelle, s'intéressant à la culture zen, souhaitant résider un moment dans un monastère, suivre une cure végétarienne et recopier les sutras au pinceau. La plupart des bonzes du mont Kōya, du moins les jeunes, parlaient donc un peu anglais.

Alex mentionna plusieurs fois le nom de Sasaki. Le jeune bonze lui souriait, l'air de n'avoir rien entendu.

Ils tuèrent le temps chacun de son côté, puis on leur apporta leur dîner dans la chambre. Le menu, magnifiquement calligraphié au pinceau, était intitulé « Plats de progrès de l'âme ».

— Ça doit vouloir dire « cuisine bouddhiste végétarienne », commenta Alex en se parlant à lui-même. « Un liquide »... la soupe miso. « Un plat médiocre »... ça ressemble à du tofu au sésame avec des feuilles de *shiso*... on dirait que c'est cuit à la vapeur. Je ne connais pas ce caractère... il vient après 天, *t'ien*... ça doit être les tempuras de légumes. « Eau d'automne » ? Voyons... des châtaignes, des pousses de bambou, de la bardane et des carottes. On se demande bien pourquoi... Des champignons, des shiitakés... le riz en dernier.

Sans attendre la fin du discours, Bébé avait posé devant lui un grand bol de riz. Alex se tut et mangea en silence, mais il comprit que son bavardage n'était pas inutile. Bébé avait enfin réagi, ne serait-ce que pour le faire taire.

Après la tombée du jour, le complexe du mont Kōya était aussi calme qu'une profonde forêt de montagne. On entendait des crissements, des bourdonnements, des tapotements : c'était les rares habitants qui recopiaient des sutras, récitaient des sutras, se promenaient en pensant aux sutras. Ces bruits étaient presque couverts par le son de la pluie fine qui s'abattait sur une mare. Bébé s'était plongée dans la contemplation du jardin du monastère, sous leur fenêtre. Alex ne la dérangea pas ; il semblait que d'avoir quitté l'agitation des grandes villes lui faisait du bien.

Ils durent faire eux-mêmes leurs lits. Alex n'eut pas besoin d'étaler son sac de couchage : les couettes japonaises étaient épaisses et légères. Bébé sombra peu à peu dans le sommeil en ronflant légèrement. Alex l'écouta s'endormir, jusqu'à ce que l'extrémité glacée d'un canon d'arme à feu se pose sur sa tempe.

Une voix d'homme, en français :

— Une souris verte, qui courait dans l'herbe, je l'attrape par la queue, je la montre à ces messieurs…

~

Wu et Crâne d'œuf sont assis dans une grande pièce bien fermée, devant une douzaine d'écrans dont un seul les intéresse : sur l'image granuleuse, on voit la rue Huayin, le brouillard des pétards, la Jeep de Hsü Huo-sheng et l'enseigne de l'étal aux sandwichs.

— La meilleure des vues qu'on ait de la scène. C'est un habitant du coin, au premier étage de l'immeuble à côté de l'Hôtel du Bonheur, qui nous l'a fournie. Qu'est-ce que t'en penses ?

Wu passe et repasse les images au ralenti.

— On ne voit pas de tireur… sous l'enseigne, c'est complètement bouché par la fumée.

— Y a une silhouette, dit Crâne d'œuf en désignant l'écran.

— Une silhouette, oui. Autant dire rien.

— Wu, mon vieux, j'ai beaucoup réfléchi en regardant ces vidéos, je me demande même si le tireur pouvait voir clairement où se trouvait le Président sur sa Jeep, à travers la fumée et les parois de verre blindé.

— C'est votre seule conclusion, après des jours d'enquête ? Crâne d'œuf, même si le tireur s'était trouvé à côté de la Jeep et pas à quelques mètres sous cette enseigne, il n'aurait pas pu toucher sa cible au ventre.

— Tu vois, nos opinions se rapprochent progressivement.

— Se rapprochent de quoi ?

— Je veux dire qu'on pourrait arrêter de se chamailler comme des mômes.

— D'accord. À toi.

— On sait que Tsai Min-hsiung se trouvait à proximité de la rue Huayin au moment de la prétendue attaque. Un peu plus tard il rentre à la ferme, meurt de façon mystérieuse, et on repêche un flingue dans la mare. Un putain de flingue, hein, pas cinquante dollars en petite monnaie. Il y a forcément un rapport entre ce pistolet et lui.

— Pas forcément. Ça pourrait être son assassin qui a jeté le pistolet dans la mare. Il trouvait qu'il avait trop d'armes, que c'était trop lourd, que cette Étoile noire était moisie.

— On veut faire porter le chapeau à Tsai, mais ça ne colle pas. Moi, ce qui me fout la chair de poule, c'est que si je cherchais un bouc émissaire pareil, il faudrait que j'aie accès *avant la police* aux images des caméras de sécurité, que je reconnaisse Tsai à l'entrée de la gare routière, que je sache que Tsai et le Président ont été ensemble deux ans à l'école primaire, que j'aie vérifié et compris que Tsai était mécontent des subventions agricoles et qu'il voulait se rendre à la Présidence pour faire jouer ces liens anciens auprès du Président. Autant de choses à comprendre ou arranger en une journée, et pour qu'en plus ça serve à quelque chose il me faudrait trouver un autre tueur pour noyer Tsai Min-hsiung.

— C'est peut-être l'inverse. Parce que Tsai était mécontent du gouvernement, parce qu'il était camarade de classe de Hsü, on l'a attiré rue Huayin.

— Hypothèse recevable. Mais, mon vieux, les types qui ont fait buter Tsai ont toujours un pas d'avance sur la police. Regarde, on a reçu l'info et monté l'opération en une seule nuit, mais Tsai jouait déjà les poissons dans sa mare.

— Ce qui signifie que vous avez un type qui a été acheté au sein de l'équipe d'enquête. Ou que ceux qui l'ont fait buter sont aussi ceux qui ont fait remonter l'info.

— Ouais, j'te dis, ça fout la trouille.

— L'expert américain invité par Hu Yen-po arrive demain ?

— Oui, c'est un flic retraité, il ne doit pas empiéter sur notre « souveraineté judiciaire ». Ordre d'en haut : c'est un invité, il est le bienvenu pour faire des suggestions, mais seulement des suggestions.

— Et s'il trouve un assassin, ça ne va pas être gênant pour vous ?

— J'ai déjà perdu la face, ça ne changera pas grand-chose.

— Hé, Crâne d'œuf, on dirait que tu te laisses aller au découragement. Tu n'es pas loin du renoncement.

Crâne d'œuf frotte pensivement son menton recouvert d'une barbe naissante :

— Si tu le dis. Bon. Il y a trop de fumée, on ne peut pas reconnaître Tsai Min-hsiung. Mais écoute : à supposer que le type à la casquette sur la vidéo du BSN ne soit pas Ai Li, mais bien le tireur... ça signifie que Tsai portait une casquette. Or sa famille a dit qu'il portait souvent un chapeau de paysan en bambou, mais jamais de casquette. Il y a une autre possibilité...

— Qu'il n'y ait pas eu de tireur du tout.

Tous deux se taisent, l'un gratte son menton graisseux, l'autre finit son café froid.

— Mais s'il y avait vraiment eu un tireur, reprend enfin Crâne d'œuf.

Wu résume patiemment.

— Il est dans le brouillard des pétards, certes. Mais il est assez proche de la Jeep, et en plus entre la Jeep et lui il y a des agents en uniforme et en civil. S'il lève le bras avec un pistolet au bout, il y a toutes les chances qu'il soit repéré. Premièrement.

— Et même si les agents ne l'avaient pas vu. De l'endroit où il aurait tiré sur le Président, il aurait touché la paroi de verre blindé. Les gars de l'équipe technique n'ont découvert aucune trace de balle sur le verre, pas même les traces de pattes d'un putain de moustique. Deuxièmement, comme tu dis.

— D'accord. Il ouvre le feu, supposons qu'il a un silencieux. Avec les bruits de pétard, les agents n'entendent rien, OK. Mais vu l'angle de tir, impossible de blesser le Président au ventre. Le tir de l'arrière contourne la paroi de verre, mais il aurait bien plus de chances d'avoir blessé les deux agents spéciaux aux fesses.

— Ouais, c'est une des barbouzes qui aurait dû se retrouver avec un deuxième trou de balle.

— C'est le troisièmement.

— Ensuite, la balle qui a blessé Hsü dégringole de la doublure de sa veste, et il y a des traces de sang dessus. Il y a eu plusieurs analyses, c'est bien le sang de notre honorable Président, pas d'erreur là-dessus.

— La balle a avancé en zigzag. Elle a évité le postérieur des agents spéciaux et, comme un missile à tête chercheuse, elle tourne autour du Président et lui racle la peau du ventre.

— Merde, Wu, où est-ce qu'on peut trouver des munitions pareilles ? J'en prendrais bien une douzaine. Non, une boîte, une malle, un putain de conteneur entier ! Et s'ils me forcent à démissionner, je m'entraînerai sur mon balcon pour apprendre aux balles à reconnaître la tronche du directeur de la police. Une balle les jours de beau temps, deux les jours de pluie, il aura des balles au cul toute la journée. Ça sera mon petit loisir de vieillard, pour garder la forme.

— C'est surtout à lui que ça fera garder la forme.

Ils se taisent à nouveau. Crâne d'œuf ne se frotte plus le menton, mais son crâne luisant. Wu ne boit plus de café, il mange les bonbons que Crâne d'œuf a disposés devant l'écran.

— On peut raconter ce qu'on veut, la blessure sur le

bide présidentiel, elle, elle est vraie. L'hôpital l'a certifiée, et avec le certificat, Hsü va pouvoir se retourner vers la compagnie d'assurance pour l'indemnité de blessure accidentelle. Mon vieux pote, tu vas devoir raquer.

— Oui, entre tout ce qu'ils ont rendu public, la photo de la blessure, le certificat médical, la balle qui a causé la blessure, ma boîte doit payer. Heureusement que c'est une petite blessure, ça ne va pas aller très loin.

— Vous ne payerez pas grand-chose, Hsü Huo-sheng ne va pas faire fortune, la police galope comme un canard sans tête, le détective de la police d'assurance se fait détester par tout le monde. Dis-moi, à quoi ça rime, tout ça ?

— On n'a trouvé ni les balles du fusil, ni les douilles du pistolet, c'est déjà assez bizarre. Le pire c'est qu'on a quand même trouvé un cadavre allongé dans une mare à poissons à Tunghsiao.

— Un assassinat par noyade. C'était si peu profond que même sans savoir nager il ne se serait jamais noyé. L'autopsie a montré que le défunt n'avait pas d'alcool dans le corps, n'avait aucun problème cardiaque, ne présentait pas de stase sanguine dans le cerveau, n'avait pas les poumons pleins de flotte. Ah, et aussi qu'il souffrait d'une légère cataracte et de parodontite. Un truc à la gencive.

De deux doigts, Crâne d'œuf remue ses incisives inférieures.

— Sûrement pas aussi grave que la mienne.

— La seule relation entre le défunt et Hsü Huo-sheng : deux années passées ensemble à l'école primaire. La famille de Tsai a déclaré qu'à l'élection de Hsü, il y a quatre ans, Tsai s'était réjoui et vanté pendant des jours auprès de toutes ses connaissances d'avoir été camarade de classe du nouveau Président. Supposons que…

— Supposons qu'il ne soit plus tout à fait aussi réjoui de la politique suivie par Hsü, et qu'il soit allé acheter un flingue artisanal pas cher à l'étal de bétel du coinceteau. Puis il se rend rue Huayin, voit la Jeep arriver, il est soudain submergé par la colère ! Il lève l'arme et presse la détente. Coup de bol, le pistolet qu'il tient en main est une arme magique. La balle fonce, guidée par l'odeur de l'eau de Cologne de sa cible !

— Le pistolet trouvé dans la mare est un Étoile noire fabriqué par les cocos, qui tire des munitions de calibre 7,62 mm. Les balles de 9 mm qui ont blessé le Président auraient-elles donc pu passer par ce canon trop étroit, grâce aux propriétés magiques de l'arme ?

— Mon pote, tu manques d'esprit scientifique. Nous n'avons trouvé que les balles, pas les douilles. Il suffit de comprendre que les balles coupables de 9 mm ont été introduites dans des cartouches de 7,62. Si tu enfiles des chaussures trop petites, t'auras mal aux pieds mais tu pourras toujours marcher ! Sois un peu logique.

— Il n'y avait plus de munitions dans l'Étoile noire. On ne sait pas combien de temps il a trempé dans la mare. Toutes les traces de poudre, toutes les empreintes ont été effacées. Je fais l'hypothèse que l'intrépide police de Taipei, afin de préserver l'honneur national et déclarer l'enquête bouclée avant l'arrivée de l'expert américain, va s'empresser de rédiger un rapport selon lequel les Étoiles noires sont parfaitement en mesure de tirer des cartouches de 9 mm. Un assassin, une arme du crime – tiens, pour ce qu'on m'en a dit, le contrôleur de 3e classe Crâne d'œuf n'aurait aucun scrupule à aller planquer un pistolet de 9 mm dans la vase de la mare. Et hop ! l'affaire serait dans le sac.

— Arrête tes conneries. Puisque tu fais des hypothèses, je vais continuer. Supposons que nous ayons résolu la question de l'arme du crime. Nous avons l'assassin, nous avons des images vidéo qui servent de preuve… mais le mobile ? Sans mobile, comment rédiger notre rapport au procureur ?

— Tu dis que Tsai Min-hsiung était paysan. Il y a eu deux années de sécheresse d'affilée, il ne pouvait plus bosser. Les indemnités fournies par le gouvernement étaient insuffisantes. Tsai voyait autour de lui les usines à serveurs Internet bouffer de l'eau et de l'électricité et les habitants de la capitale, dans les séries télé, gaspiller de l'eau en prenant des bains à longueur de temps. Inégalités sociales, haine de classe, ce que tu veux, sa colère s'est peu à peu focalisée sur le Président, alors il s'est rendu en ville avec un pistolet pour assouvir sa vengeance. Ça devrait suffire, comme mobile ?

— Sauf que ce n'est pas crédible, ça ne marchera pas.

— Comment ça, ça ne marchera pas ? Si tu n'as pas de mobile, tu rends compte au directeur de l'Agence nationale de police, le directeur rend compte au ministre de l'Intérieur, le ministre rend compte au président du Yuan exécutif. Le président du Yuan exécutif a bien envie de rester président du Yuan exécutif pour quelques années de plus, il se penche pour murmurer à l'oreille du ministre de l'Intérieur, le directeur de l'ANP ordonne en douce au directeur adjoint de la police de Taipei, Crâne d'œuf, de trouver le mobile qui va bien pour régler le problème. Tu obéis bien sagement, tu vas à Tunghsiao parler aux membres éplorés de la famille du défunt, tu leur demandes si par hasard l'assassin n'avait pas un peu trop tendance ces derniers temps à beugler des insultes en regardant les nouvelles et les séries à la télé. Bien entendu, ils vont hocher la tête. 23 millions de Taïwanais beuglent des insultes en regardant la télé. Voilà ton mobile.

— Tu te fous de ma gueule, et en plus tu t'écoutes parler.

Sur ces mots, Crâne d'œuf se rend aux toilettes, Wu se lève et s'étire en faisant quelques mouvements de boxe des Huit Pièces de brocart.

— J'ai un autre mobile pour toi. Le suspect était mécontent des autorités. Avant, les produits agricoles s'écoulaient en Chine populaire à des prix très élevés. Mais depuis que les relations entre les deux rives du détroit sont un peu tendues, c'est la crise et les paysans perdent beaucoup d'argent. Tsai Min-hsiung, se promenant l'âme en peine au long des chemins, aperçoit un pistolet artisanal qui traînait par là. Tout excité, il prend le bus pour Taipei, décidé à rencontrer le président de la Commission pour l'agriculture et le ministre de l'Économie. Mais qui voit-il passer dans la rue, en pleine récolte de voix ? Son vieux camarade de classe Hsü Huo-sheng. Cinquante ans après, l'un a la tête au paradis, l'autre les pieds en enfer. La jalousie et la rage le brûlent soudain, il ne peut plus se contrôler et ouvre le feu. Jamais il n'aurait songé qu'il allait vraiment toucher le Président au ventre. Terrifié, il s'enfuit, fonce à la gare routière, grimpe dans un car longue distance pour retourner dans son bled. Le soir même, il va patauger dans sa mare pour pêcher quelques carpes, puis se souvient qu'à cause de la sécheresse il n'y a plus assez d'eau et donc plus de carpes. La colère est trop forte, il ne regarde plus où il met les pieds, glisse, tombe, se noie.

— Ah, mon pote, tu continues. Si je déclare l'enquête bouclée comme ça, tu en profiteras pour me griller ?

— Mais pourquoi voudrais-je te griller ?

— Si c'est pas toi qui le fais, d'autres ne se gêneront pas. Pas de preuves, un raisonnement foireux…

— Tu as raison, si tu annonces que telles sont tes conclusions, je bondis jusqu'au QG de campagne de Hu Yen-po, j'organise une conférence de presse où je proclame que le directeur adjoint Lu a balayé la poussière sous le tapis pour préserver son avenir, et j'implore la clémence du public.

— Ils n'arriveront jamais à justifier la tentative d'assassinat par un mobile pareil.

— Demain, l'arrivée de l'expert américain peut être l'occasion de faire avancer l'enquête. Après tout, un regard neuf est toujours une bonne chose. Qu'est-ce que tu comptes faire ?

— L'aider de tout mon cœur, tiens.

— Crâne d'œuf, tu es venu me trouver parce que tu n'as plus personne à qui parler, tu es monté trop haut dans ta tour d'ivoire, tout ça. Mais au fond de toi, tu as bien sûr envie de boucler l'enquête toi-même, et tu penses que l'Américain, c'est du flan. Problème, on s'est foutus dans une impasse avec cette histoire de balles et de cartouches et on n'en sort plus. Je te suggère de coopérer avec lui de bonne foi. De toute façon, il n'a pas de pouvoir d'enquête et si vous résolvez cette affaire, tout le mérite en rejaillira sur toi.

— Tu dis que je devrais miser sur le Yankee ? Quel manque d'ambition. Alors ouais, on parle peut-être pas aussi bien anglais qu'eux, mais pour ce qui est du travail de police, je n'ai jamais entendu dire que les US étaient meilleurs que les autres pays.

— Crâne d'œuf, la priorité c'est l'enquête, ne gâche pas ta réputation de toute une vie à cause d'un ego mal placé.

Ils oublient les bonbons devant l'écran. Crâne d'œuf a réussi à dégoter des cigarettes quelque part. Ils les allument et tirent consciencieusement dessus, bien planqués quelque part dans un bureau de la police de la ville, où s'affiche de façon très claire l'interdiction de fumer.

— Il faut que tu te magnes d'interroger le Président dans les règles. Il est la victime, il est un témoin, et on ne peut pas exclure qu'il soit aussi un suspect.

— Il y a aussi Ai Li qui est parti au Japon sur les traces du tireur au fusil.

— N'essaye pas de revenir en douce sur la question d'Ai Li. Ça fait des heures que je n'ai pas eu de ses nouvelles. Interroge le Président, et s'il ne veut pas cracher la vérité, tu fais convoquer dans tes bureaux le directeur adjoint de l'hôpital Xing'an et tous les médecins et infirmiers qui ont soigné Hsü Huo-sheng. Je t'aiderai à les cuisiner.

— Impossible, tous les enquêteurs du pays sont déjà mobilisés à fond pour rechercher le tireur au fusil, l'origine de l'Étoile noire et du pistolet artisanal.

— Tu n'oses pas t'attaquer à l'hôpital du Président ? Un peu de courage. À mon avis, il y a plusieurs points clés que tu dois éclaircir. Les balles et les étuis, c'est de la poudre aux yeux. La victime est le Président, celui qui a certifié sa blessure est le n° 2 de Xing'an. Si lui et Hsü sont de mèche, la vérité sera enterrée pour huit cents générations. Alors voilà : les toubibs ne connaissent pas le Code pénal. Tu leur lis l'article concernant le crime de faux témoignage, puni d'une peine d'emprisonnement de sept ans maximum assortie de la révocation de leur licence professionnelle. Ça devrait leur faire assez peur pour que l'un d'entre eux éclate en sanglots et te sorte la vérité.

— Et avec la vérité, on fait quoi ?

Wu écarquille grand les yeux, fixe Crâne d'œuf.

— Tu as encore peur de t'attaquer aux politiques ? Hé, c'est un peu tard. Quand on a peur du feu, on n'entre pas dans la cuisine…

— Disons juste que je cherche à trouver un moyen de résoudre cette affaire en contournant le politique.

— Ne me donne pas envie de te dire que tu manques de couilles.

— De couilles ?… Mon vieux, Liu Hsiu, le fondateur de la dynastie des Han de l'Est, disait : « Je n'aspire à nul autre poste que celui de connétable, ni à nulle autre épouse que Yin Lihua. » Yin était la plus belle femme de l'époque et Liu Hsiu l'a effectivement épousée, mais il a sauté la marche du connétable pour devenir directement empereur. Les gens ont toujours eu des rêves. Quand je suis entré à l'École de police, ma plus grande ambition était d'être un jour directeur de la police de Taipei. Et j'ai beau avoir plus ou moins merdouillé, me voilà directeur adjoint. Plus qu'une marche à franchir…

— Tu crains que de résoudre cette enquête ne brise ton vieux rêve ?

— Bien sûr. Et j'ai un truc à te dire, mon pote, les gens comme toi, détachés des contingences de ce monde, y en a pas des masses. Je te prie de respecter un peu plus les rêves du commun des mortels.

— Et tu feras tout ce qu'il faut pour monter en grade ?

— Je m'y efforce, je suis si près du but…

— Crâne d'œuf, je respecte ton rêve, je promets de ne plus jamais me moquer de toi.

— Écoute-toi, cette commisération. T'es incroyable ! À croire qu'à tes yeux, tous ceux qui espèrent réussir dans la vie sont insupportablement vulgaires.

— Revenons à nos moutons. Qu'est-ce que tu comptes faire ?

Crâne d'œuf bâille un grand coup.

— Ah, j'ai failli oublier, mon vieux. Où est-ce que t'es allé au beau milieu de la nuit dans une Rolls ?

— Et c'est reparti. Tu n'as décidément pas la force de faire face à la réalité ? Questionne le Président, interroge le type de l'hôpital Xing'an, ose un peu, imagine la joie que tu éprouveras à résoudre cette affaire.

Crâne d'œuf tripote sa cigarette d'une main, un bonbon de l'autre. Il reprend au bout d'un long moment :

— Mon vieux, t'es pas à ma place et t'as beau jeu de te foutre de ma gueule avec tes propositions à la con. Mais je dois quand même reconnaître, mon pote, que t'es un vrai pote.

Le caractère 雫 est formé à partir des composants de base 雨, « pluie », et 下, « sous, dessous ».

En chinois, 雫 est prononcé *na*. Il fait partie de ces caractères qui ont une prononciation mais pas de sens.

En japonais, il est prononcé *shizuku*, il signifie « goutte », ou « petite quantité de liquide tombant sous forme sphérique ». C'est un kanji de création japonaise, normal.

Alex se lève sans faire de bruit et suit la silhouette noire hors de la chambre. Le crâne rasé, en robe de bonze, Sasaki a beaucoup changé ; Alex aurait eu du mal à reconnaître celui qu'il a sous les yeux, sans cette moitié d'oreille qui lui manque, arrachée jadis par une balle.

— Celle qui dort dans l'autre lit, c'est Bébé ? dit Sasaki dans le français heurté des légionnaires.

— Oui.

— On se les pèle. Vous n'avez pas pensé que vous auriez eu plus chaud tous les deux en partageant la même couette ?

— Cherche pas à comprendre. Quand j'ai vu les deux étuis de cartouche j'ai su que c'était toi. Tu as beau être devenu moine, explique Alex qui ne peut s'empêcher de frotter le crâne désertique de Sasaki, tu aimes toujours autant les petites devinettes.

— C'était pour toi, Alex, avec d'autres je ne me serais pas emmerdé.

— Pour me forcer à entrer sur le champ de bataille que tu n'avais pas fini de nettoyer.

— Tu sais quoi ? C'est très difficile de changer ses vieilles habitudes.

Sasaki émet un petit rire contenu et satisfait.

— J'ai appris un tas de nouveaux caractères pour venir jusqu'ici, dit Alex. Qu'est-ce que tu as à me dire ?

— Un étranger est arrivé au pied de la montagne dans une voiture de location. À force de regarder les indications sur son téléphone, il a failli percuter une bagnole garée. Tu es venu me chercher au Japon, et faut croire que lui aussi te cherche et compte me retrouver par la même occasion.

— Comment…

— T'as fouillé les affaires de Bébé ? Après qu'elle s'est déshabillée ?

— Non, je vais le faire.

— Rien ne presse, dit Sasaki en sortant une bouteille de sous sa robe. Tu te souviens ? Tu m'avais demandé ce que voulait dire le caractère 雫 du manga sur l'histoire du pinard, *Les Gouttes de Dieu*. La goutte d'eau ou de vin. Viens, j'ai rapporté cette bouteille de France, mais j'attendais depuis des années une bonne raison de l'ouvrir. Avec l'ennemi qui monte à l'assaut de la montagne et toi en invité d'honneur, c'est l'occasion. Faudrait pas qu'on se fasse buter avec des regrets.

— Hé, pourquoi le bar de ton frère porte aussi ton prénom ?

— Avec Jiro, on a grandi ensemble, on est rentrés au Japon ensemble. Mais moi j'aimais trop bouger alors que lui appréciait de se fixer. Quand je suis parti en France, il n'a pas changé le nom du bar. Pourquoi ? Alex, t'es pas si bête. C'est parce qu'il espérait que je revienne.

— Un bon petit frère.

— Quelquefois, il m'emmerde.

D'une cabane à outils dans un coin de la cour, il sort deux autres fusils.

— La légitime défense, c'est valable aussi pour les moines. Bébé sait se servir d'un flingot ? Je crois me rappeler qu'elle était avec toi au cours de snipers.

— Oui. C'est qui le type qui débarque ?

— Un maître. Avec des épaules de camionneur, des gros biceps, des gros pectoraux, et une grande housse pour queues de billard. C'est forcément un maître, s'il ose venir tout seul au Japon pour se frotter à deux illustres tireurs d'élite de la Légion étrangère comme toi et moi.

— Et du coup on fait quoi ?

— Ah, maintenant je suis bonze et toi cuisinier, dit Sasaki en se tapotant le crâne. On ne peut pas se battre ici, c'est un endroit sacré, donc on se barre et on voit.

— Où ça ?

— Dans la montagne. Sur le mont Kōya, il y a d'anciens chemins de pèlerinage qui vont jusqu'à l'extrémité sud de la péninsule de Kii. On s'est pas fait de petites balades ensemble depuis un bon moment, tu verras, ces sentiers de montagne sont très propices à la purification de l'âme, tout à fait ce qu'il te faut.

— Je vais réveiller Bébé.

Sasaki boit une grande gorgée de vin à même le goulot, tend la bouteille à Alex.

— C'est du bon.

Alex regarde l'heure sur son téléphone. Il est 1 h 07 du matin. Encore une journée de passée. Il prend la bouteille, se descend une bonne rasade.

— Boire de cette façon un si bon vin…

— Tant qu'il t'atterrit dans l'estomac, c'est pas gâché.

2

Plus que trois jours avant le vote

Ils sortirent du monastère de la Tranquillité par une porte latérale. La pluie s'était mise à tomber plus violemment, les lourdes gouttes frappaient leurs habits minces et les glaçaient jusqu'aux os.

Bébé ne posa aucune question. Quand Alex revint dans la chambre elle était déjà bien réveillée, elle les avait sûrement entendus parler.

Ils fouillèrent les affaires de Bébé, découvrirent un traceur caché dans la semelle d'une de ses chaussures. Elle devait le porter depuis Yilan. Ils décidèrent de le garder pour attirer le tueur à leur suite sur les sentiers de montagne.

Sasaki les guidait. Il contourna plusieurs temples et monastères avant de revenir à la route asphaltée, au niveau d'un arrêt de bus qui se dressait en silence, juste avant une bifurcation dont une branche partait vers l'est, l'autre vers le nord. L'arrêt de bus s'appelait Ichinohashi, « le premier pont ». Sasaki désigna la route du nord, celle qui passait sur un pont, se plia en deux et s'élança en courant. Alex alerta Bébé du regard et ils coururent à sa suite, courbés en avant. Sur le mont Kōya, franchir ce pont c'était rejoindre le monde de Kōbō-Daishi, un endroit où les règles du monde mortel et les lois humaines ne s'appliquaient plus.

Les programmes d'histoire du lycée évoquaient Kōbō-Daishi, un moine bouddhiste japonais qui, au début du IXe siècle, avait étudié l'essence du zen à la capitale des Tang. À son retour au Japon il avait fondé la secte ésotérique Shingon et inventé les hiraganas en s'inspirant du sanskrit. La légende voulait qu'il ait aussi rapporté les nouilles udon au Japon.

À la suite de Sasaki, ils se réfugièrent dans un vaste cimetière, les stèles de pierre en forme de colonnes pleines de nids d'oiseau leur servant d'écran temporaire. Alex examina par réflexe son environnement, aperçut une stèle gravée du nom de Takeda Shingen, le grand daimyo du XVIe siècle. L'immense majorité des tombes étaient surmontées de petites pagodes mémorielles, que les fidèles avaient fait ériger de leur vivant pour afficher leur volonté de suivre Kōbō-Daishi et de prier pour retrouver la paix de l'âme et du cœur. Samouraïs et daimyos avaient commis tant de massacres qu'ils étaient emplis de crainte pour leurs vies futures…

Sasaki se mit à marmonner en japonais, et Bébé – qui ne lui avait même pas été officiellement présentée, qui n'avait pas prononcé un mot depuis des jours –, Bébé l'interrompit :

— Que dites-vous ?

Sasaki la regarda, joignit les mains et répondit en anglais :

— *Brise des mois d'été, bise des mois d'hiver – un même souffle, mais des plaisirs divers.* C'est un poème de Kōbō-Daishi.

Il montra le ciel :

— Ça sent la neige.

Plusieurs dizaines de journalistes collaient au train du directeur adjoint Lu, tentant de glisser leur micro ou leur dictaphone dans les failles du mur de policiers en tenue d'intervention. Lu n'en avait cure. Il avança à longues et lourdes enjambées, entra dans le bâtiment. Pour éviter de perturber l'agenda de la campagne électorale, le Président avait accepté de venir à sept heures du matin répondre en personne au siège de la police de Taipei. Une demi-heure plus tard, le convoi présidentiel démarra, laissant le contrôleur Lu face aux journalistes.

Comme prévu, le Président n'avait rien révélé de neuf. Il ignorait qui avait voulu le tuer. Ce jour-là, alors qu'il était debout dans son véhicule de propagande, il avait ressenti une brûlure au ventre, avait posé la main à l'endroit de la douleur, aperçu du sang, était tombé.

Il ne savait pas pourquoi la balle était restée coincée dans la doublure de sa veste, ni pourquoi il y avait une autre balle dans la voiture. Il ignorait qui s'était amusé à allumer des rafales de pétards, ne se souvenait pas de Tsai Min-hsiung. Mais il redressa le buste et déclara sur le ton d'une allocution de Nouvel An : « Toute violence est inadmissible ! Je prie la police de tirer cette affaire au clair le plus rapidement possible. »

Le contrôleur de 3e classe Lu n'évoqua pas la question

d'un éventuel faux témoignage présidentiel, punissable de sept ans d'emprisonnement maximum. C'était inutile, puisque le Président était avocat de profession et qu'il avait pris l'initiative de proposer sa contribution à l'enquête :

— Si vous souhaitez que je passe au détecteur de mensonges, aucun problème.

Demander au président de la République de s'asseoir devant un détecteur de mensonges, c'était détruire toute confiance envers le gouvernement et les institutions de la nation. D'autant que le Président lui-même n'était pas l'objet principal des interrogatoires du jour. Alors que les journalistes harcelaient le Président et le contrôleur Lu à l'entrée principale, trois limousines parfaitement anonymes pénétraient par un portail discret dans la cour à l'arrière du bâtiment, avec à leur bord des témoins plus importants.

Déclarations de Lü XX, infirmière en chef, de service à l'hôpital Xing'an le jour de l'attaque :

« Oui, j'étais de service ce jour-là, le directeur adjoint de l'hôpital m'a demandé de préparer la salle d'opération, le Président avait été blessé par balle et arrivait à l'hôpital.

« Le directeur adjoint a commencé tout de suite l'intervention, mais je ne suis pas infirmière de bloc opératoire, je suis juste en retrait pour aider.

« Je n'ai rien vu du tout, je suis postée assez loin de la table d'opération.

« En effet, c'est moi qui ai ramassé la veste du Président qui traînait par terre, et quand j'ai pendu la veste la balle est tombée. Par curiosité, j'ai vérifié la doublure, juste un coup d'œil. J'ai ramassé la balle et l'ai donnée au directeur adjoint, il l'a prise et m'a demandé de sortir.

« Qu'est-ce que j'ai fait ? Je suis sortie. »

Déclarations de Shen XX, chef de clinique du service de chirurgie de l'hôpital Xing'an :

« J'étais de service, le directeur adjoint m'a demandé de me préparer pour une intervention chirurgicale. Ce n'est que quand le blessé est arrivé que j'ai su qu'il s'agissait du Président.

« Le directeur adjoint a examiné la blessure et m'a dit de rester, il y avait deux autres médecins présents avant l'opération, qui eux sont partis.

« C'était une petite plaie, un objet tranchant avait déchiré l'épiderme au niveau du ventre, la perte de sang était faible. Le directeur adjoint m'a ordonné de procéder à la désinfection et à la suture, soit sept points en tout. Puis j'ai fait une piqûre antitétanique à titre de précaution et pansé la plaie avec de la gaze. La blessure pouvait continuer à saigner un peu.

« Non, je n'ai pas vu la balle. Ah, vous me demandez si c'est bien cette balle qui a causé la blessure ? Moi je suis juste médecin, je ne peux pas juger de ça. Le directeur adjoint avait été informé que le Président avait été blessé par balle, nous avons naturellement supposé qu'il s'agissait d'une blessure par balle.

« Non, je n'avais jamais vu de blessure par balle auparavant.

« Oui, un autre ustensile aurait pu causer cette plaie, comme un cutter ou la lame d'un couteau de chasse, en tout cas quelque chose de très tranchant. La peau n'est pas aussi fragile que vous semblez le penser. Si la balle n'avait pas vraiment percé la chair, mais simplement frôlé l'épiderme de très près ? Je crois que ça n'aurait pas pu causer une plaie aussi longue. Et puis la chemise et le sous-vêtement du Président présentaient tous les deux une déchirure. La veste, je ne sais pas, c'est la police qui l'a récupérée, non ?

« Je n'ai senti aucune odeur de poudre. La police a emporté une partie des pansements qui avaient servi à nettoyer la plaie, s'il y avait de la poudre sur la plaie, elle aurait dû se retrouver sur les pansements.

« C'était certainement une blessure très récente, il y avait encore des fragments d'épiderme dans la plaie.

« Je suis chirurgien, je n'ai aucun moyen de statuer sur ces questions. »

Déclarations de Wu XX, directeur adjoint de l'hôpital Xing'an :

« J'avais en effet déjà rencontré le Président. Quand je travaillais à l'hôpital des Vétérans, il y était soigné pour une maladie chronique. Il n'avait pas de dossier médical à Xing'an, mais l'hôpital est relativement proche de la rue Huayin, c'est pour cela qu'ils l'ont dirigé vers nous.

« Tout le monde a des maladies plus ou moins graves. Je ne peux pas dévoiler la maladie chronique du Président, c'est couvert par le secret médical.

« Je l'ai rencontré à deux ou trois reprises. Le Président était auparavant maire de Taipei, il s'entendait très bien avec le directeur de l'hôpital des Vétérans. Nous avons déjeuné une fois ensemble. J'ai oublié qui était l'hôte. Une autre fois, c'était à l'hôpital, pendant une de ses campagnes. Hé, ça fait un paquet d'années.

« Il y a quatre jours, j'étais en train de faire la visite des patients. C'est moi qui ai opéré le cancer du PDG du groupe Chüanpao. J'étais dans sa chambre pour vérifier son état postopératoire quand mon portable a sonné, c'était le Centre de commandement du Service spécial. Ils disaient que le Président avait été blessé par balle et qu'il fallait que je me prépare immédiatement à intervenir.

« Je ne peux pas juger des circonstances de la blessure. Une telle blessure, comme je l'ai déclaré aux médias, ne met pas la vie de la victime en danger. En tant que médecin, c'est la seule chose que je puisse affirmer. Je ne peux pas vous donner plus de détails. En effet, ce que m'avait communiqué le Centre de commandement, c'était qu'il y avait eu blessure par balle, et nous l'avons donc traitée comme telle. Une balle avec des traces de sang est tombée de la veste du Président, vous avez vu les photos de la plaie, si ce n'est pas une balle qui l'a causée, alors quoi ? S'il existe d'autres possibilités, elles ne relèvent pas de mes compétences professionnelles.

« Oui, notre établissement fait partie du réseau d'hôpitaux où peuvent être traités les responsables gouvernementaux. L'hôpital de l'université nationale aussi, naturellement. C'est un hôpital universitaire, leurs installations sont encore meilleures que les nôtres. C'est au Service spécial qu'il faut demander pourquoi le Président n'a pas été envoyé là-bas. Nous nous chargeons de soigner les gens, pas de demander pourquoi ils arrivent chez nous.

« Si mon directeur connaît le Président ? Il faut le lui demander, je ne m'arroge pas le droit de répondre à sa place. Avant l'opération, le directeur et moi avons été en contact téléphonique, mais l'intervention était déjà en cours quand il est arrivé, il n'est donc pas entré dans la salle d'opération. Comme j'avais été en charge de tout le processus, c'est moi qui ai ensuite aussi été responsable de la communication extérieure.

« Je n'ai pas les qualifications nécessaires pour parler des circonstances de la blessure. Il faut demander aux pathologistes. Le docteur Ping est spécialiste en anatomopathologie au Centre d'inspection et d'autopsie de Taipei, c'est un vieil ami, il a autopsié des centaines de cadavres, vous devriez lui poser la question. S'il a besoin d'assistance, faites parvenir une demande officielle à l'hôpital, si le directeur est d'accord je lui apporterai tout mon concours. »

Déclarations de Ping XX, anatomopathologiste du Centre d'inspection et d'autopsie de Taipei :

« Hé ho, hé ho ! Lâchez-moi un peu ! Ma spécialité, c'est d'autopsier des cadavres pour déterminer les causes de la mort. Le Président a été blessé, mais il n'est pas mort, à ce que je sache ? Mais si je me trompe et qu'il est mort, apportez-moi son corps et je vous promets de faire apparaître la vérité au grand jour. Mais il n'est pas mort, hein, il s'est montré en parfaite santé à la télé pour déclarer qu'il n'avait rien, ce qui me fait dire que j'aurais bien du mal à vous raconter quoi que ce soit sur cette histoire.

« OK, je reconnais que votre café est pas mal, je vais vous en dire un peu plus. Un petit anapath n'a rien à craindre des pressions politiques. La blessure du Président peut avoir plusieurs causes, le passage d'une balle en fait partie. Ça pourrait être aussi la pointe d'un couteau. Ou bien une corde de guitare tendue au maximum et relâchée d'un coup. Quant aux déchirures de la chemise et du gilet de corps, contrôleur Lu, elles peuvent avoir été causées avant la blessure, à l'aide d'un couteau. C'est en examinant les vêtements eux-mêmes que vous aurez le plus facilement les réponses. Ouais, vous devriez aussi vérifier si la veste, la chemise et le sous-vêtement réagissent au détecteur de poudre.

« Ne vous moquez pas d'un pauvre anapath. Contrôleur Lu, quand une victime est blessée par balle, il y a toujours du sang, des morceaux de peau, des fragments de muscle sur les vêtements. Mais gaffe, si le groupe sanguin est différent, alors là… Ce qu'il faut vérifier, c'est le sous-vêtement à l'endroit de la blessure. Il doit y avoir des traces de poudre dessus. Ainsi que sur la peau, sur la chemise, sur la veste du Président. C'est pas forcément difficile à simuler, mais ça prend du temps. Mais ce que je veux vous dire, contrôleur Lu, c'est que y a un moment où les preuves ne mentent plus. La poudre c'est une chose, mais pour reproduire les traces de sang et les fragments de peau et de muscle, c'est quand même une autre paire de manches.

« C'est vrai, il n'y a jamais de preuve parfaite en ce bas monde. Vous êtes enquêteur, votre dogme, n'est-ce pas que les preuves sont toujours dans les détails ? Chez nous, on n'a pas de dogme, on n'a que de l'expérience. Mon expérience me dit qu'en vous penchant sur la blessure du Président, ce n'est pas une thèse en médecine que vous allez pondre, c'est une nouvelle théorie révolutionnaire de la balistique. »

Déclaration de Jen XX, chef du service technique et scientifique de la police de Taipei :

« J'ai l'honneur de rendre compte à MM. les directeur et directeur adjoint que tous les éléments et indices recueillis ont déjà été transmis aux représentants du Bureau des enquêtes criminelles. Ils disposent d'un document officiel signé par le directeur de l'Agence nationale de police. »

~

Dans une colère noire, Crâne d'œuf réintégra son bureau en rugissant dans son portable :

— Bordel de merde, mon vieux, t'avais raison, le Bureau des enquêtes criminelles a embarqué tout le dossier. Mais en fait t'avais tort, mon pote, tu t'es gaufré dans les grandes largeurs, parce que j'avais tout prévu. Tous les indices de première main, c'est nous qui les avions trouvés et on pourra continuer à creuser. Hé, de toute façon c'est de notre responsabilité de soutenir le Bureau dans son enquête, pas vrai ? Tu m'étonnes qu'on va les soutenir, on va même prendre l'initiative et les précéder. Je jure de plus fermer l'œil avant d'avoir chopé le tireur – ouais, fous-toi de ma gueule, mon pote, mon horizon professionnel était de devenir chef de la police de Taipei, mais maintenant que c'est définitivement branlé, à quoi ça rimerait que je m'accroche à mon poste actuel, hein ? Je m'en fous.

Wu dit dans son propre téléphone :

— Crâne d'œuf, le Bureau a récupéré le dossier, tu n'y peux plus rien, détends-toi un peu. Ça ne vaut pas la peine que tu risques ton job. Allez, je t'invite à dîner au « Ding Tai Fung » ou au « Du Yi Chu ». Ou aux « Orchidées ». Où tu voudras.

Wu rangea son téléphone, prononça :

— Le Bureau des enquêtes criminelles a récupéré l'affaire.

Le père Chu caressait son vieux chat.

— Qu'est-ce que ça veut dire ?

Wu :

— L'Américain vient d'arriver, il a été pris en main par le Bureau. Ça veut dire que le contrôleur général Lu est botté en touche et que je ne vous suis donc plus d'aucune aide.

Le père Chu ne répondit rien et continua à caresser son vieux compagnon. Sa fille sortit de la boutique et s'écria :

— Wu, tu veux manger ici ? Dis-le-moi assez vite, je te prépare des têtes de mouche.

— D'accord, je vais boire un coup avec ton père. De toute façon, on n'a plus rien à faire, autant picoler un bon coup, on dormira mieux.

Le vieillard relâcha son chat qui sauta de ses genoux. Il contemplait l'ombre de son parasol qui se découpait sur le sol :

— Y a un truc que je dois vous demander, sinon ça me restera en travers de la gorge. Le vieux M. Fang vous a parlé ?

— Quel vieux M. Fang ?

— Le père et patron de Fang Te-min, le gars dans sa

chaise roulante que ses amis appellent Johnny. Vous avez refusé son chèque. Y vous payait pas assez ? Jouez pas l'innocent.

— Si je comprends bien, mes moindres faits et gestes sont diffusés par télé satellite ? Crâne d'œuf sait ce que je fais, les sbires du ministère de la Justice aussi, et donc le Bureau de la sécurité nationale est au courant. Et maintenant, vous vous y mettez, ce qui veut dire que Hu Yen-po me tient à l'œil ? Père Chu, j'ai signé un accord de confidentialité avant de rencontrer Fang et j'ai toujours assumé ce que je faisais, j'ai dit que je n'en parlerais pas et je n'en parlerai pas.

— Fang soutenait d'abord Hu Yen-po, il avait raqué pour ses frais de campagne, un paquet de thunes inimaginable. Et hier il a refusé le dernier payement promis, en disant qu'il fallait qu'il « réfléchisse un peu ». Je crois surtout qu'il réfléchit à l'impact de ces deux balles sur l'humeur du corps électoral.

— Je vous écoute.

— Le vieux Fang est pas un rigolo, je l'ai rencontré une fois. Le soir où vous l'avez vu, vous avez été filmé. Une Rolls-Royce, pas vrai ?

— Vous me faites filer ?

— Eh, ça fait plus d'un demi-siècle que je grenouille. J'ai été ramassé à chaque grande campagne d'éradication de la pègre et j'ai moisi sept ans en taule. Superintendant, si je me suis adressé à vous c'était par confiance, pas par intérêt. C'est le Bureau des enquêtes qui vous suit et vous a filmé. Le vieux Johnny a du monde à lui au sein du Bureau des enquêtes, nous avons aussi du monde au sein du Bureau des enquêtes. Taïwan c'est pas si grand, on est tous l'ami de l'ami de quelqu'un.

— Tout le monde mise sur tout le monde ? Et tout le monde attend sa promotion, quel que soit l'heureux élu, c'est ça ?

— Pas la peine de se foutre en rogne. Chacun est libre de ses opinions politiques.

— Quel était le prix pour que le vieux M. Fang soutienne Hu Yen-po ?

— C'est de la politique. Le père et le fils se répartissent les rôles.

— Si ça ne leur rapporte rien, pourquoi se répartir les rôles ?

Le père Chu se leva de son fauteuil, soutenu par Wu.

— Superintendant, vous avez votre honneur professionnel, et moi j'ai le mien. C'est pour ça que vous et moi on peut s'asseoir ensemble depuis des années et discuter d'un tas d'histoires pas jolies jolies. Allez, on va bouffer. Qu'est-ce que vous buvez ? Je dois éviter la bière à cause de ma goutte, mais prenez ce que vous voulez.

Le caractère 躾 est formé à partir des composants de base 身, « le corps », et 美, « beau, beauté ».

En chinois, il n'a pas de signification. C'est un caractère de construction japonaise, qui se prononce *shitsuke* et veut dire « discipliner, entraîner, élever ».

Ils longèrent en silence une allée du cimetière, bordée des deux côtés de stèles funéraires. Presque tous les héros japonais de la période des Royaumes combattants avaient fait ériger ici des mémoriaux à leurs aspirations envers leur vie. Kōbō-Daishi les accueillait tous dans sa foi éternelle, indépendamment de leurs propres croyances et de leurs rivalités historiques.

Au bout du chemin se dressait le mausolée, à l'endroit où le grand maître s'était assis pour accéder au nirvana. Les adeptes de la secte Shingon croyaient que Kōbō-Daishi n'était pas mort. Chaque jour à l'aube, les moines du mont Kōya apportaient de l'eau pour lui nettoyer le visage et des mets offerts par les fidèles pour ses repas.

Un homme ne peut créer sa propre mythologie, mais ceux qui viennent après lui et ne l'ont jamais connu ne s'en privent pas.

Ils allaient en silence sur les chemins bourbeux. La neige n'avait pas encore commencé à tomber, mais les gouttes de pluie grossissaient peu à peu, crépitant sur les frondaisons. À chaque pas ils soulevaient de lourds paquets de boue.

— Tu nous amènes jusqu'à Kamuno ou quoi ? Et après ? demanda finalement Alex.

— Non, répondit Sasaki, on se trouve un bon coin dans la montagne et on l'attend. On choisit notre champ de bataille. Je n'aime pas être poursuivi, je préfère trancher dans le vif.

À ces mots, il s'arrêta près d'une petite statue de Bouddha en pierre au bord du chemin.

— Ici. On peut se reposer et trouver les bons angles. À trois fusils contre un, même si c'est un maître on n'a pas grand-chose à craindre.

Sasaki parlait en anglais pour être compris de Bébé. Il lui jeta un coup d'œil :

— D'accord ?

Il sortit la bouteille de sous sa tunique. Alex but, Sasaki but, Bébé tendit la main et but aussi.

— Et il vient d'où, le maître qui est à nos trousses ?

— D'Asie du Sud-Est. Il n'a pas l'air d'avoir eu de formation militaire. Il aurait appris sur le tas, quoi. Mon copain m'a dit qu'il a une vraie tronche de tueur et des grosses phalanges bien noueuses. Mais ça va le faire, Alex. Tu fais le tireur d'élite, moi l'observateur, et Bébé-san ici présente va assurer l'alerte. Nous avons l'avantage de savoir que l'ennemi est seul, mais nous ne savons pas si derrière lui il y a encore du monde. Une fois la mission terminée, je vous invite tous à boire un coup à Shingū, au pied du mont Kōya.

— Shingū ?

Surprise : Bébé avait posé une question.

— Bébé, Alex pas encore officiellement présenter nous, je appeler Sasaki.

Sasaki était passé au chinois. Il continua d'un air satisfait :

— Nous rencontrons première fois, merci corriger moi. Mon chinois moyen, mais peut-être bientôt je aller à Taipei pour étudier chinois, après étudier près maîtres bouddhistes.

— Le Shingū où aurait débarqué Hsü Fu ?

Bébé ne se formalisait pas du chinois heurté de Sasaki et l'interrogeait en mélangeant le chinois et l'anglais.

— Dans la légende, le Premier Empereur Ch'in a envoyé Hsü Fu – Jofuku Dôshi au Japon – avec jeunes filles et garçons en mer pour trouver la montagne des immortels et rapporter l'élixir de longévité. C'était bien avant le Christ, la navigation n'était pas facile, ils sont arrivés sur la péninsule de Kii à Shingū et s'y sont installés. Belle coïncidence : vous aussi êtes des jeunes gens venus d'au-delà les mers ; bien sûr, il faut visiter Shingū.

Tout en parlant, Sasaki avait trouvé un abri dans la forêt. Il fit signe à Bébé :

— Cachez-vous ici. Si Alex et moi mourons tous les deux, vous arrêtez de respirer, le tueur ne pourra pas rester ici éternellement. Quand le moment sera venu, suivez ce chemin vers le sud, jusqu'à un refuge. Les gens me connaissent, vous leur direz en japonais que vous êtes une amie de Sasaki. Répétez après moi… « amie de Sasaki »… très bien. En marchant vite, vous arriverez en une journée au sanctuaire de Kumano Hongū Taisha. Prenez le bus là-bas, et allez intercéder pour nos deux âmes orphelines qui n'ont jamais trouvé de demeure auprès du vieux Hsü Fu… Il vaut mieux éviter qu'elles traînent trop longtemps dans la montagne à jouer les fantômes affamés.

Puis il désigna une motte en surplomb au pied d'une pente boisée :

— Alex, tu te planques là. Et moi je dors ici, j'assure ta sauvegarde…

Il s'allongea derrière une stèle tombée au milieu du chemin et avala une nouvelle gorgée, le fusil entre les jambes.

Alex remua la terre de la crosse de son arme, se creusa son trou de combat, pas assez profond à son goût. Il brisa quelques rameaux bien feuillus, les coinça dans sa veste et sa ceinture. C'était humide et poisseux, mais mieux que de n'avoir pas de camouflage du tout.

— Sasaki, tu ne m'as pas dit pourquoi tu es allé à Taipei.

— Pour le fric. À part le besoin de fric, aucune raison n'aurait pu me faire aller contre ma volonté et quitter le Japon.

Un intermédiaire s'était adressé à Sasaki, avait proposé un boulot, évoqué une somme mirifique. Sasaki manquait d'argent.

Le travail consistait à espionner la campagne électorale de Hsü Huo-sheng, en rendant compte tous les jours par téléphone à un type qui parlait japonais. Bien entendu, Sasaki savait qu'il ne devrait pas être aussi facile de gagner tant d'argent, et de fait au bout d'une semaine son interlocuteur lui avait ordonné de ne plus s'éloigner de son fusil et d'attendre les consignes. Son SVD et ses munitions furent acheminés du Japon à Taipei par fret aérien le même jour, récupérés et livrés à son hôtel. Sur la longue boîte de polystyrène, l'étiquette indiquait : « Saumon fumé ».

Il avait rencontré le « livreur ». Les deux hommes avaient échangé quelques mots, s'étaient vus à peine quelques dizaines de secondes.

Trois jours plus tard, trimballant son fusil, il s'était rendu à l'Hôtel du Bonheur rue Huayin ; il avait reçu l'ordre de mettre sa cible à mort, avec 100 000 dollars américains à la clé en cas de succès. Dès sept heures du matin il s'était introduit dans l'hôtel pour repérer les lieux. Il y avait beaucoup de chambres vides, l'angle à partir de la 502 était le meilleur. Il n'y aurait probablement pas plus de dix mètres entre lui et la cible, sur la chaussée. Il pouvait faire le boulot les yeux fermés. Puis il était ressorti pour étudier les itinéraires d'évacuation, était revenu dans la chambre 502 aux alentours de 9 heures.

— Pourquoi as-tu fait venir ton SVD ?

— Le client m'a aussi posé la question. J'ai dit que la précision d'un sniper était intimement liée à l'usage de l'arme à laquelle il est habitué.

— Tu peux te servir de n'importe quel fusil…

— Tu me connais bien. C'est aussi ce qu'a objecté le client, je lui ai dit qu'en utilisant cette arme, personne à Taïwan ne pourrait l'identifier… sauf toi, Alex.

— Qu'est-ce que tu as vu, ce matin-là ?

— J'avais un chargeur de cinq cartouches. Autour de 9 heures, ils ont commencé avec les pétards, mais rien de grave : j'avais repéré la cible avant, et au pire il y avait deux personnes sur la bagnole, je me les faisais en deux coups de fusil, les doigts dans le nez.

— Mais tu n'as pas tiré ?

— Non. Avant de tirer, par réflexe professionnel j'ai vérifié l'environnement. Et je t'ai vu, toi, dans un interstice entre deux nappes de fumée. Tu portais une casquette de base-ball ; jamais je n'oublierai ton allure de crevard tentant de faire le beau. J'ai tout de suite compris qu'il y avait anguille sous roche, ça ne pouvait pas être un hasard. J'avais été piégé, d'une façon ou d'une autre.

— Pourquoi es-tu retourné au Japon plutôt que de descendre m'inviter à prendre le petit déj' ?

— On me demande brusquement de buter votre président, je te repère, je m'enfuis et juste après, il y a un autre flingueur qui tire à ma place ? Tu serais venu me voir, toi ? Je me suis carapaté fissa, deux heures après j'étais dans l'avion pour le Japon. Alex, je te cache pas que je suis complètement fauché, je ne pouvais pas refuser l'occasion de gagner un tas de fric. J'ai reçu deux payements d'avance, mais cette histoire à Taipei c'était vraiment *too much*. C'est pas une coïncidence si on était tous les deux sur place. Le gars qui m'employait me connaissait et te connaissait également.

— Je me suis fait avoir moi aussi.

— D'ailleurs, qu'est-ce que tu foutais là ?

— Quelqu'un m'avait fixé rancard rue Huayin pour le petit déjeuner.

— Pas pour tuer le Président ?

Alex sortit son lance-pierre de son sac à dos :

— C'est ma seule arme un peu discrète.

— Tu t'amuses encore à tirer les moineaux ?

— Il vient toujours un moment où on a faim et pas un rond pour s'acheter du pain.

— Tu prévois tout…

— Au cas où.

Alex but une nouvelle gorgée de vin, lança la bouteille à Sasaki.

— On s'est tous fait piéger ? dit celui-ci. Tu crois que c'est une vengeance des talibans ?

— C'est aussi de la prévoyance, Sasaki, de la planification. Ceux qui nous ont piégés espéraient que l'un de nous deux se fasse choper, ça servirait leur objectif. Deux anciens de la Légion ont conspiré pour tuer le président de la République, c'est un complot politique, et derrière, ça peut être n'importe qui, les US, la Chine, le Mozambique.

Le suspect japonais se sert d'un SVD, c'est un pro, le crétin taïwanais n'a pas d'arme mais la police peut m'en glisser une dans la poche. Deux assassins prêt-à-porter. Coup de bol, j'ai pu m'échapper grâce à la fumée des pétards, et autre coup de bol, l'ordre que tu avais reçu était de tuer le Président, pas de buter Alex Lee, ancien caporal légionnaire, tireur d'élite et petit soldat anonyme. Sinon, on serait pas là aujourd'hui à picoler ensemble, tu serais en train d'arroser ma tombe avec un plein tonneau de saké.

— Qui peut bien vouloir notre peau à tous les deux ?

— La réponse est très simple. Je suis un orphelin, tu es un vagabond errant entre le Brésil et le Japon, si on disparaît aucun avocat des droits de l'homme ne va se lever pour réclamer des explications au gouvernement. Tu es japonais, je suis un Taïwanais qui a quitté Taïwan depuis des années, l'affaire s'arrête là, plus la peine d'enquêter. Dans quelques dizaines d'années il y aura un Sherlock Holmes taïwanais ou un Détective Conan qui finalement blanchira notre nom. Mais même si on ne s'est pas fait buter d'ici là, on sera déjà morts de vieillesse. Deux pauvres âmes en peine victimes d'injustice.

— Mais je ne t'aurais pas tué de toute façon.

— Et moi je ne t'en aurais pas voulu si tu m'avais tué.

— Tu penses savoir qui a envoyé ce tueur à nos trousses ?

— Ton client, qui c'était ?

— Je ne sais pas, le contact s'est fait par Internet.

— Comment ils t'ont remis le pognon ?

— L'avance a été livrée en express au « TARO & JIRO » à Ōsaka, mon frère a signé pour moi.

— Et le gars qui t'a apporté le fusil, de quoi il avait l'air ?

— L'allure martiale. Un ancien flic ou militaire, ça se voyait à la façon dont il se tenait, sa démarche. Aussi large que haut, l'air d'un gars qui a fait de la lutte ou du judo. Ou qui serait venu au Japon étudier le sumo dans sa jeunesse. Parlant un anglais dégueulasse, encore pire que le tien.

Sasaki commençait à être assez gai, mais le vin était fini. Il planta la bouteille vide, goulot en bas, dans la boue derrière la stèle.

— On s'est servi de moi, mais je ne savais pas si on se servait aussi de toi, je croyais que c'était vraiment toi qui avais tiré sur votre président. Et puis, une fois rentré au Japon, je me suis dit que ça ne collait pas. Tu te souviens ? Un soir au pied de l'Hindou Kouch, on était en train de préparer le dîner. Tu ne voulais pas bouffer ces saloperies de conserves, t'es parti chasser le lapin. Tu te rappelles ce que t'as dit en revenant ?

— « Dommage qu'on n'ait pas une bonne sauce moutarde » ?

— Non, pas ça, l'autre truc, qui avait un rapport avec la vie.

— « C'est pas parce qu'on a une vie de merde qu'on doit baisser nos standards. »

— Ouais. Je me suis dit, même si Alex est tombé très bas, il est pas du genre à prendre un pistolet pour se précipiter sur une Jeep et se mettre à balancer la purée, c'est pas du tout son style. Il ne renoncerait pas à sa classe de tireur d'élite, il ne baisserait pas ses standards.

De sa cachette, Bébé leur siffla :

— Chuuut !

Un bruit de branche cassée. Très léger, mais qui détonna sur le crépitement régulier de la pluie.

~

Une balle transperce le rideau de pluie. Alex connaît ce son par cœur, ce bref ronflement, une étoffe brusquement déchirée. Il roule sur lui-même, se glisse dans le trou qu'il s'est creusé, se recouvre la tête de ses branches de camouflage, voit Sasaki se retourner et prendre son fusil. Une autre balle fait voler la boue dans toutes les directions. L'ennemi n'est pas familier du terrain, il est passé à l'offensive beaucoup trop vite.

La pierre derrière laquelle Sasaki s'abritait est trop petite, à peu près de la taille d'un banc renversé. Alex n'a pas le temps de le lui faire remarquer. Une autre balle arrive en vrombissant – non, Alex distingue le vol de deux projectiles. Soit l'ennemi a tiré deux balles en même temps, soit ils ont affaire à deux tireurs qui ont ouvert le feu simultanément. Sasaki n'a-t-il pas affirmé qu'un seul type s'était présenté au pied de la montagne ? Une balle frappe la pierre, fait gicler d'innombrables éclats, la bouteille de vin se brise, s'épanouissant comme une grande fleur, des gouttes de sang, des fragments de verre et des particules de boue jaillissent dans l'atmosphère qui s'éclaircit peu à peu, Sasaki se tord de côté, il est touché.

Deux balles qui touchent en même temps la cachette de Sasaki.

— Hé hé, dit Sasaki du coin des lèvres, Alex, tu disais que j'aime bien les fusils bizarres, mais c'est pire encore pour notre invité, il a un Gilboa Snake.

Le Gilboa Snake : fusil d'assaut développé par la compagnie israélienne Silver Shadow sur la base du M16 américain, arrivé sur le marché en 2011. Il présente la particularité de disposer de deux canons juxtaposés, de deux détentes et deux magasins. Il tire des cartouches au standard OTAN, 5,56 × 45 mm. Les deux canons sont espacés de trois centimètres. Alex a déjà eu l'occasion de tester cette arme. Les officiers et soldats de la Légion étrangère jugeaient tous que le Gilboa Snake était un caprice d'inventeur. Tous les fusils d'assaut tiraient déjà en rafale, quel besoin avait-on d'une arme à deux canons ?

— Tu penses comme moi ? continue Sasaki à voix basse.

— Ouais, à ce jouet avec lequel on s'était un peu amusés.

— Sauf qu'on ne comprenait pas pourquoi il y avait besoin de deux canons, et maintenant on comprend.

— Qu'est-ce qu'on comprend ?

— Les deux chargeurs ne sont pas approvisionnés avec les mêmes cartouches. Le premier tir qu'on a entendu était une balle normale, le premier chargeur doit être rempli de cartouches standard. Mais ce tir était pour nous mettre en confiance et je me suis laissé avoir. Dans le second chargeur il y a des balles anti-blindage, à son deuxième essai il a tiré en même temps les deux. Comment tu disais avant déjà ?

— « Quand on bouffe trop souvent des fraises, on croit

que les cerises n'ont pas de noyaux non plus et on finit par s'étouffer. »

Sasaki émet quelques gloussements secs :

— On se moquait de ce flingue, mais c'est là qu'il a son utilité. Des cartouches de types différents dans les deux chargeurs. Soit il a de l'humour, soit il aime les cocktails, comme Jiro.

Dans la faible lueur de l'aube, à travers la bruine, Alex voit Sasaki retirer à la main de son épaule des morceaux de verre. Le vin ne tue pas son homme rapidement, mais il semble qu'une bouteille de vin en soit capable.

— Tout va bien ?

— Du verre m'est rentré dans l'épaule, ce n'est pas une balle, répond Sasaki. C'est bon.

Alex se concentre. Pourquoi l'ennemi se sert-il d'un Gilboa Snake à deux canons plutôt que d'un fusil de précision ? Une possibilité, c'est qu'on lui a confié cette arme après son arrivée au Japon. L'autre possibilité, c'est qu'il n'est pas tireur d'élite, mais un simple tueur à gages qui aime les armes à grande puissance de feu. Bien entendu, c'est peut-être aussi les deux à la fois.

Le Gilboa Snake a beau avoir été construit sur la base du M16, la supériorité des deux canons ne peut jouer que dans le combat rapproché, et les balles anti-blindage servent à s'attaquer aux abris et au matériel.

Merde. La stèle en pierre qui protège Sasaki ne résistera probablement pas à plusieurs tirs de projectiles anti-blindage, il doit compter sur sa sauvegarde pour distraire l'ennemi.

Alex est la « sauvegarde ». Il pointe son vieux fusil de

précision modèle 64, exclusivement utilisé par les Forces d'autodéfense japonaises. Il a décidé de violer tous les principes des tireurs d'élite et d'utiliser sa lunette de visée pour explorer les bosquets à l'orée du chemin. La pluie a forci, les branches s'agitent et bruissent, mais Alex aperçoit une lueur juste avant que deux balles ne frappent la dalle de pierre devant Sasaki et ne la brisent en deux. Le modèle 64 ouvre le feu, salve de trois coups. Les projectiles de calibre 7,62 mm bondissent hors du canon, trois ogives effilées percent la pluie et se ruent dans les fourrés comme des guépards se jetant sur la gazelle.

Il n'a pas tiré tout à fait droit. C'est un fusil inconnu et il n'a pas eu l'occasion de régler sa lunette. Mais pas trop de travers malgré tout, la salve semble avoir calmé l'ennemi. Le Gilboa Snake ne répond pas, peut-être le tireur est-il occupé à panser ses plaies.

Il ne faut pas que Sasaki soit touché. Alex tire à lui son fusil, plie les jambes, se prépare à rouler jusqu'à la pierre cassée en deux.

— Ne bouge pas. On ne peut pas bouger, il ne peut pas bouger non plus. Qui bouge le premier a perdu.

De fait, le sentier est étroit, la forêt pas trop dense et le jour arrive lentement. Alex reprend sa position initiale, allonge son fusil. Il doit viser quelques centimètres plus à gauche.

Attendre… Il y a autre chose dans ce qu'a dit Sasaki. Le Gilboa Snake a une grosse puissance de feu, mais ce n'est pas une arme de sniper, la précision est plutôt limitée. Attendre, c'est 95 % du travail du tireur d'élite. L'attente mobilise la patience, la force, l'acuité visuelle. Et plus encore, elle met en jeu la confiance qu'a le tireur dans l'arme qu'il tient entre les mains.

Le Gilboa Snake est un fusil d'assaut. Alex se remémore les sensations qu'il a éprouvées quand il a testé l'arme. Un recul étonnamment léger pour un fusil qui tire deux balles à la fois. Les deux tubes sont pointés sur la même cible. Les deux chargeurs contiennent soixante cartouches en tout. Quoi d'autre ? Quoi qu'il en soit, ce n'est pas un fusil de précision, c'est un fusil automatique, pouvant tirer en rafale, à grande puissance de feu, et ça signifie que…

— Roule ! Derrière la pierre à ta droite !

Il a à peine fini de parler que la pierre devant Sasaki – celle de gauche – vole en éclats. Profitant de la poussière qui s'est levée, Alex roule sur lui-même et pousse Sasaki derrière un petit monticule de terre sur la droite.

L'ennemi se sert d'un fusil d'assaut, pas d'un fusil de précision. Alex se dit qu'un fusil de ce type peut tirer des grenades à fusil de 40 mm. Précision très limitée mais pouvoir létal très élevé.

— Il a peut-être un lance-grenade.

Sasaki s'inquiète lui aussi des grenades, Alex, lui, se dit que le petit tas de terre qui les abrite, plein de caillasses couvertes de mousse, arrêtera encore moins les balles antiblindage que la stèle de pierre. Sans même parler des grenades.

— Sasaki, on s'est foutus dedans, on est aussi vulnérables que des putains de canards à la surface de l'étang.

— Vois les choses du bon côté, au moins, on est des canards armés. Hé, si tous les canards avaient des fusils comme nous, comment tu crois qu'ils feraient, les chasseurs ?

— Ils se serreraient la ceinture. Plus de canard laqué avant le saké.

Wu est assis dans une salle d'interrogatoire du Bureau des enquêtes du ministère de la Justice. Il n'a pas loué les services d'un avocat, est venu seul comme un grand. Il reste trois jours avant le vote, et bien que le père Chu lui ait suggéré de se désengager, il semble que le Bureau des enquêtes n'ait pas été mis au courant.

Avant chaque élection importante, les congés des élèves de l'École de police sont suspendus, et les apprentis policiers sont envoyés en première ligne renforcer les effectifs insuffisants sur le terrain. Sauf ceux qui ont la chance d'être déjà diplômés avant d'intégrer l'École. Fiston, en congé, a donc pu venir chercher son père, saoul comme une vache, au café de Lili, et le ramener chez lui.

— J'étais censé venir te chercher pour qu'on aille voir grand-père tous ensemble. Papa, tu vas te faire souffler dans les bronches, je te raconte pas.

— J'ai pas... pas peur des engueulades de ta mère, ça fait des décennies que je les entends plus. Et puis je m'en fous, j'ai rien demandé, j'ai pas demandé à me retrouver dans ces histoires à la con, je suis plus qu'un retraité, je veux plus, j'arrête.

Son fils l'a laissé lourdement tomber sur le sol.

— Qu'est-ce que tu dis ?

— Chuis juste un détective d'assurance. Le Président s'est fait tirer dessus, il avait des assurances dans la boîte, j'ai terminé le boulot de vérification, le reste... c'est plus mon affaire.

— Et Ai Li, alors ?

Wu a émergé un peu de son brouillard. Ah oui, Ai Li.

— Il te fait confiance, il t'a aidé, et tu te bourres la gueule et tu dis que tu t'en fous ?

Mais d'où venait donc ce sens exacerbé de la justice chez Fiston ?

— Hé ! Je lui ai quand même retrouvé Bébé.

— Il risque sa vie au Japon, et toi à Taipei tu dis que tu laisses tomber ? Qu'est-ce qu'il va faire ? Et s'il se fait arrêter en revenant ? Et s'il se fait tuer au Japon ?

Wu n'arrivait pas à se relever seul, et son fils n'avait pas l'intention de l'aider. Vieillir, c'est faire de nouvelles expériences : ressentir l'humiliation d'être une tortue renversée sur le dos.

— Monsieur Wu, vous avez été impliqué dans l'affaire de l'attaque à l'arme à feu contre le Président. Mais étant donné que vous êtes un ancien policier et que vous êtes censé connaître la loi, nous avons souhaité d'abord vous inviter à boire un petit café et bavarder un peu.

On lui apporte un café brûlant. Wu boit une gorgée en se disant que cela va l'aider à retrouver ses esprits, mais il manque s'étrangler. Trop chaud, trop amer.

— Qu'est-ce que vous en dites ? On pose des questions, vous répondez ?

— Vous parlez de l'attentat contre le Président ? Je n'étais pas sur place, je n'ai rien vu.

— Monsieur Wu, vous faites semblant de ne pas comprendre. L'ancien tireur d'élite de l'armée de Terre, Ai Li, est impliqué, vous l'avez aidé à rester planqué, cela fait au moins de vous un complice.

Sur la table sont étalées plusieurs photos. Ce sont des photos de son fils, déguisé pour lui ressembler, qui reçoit le petit paquet d'Ai Li contenant des étuis de cartouche. Wu retient un petit rire :

— Quelqu'un habillé un peu comme moi se rend au Miramar, mange ce qui a l'air d'être un bibimbap, je ne vois pas cette personne que vous appelez Ai Li.

— Ai Li vous a transmis quelque chose, dit l'interrogateur en désignant la main que tend Fiston sous sa chaise. Cela fait très longtemps que nous prêtons attention à la façon dont vous échangez des informations.

— Échanger des quoi ? Si j'en crois cette photo, ce personnage est en train de ramasser des ordures par terre.

Sur l'écran de l'ordinateur de son interlocuteur s'affiche une photo d'Ai Li en livreur Uber Eats sur son scooter.

— Il était sur les lieux, pour l'assaut sur la ferme à Tunghsiao, n'est-ce pas ?

— En effet, je reconnais cet individu, c'est celui qui m'a apporté ma commande ce soir-là.

— Ce que je vous demande, monsieur Wu, c'est s'il s'agit d'Ai Li ou non.

— Oui, il a trouvé du boulot comme livreur. C'est normal, non ? Quand on passe une commande par Uber, on s'adresse de préférence à quelqu'un qu'on connaît, il n'y a pas de mal à ça, si ? Personne n'a envie que le livreur crache dans votre bouffe.

— Monsieur Wu, ça va être difficile de bavarder si vous le prenez comme ça. Dites la vérité.

Wu pense à ce qu'il a entendu le Président dire à la télé.

— Je dis la vérité. Amenez un détecteur de mensonges, je suis prêt à subir l'épreuve.

On pose un petit enregistreur sur la table. Un doigt appuie sur le bouton *play.*

— Une conversation que vous avez tenue avec Ai Li.

Wu écoute : ce sont les voix de Crâne d'œuf, d'Ai Li et la sienne. Il semble bien que le Bureau des enquêtes ait l'œil sur lui depuis un bon bout de temps.

— S'agit-il bien d'une conversation entre Ai Li et vous ?

— Tout à fait. Ainsi qu'avec le contrôleur Lu, directeur adjoint de la police de Taipei, qui était à ce moment encore en charge de l'enquête.

— Le contrôleur Lu passait par vous pour entrer en contact avec Ai Li ?

— Oui. Avant que je parte à la retraite, Ai Li était un de mes indicateurs. Le contrôleur Lu avait besoin d'aide, et espérait qu'Ai Li puisse l'éclairer sur le problème des balles et des cartouches retrouvées au cours de l'enquête. Je les ai donc mis en contact. Si vous avez écouté toute la conversation, vous savez que je n'ai à aucun moment posé de questions d'ordre privé à Ai Li. Il s'agit d'un échange entre eux deux, qui porte entièrement sur des questions liées à l'enquête.

— Depuis combien de temps connaissez-vous Ai Li ?

— Environ un an, purement pour des raisons professionnelles.

— Parlez-nous un peu de la façon dont vous communiquez.

— Rien à voir avec l'enquête elle-même. Cela empiète sur ma vie privée. Je crains de ne pas pouvoir répondre.

— Je ne vous ferai pas l'insulte de vous rappeler qu'Ai Li est un suspect dans l'attentat contre le Président, cela a évidemment tout à voir avec l'enquête.

— Prouvez-moi d'abord qu'Ai Li est un suspect dans cette affaire, et vous pourrez me demander ce que vous voulez. Bon, votre café est franchement dégueulasse, vous ne pouvez pas m'apporter une bière à la place ? Une bouteille de Taïwan Beer suffira.

On lui met une canette de Taïwan Beer en main, encore glacée.

— Ai Li est-il bien parti au Japon ? Et pour quoi faire ?

Wu songe à ce que le père Chu lui a dit : toutes les factions ont des gens à eux au sein du Bureau des enquêtes. À quelle faction appartient l'agent assis en face de lui ? Pas à la sienne, en tout cas.

— Veuillez me pardonner si ce que je vous dis heurte vos sentiments. Vos preuves sont insuffisantes, vous ne m'avez pas démontré qu'Ai Li est suspect.

— Nous n'avons aucune obligation de vous montrer quoi que ce soit.

Wu lève la canette afin d'intercepter les postillons de son interlocuteur.

— L'enquête sur l'attentat a été retirée à la police de Taipei pour être confiée au Bureau des enquêtes criminelles. Pas à votre honorable bureau. Vous n'avez donc aucun droit de m'interroger, pas plus que vous n'en avez de m'inviter à boire un café.

Il regarde sa bière :

— Ou une bière.

— C'est une affaire d'État sur laquelle toutes les agences ont été mobilisées.

— Très bien, c'est une affaire d'État. Même un vieux plouc à la retraite comme moi fait tout ce qu'il peut pour aider les enquêteurs. Si vous ne me croyez pas, demandez donc au contrôleur Lu.

— Il semble que M. Wu n'ait pas l'intention de collaborer.

— Écoutez, voilà ce qu'on va faire : je cherche Ai Li, et si j'arrive à reprendre contact avec lui, on se fait une conférence téléphonique à trois ?

Un avocat interrompt l'interrogatoire. Wu n'a pas contacté d'avocat, c'est Fiston qui l'a fait. Fiston prend son père par le bras, l'extrait de la pièce :

— L'avocat s'occupe de tout, on rentre à la maison.

— Oui, si on ne rentre pas ta mère va péter un plomb.

— Bravo en tout cas.

— Bravo pour quoi ?

— Ce que tu viens de leur sortir. L'avocat et moi, on était dans la pièce à côté, on en a entendu une bonne moitié.

— Je trouve que j'ai été en effet plutôt bon.

— Disons à 80 %.

— Dire que pendant des années je t'ai noté, et maintenant que tu as grandi c'est toi qui me notes…

— Qu'est-ce que tu veux, je m'inquiète pour toi.

Wu s'arrête, contemple son fils avec curiosité.

— Fiston, jadis, si qui que ce soit m'avait sorti un « Je m'inquiète pour toi », je lui aurais mis mon poing dans la gueule. Qui ose parler comme ça à son propre père ? Mais bizarrement, venant de toi, ça me fait chaud au cœur, je me sens tout attendri.

— Je t'en prie, papa, si tu as froid, va t'acheter une bouillotte au supermarché, et pour la tendresse va voir maman. Tiens, elle a dit que ce soir elle te faisait une soupe aux larmilles et aux petits pois.

Heureux comme un pape, Wu veut sortir du siège du Bureau des enquêtes avec son bras sur les épaules de son fils. Quelle chance il a d'avoir un fils comme ça ! Mais il glisse et manque s'écraser. Il se rappelle qu'il avait fixé rendez-vous à son fils pour aller voir son père à l'hôpital, et qu'à la place il s'est laissé enivrer par le père Chu. Arriver à l'hôpital à moitié saoul risque de ne pas plaire à l'infirmière en chef.

~

Wu était rentré chez lui. Il venait de lever son bol de soupe aux larmilles quand la sonnerie de son téléphone retentit : son employeur le suspendait. Le directeur régional pour Taïwan lui expliqua en bredouillant qu'un client avait trouvé à redire à ses méthodes, que la compagnie avait donc décidé, en attendant les résultats de l'enquête interne, de le décharger temporairement de ses missions. Wu lui répondit poliment :

— Monsieur le directeur, c'est probablement Hsü Huo-sheng qui a « trouvé à redire » à mes méthodes. À moins que ce ne soit Hu Yen-po ? Ou le groupe des Quatre Mers ? Le Bureau des enquêtes, peut-être ? Ça n'a aucune importance à mes yeux. Mon avocat ira discuter avec votre honorable compagnie des termes de mon contrat.

Travailler pour une compagnie d'assurance de cette importance présentait un avantage : le nombre de clients. Mais aussi des inconvénients : quand les pressions politiques commençaient, elles ne venaient pas que d'un côté mais de partout à la fois.

Les histoires de boulot, il ne servait à rien d'en parler avec sa femme. Quarante ans auparavant, elle en aurait fait tout un plat, aujourd'hui elle ne réagirait même pas. Aujourd'hui, la seule chose qui l'inquiétait c'était la santé de Wu : « Une cigarette ? Tu n'avais pas arrêté de fumer ? » « Mais pourquoi est-ce que tu bois autant ? » « Tu as fait ton check-up de santé ? » « Mange moins de gras et plus de légumes. » Puis elle en revenait toujours à l'aboutissement de toute histoire d'amour : « Ce que je te dis, c'est pour ton bien. Qu'est-ce que je vais devenir si tu meurs ? »

— Papa, faut y aller, on a rendez-vous avec le docteur Lin.

Il fallait aller voir son vieux père tout seul sur son lit d'hôpital, maintenu en vie par l'appareil d'assistance respiratoire. Sans le bavardage de sa compagne d'une vie entière, il avait perdu toute motivation pour continuer à vivre.

~

Le caractère 峠 est formé à partir du caractère 山, « montagne », auquel s'accolent 上 et 下, soit « monter et descendre » ou « dessus et dessous ».

En chinois, 峠 est prononcé *ka* ou *ch'ia*, mais n'a aucune signification.

En japonais, le caractère se lit *tōge* et désigne le col, le point le plus haut d'une route de montagne. Par extension il peut désigner le pic lui-même ou signifier « point culminant, point critique ».

— Tu te souviens de cette fois en Afghanistan, où on était coincés comme des canards en plein soleil ? demande Sasaki à voix basse.

2013 : dans un coin perdu de l'Hindou Kouch, sous le soleil de plomb du mois de juillet, si brûlant qu'il était douloureux de soulever une paupière. La peau sèche et crevassée après sept jours de mission de reconnaissance profonde. Munitions limitées, couverture radio intermittente, nourriture insuffisante et de l'eau au loin, tant désirée mais hors d'atteinte.

— Ouais, la lumière était si intense qu'on en avait des taches noires dans les yeux. J'ai cru plusieurs fois que c'était les silhouettes des anges que Dieu nous envoyait.

— Des anges ? glousse Sasaki. Moi je me rappelle que le nom que tu beuglais, c'était celui de Bébé.

Alex hésite, jette un coup d'œil au fourré où est cachée Bébé. Assez proche pour les entendre.

— C'est la même chose.

Sasaki suit son regard.

— Je pige pourquoi t'es venu au Japon avec ce bagage, Alex. Ton cœur ne t'appartient plus. Un bonze peut comprendre ce genre de sentiment.

Ils avaient reçu l'ordre d'explorer cette zone désertique,

une zone à peine plus grande qu'une tête d'épingle sur la carte. Mais partout où l'œil portait, ce n'était que roches et terre jaunes. Ils n'avaient même pas repéré un seul bouquetin. Mais la mission était la mission : les renseignements affirmaient qu'une unité de talibans se cachait dans le coin.

La majeure partie de l'Hindou Kouch n'a même pas l'air d'un massif montagneux. C'est un haut plateau stérile, plus aride que la surface de la Lune, plus sec que les canaux de Mars. Les loups y sont si maigres qu'ils ressemblent à des renards. L'endroit où ils avaient été envoyés n'était pas réel. Ce n'était qu'une illusion dotée de coordonnées en longitude et latitude.

— Combien de temps on est restés allongés, déjà ?

— Deux jours. Mais *moi* je suis resté allongé. Toi, tu ronquais derrière un rocher, tu t'asseyais, tu rampais, tu étais tout sauf allongé.

— J'ai rampé assez longtemps pour que ma main qui tenait le fusil s'engourdisse. Les deux jours les plus longs. On n'en voyait pas la fin.

— On avait l'impression d'attendre la fin du monde.

— Ouais, en tout cas c'était aussi interminable.

Alex était resté allongé sur le haut plateau, incapable de bouger, avec une balle dans la jambe droite, son arme tombée derrière une roche à plus de vingt mètres. De toute façon, il n'osait pas bouger. Remuer la main suffisait à lui valoir une balle qui lui projetait du sable dans la bouche. L'ennemi ne voulait pas le tuer tout de suite, mais se servir de lui comme appât vivant.

Leur équipe comptait cinq hommes. Le réservoir de secours à l'arrière de leur tout-terrain avait été touché d'une balle alors que le véhicule était en mouvement, pas sur une belle route asphaltée mais sur un plateau rocheux et cahoteux. Le type en face avait fait exploser leur réservoir d'une seule balle. Deux hommes étaient morts sur le coup.

Alex lève son petit miroir au-dessus du tas de terre qui l'abrite. L'ennemi réagit instantanément, le miroir explose en mille fragments, deux balles siamoises – l'une normale, l'autre anti-blindage – rappellent aux imprudents qu'il faut les respecter.

Ils sont encore cloués derrière leur abri de pierre et de terre, ils ne peuvent pas bouger. Pourquoi l'autre a-t-il mis des silencieux aux deux canons de son fusil d'assaut ? Alex n'a jamais aimé les silencieux. Sans le craquement cinglant des coups de feu, le tir au fusil manque de réalisme.

— Tu n'aimes pas les silencieux.

— Je trouve que ta mémoire est un peu trop bonne pour un ivrogne.

— Eh oui, je me souviens même de cette vanne que tu racontais, à propos d'une bombe et d'une balle…

Dans une nouvelle écrite par le chanteur de rock américain Tuli Kupferberg, une bombe atomique disait à une simple balle : « Je t'envie tant. » La balle n'y comprenait rien, demandait : « Mais pourquoi m'envies-tu ? Tu es une bombe atomique surpuissante, je ne suis qu'une pauvre petite balle de rien du tout. » La bombe atomique soupirait, répondait : « C'est le contact humain qui me manque. »

Leur adversaire est toujours planqué derrière un tournant du chemin de montagne. Ils devinent où, mais n'ont pas moyen de le débusquer. Il pleut trop fort et la serviette de l'auberge des Sources chaudes d'Ōsaka qui enveloppe désormais l'épaule de Sasaki ne constitue pas un pansement suffisant pour empêcher la blessure de s'aggraver ni le sang de continuer à couler.

— On était à trois contre un, notre véhicule avait pété mais on était encore trois en vie. On ne se doutait pas qu'il n'y avait qu'un seul type qui nous forçait à garder le nez dans le sable. Il était posté à moins de 600 mètres…

— 560 mètres exactement.

— Normal que tu sois plus précis, t'étais censé me couvrir. Le sniper taliban occupait une position en hauteur. Comment tu disais ?…

— « Un homme peut tenir une passe contre dix mille ennemis. »

— C'est ça. Un homme peut tenir une passe. Et nous, on est trois comme la dernière fois. Tu parles de héros…

Après que l'explosion les eut éjectés du véhicule, ils s'étaient immédiatement dispersés pour faire face à l'ennemi. Les plateaux d'Afghanistan n'offraient pas tellement d'abris, il n'y avait pas de grandes étendues boisées ni de crevasses propices. Alors qu'ils tentaient d'estimer la direction d'où était venu le projectile qui avait touché le tout-terrain, une autre balle avait frappé. Trois moins un, deux.

— Je vois encore sa gueule dans mes cauchemars.

— Sasaki, c'était il y a longtemps.

— Mais la façon dont je ressens l'écoulement du temps depuis n'est plus uniforme.

— Comprends pas.

— Le temps c'est comme un fleuve, d'abord toute la flotte coule à la même vitesse. Mais si le flot rencontre des rochers, une partie de l'eau est ralentie, une autre partie va stagner. La mémoire, c'est pareil. Une partie va avancer jour après jour, une autre est ralentie, comme si elle était bloquée par quelque chose. Au bout d'un certain temps, elle rattrape son retard, et là tu te souviens brusquement, ah, ce jour-là j'avais oublié de prendre mes clés.

Sasaki a raison : certains souvenirs sont bloqués et refusent de se dissiper. Malgré le froid, une goutte de sueur d'un millimètre perle sur son front.

La brume de montagne s'élève du sol, s'étend lentement sous leurs yeux. Dans une demi-heure, toute la zone sera probablement recouverte. Ils ne s'attendaient pas à l'apparition de la brume, ils se préoccupent de moins en moins de l'ennemi en face d'eux. Peut-être est-ce un effet secondaire retardé du vin français ; peut-être deux tireurs d'élite attendant la mort le fusil à la main doivent-ils d'abord se faire tirer dessus plusieurs fois avant de commencer à se sentir bien.

En 2013, Alex était étendu sur ce haut plateau de l'Hindou Kouch, sans rien autour de lui, attendant la prochaine balle. L'oxygène était plus rare en altitude, il s'était dit qu'il fallait qu'il ralentisse sa respiration, qu'il attende la nuit pour se mettre à l'abri. Puis il s'était rendu compte que l'atmosphère moins dense signifiait que la lueur des étoiles était bien plus vive. Il n'avait pas bougé de la nuit, toujours la cible la plus exposée du haut plateau.

— « Hé, Alex, t'as pas envie de pisser ? » Tu te souviens, j'arrêtais pas de crier ça pour vérifier que t'étais encore là. J'avais peur que tu crèves de froid si tu perdais conscience.

Sasaki tapote la hanche d'Alex de la crosse de son fusil :

— Et tu vois, ça a été utile.

— Pas du tout, je ne me retenais pas de pisser.

— Hein ? Tu t'es pissé dessus pendant deux jours, comme ça ? Pourquoi je n'ai rien vu ?

— Avec le soleil, mon falzar séchait tout de suite.

— Beurk, dire que je t'ai trimballé sur mon épaule pendant un bon bout de temps. Quand le toubib t'a enlevé ton froc, il a dû découper à travers un litre d'urine séchée.

Alex essuie la lentille de sa lunette de visée.

— Tu penses que si je roule sur le côté pour attirer son attention, tu peux te le faire ?

— Tu rigoles. Tu t'exposes, t'es mort. C'est un maître en face, avec un flingue à deux canons, des silencieux et un sac entier rempli de munitions et de grenades.

— Un fusil israélien, une lunette russe, des cartouches américaines, le tout pour buter deux anciens membres de la Légion étrangère française, même pas français.

— Le professionnel de la rue Huayin te dirait que c'est ça, la mondialisation.

— Ouais. Dans le monde entier on bouffe des sushis et des ramens, et on trouve malgré tout un Japonais assez fêlé pour se servir d'un fusil de précision russe avec des cartouches *made in Japan*, et emmener un ami taïwanais qu'il n'a pas vu depuis des lustres pour une petite balade par un chemin de montagne qui rejoint un endroit où vivent depuis plus de deux mille ans des immigrés chinois de la dynastie Ch'in.

— L'essentiel est que nos cœurs battent la même mesure, Alex.

Alex était resté allongé, allongé de toutes ses forces, allongé sans remuer le petit doigt. Le tireur taliban s'abritait derrière une roche en surplomb à 560 mètres de là. Même à cette distance, dans son viseur à grossissement × 10 Alex devait lui apparaître plus gros qu'un éléphant.

Sasaki n'osait ni se déplacer, ni tenter de fuir – parce que Alex était étendu là. Ne jamais abandonner un frère d'armes était le principe non écrit de l'unité. Les légionnaires n'avaient plus de famille, ils n'avaient plus qu'eux-mêmes, les uns pour les autres. Les deux camps étaient figés sur place parce que Alex était allongé à même la terre du haut plateau, Alex qui allait mourir mais n'était pas encore mort, qui devait mourir mais n'avait pas encore le droit de mourir. À cet instant précis, dans ce secteur dépeuplé de l'Hindou Kouch, la blessure d'Alex constituait le seul principe en existence de l'univers. Tout tournait autour d'elle. Sans cette blessure, Sasaki et l'ennemi seraient en train de s'affronter, avec la blessure ils attendaient de s'affronter.

— Tu sens pas comme une odeur de pinard ?

— Où ça ? C'est ton alcoolisme qui te rattrape ?

— Ça fait dix ans que je picole, ça doit être le sang que je perds qui est composé à au moins un tiers d'alcool. Tiens, je me dis que c'est pas trop grave de me vider de mon sang, c'est juste l'alcool accumulé qui s'écoule.

Sasaki éclate d'un rire dément et satisfait, il ne se soucie plus du tout de dévoiler sa position. De toute façon ils n'ont nulle part où aller. Et l'ennemi, pourquoi ne bouge-t-il pas ? Est-il blessé ? Est-ce qu'il a faim ? Autre possibilité : il a décidé d'attendre qu'Alex ou Sasaki craquent et jaillissent de leur abri et montent à l'assaut.

Alex était resté allongé deux jours sous la menace d'un fusil. De temps en temps, il conversait avec Sasaki, ou délirait. À maintes reprises, il avait eu envie de simplement fermer les yeux et s'endormir, mais il avait lutté, il refusait de mourir sur un haut plateau dont il ne connaissait même pas le nom.

À l'aube du troisième jour, il avait vu le soleil se lever derrière Sasaki. Il avait déjà vu passer une aube, le soleil ne mentait pas. À l'instant où les premiers rayons bondissaient par-dessus la cime de la montagne, il avait hurlé : « Sasaki ! Maintenant ! », rassemblé ses dernières forces, tenté de rouler sur la gauche. L'ennemi ne dormait pas, Alex avait pris une balle de plus dans le mollet droit, mais Sasaki en avait logé une en plein centre du front du sniper taliban.

Sasaki proclamait n'avoir jamais effectué un tir aussi précis. Il avait passé deux jours à tenter de deviner la position de l'ennemi, sans bouger de la sienne. L'ennemi était resté planqué en surplomb en croyant que Sasaki perdrait patience en premier. Sasaki avait exploré le paysage à la lunette des centaines de fois, réduit ses choix à trois positions probables, s'était finalement décidé pour l'une d'elles, là, la faille à gauche du gros rocher. Quand Alex avait bougé, l'ennemi avait sorti le canon de son fusil, les rayons du soleil avaient frappé le tube. Sasaki avait ainsi confirmé son jugement. Il avait tiré au moment même où le canon se braquait sur Alex.

Il était revenu auprès d'Alex en portant le fusil du taliban à la main, avait relevé son camarade, puis déclaré d'un ton très fier qu'il avait atteint le sommet de l'expérience humaine, qu'il ne pourrait plus jamais faire mieux. Le moment était venu de quitter la Légion et de retourner au Japon.

Il avait crapahuté très longtemps avec Alex sur les épaules avant de revenir en portée radio et de pouvoir appeler au secours. Il n'arrêtait pas de parler. Il racontait à Alex que même en rêve il n'avait jamais été aussi précis. « Tu te rends compte, Alex, que je n'avais pas dormi depuis deux jours ? Tellement crevé que je voyais tout en double ou en triple. Mais je lui en ai placé une, à ce type, exactement là où je voulais. Les débris de cervelle et le sang écarlate souillaient la roche. Si t'avais vu sa tronche tournée vers le ciel dans la mort, tu te jetterais à genoux pour faire le kowtow devant moi. »

Il avait rapporté le fusil de l'ennemi, un vieux SVD soviétique, pour lui servir de talisman.

— Et toi, Alex, tu crois que t'as déjà atteint ton sommet ?

— Je ne crois pas. C'est quoi comme sensation ? Comme un grand coup de gong frappé du poing ?

— Hmmm. Quand tu atteins ton sommet, tu le sais forcément.

— C'est pas très clair.

— Joue pas l'abruti. À chaque combat, tu ne t'es pas flagellé après coup en te demandant comment tu aurais pu être encore meilleur ?

— Évidemment, à chaque fois.

— Voilà, abruti. Donc tu n'as pas atteint ton sommet.

— Et alors ?

— Alors tu resteras tireur d'élite jusqu'à crever de vieillesse, en sucrant les fraises à moitié aveugle.

— Tu as raison, ça donne envie de sombrer comme toi dans l'alcool.

La pluie faiblit, se mue en crachin intermittent. Alex s'y est habitué mais n'en apprécie pas pour autant les vêtements qui lui collent à la peau, ni cette impression d'avoir des sangsues qui circulent sous son ventre, sous ses jambes.

Les vapeurs exhalées par le sol les recouvrent désormais presque tout entiers, mais ne sont pas encore assez denses pour leur permettre de s'extirper du champ de bataille.

— Et ta copine ? Elle cause pas beaucoup, c'est pas très sexy. C'était pas Tsar, de la 2e section, qui disait que les gonzesses qui parlaient beaucoup avaient la langue plus entraînée et que c'était bien meilleur au plumard ?

— Toi aussi tu parles beaucoup.

— Dire qu'il n'y a pas de femmes pour apprécier mes bons côtés.

— J'ai vu Tsar l'année dernière, il a déménagé en Hongrie avec sa femme, ils ont une petite vie tranquille. Et Paulo est vraiment retourné en Italie pour devenir curé. Mais lui, c'était parce qu'il avait réellement la foi. Et toi, pourquoi es-tu devenu bonze ?

— Je suis une eau de rivière qui a rencontré un rocher, qui s'est assommée et arrêtée.

— C'est carrément zen ce que tu me racontes.

— En vérité je te le dis, Alex, je n'ai pas fait exprès de te faire venir au Japon. Mais tu te souviens que tu es ma sauvegarde ? J'ai été attiré dans un traquenard à Taïwan, ma sauvegarde devait m'aider à m'en tirer.

— Tu causes mais ça ne suffit pas. Ça m'a coûté une blinde, les billets pour le Japon.

— Hé hé, c'est bon de te revoir, Alex.

Alex se déplace très légèrement.

— On attend que la brume soit un peu plus épaisse. Je roule vers l'arrière, le type en face va sûrement ouvrir le feu, tu le descends, comme en Afghanistan.

— Bonne idée. Tu n'as rien entendu de tout ce que je viens de te dire ? J'ai dépassé mon sommet depuis longtemps. Depuis quelques années, je compte le whisky que je m'enfile en barriques. Si j'arrive à toucher le bosquet d'en face, ça sera déjà pas mal.

— Tu peux le faire, Sasaki, tu m'as sauvé une fois, Dieu t'a rendu responsable de ma vie. Tu vas me sauver une nouvelle fois.

— Les types amoureux ne racontent décidément que des conneries.

Alex repense à l'Afghanistan, à sa tentative de roulade après être resté allongé sans bouger pendant deux jours. Il s'était dit qu'il pourrait rassembler assez de forces pour se déplacer d'au moins un mètre, mais en réalité il avait à peine pu se décoller un peu du sol.

Le sang de Sasaki ne coule plus, dix minutes de pression avec la serviette ont fini par faire leur effet.

— Tu peux soulever ton fusil ?

— Pas de problème.

— Il croit sûrement qu'on va sortir de notre abri en même temps, l'un à gauche et l'autre à droite. Mais je vais partir sur l'arrière, et même si j'expose pas mal de surface, il n'aura pas beaucoup de temps pour réagir. Et toi tu le récompenses d'une bonne petite bastos de 5,56.

— T'es trop romantique, Alex.

Alex siffle doucement en direction de la cachette de Bébé. Pas de réaction. Il dit à voix basse :

— Bébé, c'est parti.

Sasaki vérifie son chargeur, fait monter une cartouche dans la culasse.

— Tu l'aimes, cette nana, hein ? L'amour finalement c'est comme la religion, tu regardes des photos, tu murmures son nom, tu obtiens le même apaisement qu'en priant ta divinité.

— Remue-toi, c'est le moment d'agir.

— À quoi tu pensais quand t'es resté sous la menace du fusil du taliban pendant deux jours et deux nuits ?

— Au début, je réfléchissais à la façon dont je pourrais me foutre à l'abri derrière un petit tas de caillasses à proximité, mais je ne pouvais pas bouger. Alors j'ai espéré qu'un hélico américain surgisse brusquement et lui balance tous les feux de l'enfer sur la tronche. Le soir du deuxième jour, je me suis demandé s'il pouvait neiger dans l'Hindou Kouch en plein été. Trois, quatre mètres de neige. C'est déjà arrivé. Et s'il s'était mis à neiger, la première chose que j'aurais faite, ç'aurait été d'ouvrir grand la bouche pour avaler quelques flocons. Mais bon, comme il ne neigeait pas, j'ai pensé à autre chose, aux trucs les plus simples.

— À Bébé ?

— Sasaki, en théorie, en devenant bonze, tu t'es débarrassé des trois mille sources de tourment. Tu dois arrêter de penser aux femmes, en particulier aux copines de tes potes.

— Bon. Je compte jusqu'à trois… Un…

— Trois.

Sasaki jaillit de l'abri en brandissant son fusil, Alex n'a

pas le temps de le retenir. Il bondit sur la gauche, lève le canon de son arme, l'ennemi ouvre le feu en premier. Alex aperçoit des flammèches dans le lointain, presse la détente sans plus réfléchir. Le projectile quitte le canon, déchire la vapeur d'eau, fonce aveuglément en avant, dans une trajectoire imperceptiblement arquée.

Encore un double POUFF POUFF, les balles bondissent à sa rencontre, un courant d'air glacé lui frôle le front, l'autre projectile lui pénètre le bras droit qui levait le fusil à hauteur de son oreille.

Ils ont échoué ? Et Sasaki ?

Encore un coup de feu, ce n'est pas le bruit assourdi du double départ du Gilboa Snake, c'est plutôt comme le bruit étrange d'une respiration longtemps retenue qu'on relâche. Les coups de feu cessent. Alex roule sur lui-même, roule encore, prend Sasaki dans ses bras. Le premier tir de l'ennemi l'a touché à l'épaule, le sang gicle comme d'un robinet ouvert. Des bruits de pas : quelqu'un arrive en courant. Alex empoigne le fusil de Sasaki, le lève, mais c'est Bébé qui est debout, haletante, devant lui. L'arme qu'elle tient à la main est un SV99 russe, le fusil de précision le plus élégant de la planète, pas plus de 3,35 kg, mécanisme à verrou, silencieux intégré, basé sur un modèle de carabine utilisé pour les épreuves de biathlon – ski et tir. Sasaki aime *vraiment* les fusils bizarres.

— Bébé… tu l'as eu ?

— Oui.

— Il vient d'où ? C'est un Taïwanais ?

— Non, pas un Taïwanais, un Philippin. Comment va Sasaki ?

Alex abaisse le regard. Le sang de Sasaki a trempé ses habits, sa poitrine est couverte du sang de son ami, tiède et poisseux, comme des sangsues. Mais les sangsues ne le dérangent plus.

~

L'odeur du whisky emplissait la pièce. Jeffrey tournait le liquide doré dans son verre, le regard rivé à l'écran. L'expert américain entrait au siège du Bureau des enquêtes criminelles, repoussait les avances des journalistes, les enquêteurs locaux qui l'accompagnaient expliquaient que leur invité estimait qu'il était là pour aider à réexaminer les indices et prodiguer ses conseils, qu'il reviendrait alors au Bureau de les présenter.

Joe arriva, vêtu d'une de ses tenues de golf favorites, suivi d'un domestique qui déposa un lourd sac de balles et se retira.

— Comment va votre swing ?

— Pas assez bien pour battre des jeunes. Ils frappent des drives à 280 yards comme si de rien n'était, moi je m'épuise pour atteindre 200 yards.

— Il faut admettre qu'on vieillit et qu'on ne peut plus gagner.

— Pas forcément. Putter en main, ils ne sont pas aussi bons que moi. Mais ils sont jeunes, ils travaillent à la Présidence, ils n'aiment pas perdre… alors l'humble vieillard que je suis les laisse gagner.

— Vous avez pu aborder la question sur le parcours ?

— Hsü Huo-sheng ne veut pas céder, il propose un

échange. Il désigne des organismes et on fait notre choix à l'intérieur. Ah, et le poste de vice-ministre pour l'administration du ministère des Transports n'est plus pour nous, il l'avait déjà promis à un autre.

— Quatre années de présidence lui ont donné de l'assurance, il a appris à marchander.

— Il faut attendre encore.

— Savez-vous quel est le plus grand attrait de la politique ? intervint Johnny.

Ils se tournèrent vers le vieillard.

— La base de la politique, c'est le pouvoir. Le pouvoir vous donne le privilège de partager. Vous savez combien il y a de postes, au sein d'un gouvernement, que tout le monde convoite et s'attend à vous voir distribuer. Celui qui détient ce pouvoir risque d'avoir un faux sentiment de puissance divine, car il décide du destin d'un grand nombre d'individus. C'est dix mille fois plus fort que la sensation qu'apportent l'alcool ou les drogues.

— Que voulez-vous dire, Johnny ?

— Nous voulons retirer des mains du dieu une partie de son pouvoir de partage, c'est normal qu'il résiste. Il n'y a rien qu'un dieu déteste plus qu'un autre dieu à ses côtés.

— Hsü n'acceptera pas nos conditions ?

— Il est dieu depuis bientôt quatre ans, il s'est habitué à être un dieu, mais maintenant il sait qu'il ne sera pas forcément réélu. Une fois calmé, il choisira de faire ce qu'il faut pour rester dieu. Alors on pourra causer…

Johnny actionna les commandes de son fauteuil et s'arrêta devant le bar. Jeffrey s'avança :

— Voulez-vous un verre de scotch ?

— Non, j'ai demandé un café. Alors, pouvons-nous considérer que Hsü est calmé ?

— Il est plus flexible, déclara Joe en enlevant ses chaussettes et en enfonçant ses orteils dans la moquette. La situation électorale lui est clairement favorable, mais pas au point qu'il soit absolument certain de la victoire. Kuo m'a dit que son chef avait besoin d'apaiser une faction, mais s'il agissait conformément à nos exigences, il lui serait plus difficile de partager équitablement un nombre limité de postes intéressants. Ils ont besoin d'un peu de temps pour étudier l'organigramme, considérer les promotions possibles, quels postes pourraient être libérés…

Le majordome entra dans la pièce, portant un service à café sur un plateau. Johnny agita la main :

— Je m'en occupe.

« Quand Hsü a été élu, il y a presque quatre ans, il ne comprenait rien à la manière dont était organisé le gouvernement, dont les administrations travaillaient ; et comme ce que nous voulions de lui, ce n'était pas les postes en vue, mais des postes de gratte-papier qu'il méprisait, ça n'avait pas fait de difficultés. Maintenant qu'il a bien compris comment ça fonctionne, les négociations sont plus compliquées.

Il toussa pour s'éclaircir la voix, poursuivit :

— C'est plus compliqué, mais il faut continuer. Nul mieux que lui ne sait combien la politique est une question d'intérêts mutuels bien compris.

Il se versa une tasse de café, en huma les arômes, but une gorgée, ferma les yeux de plaisir. Un très bref moment, puis :

— Il vous a donné sa liste ?

— Pas encore, dit Joe en consultant sa montre, mais ça ne devrait plus tarder.

— Vous lui avez mis la pression ?

— Il a peur des réactions des Américains, il craint que nous coupions les fonds pour la boîte de lobbying à Washington. Il nous remercie pour Tsai Min-hsiung, affirme que quoi qu'en disent les médias et Hu Yen-po, il y a vraiment quelqu'un qui lui a tiré dessus, et tant mieux si ça lui attire plein de voix.

Le fauteuil roulant pivota.

— Jeffrey ?

— La Défense et les Affaires étrangères, ça a toujours été le domaine réservé du Président, nous n'y avons jamais trouvé à redire ; il y aura aussi ses gens au Yuan exécutif, ça ne sert à rien d'y placer les nôtres, ils ne s'intégreront pas à l'équipe du cabinet. C'est le second mandat de Hsü, il doit préparer son avenir, il ne renoncera pas à choisir lui-même les présidents des grandes boîtes publiques. Pour les postes de vice-ministres, nous devons insister pour les Transports, les Finances et le Conseil des affaires continentales, ainsi que sur la vice-présidence de la Banque centrale et de trois banques publiques ; le reste c'est de la marge de négociation. Et il faut que ce soit des promotions internes, pas des parachutages. S'il ne cède toujours pas sur ces points-là… c'est le conflit ouvert.

— Rien ne presse.

Johnny reposa sa tasse de café, Jeffrey sortit un mouchoir et le lui tendit pour qu'il s'essuie les lèvres. Il reprit :

— Il a encore trois jours pour comprendre où il en est.

Si demain nous n'avons pas sa liste, nous faisons fuiter la nouvelle de l'existence d'une lettre d'adieu de Tsai Min-hsiung, et si ça ne marche toujours pas, on lui montre la dépouille d'Ai Li. Et on lui dit qu'Ai Li nous a expliqué tout ce qu'il y avait à expliquer sur ce qui s'est passé le jour de l'attentat.

— Quel salopard, ce Hsü, dit Joe d'un air morne, sans nous il n'aurait jamais été élu ni maire ni président.

— Vous ne comprenez toujours pas ? La prise du pouvoir transforme profondément n'importe quel homme.

— On change de fauteuil, on change de cerveau…

— La soif de pouvoir s'accroît au fur et à mesure que le désir diminue. L'homme n'est pas un dieu, conclut le vieillard en fauteuil roulant. Bon, comment s'en tire votre assassin au Japon ?

— Notre homme a suivi Ai Li et Lo Fen-ying jusqu'au mont Kōya, grâce au traceur placé sur la femme. Aux dernières nouvelles, il a confirmé qu'ils étaient bien avec Sasaki. Vous vous rappelez, Johnny ? Il y a plus de dix ans, nous sommes allés ensemble au mont Kōya. Quel calme absolu…

— À l'époque, les deux tiers des membres du gouvernement étaient à nous, poursuivit Joe.

— Gardez le contact avec ce type, et n'oubliez pas, il doit disposer des cadavres sans laisser aucune trace. Ou au moins, il ne faut pas que la police japonaise puisse les retrouver avant le jour des élections.

— L'intermédiaire a dit qu'il rapporterait en personne les affaires d'Ai Li à Taipei. Sinon j'ai peur qu'elles arrivent trop tard.

Johnny l'ignora :

— L'ancien flic ? Wu ?

— Il est à l'hôpital, avec son père qui n'en finit pas de mourir depuis six mois.

Wu senior était allongé, parfaitement immobile. L'une des raisons pour lesquelles Wu avait intégré le plus vite possible la compagnie d'assurance après son départ de la police était l'état de son père. Pour pouvoir occuper si longtemps un lit d'hôpital, il fallait avoir des contacts, et il fallait avoir les moyens.

Le docteur Lin parla une dizaine de minutes. Wu et son fils le suivirent pendant la première minute, se retinrent poliment d'interrompre son discours enthousiaste le reste du temps.

Débrancher ou maintenir en l'état. Tracer un cercle ou faire une croix. Wu ne put s'empêcher d'aborder la question comme un enquêteur. S'il acceptait que son père soit débranché, cela signifiait-il qu'il mettait lui-même fin à ses jours ? Un fils avait-il le droit de faire cela ? Et, vu autrement, n'était-il pas absurde que la médecine moderne prolonge une vie qui n'avait plus grand-chose de vivant, grâce à des méthodes scientifiques si antithétiques aux cycles cosmiques, et refile ensuite le pouvoir de décision ultime à la famille ?

— Papa, arrête de réfléchir. Parlons à grand-père, il nous entend.

Fiston s'assit à côté du lit du patient et lui raconta sa vie, de ses études aux nouvelles de la campagne présidentielle. L'éducation que le grand-père avait prodiguée à Wu, son fils, avait été beaucoup plus sévère que bienveillante, mais envers son petit-fils il n'avait jamais fait preuve que d'indulgence, d'un amour sans limites.

Wu sortit de la chambre pour recevoir un appel. Un torrent d'insultes l'assaillit : la veuve, n'ayant reçu aucune indemnité de sa compagnie d'assurance, l'avait choisi pour déverser sa bile.

Puis vint un appel du père Chu, qui voulait savoir où était Ai Li. Wu ne répondit pas, prévint Chu qu'ils étaient tous deux surveillés par le Bureau des enquêtes, et qu'ils devaient se rencontrer en personne pour parler. Chu commençait à craindre qu'Ai Li ne fasse capoter la coopération entre Hu Yen-po et le groupe des Quatre Mers.

Sur le chemin de retour, Wu demanda à son fils :

— Quel est le souvenir de grand-père qui t'a le plus marqué ?

— Quand j'avais cinq ans, je suis sorti pour jouer et je me suis perdu. Grand-père m'a retrouvé après avoir parcouru de long en large le parc de la rivière, de Dazhi jusqu'à Neihu. La vache, il avait fait tout ce chemin alors qu'il avait déjà les genoux qui flanchaient.

— Je t'aide pour la suite de l'histoire : quand il t'a ramené à la maison, j'ai voulu te mettre une fessée, mais grand-père m'a empêché de te frapper.

— Papa, c'est ta mémoire qui flanche. Tu ne voulais pas me foutre une fessée, tu brandissais une chaise de la cuisine et tu voulais m'aplatir comme une galette à la ciboule.

— Tu prétends t'en souvenir mieux que moi, alors que tu avais cinq ans ?

— Certaines choses sont difficiles à oublier.

Ils passèrent devant un étal de galettes à la ciboule. Wu en acheta deux, ils reprirent leur conversation entre deux bouchées.

— Il me semble que pour régler ce traumatisme de la chaise, le plus simple est de te marier rapidement et d'avoir des enfants.

— Hein ? Pourquoi ?

— Pour compenser la trouille que je t'ai filée ce jour-là par la façon dont je m'occuperai de tes enfants.

Fiston resta un moment bouche bée.

— Papa, c'est donc grâce à moi que tes conflits avec grand-père se sont apaisés ?

— Je n'avais pas vraiment de conflits avec ton grand-père. C'est juste qu'il n'était pas très fort pour exprimer ses sentiments. Envers ta grand-mère ou moi, il préférait les exprimer en gestes plutôt qu'en mots. Quand j'étais à l'École de police, si je ne rentrais pas le week-end à la maison il m'apportait sans faute les petits plats cuisinés par grand-mère. Résultat, quand je sortais pour conter fleurette à ta mère, il fallait que je me dépêche de retourner à l'école avant l'heure du dîner…

— Pas mal, papa. Ça va nous faire oublier la condition de grand-père ces derniers mois, on ne se souviendra que de comment il était avant.

— La mémoire sélective.

— Non… plutôt l'oubli sélectif.

Ils n'avaient pas pris le bus, mais marché jusqu'à la station de métro de Shilin. En chemin, Wu se demanda si, puisque ce monde était gouverné par des politicards, le mieux n'était pas d'éviter tout contact avec la politique et d'aller vendre des galettes à la ciboule. Non, pas des galettes. Il se souvenait des wuntun que préparait sa mère. Il allait ouvrir un petit restaurant de soupe aux nouilles et wuntun. Le nom du restaurant : « La soupe aux nouilles et wuntun à 50 dollars ». Simple et efficace, les caractères de 50 en « grande écriture » bien sûr, puisque son propre nom, Wu, correspondait au 5 en grande écriture.

Wu se mit à rire gaiement.

Mais qu'il décide d'ouvrir un restaurant ou pas, il fallait d'abord tirer Ai Li du merdier dans lequel il se trouvait. Et il savait qu'il ne serait pas satisfait tant qu'il ne connaîtrait pas la vérité sur le mystère des deux balles artisanales.

侘寂 : mot formé à partir des concepts opposés de vantardise et de silence.

En chinois, 侘 se prononce *ch'a* et signifie « se vanter » ; 寂 se prononce *chi* et signifie « silencieux, calme ».

Mais en japonais, 侘寂, prononcé *wabisabi*, désigne la disposition intellectuelle qui tend à faire apprécier l'imperfection et le caractère éphémère de toute chose.

Pansé aussi bien que possible par Bébé, Alex laissa le traceur sur le corps du Philippin et repartit en direction de Kumano, Sasaki sur le dos. Ils ne pouvaient retourner à Kōya : trop de bonzes, trop de visiteurs, et peut-être des complices du tireur abattu. Le chemin était boueux et glissant, Alex courait sans ménager ses forces, sans cesser de parler, craignant que Sasaki ne perde conscience. Quand il perdait haleine, Bébé prenait la suite. Elle commençait en anglais, passait au chinois, sans jamais s'arrêter non plus.

— La première salve d'Alex a touché l'ennemi à l'épaule. Une égratignure. Le deuxième coup l'a blessé au pied gauche.

— T'as entendu, Sasaki ? Tu disais qu'au combat l'essentiel était de réduire la surface vulnérable. Il écartait beaucoup trop les jambes.

— L'assassin philippin qui nous a attaqués, j'ai son passeport dans la poche. Je l'ai contourné du côté de la pente, il concentrait toute son attention sur vous deux, il ne s'est rendu compte de rien. Je lui ai mis une balle dans la tempe.

— Je n'ai peut-être pas atteint le sommet de mon art, mais pour Bébé c'est bon, Sasaki. Elle peut prendre sa retraite !

La pluie forcissait de nouveau. Ils se réfugièrent dans une petite chapelle désaffectée, Bébé vérifia fébrilement la blessure de Sasaki :

— Il faut qu'il aille à l'hôpital.

— Je n'ai plus de téléphone, il en a un ?

Elle lui retourna les poches : pas de portable.

— Nettoie la plaie, empêche le sang de couler, et refais le pansement.

Alex gifla Sasaki à toute volée :

— Tu ne t'endors pas, tu comprends ?

— Je ne dors pas, grommela Sasaki. Aide-moi à m'asseoir.

Ils le redressèrent, dos calé contre le mur. Alex lui alluma une cigarette.

— Une Short Hope.

— T'as pas plutôt une Long Life de Taïwan ?

Alex n'en avait pas, mais Bébé sortit de sa poche arrière un paquet tout aplati, qui contenait encore deux cigarettes « Longévité ».

— « Bref espoir » contre « Longévité ». Toute l'absurdité de la vie dans deux paquets de clopes.

— Tu es un bonze plein de compassion, la longévité c'est pour toi.

— Ça me fait penser… le SVD était mon talisman, mais j'ai vu un autre type qui en portait un du même genre. Le type qui a récupéré le fusil pour moi à Taipei et me l'a apporté, il avait une chaînette à la ceinture, avec une balle de 9 mm.

— Tu lui as demandé ce que ça signifiait ?

— Ouais, il a dit que c'était un souvenir.

— Rien d'autre ?

— Non…

— Très bien. Donc ton employeur direct était un ancien policier ou militaire, et il portait une balle accrochée à sa ceinture.

— Et il avait la soixantaine.

— OK.

— Tu es ma sauvegarde, fais ce que tu as à faire.

— Je ne te laisse pas tomber. Pendant que tu guéris, je vais retrouver ceux qui nous ont envoyé ce tueur. La prochaine fois que je reviens au mont Kōya, on se bourre la gueule. Ou bien je vais à Namba chez Jiro, comme tu veux.

— Ouais… c'est comme avant, hein ? Il faut deux bonshommes pour former une équipe de tireurs d'élite… s'il en manque un, l'équilibre est faussé. Tu diras ce qui s'est passé à Jiro, il sait déjà que j'ai eu des emmerdes à

Taipei. Dis-lui de rassembler mes affaires et de les envoyer au Brésil, à notre père.

— Fermez-la tous les deux.

Bébé releva Sasaki, reprit :

— Ça suffit, le concours de dernières volontés. Sasaki, je vous emmène à l'hôpital. Bordel, Ai Li, qu'est-ce qui te prend ? Vous allez continuer longtemps à déblatérer en gémissant comme des vieilles tapettes ? Tu m'aides ou pas ?

Alex bondit sur ses pieds, soutint Sasaki par l'autre épaule.

— À vos ordres Bébé, bien reçu, on n'est pas fichus, terminé le défaitisme. Sasaki, tu vas voir ce qui va t'arriver si tu lâches la rampe, je te balance sur un tas d'ordures et je pisse sur ton cadavre.

— Pitié, Alex, j'ai déjà eu droit à tes odeurs d'urine en Afghanistan, c'est trop cruel…

Ils ne s'arrêtèrent plus malgré la pluie battante. Ils trimballèrent Sasaki tout le long des petits chemins gadouilleux. La tradition veut qu'un pèlerin qui arrive au sanctuaire shinto de Kumano connaisse la délivrance. Qu'importe en quoi elle consiste : il faut d'abord rejoindre Kumano.

À part le crépitement sourd de la pluie, le seul bruit audible était la voix de Bébé.

— Tenez bon, Sasaki, putain de tire-au-flanc. Accrochez-vous, comme un soldat ! Une-deux, une-deux, suivez mon rythme, vous n'avez pas besoin de forcer, un pied devant l'autre à mon commandement. Très bien ! Comme ça ! Gauche, droite, gauche, droite. Ai Li, plus vite !

— Reçu, plus vite.

— Attention, virage à gauche. Sasaki, poids sur la jambe droite !

Sur les étroits chemins de pèlerinage de Kumano, on voyait rarement trois personnes de front. Mais eux se foutaient du pèlerinage et ne songeaient qu'à avancer.

— Ai Li, passe ta main droite à sa taille, je le soutiens de l'autre côté.

À gauche et à droite, leurs mains trempées se croisèrent dans le dos de Sasaki, agrippèrent fermement la ceinture en étoffe de l'habit de bonze.

— Sasaki ! Désignation d'objectif ! hurla Bébé en anglais.

— À 11 heures, le mitrailleur sur le véhicule ennemi !

— Ai Li ! Distance !

— 3 200 mètres !

— Par le bouddha Amida, tu délires, Alex ? 3 200 mètres, et puis quoi encore ? Tu veux descendre un Martien ?

Sasaki était toujours en vie.

— Oui, un Martien ! Vous avez assez de couilles pour ça, Sasaki ?

— Alex, cette jeune femme taïwanaise est en train d'humilier un fier mâle japonais.

— T'en fais pas, elle fait pareil avec moi.

— Silence pendant la progression de l'unité !

— Elle est trop casse-couilles, Alex, laisse tomber et deviens bonze avec moi.

— C'est vrai que les bonzes japonais peuvent se marier ?

— Certains, oui.

— À vos ordres, sergent ! Je reviendrai au Japon, je me ferai moine.

— Sur la gauche, habitation isolée, distance 300 mètres ! s'époumona Bébé.

— Oui ! Une maison en bois, la cheminée fume, c'est habité.

— C'est le refuge, chez mes amis.

— Sasaki, bordel ! vitupérait Bébé. Levez les pieds ! Quelle bande de jean-foutre, les mâles japonais !

— La voilà qui s'en prend à tous les hommes japonais, Alex. J'ai bien peur qu'il n'y ait que toi qui puisses l'épouser.

— Encore un virage à droite !

— On n'a pas encore parlé de ça, on sera morts de fatigue avant.

— Tu te souviens ? On discutait sous les étoiles, avec une bière et une clope…

— Il y a le téléphone, chez vos amis ?

— Il y a tout ce qu'il faut, c'est un toubib à la retraite.

À ces mots, Sasaki s'évanouit et son menton tomba sur sa poitrine. Alex et Bébé levèrent sa masse sanguinolente, la jetèrent sur le porche surélevé. La cabane, qui donnait déjà l'impression de pouvoir s'écrouler à tout moment, fut ébranlée à leur en donner le vertige. Bébé hurla en japonais :

— Amis de Sasaki !

— Depuis quand tu parles japonais ?

— Je ne parle pas japonais. C'est Sasaki qui me l'a appris tout à l'heure. Et assez bavardé, il va crever.

Ils restèrent assis sous l'auvent de la terrasse, à reprendre leur souffle et à boire assez d'eau pour se noyer. De l'intérieur de la cabane leur parvenaient de lourds bruits de pas allant et venant. À un moment, une paire de mains leur tendit une théière pleine, un peu plus tard ce fut une tablette.

— Ta blessure au lobe frontal est guérie finalement.

— Elle n'est pas guérie, mais je n'en pouvais plus de vous entendre, c'était franchement à gerber de sentimentalisme. Ai Li, je ne t'ai jamais connu si loquace. Quand il sera guéri, vous allez pouvoir sortir du placard ensemble.

— C'est mon meilleur ami, ça n'en fait pas mon amant.

— Un amant n'est pas nécessairement un bon ami. Certains draguent leur ennemi.

— Ah.

Puis on les fit asseoir dans le *doma*, l'entrée traditionnelle, les pieds sur le sol en terre battue. On avait disposé à côté d'eux deux plateaux en bois, avec un bol de riz, trois soucoupes d'amuse-gueules, un bol de soupe de poisson où surnageaient des morceaux de saumon. Alex n'avait pas mangé depuis des années de ces légumes macérés dans la sauce soja en accompagnement de riz blanc. Décidément, du bon riz tiède valait mieux qu'un œuf sur un toast mou.

Le repas fut immédiatement suivi d'une bouteille de saké, haute d'une bonne coudée, et de deux verres. L'ami médecin de Sasaki examina la blessure d'Alex de derrière ses lunettes, poussa quelques interjections plus ou moins approbatives, repartit sans avoir rien dit.

— Ce qui s'est passé entre nous, tu préfères l'oublier ou tu veux qu'on en parle ?

— Sasaki a dit que l'eau de la rivière est parfois retenue par les rochers.

— On continue à oublier…

— Mais cette eau n'est qu'un peu ralentie. Elle va contourner le rocher et poursuivre son chemin vers l'aval.

— On en reparlera quand on aura le temps.

— L'eau qui a été ralentie et a contourné le rocher s'écoule désormais avec d'autres eaux, qui ne sont plus les mêmes qu'avant.

— Arrête ça, j'ai mal au crâne.

— Tu préférerais que j'aie toujours le lobe frontal en vrac ?

La tablette leur donna les nouvelles : Hsü Huo-sheng n'était pas mort et avait repris sa collecte des voix à bord de sa Jeep. L'expert américain évitait les questions des journalistes, le Bureau des enquêtes criminelles avait diffusé un nouvel avis de recherche pour Ai Li, un membre du Yuan législatif avait parié cinq cents blancs de poulet sur Hu Yen-po. Ils étudièrent un long moment la photo d'Ai Li portant une casquette, n'en tirèrent aucune conclusion particulière.

— Avec cet avis de recherche, je ne peux pas rentrer. Et il faut que quelqu'un s'occupe de Sasaki. Tu peux retourner à Taïwan sans moi.

— Tu m'amènes au Japon et tu me dis de rentrer toute seule ? Qu'est-ce que ça veut dire ?

— Attends, Bébé, ça faisait un bail qu'on ne s'était pas vus, n'est-ce pas ? Et jusqu'à aujourd'hui, ta blessure ne semblait toujours pas guérie, et rien ne disait que ça s'arrangerait d'un seul coup. J'ai besoin d'un temps d'adaptation.

— Voilà, c'est ça, tu es la « sauvegarde » de Sasaki, tu as plein de trucs à régler.

Ils s'allongèrent sur le sol du *doma*. Il y avait encore beaucoup de bruits de pas à l'intérieur, entrecoupés de cris de Sasaki. Alex se rendormit malgré tout, et quand il se réveilla il faisait noir. L'heure du dîner était passée ? Rien de grave, il était entraîné, il pouvait tenir plusieurs jours sans manger.

— Dis-moi la vérité. Tu veux retourner au combat, alors tu cherches un prétexte pour me quitter.

— Je ne dirais pas ça comme ça…

— Malgré l'avis de recherche ? À Taipei, ils cherchent les tireurs partout, et tu veux te jeter dans la gueule du loup ?

— Je suis une tête de mule.

— Et moi, je fais quoi ?

— C'est toi qui vois.

Une moto s'arrêta devant le refuge, un homme d'âge moyen ramassa les quatre fusils étalés dans l'entrée, en fit un colis qu'il se mit sur le dos, et repartit sans avoir prononcé un mot. La femme du médecin, ses cheveux d'un blanc immaculé enveloppés dans un tissu à fleurs, nettoyait les balles et les morceaux de verre retirés du corps de Sasaki. Peut-être voulait-elle les lui donner en souvenir. Elle aussi examina la blessure d'Alex, et elle aussi s'éloigna sans proférer la moindre opinion. Alex haussa les épaules : être négligé par le personnel soignant était une bonne chose, cela signifiait qu'il n'allait pas en mourir.

— Tes plans pour après ?

— Accomplir mon devoir envers ma sauvegarde.

— Qu'est-ce que c'est que cette histoire de « sauvegarde » ? Jamais entendu ce terme avant.

— Dans les commandos de la Légion, on travaille en tout petits groupes. Pour les missions de reconnaissance lointaine, on partait à cinq max : un mitrailleur, un tireur de précision, un radio, un conducteur si on avait un véhicule et un infirmier. Si le mitrailleur tombe, un homme doit tout de suite le remplacer à la mitrailleuse, c'est l'arme avec la plus forte puissance de feu. Si le conducteur est buté, pareil, un gars est prêt à le remplacer immédiatement, on ne peut pas laisser le véhicule aller dans le décor. Et tout le monde apprend à stopper la douleur et faire les pansements de base, ça, c'est si l'infirmier est tué. Sasaki disait toujours qu'on était les « copies de sauvegarde » les uns des autres.

— « Sauvegarde » ça fait très religieux, j'ai cru un moment que vous étiez entrés dans une secte.

— La Légion c'est presque une secte.

— À Taïwan, tu vas aller voir Wu ?

— Probablement.

— Tu sais comment franchir les frontières ?

— Ça c'est simple. Arranger le bordel de Sasaki, ça va être plus compliqué. Ça ne devrait pas être trop difficile de retrouver son contact, mais ce ne sera qu'un intermédiaire, il y aura des gens derrière. Les donneurs d'ordres appartiennent sans doute à un parti ou une faction quelconque, les partis ont un président, les factions ont...

— Bon, réfléchis tranquillement à tout ça, je vais voir ce que devient Sasaki.

— Je viens avec toi.

— Il ne t'a pas sonné.

— Comment ? Je suis sa sauvegarde, tu es ma sauvegarde, c'est moi qu'il veut voir, pas toi ! Mais je t'autorise à m'accompagner.

— C'est que je t'entends te plaindre depuis deux jours, il me faut des vacances.

— D'accord, vas-y. Fais gaffe, ces bonzes japonais n'ont pas fait vœu de chasteté.

Bébé l'ignora, déplaça le panneau coulissant, franchit le seuil.

Alex fit glisser son doigt sur l'écran de la tablette, ouvrit le compte email dont il se servait quand il était en France. Un seul message non lu, venant de « Wu junior » : « Papa s'est fait suspendre, la mort de Tsai Min-hsiung suscite des controverses, le Bureau de la sécurité nationale te cherche partout. Papa te fait dire qu'ils pensent que tu es le tireur, que c'est lui qui est derrière toi, que derrière lui il y a un parrain de la pègre quelconque, que derrière tout ça il y a Hu Yen-po. Le BSN est tout excité à l'idée de te coffrer et d'annoncer que l'affaire est réglée. Ne reviens pas. »

Alex réfléchit, pêcha tout l'argent qu'il avait dans ses poches, en laissa la plus grande partie sur le sol, se leva et s'étira. Il avait nettoyé la boue sur ses chaussures, mais elles étaient encore humides. Son T-shirt avait été lavé et n'était pas encore sec. Il enfila ses chaussures et son T-shirt mouillés, son manteau trempé, fit quelques étirements, s'engagea en courant sur le chemin partant du refuge. Il devait descendre de la montagne, trouver une vraie route, grimper dans un bus. Arrivé à Kumano, il changerait de bus pour Ōsaka, il y aurait sûrement encore des vols pour Taipei à cette heure.

Il eut soudain envie de boire un verre d'Écho. Il avait gardé un bon souvenir de celui de Jiro.

Il courut, il rugit, un monde verrouillé s'ouvrit à lui brusquement, il se sentait si plein d'énergie que s'il n'y avait pas eu l'océan, il aurait galopé jusqu'à Taïwan.

QUATRIÈME PARTIE

TUEUR DE DRAGONS

« Fin du cours demain ! Vous allez tous retourner d'où vous venez, alors ce soir c'est votre instructeur qui invite ! Buvez autant de bières que vous voulez, bourrez-vous la gueule et débarrassez-vous des rancœurs et des attachements accumulés ici. Le fardeau est trop lourd ! Réintégrez vos unités d'origine et profitez de la vie ! »

Tuan prit la tête des opérations et s'empara d'une bière. L'atmosphère de la salle de cours se réchauffa sensiblement.

« Dix-sept stagiaires qui vont s'éparpiller aux quatre coins du pays. Si je devais vous attribuer une note moyenne… allez, 95 %. Au test final vous avez tous obtenu le maximum de points pour la séance de tir à 300 m sans support : absolument remarquable. Pour le tir couché à 600 m, douze notes max, un tir raté seulement pour les cinq autres, vu le temps médiocre c'est pardonnable. À partir d'aujourd'hui vous allez probablement vivre de vos nouvelles compétences en tir, à moins que vous ne grimpiez en grade en léchant des bottes. Mais dans tous les cas, n'oubliez pas d'aller régulièrement au stand de tir vous entraîner. Pas trop de jeux vidéo, pas trop de tapotages sur votre smartphone : un tireur d'élite doit soigner son acuité visuelle, il se fout d'avoir les doigts plus agiles que les autres. Vous êtes désormais des spécialistes du tir de précision. Posséder un domaine d'expertise, c'est ce qui donne à l'individu la confiance en lui-même, c'est ce qui lui procure son élan vital !

« Tenez, je vous offre une dernière histoire. Le fils de Hsieh Jen-kui s'appelait Hsieh Ting-shan. Mais ça, c'était dans les romans, dans la

réalité il se nommait Hsieh Ne, Hsieh le Bègue. Quoi qu'il en soit, c'était aussi un courageux général. Son fils à lui, Hsieh Song, a laissé plus de traces dans l'histoire. Les annales des Tang en disent : "Il se hissa au sommet grâce à la force de ses bras, à ses talents de cavalier, à la précision de son tir." Il devint donc général, c'était de famille. Fils et petit-fils de général, lui-même talentueux, il était bien sûr universellement respecté. Il participa à la rébellion d'An Lu-shan, d'abord du côté des rebelles, avant de se soumettre au général Tang Puku Huai-en et d'être nommé satrape d'une province frontalière.

« Mais d'autres histoires circulent sur son compte. Il était de la troisième génération d'une famille de hauts fonctionnaires, il avait eu une jeunesse privilégiée, et il était complètement fondu du jeu de balle au pied. Ça ressemblait pas mal au football d'aujourd'hui, à l'époque ils appelaient ça le ts'u-chü. *Un vieil ermite lui dit un jour qu'il aurait tout le temps d'y jouer à l'avenir, alors pourquoi choisir un moment où le pays était confronté aux pires difficultés ? Hsieh Song l'écouta, demanda à quelqu'un de faire le portrait de l'ermite, qu'il accrocha à côté de son fauteuil pour qu'il lui serve de rappel permanent. Le jeune insouciant deviendrait un grand homme. Au lendemain de la guerre civile, profondément marqué par les souffrances de la population, il déposa arc et carquois pour se consacrer à remettre sur pied sa province et fut un excellent gouverneur. »*

Tête-de-fer but sa bière à grandes goulées, poussa un petit rot de satisfaction.

« Certes, vous avez votre spécialité, vous êtes des tireurs d'élite, mais je ne peux que vous répéter encore et encore, avec les meilleures intentions du monde, de consacrer aussi plus de temps à la lecture. Vous devez "être accomplis dans les lettres comme dans les armes". Alors vous aurez une belle carrière et un beau CV quand vous poserez la casquette, et peut-être que les grosses boîtes d'électronique comme TSMC ou UMC auront besoin de gens comme vous, à la main sûre et qui comprennent les principes de l'aérodynamique appliqués au combat. »

Tête-de-fer lança sa canette vide, qui atterrit avec précision dans la corbeille placée près de la porte.

« Tuan, le tir exige de la patience. Que vous ayez réussi à faire carton plein n'a surpris personne autant que moi. Vous avez quelque chose à dire ? Arrêtez de trépigner et parlez.

— À vos ordres, mon colonel. Qu'est-ce que vous comptez faire après avoir quitté l'armée ? »

Le colonel Huang s'immobilisa, contempla d'un regard vide le terrain d'exercice de l'autre côté de la fenêtre et répondit au bout d'un long moment :

« On a tous des ambitions, on a tous des occasions. Et les occasions, il faut savoir les saisir quand elles se présentent. Puisque vous me posez la question, je vais vous raconter encore une autre anecdote. Vous connaissez tous Chuang-tzu, n'est-ce pas ? Non ? Né en - 369, pendant l'ère des Royaumes combattants, l'un des deux grands maîtres du taoïsme avec Lao-tzu. L'historien Szu-ma Chien disait de lui qu'il lisait et écrivait pour son propre plaisir, au point qu'aucun souverain ou grand ministre n'avait l'intention de l'employer. Chuang-tzu écrivait surtout des paraboles, je vais vous en citer une, j'espère que vous la garderez longtemps au fond de la caboche. Le Gros, filez-moi une autre bière. »

Il empoigna la canette, en vida la moitié dans son gosier grand ouvert, essuya d'un revers de manche la mousse aux coins de ses lèvres.

« Il était une fois un homme fortuné du nom de Chu Ping-man, qui estimait que la fortune ne suffisait pas à son bonheur et voulait en plus devenir célèbre. À chaque maître qu'il rencontrait, il demandait conseil : comment pourrait-il enfin connaître la gloire ? L'un de ses amis lui conseilla d'aller tuer un dragon ; devenir un tueur de dragon ne manquerait pas de lui conférer la notoriété à laquelle il aspirait. Chu trouva que c'était une bonne idée et parcourut forêts, montagnes et marais à la recherche d'un maître pouvant lui enseigner les techniques pour tuer un dragon. Il devint le disciple d'un nommé Chih-li Yi, dépensa toute sa fortune, passa trois ans à apprendre l'art du sabre-tueur-de-dragon, redescendit de la montagne son sabre sur le dos. Devinez ce qui lui est arrivé après…

— Il est devenu le Prince au cheval blanc, a tué le méchant dragon et a sauvé la princesse ?

— Il est devenu pote avec un dragon qui parlait anglais, et a trouvé la gloire à Hollywood ?

— Il est parti au palais du Roi-dragon de la mer de l'Est pour épouser sa fille et est devenu immortel. »

Au milieu des rires, Tête-de-fer leva l'index pour rétablir le calme.

« Picolez tant que vous voulez, amusez-vous mais écoutez ce que j'ai à vous dire, ça vous servira toute votre vie. Chu Ping-man termina son apprentissage et descendit de la montagne. Il parcourut les deux rives du grand fleuve sans jamais trouver un seul dragon à buter. »

Le silence se fit, et quand Tuan leva la main Tête-de-fer le fit taire d'un geste et d'un soupir.

« Tuan, vous n'en avez pas marre ?...

« Chu Ping-man, c'est moi. Meilleur tireur de l'histoire de l'armée de Terre, et les snipers que j'ai formés se comptent en compagnies entières. Mon âge et mes états de service me vaudront peut-être de passer un jour général. Mais parfois je me sens complètement creux. Je suis le meilleur mais je suis né à la mauvaise époque. Et si je quitte l'armée, je ne sers plus à rien. Je n'ai pas trouvé de dragon, parce que les dragons n'existent pas ! Mes p'tits gars, fourrez-vous ça bien profond dans vos têtes de lard. »

Colonel Tête-de-fer,
instructeur au cours des tireurs d'élite
des forces spéciales de l'armée de Terre.

1

Au volant de sa voiture de dix-sept ans d'âge, Wu monta sur la voie express puis en redescendit, maintenant sa vitesse à 80 km/h pour éviter de semer le véhicule qui le filait. Fonctionnaire à la retraite, il ne tenait pas à compliquer le travail d'autres fonctionnaires.

Il tourna sur la route secondaire puis sur la cantonale, s'arrêta en bordure de Tunghsiao. Mâcha un chewing-gum, appuyé à la portière de la voiture. Pour que la voiture suiveuse ne puisse pas le dépasser sans s'en apercevoir. Des types du ministère de la Justice, toujours en costume deux pièces. Mais leurs costumes étaient différents de ceux des agents du Bureau de la sécurité nationale : les membres du Bureau des enquêtes tentaient de ressembler à M. Tout-le-Monde mais n'y parvenaient jamais, ceux du BSN voulaient se différencier du commun des mortels mais finissaient toujours par ressembler aux vigiles qui gardaient les parkings dans les résidences de luxe.

Inutile de tergiverser. Wu baissa la tête, frappa à la porte et entra chez Tsai Min-hsiung, se retrouva face à la vieille maman, à l'épouse, aux deux enfants. La famille

Tsai avait perdu son soutien de famille, ses rizières et sa mare aux poissons n'étaient plus exploitées en raison de la sécheresse, l'avenir était enveloppé d'un voile de ténèbres impénétrables.

Les membres de la famille du tueur putatif du Président ne bénéficiaient pas de la compassion du grand public. Les autorités du district n'allaient pas leur allouer de subventions. Contemplant jour après jour l'aire de séchage du grain désespérément vide, Mme Tsai avait pleuré toutes les larmes de son corps, ses yeux étaient désormais plus secs qu'une rizière privée de pluie depuis cinq mois.

Tsai Min-hsiung avait souscrit l'assurance agricole obligatoire mandatée par le gouvernement. En cas de mort de l'assuré, l'indemnité s'élevait à 153 000 dollars et était doublée si le décès survenait dans le cadre des activités professionnelles. Tsai s'étant noyé dans sa propre mare aux poissons, le décès était assimilable à un accident du travail. Mais s'il s'avérait que le suspect de l'attentat contre le Président avait été éliminé pour qu'il ne parle plus jamais, cela n'avait plus grand rapport avec sa profession d'agriculteur. Mme Tsai et les autorités du district avaient âprement bataillé sur ce point précis, et la veuve n'avait pas reçu la réponse qu'elle espérait.

Tsai Min-hsiung n'avait en revanche ni assurance-vie ni assurance maladie ; il n'avait qu'une garantie accident minimale. Comme son nom l'indique, la garantie accident n'est valable qu'en cas d'imprévu, de blessure due à autre chose qu'une maladie. Tsai avait glissé par inadvertance et s'était noyé, cela rentrait dans le cadre du contrat. Mais les hauts échelons de la compagnie n'étaient pas d'accord et avaient exigé de Wu qu'il trouve une raison pour éviter de payer l'indemnité.

Wu avait été mis en congés pour son implication dans l'enquête sur l'attentat, puis rappelé en raison de sa connaissance des dessous de l'enquête sur l'attentat.

La compagnie estimait que si Tsai était mort parce qu'il avait été mêlé à l'attentat, il l'avait bien cherché et cela n'avait plus rien à voir avec un accident. S'il s'était noyé parce qu'il avait glissé dans sa mare, on pouvait parler d'accident, mais s'il avait été éliminé… Il devait savoir qu'en obéissant à un ordre d'assassinat, il risquait lui-même d'être tué, était-il encore possible de parler d'imprévu ?

Bonne question. Wu avait passé la matinée à plancher là-dessus avec un avocat. Le caractère imprévu de la mort de Tsai était incertain. L'avocat avait suggéré d'attendre que l'affaire en arrive au stade judiciaire, voire au stade du verdict. Tout cela pourrait traîner sur deux ou trois ans, alors que la famille Tsai avait urgemment besoin d'argent.

Ou bien, il y avait une autre méthode plus simple. Les Tsai pouvaient fournir une preuve de la mort accidentelle de Min-hsiung, et la compagnie d'assurance reconsidérerait leur décision sur la base de cette preuve. Faire peser la responsabilité sur la famille éplorée, c'était bien mieux.

Puisque telle avait été la tactique adoptée par la compagnie, Wu fut bien obligé de s'y plier. Le Bureau des enquêtes ne savait pas qu'il retournait à Tunghsiao pour son travail, décida – fort mesquinement – qu'il devait avoir des intentions cachées, et mit en place une filature complète. De toute façon, tant qu'ils ne lui demandaient pas de rembourser leurs frais d'essence, Wu s'en foutait. Qu'ils me suivent si ça leur chante.

Pourquoi toutes les victimes et suspects de cette histoire avaient-elles souscrit leurs assurances auprès de la même boîte ? Et pourquoi la compagnie acceptait-elle d'indemniser le Président mais pas son camarade de classe l'agriculteur ?

Wu se sentait coupable et avait apporté un cadeau. Pas de gâteaux aux petits pois cette fois-ci, mais des pâtisseries à la « poire du phénix » – fourrées à l'ananas. Si la famille acceptait le cadeau puis se mettait en colère, les gâteaux de lune seraient détruits comme la dernière fois. Les pâtisseries à l'ananas devraient mieux résister à toute projection violente. Il pourrait les récupérer et les offrir à Crâne d'œuf, regagner quelques points de considération.

Raté : les gamins s'arrachèrent le carton et firent un sort à son contenu.

La vieille maman septuagénaire opposa un air ahuri à toutes les questions de Wu. Mme Tsai tirait une tête de six pieds de long et prononça une déclaration définitive :

— Tant pis si vous ne payez pas. Je vais me plaindre à la télévision et commencer une grève de la faim devant le siège de votre compagnie.

Il semblait qu'un certain nombre de journalistes étaient déjà venus rendre visite à Mme Tsai. Elle avait en main un tas de cartes de visite gros comme un jeu de poker. Cette île de 23 millions d'habitants abritait autant de médias que l'Europe et les États-Unis réunis. Mais même si elle avait une quinte flush royale, il fallait qu'elle s'asseye à la table de jeu si elle voulait convertir sa main en espèces sonnantes et trébuchantes. Mme Tsai était-elle prête à jouer ?

Évidemment, ni Wu ni son employeur ne savaient que si Mme Tsai était si sûre d'elle-même, c'était qu'elle avait reçu un million de la part d'une mystérieuse fondation. Elle avait le temps de voir venir.

Les agents du Bureau des enquêtes ne demandèrent pas à Wu de quoi il était allé parler avec les Tsai. Il estima qu'ils avaient dû installer des micros dans la maison. Et même s'ils ne l'avaient pas fait, même s'ils n'avaient pas collé l'oreille à la porte, avec les murs de brique et les cadres de fenêtre en bois, ils auraient entendu la conversation rien qu'en se tenant sur l'aire de séchage du grain.

Retour au QG de campagne de Hsü Huo-sheng. Il restait trois jours avant le vote et les troupes s'affolaient. Le directeur de l'équipe de campagne n'avait pas le temps, le vice-directeur était occupé, le porte-parole débordé, ce fut finalement un étudiant, stagiaire bénévole, qui reçut Wu :

— Le directeur a dit qu'on parlerait de l'indemnité après l'élection.

— C'est-à-dire que notre compagnie est obsédée par l'efficacité...

— Le directeur a dit que cette indemnité ne représente pas grand-chose, vous pourriez en faire une donation pour la campagne.

— Les indemnités d'assurance doivent faire l'objet d'une attestation signée par l'assuré ou ses ayants droit, vous comprenez que c'est différent des dons de campagne.

Ceux qui souhaitaient avoir de l'argent n'en obtenaient pas, ceux à qui l'on en offrait étaient trop paresseux pour le recevoir.

Deux agents du Bureau des enquêtes faisaient le pied de grue à l'extérieur. En voyant Wu se faire expulser par la grande porte, ils ne purent s'empêcher d'éclater d'un rire grinçant.

Le restaurant halal de soupe de nouilles au bœuf de l'avenue de Kaifeng avait su préserver le bon vieux goût traditionnel. Crâne d'œuf passait à pied devant le mémorial de Sun Yat-sen, Wu avait garé sa voiture dans le parking souterrain sous la place du mémorial et était sorti par l'escalier. Ils firent comme s'ils ne s'étaient pas vus jusqu'à ce qu'ils soient assis l'un en face de l'autre.

— Qu'est-ce qu'il raconte, l'expert américain ?

Wu commanda un petit bol : aujourd'hui il conduisait et n'avait pas fait son quota de pas.

— Tu connais les Yankees, il a expliqué en détail et franchement au Bureau des enquêtes criminelles qu'il y avait sept points pas clairs auxquels il ne pouvait fournir aucune explication concrète. Un, pourquoi la balle qui a blessé le Président est restée coincée dans la doublure. Deux, où est passé l'étui de la cartouche de la balle en question. Trois, pourquoi le Président avait oublié ce jour-là d'enfiler le gilet pare-balles que tous les candidats sont censés porter selon le règlement électoral. Quatre, que foutent ces deux douilles de fusil sur une fenêtre de l'Hôtel du Bonheur. Cinq, pas d'arme du crime mais un pistolet Étoile noire retrouvé, qui ne correspond pas aux balles tirées. Et le Bureau des enquêtes criminelles lui a montré une photo du suspect Ai Li, tirée d'un enregistrement vidéo, mais d'où vient cet enregistrement, ça, on ne sait pas. C'est le point six.

Crâne d'œuf commanda un grand bol. Soit il était au bord de la fringale, soit il avait de la colère contenue à noyer dans les nouilles.

— Ah, et après leur avoir expliqué ça, il est reparti aux States.

— Et le septième point pas clair ?

— Au vu des six points listés, il a déclaré que le septième point pas clair, c'était qu'est-ce qu'il foutait là. Il coinçait vraiment sur le fait qu'on ait été incapables de retrouver les douilles de pistolet et les balles de fusil. C'est clairement moi qu'il avait dans le viseur, mais bordel de merde ! J'avais fait boucler tout le secteur immédiatement ! Et c'est moi qui ai dû expliquer à mes experts scientifiques que les cartouches de fusil venaient du Japon et ne pouvaient servir que dans un SVD russe, tout le monde s'en tapait.

« Comme on n'a pas retrouvé les étuis des cartouches de pistolet, on n'a pas pu mesurer la quantité de poudre restée dedans, donc impossible d'expliquer pourquoi la balle est venue gentiment se cacher dans la doublure de la veste. Et puis, si la balle était si faiblarde, pourquoi est-elle allée jusqu'à la veste, pourquoi n'a-t-elle pas été stoppée par la chemise après lui avoir ouvert la peau du bide ?

— Ça fait un huitième point, dit Wu.

Il rajouta des légumes marinés à sa soupe et reprit des nouilles. Crâne d'œuf saupoudra son bol de piment. Une soupe de nouilles au bœuf sans grosse suée n'est pas une vraie soupe de nouilles au bœuf.

— Et ton Ai Li ?

— Neuvième point pas clair.

— Devine qui va payer l'addition pour les nouilles ? Dixième point.

— J'ai besoin de renseignements sur un individu…

— « Un individu » ? Tu parles du vieux Fang ?

— Toi aussi tu sais ?

— Il est censé être rangé des voitures depuis un bon nombre d'années. J'avais entendu dire qu'il était malade et ne pouvait plus quitter son fauteuil roulant. Tu te souviens de notre ancien, Chao Tso ? Ça fait plus de dix ans qu'il bosse pour lui et son fils, avec le réseau qu'il a il doit être au courant de tout ce qui se passe dans les services de renseignement. Mais impossible d'en savoir plus. Et est-ce que Fang cherche à peser sur la campagne présidentielle, pareil, j'en sais rien. Mon vieux Wu, ne les chatouille pas trop, les Fang père et fils ont assez de pognon pour te réduire en miettes et t'effacer de la surface de la planète.

— Chao Tso ? Je ne vois pas…

— Celui qui porte la balle qui a failli le tuer au bout d'une chaînette à la ceinture. Il avait reçu la médaille de la Gloire nationale pour cette histoire. Tu le reconnaîtrais si tu le voyais.

— Ah oui, ça me revient. Le gars qui passait trois fois par an dans tous les bureaux au moment des fêtes pour distribuer des cadeaux de la part du groupe des Quatre Mers.

— Bizarre, quand même, ce restau de soupe aux nouilles qui ne vend pas d'alcool, c'est pas logique.

— Tu as arrêté d'enquêter sur l'affaire ?

— Le Bureau des enquêtes criminelles me prend pour… hé, mon pote, tu te rappelles l'École de police ?

On nous forçait à nous entraîner au 1 500 mètres ou au 3 000 mètres, je sais plus. Quand on voulait remporter une médaille aux jeux universitaires pour honorer nos ancêtres, on formait des équipes de deux, le meilleur courait à l'allure pratiquée à l'entraînement, l'autre jouait les lièvres et fonçait comme un malade pour attirer derrière lui les concurrents, comme ça…

— Comme ça le lièvre sacrifiait ses chances de médaille, mais épuisait les champions des autres écoles avant l'arrivée pour que l'autre puisse les dépasser dans le dernier tour sans trop se fouler. Tu es le lièvre, tu fais tout le travail devant, et à la fin le Bureau des enquêtes criminelles organise une conférence de presse pour se vanter d'avoir bouclé l'enquête.

— Y a pas qu'eux, putain, tous les échelons supérieurs de toutes les agences me prennent pour un lièvre. Fait chier.

— Mais non, c'est simplement que tu es quand même directeur adjoint de la police de Taipei, l'attentat a eu lieu chez toi et tu étais sur place, tu continues à courir derrière les indices à la vitesse initiale, personne n'ose te le reprocher.

— Faut croire que c'est bien ça. Mais aujourd'hui, le dossier est quand même officiellement entre les mains de notre ancien bureau, et qu'est-ce qui se passera si quelqu'un voit d'un sale œil que je me mêle de ce qui ne me regarde pas, et envoie un petit rapport au chef de l'ANP ?

— Onzième point pas clair, concluent-ils d'un seul souffle.

Bébé arriva vers midi à l'aéroport de Taoyuan, seule et sans bagages, pas même un sac à main. Elle déboula sur la passerelle les deux mains dans les poches, comme si elle cherchait un étal de vermicelles de riz au marché de nuit de la rue Tonghua.

Mais il n'y avait pas de vermicelles et la police des frontières la guida poliment dans une salle VIP où deux policiers du Bureau des enquêtes criminelles l'attendaient. Après les salamalecs d'usage, ils en vinrent au vif du sujet : Ai Li. Le regard vide, l'air vaguement abruti, elle sirota son café, mâchonna son sandwich, répondit enfin qu'elle ne savait pas.

La police n'avait aucune raison de la retenir. Elle n'était pas impliquée dans l'attentat contre le Président, elle avait franchi les frontières avec un passeport légal, il ne fallait pas s'étonner qu'elle n'ouvre pas beaucoup la bouche. Le diagnostic de l'hôpital des Vétérans l'affirmait : les victimes de blessures à la tête exigent du repos et des contrôles réguliers.

Le vieux curé de la paroisse de Yilan fut assez bon pour se mettre au volant de sa voiture qui aurait dû être partie à la casse depuis belle lurette, se glisser dans les embouteillages de la voie express côtière, charger sur la nationale n° 1 et récupérer Bébé à Taoyuan. Il voulait que Bébé revienne, et était prêt à prendre un avocat si la police l'en empêchait.

Dans ce domaine, le vieux prêtre et le groupe des Quatre Mers différaient. Celui-ci pouvait claquer assez d'argent pour louer les services d'un millier d'avocats prêts à faire la queue pour blâmer la police, celui-là n'avait qu'à se présenter devant les caméras d'une télévision pour que cinq cents avocats bénévoles viennent s'aligner spontanément devant le siège de la police. Le prêtre n'avait ni argent ni pouvoir, mais il avait Dieu de son côté.

Deux véhicules du Bureau des enquêtes criminelles, l'un devant, l'autre derrière, escortèrent la voiture du prêtre qui fit le chemin en sens inverse jusqu'à Yilan, à l'allure respectable de 60 km/h. De retour à l'église, le vieil homme fut assez bon pour inviter les policiers, qui l'avaient escorté tout du long mais ne semblaient pas vouloir repartir, à un déjeuner consistant en une bouillie de patates douces fondant en bouche, accompagnée de cochon sauvage grillé offert par les aborigènes de la paroisse et de choux cabus qui poussaient derrière l'église.

La bouillie brûlante eut peut-être sur les policiers un effet décontractant général. Après avoir vidé jusqu'au dernier grumeau une marmite entière de la pitance offerte par Dieu, ils constatèrent que leur système digestif urbain n'était plus adapté et durent se ruer en groupe aux toilettes. La patate douce est excellente pour faciliter le transit intestinal, mais il ne faut pas exagérer sur les quantités. Il n'y avait pas de cours de médecine traditionnelle à l'École de police.

Alors que le crépuscule approchait, le prêtre annonça tranquillement aux policiers qui buvaient leur thé que Bébé avait disparu.

Comment ça, disparu ? Elle s'était réfugiée dans le dortoir attenant à l'église et n'en était pas ressortie, comment pouvait-elle avoir disparu ?

Mais elle avait bien disparu, comme la fouille de l'église

et des alentours le montra. Il n'y avait pas de caméras de sécurité, les agents ne pouvaient pas accuser le vieux prêtre de duperie, ils passèrent un coup de fil et retournèrent à Taipei se faire passer un savon. Le poste de police du district de Yilan fut mobilisé pour tenter de retrouver la trace d'une jeune femme qui n'avait plus toute sa tête.

~

Bébé sort par le potager derrière l'église, redescend de la montagne en stop, prend un car longue distance à la gare routière de Yilan. À dessein ou pas, elle est montée dans un bus dont le terminus est le parking du Miramar.

Elle n'entre pas dans le centre commercial mais traverse l'avenue, jusqu'au « Chin Chun Fa », le vieux restaurant de soupe aux nouilles au bœuf dont les médias répètent à l'envi qu'il s'agit de la gargote préférée de Terry Gou, le fondateur de Foxconn. Le bœuf qu'on y sert est abattu au Japon le matin même et livré à Taipei en fret express après dépeçage. Plus important encore que le goût du bœuf de Kōbe, c'est la fraîcheur et l'élasticité de la viande qui comptent.

Bébé consacre un petit moment à ses nouilles. Un serveur s'approche et demande si Mademoiselle s'appelle Wu. Elle acquiesce, saisit le téléphone sans fil qu'on lui tend. Moins d'une minute plus tard, elle règle l'addition, sort, se mêle au flot des gens et des voitures libérés du parc d'activités technologiques de Neihu. Le maire de Taipei a déclaré un jour que dans toute la métropole du Grand Taipei, le quartier de Neihu est celui où les prix de l'immobilier ont le plus de mal à grimper, à cause des problèmes de transport. Aujourd'hui, Bébé en est témoin. Elle attend son tour sur le quai de la station de métro aérien de l'avenue Jiannan et trois rames plus tard, elle n'a toujours pas réussi à grimper dans un wagon.

Mais elle n'est pas la seule dans ce cas : le superintendant Wu non plus n'est pas monté en voiture. Ils observent tous deux les contorsions des jeunes gens qui s'arrangent pour glisser bras et jambes par la porte au dernier moment. Un homme d'âge mûr et une jeune femme réservée ne peuvent imiter les employés du parc d'activités technologiques de Neihu qui arrivent à se serrer dans la rame même avec leurs volumineux sacs à dos. Un homme d'âge mûr a besoin d'un peu d'air, une jeune femme réservée a besoin d'un peu de tenue.

La quatrième rame arrive, Bébé embarque enfin, Wu sort en soupirant de la station de métro. Toutes les apparences indiquent qu'il a renoncé aux joies de la ligne Wenhu aux heures de pointe.

Bébé ne retourne pas à Yilan. Elle descend du métro à la station Da'an, se dirige vers une autre église, située dans une ruelle perpendiculaire à l'avenue Xinyi. Un jeune prêtre la fait entrer par la porte de derrière. Bébé refuse poliment l'offre de repas, elle explique qu'elle a déjà mangé et qu'elle a besoin d'une douche chaude et d'un bon sommeil.

Le jeune prêtre comprend. Il comprend d'autant mieux qu'il a senti les effluves d'herbe, de boue et de sueur qui émanent de Bébé, ainsi qu'une autre odeur un peu sucrée qu'il a du mal à identifier. Elle semble avoir pas mal vagabondé ces derniers jours. Il demande gentiment si elle a besoin de vêtements. Bébé hoche la tête. Bien entendu, l'église n'est pas une friperie, mais les fidèles font régulièrement des dons pour les bonnes œuvres de la paroisse, surtout en cette saison alors que les frimas approchent. Et la personne qui en a le plus besoin en ce jour est la brebis égarée ici présente.

Bébé n'est pas difficile, Bébé prend ce qu'il y a. Elle porte désormais un jean trop large, un sweatshirt à capuche trop ample, un bonnet en laine conçu à l'origine pour les personnes âgées craignant le froid, elle s'écroule sur le lit étroit et dort d'un sommeil écrasant. La discipline militaire cultivée pendant de longues années la réveille pile à l'heure qu'elle s'est fixée. Elle quitte l'église sans déranger le jeune prêtre. La nuit de Taipei ne peut en rien se comparer avec celle du mont Kōya, mais pour une île qui se trouve en zone subtropicale il fait tout de même assez frais. Le vent s'est levé, le temps a changé.

Wu n'a pas joué les sardines dans la rame de métro. Il redescend les marches de la station aérienne de Jiannan, attend en mâchant son chewing-gum que ses filateurs le rattrapent. Ils ont un air navré, la cravate de travers, le costume froissé, mais au moins ils n'ont pas perdu leur cible. En voyant Wu les attendre à côté de leur véhicule, ils font la grimace, ce n'est pas très beau à voir.

Puisqu'il n'est pas question de prendre le métro et qu'il y a tant d'embouteillages, Wu leur demande s'ils ne pourraient pas le déposer au centre-ville en passant par la voie réservée aux bus, grâce à leur sirène de police. Il a un rendez-vous avec son fils, il ne faut pas qu'il arrive en retard. L'attitude des agents du ministère de la Justice est aussi courtoise que s'ils avaient marché du pied gauche dans une flaque d'eau et du droit dans des déjections canines.

Son père est toujours étendu sur son lit d'hôpital, lui démontrant qu'il est encore en vie par le biais de son appareil d'assistance respiratoire. Fiston parle une dizaine de minutes à son grand-père. L'écran vert de l'électrocardiographe témoigne que le vieillard est parfaitement inconscient de la présence de son petit-fils adoré.

Le médecin mentionne une nouvelle fois que Wu doit se décider. Wu approuve. Il serre la main sèche et glacée de son père, puis redescend dans le hall de l'hôpital, son fils et les agents du Bureau des enquêtes sur ses talons.

— C'est un choix difficile. Si un jour je me retrouvais plusieurs mois ou plusieurs années à l'hôpital comme grand-père, tu accepterais que l'hôpital me débranche ?

— Papa ! C'est vraiment affreux de le voir comme ça, mais c'est mon grand-père !

— Tu n'as pas répondu à ma question.

— Je ferai avec toi comme tu le feras avec grand-père.

— Ce que tu dis est encore plus affreux.

— Non, tu aimes grand-père, personne n'en doute, et tu ne supportes pas de le voir dans cet état. Je peux comprendre que plus tard tu ne souhaites pas que je te voie dans cet état. C'est ça que je dis.

— Ce que tu dis ne m'aide pas du tout à comprendre ce que tu veux dire.

— Papa, nous voilà à jouer à répéter ce que dit l'autre comme des gosses.

— Tu as dîné ? On pourrait aller se taper un hamburger au sous-sol.

Wu tourne la tête et s'adresse aux agents :

— On mange ensemble ? Chacun paye sa propre addition. Vous m'avez accompagné toute la journée, vous devez être crevés.

À quatre, ils s'enfilent six hamburgers, six parts de frites, quatre grands cocas, un café et une soupe de maïs. Wu lève son gobelet de soupe, salue les agents :

— Ah, servir l'État, ce n'est pas toujours facile. Vous avez des heures sup' et des indemnités si vous ratez un repas, au Bureau des enquêtes ?

Et ainsi, quand la station de Taipei du Bureau des enquêtes appelle les deux agents sur leur portable, tous deux répondent en quelques bouffées chargées d'oignon que Wu est resté toute la journée sous leur surveillance étroite, qu'ils peuvent témoigner qu'il n'est pour rien dans la disparition de Bébé, qu'il n'a pas non plus pris contact avec Ai Li.

Chao Tso reçoit le rapport du Bureau des enquêtes sur la surveillance de Wu. Il vient d'entrer dans le parking souterrain de sa résidence. Il se gare, passe au rez-de-chaussée récupérer son courrier. Des factures pour sa femme, une enveloppe sans timbre.

Il a acheté son appartement avec ses économies de toute une vie. Au deuxième étage seulement, un peu bas mais pas de regrets, il a fallu choisir ; les prix dans le quartier de Zhongzheng sont presque aussi élevés qu'à Tōkyō. Sa femme étant partie à l'hôpital, il farfouille dans le frigo, prend un carton de jameroses coupées en tranches, s'installe dans le bureau. Après avoir mangé, il faudra qu'il aille à l'hôpital. Deux jours qu'ils attendent, il devrait y avoir des résultats aujourd'hui. Il se lève pour aérer – mais la fenêtre est déjà ouverte. Sa femme a dû oublier de la fermer en sortant, dans sa précipitation. Il se rassied, ouvre l'enveloppe.

Trois photos en couleur, sorties d'une imprimante à jet d'encre. Sur la première, sa fille, allongée sur un lit d'hôpital, qui lui sourit. Sur la deuxième, une vue extérieure de la façade de l'hôpital. Sur la troisième… d'autres n'auraient peut-être pas saisi ce dont il s'agissait, mais Chao Tso comprend très bien : un cliché de l'échographie de son petit-fils dans le ventre de sa fille.

Son téléphone sonne. Il hésite un bref instant, décroche.

— Superintendant Chao ? Veuillez coller les photos sur le mur qui vous fait face.

— Qui êtes-vous ?

— Faites ce que je vous dis, je vous prie. Je vais vous expliquer la raison de ces photos.

Chao Tso hésite un moment plus long. Puis il va chercher du scotch et colle les photos au mur.

— C'est fait. Qui êtes-vous ? Qu'est-ce que c'est ? Du chantage ?

— Veuillez regarder, sur la photo du milieu, le caractère situé le plus à droite.

— Le dernier caractère de « hôpital » ?

Woouuuff TCHAC. Un souffle d'air, un couteau se plante en plein milieu du caractère. La poignée vibre comme le vent qui souffle ce soir.

— Qu'est-ce que vous foutez ?

— Qui a embauché Sasaki, s'il vous plaît ? Qui voulait qu'il tire sur Hsü Huo-sheng ?

— Je ne sais pas de quoi vous parlez.

— Photo de gauche, le front de la jeune femme.

Chao Tso n'a pas le temps de répondre. Un autre souffle, un autre couteau vibre au beau milieu du front de sa fille.

— Vous êtes Ai Li ?

Alex bondit dans la pièce par la fenêtre ouverte, une troisième lame en main.

— Restez calme. De nous deux, qui arriverait en premier à l'hôpital ? Votre fille est là-bas, votre femme aussi. Sasaki aussi. Veuillez regarder la photo de droite, je vous prie cette fois de ne surtout pas la quitter des yeux.

Woouuuff TCHAC. Le couteau dans la main d'Alex transperce l'image indistincte du fœtus de cinq mois.

— J'attends des réponses, superintendant.

— Vous avez dit que Sasaki était où ?

— À l'hôpital. Probablement pas très loin de la maternité.

Ce ne sont pas les images de sa glorieuse carrière qui se bousculent dans le crâne de Chao Tso à ce moment, mais plutôt celles de ces dernières années, au service du groupe des Quatre Mers et de sa « fondation ». Qu'il met immédiatement en balance avec la naissance de son premier petit-fils, attendue dans les heures qui viennent. Avec son départ des Quatre Mers, attendu le mois prochain. Avec le voyage en compagnie de sa femme à Hokkaidō, juste après, pour fêter ça. Attendu depuis très longtemps. Chao Tso a beaucoup d'attentes. Beaucoup plus que de souvenirs de son boulot de flic, où il faisait étalage de son courage et de sa férocité. C'est très loin tout ça.

— C'est « Jeffrey ».

Parfois les attentes aident à mieux se représenter l'importance relative des choses. L'importance d'un job honteux qui ne sera plus votre problème d'ici un mois. Alors que votre fille et votre petit-fils vont rester votre problème dans l'avenir prévisible, un problème bienvenu de tous les jours.

Woouuuff TCHOUFF. Mais ce n'est pas un couteau qui vole, c'est le stylo Montblanc de Chao Tso, qui était posé sur son bureau. Celui sur lequel est gravé l'éloge d'un ancien chef de la police de Taichung : « En l'honneur du départ à la retraite du superintendant Chao Tso. »

Le stylo vibre, derrière la porte. Il n'y a pas de photos là, mais la cible d'un jeu de fléchettes de supermarché auquel Chao Tso jouait jadis. Les six fléchettes, que personne n'a touchées depuis longtemps, oscillent en même temps que la cible, mais le cœur rouge au centre de celle-ci s'est désagrégé en fragments de polystyrène informes qui dansent au gré du vent qui s'engouffre par la fenêtre ouverte.

~

Quand Chao Tso arriva à l'hôpital, sa fille était depuis cinq minutes en salle de travail. Sa femme et son gendre attendaient à l'extérieur, aussi anxieux qu'excités. Chao Tso ne posa aucune question, vérifia fébrilement la fenêtre. L'hôpital disposait d'une climatisation centralisée, aucune fenêtre ne s'ouvrait. Il ressortit, inspecta le service de chirurgie, de dermatologie. Personne de suspect. Il sortit son téléphone, déroula la liste de ses contacts pour trouver le numéro de Jeffrey. Son index se figea au-dessus de l'écran. Plus qu'un mois avant son départ à la retraite, définitif cette fois. L'avenir était plus important que le présent.

De toute façon, il avait déjà donné le nom de Jeffrey. Il l'avait donné, pour le bien de sa famille. Jeffrey n'était pas de sa famille, et si ça se trouvait, après son départ du groupe, Chao Tso se verrait même refuser l'entrée du club le jour où il voudrait aller lui présenter ses vœux de nouvelle année. Il rangea son téléphone, alla s'asseoir près de sa femme. Contempla les grands caractères des mots « salle de naissance » sur la porte devant lui, posa doucement la main sur l'épaule de son gendre, dit d'un ton calme et rassurant :

— On attend si longtemps de devenir papa, mais ce n'est pas un métier facile.

Le gendre répondit par un petit rire timide.

Jeffrey sortit du grand hôtel, grimpa à l'arrière de sa limousine. Les réceptions s'enchaînaient ces jours-ci, ça n'arrêtait pas. À midi il avait déjeuné avec ses anciens collègues du ministère des Finances. Ceux qu'il avait personnellement promus étaient aujourd'hui presque tous chefs de département, de service, de bureau. Ce que Johnny avait raconté des décennies auparavant, quand il avait recruté Jeffrey alors que celui-ci était un brillant étudiant taïwanais aux États-Unis, s'était réalisé. Les présidents d'assemblée, les ministres changent, l'administration ne change pas. L'appareil de l'État est aux mains des hauts fonctionnaires. À chaque élection ou remaniement tout le monde se rue sur les postes de ministre, mais Johnny voyait plus loin, il avait décidé de se focaliser sur l'élevage de fonctionnaires, et plus tard il garderait ainsi la main sur les choses importantes.

Le pouvoir et la fortune sont complémentaires. La fortune vous permet d'obtenir le pouvoir, et la finalité du pouvoir, c'est la fortune. Les hauts fonctionnaires n'ont pas de positions aux noms ronflants, ne détiennent pas le pouvoir. Mais ce sont eux qui l'exercent.

L'après-midi, Jeffrey avait invité l'assistant parlementaire d'un membre de la Chambre des représentants des États-Unis, à Taïwan en « visite privée », à boire le thé. Même principe : les représentants sont pris toute la journée dans un tourbillon de futilités, si l'on veut arriver à quelque chose il faut compter sur les assistants. Alors Jeffrey avait sorti deux bouteilles d'un bordeaux millésime 1967 (fournies par Johnny), les avait offertes à l'assistant, et des feuilles de Oolong magnifiquement empaquetées (un cadeau qu'on lui avait fait, il ne savait plus qui) qu'il avait prié l'assistant d'apporter au représentant. Une autre théorie de Johnny : les représentants reçoivent tellement de cadeaux qu'ils n'ont pas le temps de les ouvrir, ils les mettent de côté et quand ils s'y intéressent finalement, ils ouvrent tout en même temps, il s'est écoulé plusieurs mois et il ne leur viendrait pas à l'idée de les attribuer ni de les comparer. L'assistant, lui, allait ouvrir son présent dès ce soir, aurait tout le temps de l'apprécier, et se rappellerait qui le lui avait offert.

Ce soir-là, Jeffrey avait subi encore un autre dîner, son rendez-vous régulier avec Kuo, le secrétaire du Yuan exécutif. Puis il s'était rendu en hâte au Lion's Club pour y retrouver quelques vieux amis et ils étaient allés ensemble au karaoké dans un hôtel de luxe. Jeffrey était âgé mais son cœur était resté jeune, il adorait pousser la chansonnette. Il se vantait d'être aussi bon sur les ballades de Jonathan Lee que sur les grossièretés frivoles de Bobby Chen.

La limousine se gara sur l'avenue Jinan. Il y avait erreur.

— Tony, ce soir je rentre à la maison, je ne vais pas chez Vivian, tu as oublié ?

L'habitacle de la Bentley était vaste, le chauffeur était loin, Jeffrey avait dû élever la voix. Tony ne pipa mot, fit demi-tour. Trois minutes plus tard, il se gara avenue Jinshan Sud, en face du bureau de poste.

— Mais qu'est-ce qui te prend ? Je ne t'ai pas dit de rentrer à la maison ? Avenue Jen'ai.

Le chauffeur coupa le moteur, éteignit les phares, se tourna et déclara poliment :

— À vos ordres, monsieur le vice-ministre. Susan habite tout près, rue Yongkang.

— Qui êtes-vous ? Ai Li ?

Alex jeta un coup d'œil à sa montre :

— Minuit cinq. Ce n'est pas chez Susan que vous allez d'habitude quand vous avez picolé au-delà de minuit ?

2

Plus que deux jours avant le vote

— Comment savez-vous, pour Susan ?

— Votre chauffeur a été obligé de céder à la violence. Veuillez ne pas lui en tenir rigueur, il a gardé le silence trois bonnes minutes. C'est pas mal, la plupart des gens ne résistent pas trente secondes. Votre chauffeur a beaucoup travaillé sa musculature, c'est très joli, mais ça n'a aucune utilité face aux techniques qu'on m'a enseignées.

— Qu'est-ce que vous comptez faire ?

— Je suis tireur d'élite. J'ai appris à penser simple et à agir droit.

— N'avez-vous donc plus aucun attachement pour les lois de ce pays ?

— Parlons de Sasaki. Vous l'avez engagé. Vous avez exigé qu'il tue le Président. Mais quelqu'un a tiré avant lui, le Président n'est pas mort, Sasaki s'est enfui. Peut-être avait-il vu tout le déroulement de la scène, aussi avez-vous voulu le faire taire définitivement ?

— Je ne sais rien de tout cela.

Certains hommes aiment les femmes, tout en les tenant pour quantité négligeable. Ces hommes ont en général un talon d'Achille, un point faible qui leur est commun. Ils sont de nature narcissique et de constitution douillette.

Alex brandit une lame devant le visage de Jeffrey.

— Ceci est une baïonnette américaine M9, lame de 17,8 cm, mince et effilée. À l'époque où vous étiez encore secrétaire général du ministère et pas encore vice-ministre, vous vous êtes rendu aux États-Unis, où, avec l'aide de l'officier général affecté au Bureau de représentation de Taipei, vous avez négocié avec les Américains l'achat de cette arme. Regardez bien, monsieur le vice-ministre, il y a un trou sur l'avant de la lame, parfaitement adapté au diamètre d'une canine. Une torsion du poignet, et hop ! C'est bien plus rapide que chez le dentiste. Ce dispositif sur la poignée peut servir de décapsuleur. Il peut aussi vous tordre une phalange en arrière à 90°. Mieux encore, cette rainure sur la lame – on ne la retrouve pas sur toutes les baïonnettes – fait que quand la pointe pénètre une artère, le sang jaillit comme les feux d'artifice pour la Fête nationale. Je pense que de là où vous êtes assis, ça pourrait arroser le pare-brise.

Les mains de Jeffrey se crispent sur le cuir authentique de son siège et tentent de toutes leurs forces de projeter son corps le plus loin possible en arrière, son dos s'incruste dans le dossier et sa tête est encore dix centimètres plus loin.

— Vous êtes déjà recherché, Ai Li, n'aggravez pas votre cas…

Alex ne répond pas. D'un geste lent, il pointe la lame

vers le bas, d'un mouvement brusque il l'enfonce dans la cuisse de Jeffrey. Celui-ci regarde d'un air incrédule l'arme qui dépasse du muscle, le sang qui jaillit. Il pousse un cri aigu.

— Tout va bien, ce n'est pas l'artère fémorale, et il n'y a pas trop de nerfs dans le coin. Mais si la lame s'enfonce encore on risque d'atteindre le fémur. En remuant un peu, on entendrait probablement le crissement du métal contre l'os.

Le cri aigu se mue en halètements sourds.

— Personne ne vous entendra. L'isolation phonique de ces voitures anglaises est vraiment de première classe. Y a pas à dire, la qualité, ça coûte de l'argent. D'ailleurs c'était l'une de vos sentences favorites quand vous étiez vice-ministre des Finances.

La pointe s'enfonce de cinq centimètres supplémentaires. Les halètements deviennent des gémissements.

— Écoutez bien, on arrive à l'os…

— Attendez ! Sasaki, c'est un ami qui m'en a parlé. J'ai demandé à Chao Tso d'entrer en contact avec lui. Allez voir Chao Tso !

— Vous l'avez dit, je suis recherché, je ne peux pas rendre visite à trop de gens. Et c'est dans votre cuisse de vice-ministre que la baïonnette est plantée.

— Nous avions besoin d'un assassin pour intimider Hsü Huo-sheng, c'est tout.

— Pourquoi ordonner à Sasaki de le tuer, alors ?

— Parce que… parce qu'il ne nous obéissait plus.

— Oh ! le Président n'était pas sage. Pourquoi avoir envoyé un assassin tuer Sasaki ? Et moi avec ?

— Nous avions peur que vous parliez. Mais nous ne voulions pas vous tuer, nous avions besoin de vous. À un très haut salaire…

— Vous avez voulu nous faire tuer tous les deux. Je suis un peu stupide. Veuillez m'expliquer, monsieur le vice-ministre. Vouloir buter Sasaki, je comprends. Mais moi ? Quel intérêt ? Ah, l'idée ne serait-elle pas de me faire passer pour le tireur de l'Hôtel du Bonheur afin de permettre à la police de boucler le dossier ?

— Nous n'avons jamais voulu vous faire tuer…

Quelques centimètres de plus. La pointe touche l'os, Alex joue avec la poignée de l'arme.

— Vous entendez le cri du fémur ? Vous verrez, l'oreille, qui n'est pas un os mais un cartilage, ne fait pas du tout le même bruit.

Les yeux écarquillés, Jeffrey contemple la lame et le sang qui gicle toujours.

— J'ai tout dit.

— Qui est encore au-dessus de vous, monsieur le vice-ministre ?

— Personne.

En un clin d'œil, la pointe de la lame lui transperce le pavillon de l'oreille gauche. La lame tiède se pose contre sa joue. Le sang frais dégouline sur sa cravate. Ses doigts crispés creuseraient des trous dans le siège, si ce n'était du cuir véritable.

— Encore un peu, monsieur le vice-ministre, et vous pourrez rapporter un souvenir à la maison. Peut-être que les toubibs pourront vous recoudre l'oreille, mais il faudra la mettre tout de suite au frigo, sinon les cellules vont très vite se détériorer.

Alex ouvre le mini-réfrigérateur dans le dossier du fauteuil en face de Jeffrey, en sort une poignée de glaçons qu'il lui répand sur l'entrejambe.

— C'est assez froid, mais l'important c'est d'aller vite, sinon c'est le gel qui va détruire les cellules.

Jeffrey tente par réflexe de couvrir ses oreilles de ses mains, mais sa main gauche touche la lame poisseuse et il la retire brusquement.

— C'était l'idée de Johnny, forcer Hsü Huo-sheng à nous obéir. Mais Hsü a décidé de ne plus écouter personne pour son second mandat. Il n'était pas si éloigné que ça de Hu Yen-po dans les sondages, et il est très fort dans les campagnes électorales. Johnny disait que puisque c'était comme ça, il n'y avait qu'à louer les services d'un tueur pour l'abattre, et l'élection n'aurait tout simplement pas lieu.

— Je vous entends… vous auriez donc parié sur Hu Yen-po ?… Aaaah, mais non, ça ne colle pas. Ce soir vous avez dîné avec le secrétaire du Yuan exécutif autour d'un bon vin et d'une côte de bœuf. C'est cela : vous avez parié sur l'actuel président du Yuan exécutif. Si Hsü Huo-sheng mourait, il aurait probablement été le prochain candidat du parti. Il se serait dépêché d'être élu et d'être très sage. C'était ça le deal ?

— Le président du Yuan exécutif est un ami, c'est tout.

La M9 s'éloigne du visage de Jeffrey. Jeffrey se plaque une main sur l'oreille gauche, l'autre sur la cuisse gauche. L'oreille saigne beaucoup moins que la cuisse.

— J'ai failli oublier, monsieur le vice-ministre. Votre chauffeur comptait s'enrichir après l'élection. Il avait fait comme vous : parier sur Hsü Huo-sheng. Moins que vous, quand même, 100 000 dollars. La cote actuelle étant de quatre contre un, il se serait fait 400 000 dollars. Il m'a dit que vous aviez parié beaucoup plus. Dix millions ? Vous auriez gagné quarante millions. Une petite fortune.

— Le petit saligaud…

— Sasaki a passé une dizaine de jours à Taipei. Chaque jour, il aurait pu descendre Hsü Huo-sheng une centaine de fois. Mais vous ne lui aviez jamais demandé de tirer, alors pourquoi finalement ce jour-là rue Huayin ? Si vous butiez Hsü, envolée la fortune.

— Il n'y avait pas d'autre solution, il ne voulait plus rien céder.

— Mais c'est là que je suis perdu. Je n'ai pas étudié les sciences politiques. Alors on va passer à la cage thoracique…

— Qu'est-ce que vous voulez savoir à la fin ?

— Qui est Johnny ?

— Son vrai nom est Fang.

— Ah ! J'ai dû voir ça dans les journaux. Le père ou le fils ?

— Le père.

— Ça m'a l'air compliqué, je vais devoir passer du temps sur Google. Maintenant, je vous prie de bien m'écouter : attendez que j'aie sorti votre chauffeur du coffre et que je l'aie ramené à sa place. Dites-lui de partir tout droit. Vous voyez le mur de l'immeuble de la poste ? J'ai vérifié, c'est un vrai mur en bon béton, ils n'ont carotté ni sur la main-d'œuvre ni sur les matériaux. Ordonnez à Tony de foncer sur le mur à toute vitesse.

— Hein ? Pourquoi ça ?

— Tony m'a dit que la voiture est assurée à 100 %, n'ayez pas peur. Au moment du choc vous allez tous les deux être projetés en avant, les airbags vont se déclencher et vous sauver la vie. Mais ne vous empêcheront pas d'être blessés. Sa tête va ensuite heurter la vitre de la portière, votre cuisse va malencontreusement rencontrer la pelle à glace qui se trouve dans le réfrigérateur.

Alex sort la pelle à glace, l'enfonce dans la blessure dégoulinante de sang. Jeffrey hurle.

— Ainsi, monsieur le vice-ministre, la Bentley sera remboursée, vous serez soigné grâce à l'assurance maladie des fonctionnaires retraités, Tony sera soigné grâce à l'assurance privée obligatoire des travailleurs, et vous avez sûrement une bonne complémentaire accident qui payera les probables frais d'hospitalisation, voire un séjour en chambre individuelle ! J'ai beaucoup appris sur les assurances ces derniers temps. Une distraction momentanée du chauffeur qui cause un accident, un ex-vice-ministre qui entre à l'hôpital, Johnny qui ignore tout de notre rencontre. Il est même possible que vous vous cogniez la tête assez sévèrement et que vous perdiez conscience quelques heures. À votre réveil, l'hôpital refusera de vous laisser sortir et vous regarderez le résultat de l'élection à la télé avec de grands yeux écarquillés. Ce n'est pas un scénario absolument parfait, je fais de mon mieux.

— Ai Li, sachez que de très nombreuses possibilités seraient ouvertes en politique à quelqu'un comme vous. Parlez, dites-moi ce qui vous plairait.

— J'ai encore failli oublier. Sasaki est aussi à l'hôpital, il risque d'y rester un bon moment.

Alex ne dit plus rien, il a beaucoup à faire.

Peu après, la Bentley s'écrase contre le mur de l'immeuble des Postes de Chine, institution réputée sous-traiter aux entreprises du BTP les plus honnêtes. Le choc est brutal, et malheureusement, il semble que les normes de construction n'aient pas été entièrement respectées sur ce chantier précis. Briques et blocs de béton s'abattent sur la voiture, en défoncent le toit, en explosent les vitres. Il s'écoule un certain temps avant qu'un Jeffrey hurlant ne soit extrait de la carcasse du véhicule.

~

Wu rentra chez lui épuisé en traînant des pieds. Son fils n'était pas encore de retour, il était presque minuit ; où emmenait-il sa petite amie pour lui parler d'amour ? C'est en observant son fils que Wu percevait le plus la fuite du temps. Le travail et les corvées du quotidien s'empilaient peu à peu, vous obligeaient à négliger l'existence même du temps, et le jour où vous en preniez brutalement conscience, vous aviez oublié ce que ça faisait d'être amoureux.

Sa femme n'était pas là non plus. Sur la table de la salle à manger, un vieux téléphone portable à clapet était posé sur une feuille de papier. Ce n'était pas l'écriture de sa femme :

« J'ai confiance en vous : vous n'allez pas prévenir le contrôleur Lu, vous n'allez pas prévenir le père Chu. Vous allez contacter Ai Li. Il connaît l'endroit : au quatrième trou, trois heures du matin. Il me connaît aussi. S'il vient, votre épouse rentrera immédiatement chez vous et vous pourrez souper ensemble. Tuan. »

Le coin supérieur gauche de l'écran était abîmé, couvert d'un réseau de lignes fines en toile d'araignée.

Il était possible d'échapper au Bureau des enquêtes, et même au Bureau de la sécurité nationale. Mais on n'échappait pas au vieux M. Fang. Wu contempla la ruelle latérale un moment. Remit son manteau, dévala l'escalier, bondit sur le petit scooter de la pauvre Mme Chen qui oubliait toujours ses clés et démarra en trombe dans la nuit noire.

Alex se tenait devant le grand immeuble. Une lumière douce filtrait par les vitraux du dernier étage. Son téléphone vibra : un message. Tuan ? Un nom jadis familier, mais qu'il avait presque oublié depuis le temps. Il remonta sur sa moto, roula jusqu'au vieux temple Jiantan à Dazhi, où il récupéra sous une colonne un téléphone portable à clapet et une feuille de papier. Puis il se rendit à Beituo, ouvrit un casier de consigne dans une petite boutique, en sortit une longue boîte rectangulaire.

À cette heure de la nuit, le trafic était fluide. Alex mit les gaz, prit une route de montagne, dépassa le cimetière chrétien de la colline de la Résurrection. Il n'y vit pas de feux follets, mais le calme de l'endroit le mit mal à l'aise. Il s'arrêta au bord de la route, ouvrit la boîte, remonta le SVD de Sasaki, franchit un muret couvert de mousse, retomba des deux pieds sur une pelouse abondante et souple.

Le golf de Kuohua est un vieux terrain, presque aussi magnifique que celui de Tamsui. L'instructeur Tête-de-fer était naguère un fou de golf qui partait faire le tour des clubs, sac à l'épaule, dès qu'il avait des vacances. Il disait avoir un jour fait cinquante-quatre trous dans la journée, trois parcours complets de l'aube au crépuscule en trois cents coups, pas un de plus, pas un de moins. Pour les neuf derniers trous, il avait les bras si affaiblis qu'il avait dû se limiter au fer n° 7, et trouver malgré tout le moyen de pousser la balle jusqu'au green.

Pendant leur stage, les élèves tireurs d'élite avaient dû subir trois jours de bourrage de crâne à l'Académie de formation politique des cadres – sur l'autre versant de la colline de la Résurrection. Un soir, Tête-de-fer leur avait tous fait sauter le mur d'enceinte du golf de Kuohua, où ils avaient bu en grignotant des ailes de poulet, allongés sur le gazon d'un green. Les dix-sept élèves mettaient les pieds dans un golf pour la première fois. Mais le confort des pelouses tendres et les aires de départ surélevées leur rappelaient le terrain d'entraînement de l'École d'infanterie sur la colline du Phénix à Kaohsiung. Et là comme ici, les itinéraires d'assaut étaient longs et tortueux.

Alex se souvenait des jours passés à l'École d'infanterie. Après le petit déjeuner, l'interminable marche en tenue n° 1, treillis, arme et casque lourd, tout le long de l'itinéraire d'approche ; puis, sans un moment pour reprendre son souffle, il fallait monter à l'assaut, l'objectif invisible derrière les fumigènes, franchir fosses et abattis avant de vomir toutes ses tripes, escalader les réseaux de barbelés, s'emparer des nids de mitrailleuses, charger en direction de l'encore lointaine côte 714.

Tous les jours le même objectif, mais chaque jour une météo changeante et des obstacles variables. Les instructeurs disaient que c'était à l'imitation de la vie, chaque jour est différent à cause des détails.

Le trou n° 4 : 605 yards, par 5. Le même fairway, le même green, mais la position du trou et du drapeau changeant tous les jours modifient la difficulté.

Les indications trouvées sur Internet disaient qu'il fallait d'abord jouer le côté gauche du fairway en franchissant l'obstacle d'eau rectangulaire ; au second coup, frapper directement vers le green, en volant par-dessus les fourrés placés devant celui-ci. Le tracé du n° 4 est coudé vers la droite et du départ on ne peut pas voir le drapeau.

~

Alex progresse en rampant, se rapproche de l'aire de départ, le fusil braqué devant lui. C'est le SVD russe laissé à Taïwan par Sasaki, excellemment entretenu, le problème est qu'il ne reste que trois cartouches.

Son téléphone vibre. C'est bien Tuan et sa voix toujours railleuse.

— Ai Li, mon ami ! La Lune est belle ce soir, viens donc, on a plein de choses à se raconter.

— Relâche la mère Wu, et je te paye un verre.

— Elle est sur le pont, tu ne l'as pas vue ?

Le départ occupe une position légèrement surélevée. De là, on voit l'obstacle d'eau rectangulaire qui divise le fairway en deux, à une centaine de yards environ. L'obstacle est traversé par une petite passerelle. Dans sa lunette de visée, Alex aperçoit Mme Wu, pieds et mains ligotés à l'extrémité de ce « pont ».

— Tu t'es reconverti dans le kidnapping de rombières ? Je te pensais plus ambitieux.

— Sinon, comment obtenir d'Ai Li, star mondiale et dieu des snipers, qu'il daigne accepter notre invitation ? Hé, Tête-de-fer te manque ou pas ? Pourquoi il t'a envoyé à la Légion ?

— Pour m'endurcir.

— Il t'avait à la bonne, le vieux, mais il n'a fait que réchauffer un serpent en son sein. Moi je vais te tuer, Ai Li. Une vie pour Tête-de-fer, une vie pour le Gros, et une demi-vie pour Bébé. Ce soir on va régler nos comptes.

— C'est eux qui voulaient ma peau, qu'est-ce que je pouvais faire d'autre ?

— Pauvre chou, tout-le-monde-il-est-méchant-avec-toi.

— Qu'est-ce que tu veux ?

— Où est Sasaki ?

— À l'hôpital.

— C'est tout ?

— Peut-être qu'il est avec moi.

— Ai Li, tu es vraiment un serpent à sang froid, mon détecteur infrarouge ne te voit pas.

— Je suis juste derrière toi, tourne la tête si tu ne me crois pas.

— Houlà, j'ai peur ! Mais ce n'est pas le soir des histoires de fantômes. On va suivre les règles de Tête-de-fer : départ à 600 yards, interdiction de quitter le fairway. Tu gagnes, tu ramènes la vieille de Wu. Je gagne, tu me dis où est Sasaki. Et si l'un de nous deux meurt avant, il se résigne à son destin et débarque chez Yama sans se plaindre.

— D'accord.

Le golf occupe les pentes d'une colline, entre l'embouchure de la Tamsui et la chaîne des monts Datun. Les facteurs défavorables ne manquent pas : le vent de montagne qui souffle fort, la rareté des abris possibles sur le fairway, la traversée de la mare qui l'obligera à s'exposer, les trois bunkers avant le green qui l'empêcheront de s'approcher.

Tête-de-fer leur a répété qu'avant d'affronter l'ennemi, il faut s'inspirer de *L'Art de la guerre* de Sun Tzu : « Considérez qu'avec de nombreux calculs on peut remporter la victoire, redoutez leur insuffisance. » Des calculs. Le fusil qu'il tient entre les mains est sorti d'usine en 1964. La crosse a été changée, il y a déjà un bon bout de temps, mais est encore solide. Le canon fait 62 centimètres de long et comporte quatre rayures de gauche à droite. La portée efficace est de 800 mètres, mais il faut appliquer une réduction due à l'âge. Disons 600 mètres. Sasaki a remplacé la lunette d'origine par un viseur monté sur rail tactique. Un viseur optique, grossissement × 4, sans capacité de vision nocturne. Alex ignorant de quelle arme se sert Tuan, il se dit qu'il vaut mieux adopter une posture défensive. Attirer Tuan à moins de 400 mètres, sinon ça va être compliqué rien que pour le voir.

— Mon cher Ai Li, tout va bien ? La nuit est fraîche, tu ne veux pas qu'on se fasse une petite séance d'échauffement ?

— Inutile.

Quelques gloussements.

— En léger déficit de munitions, peut-être ? Tu risques d'en manquer après ? Supplie-moi, et je t'en refile.

— Tuan le Bodhisattva, toujours prêt à venir en aide aux miséreux.

— Ton SVD, il est de la première génération ? Une antiquité. Même ta nouvelle lunette, elle est dépassée. C'est OK sur le champ de tir, mais pour le combat de nuit tu es à moitié aveugle, ma poule. Un chargeur de cinq cartouches, deux ont été retirées et laissées à l'Hôtel du Bonheur, il ne t'en reste que trois. Des cartouches en 7,62 × 54 mm, on n'en trouve pas à Taïwan, tu n'as pas pu compléter. Trois coups, mon lapin, tu n'as que trois coups. Mais que cela ne te décourage pas, après tout tu es sorti deuxième du stage, le chouchou de l'instructeur, tu as subi en plus le strict entraînement de la Légion étrangère, et tu as été au feu. Trois coups devraient être amplement suffisants. D'autant qu'en face de toi, c'est juste ce jean-foutre de Tuan, le tire-au-cul toujours dernier des séances de tir.

Après livraison à Taïwan, le fusil de Sasaki a été retiré en douane par un homme de Jeffrey. Bien sûr qu'ils en connaissent le modèle, et le nombre de cartouches. Tuan est aussi un homme de Jeffrey.

— Waouh ! Avec ce clair de lune, le fût en bois de ton flingue est absolument magnifique ! Ça brille comme la tige d'une pipe de collection !

Tuan a non seulement un détecteur infrarouge, mais aussi des jumelles de vision nocturne.

Alex roule jusqu'au pied de la butte où se trouve le départ, pour se mettre à l'abri du petit bosquet sur la gauche.

Le vent est tombé. Alex baisse la tête brusquement. Une balle lui frôle l'oreille, frappe sa lunette de visée. Clic clac,

Alex dégage la lunette brisée en deux du rail tactique, il n'a plus que les organes de visée mécaniques.

— Manqué de peu ! Ah, j'ai toujours été trop pressé. C'était d'ailleurs ce que disait Tête-de-fer, mais j'ai jamais voulu le croire, il a fallu que j'attende aujourd'hui ! Il avait raison. Ma poule, quoi que le vieux t'ait fait, ce n'est pas bien ce que toi, tu lui as fait. La relation entre le disciple et le maître, c'est comme entre le fils et le père.

Pourquoi Alex s'est-il retrouvé exposé comme une cible au pas de tir alors qu'il avait roulé en bas de la butte ?

— Je l'ai reconnu.

— Reconnu quoi ?

— Le bruit de ton fusil de précision français.

— Arrête de crâner, mon lapinou. J'ai un silencieux comme toi, tu ne peux pas avoir reconnu le bruit de la détonation.

— J'ai reconnu le murmure de la balle en vol. Tête-de-fer l'avait dit, chaque fusil a sa voix, comme chaque homme tousse différemment.

— Petit trouduc. C'est un peu tard pour être nostalgique de Tête-de-fer.

— Un FR-F2, c'est pas donné. Dis donc, y a quelqu'un qui t'a avancé l'argent ? Pourquoi tu ne t'es pas offert un TPG-1 allemand, à ce prix-là ? Il est bien plus beau.

Alex progresse d'environ un mètre vers l'orée du bosquet, braque son arme, fait monter une cartouche dans la culasse, vise. Demain, il devra aller au temple de l'Empereur de Jade, le remercier d'avoir calmé le vent, assez pour qu'il entende le sifflement de la balle en approche. De lui avoir sauvé la vie.

— Hé, Tuan, c'est bien Jeffrey qui te paye ? Combien, 200 000 ? Tu ne devrais pas casser les prix du marché comme ça, on vaut bien un million.

— Oh ! On veut me faire causer. Déjà quasiment mort, mais encore en train d'essayer de me cuisiner. Tu es un romantique, ma poule, Tête-de-fer l'avait dit, notre Ai Li est un romantique. Tu ne voulais pas te séparer de ton vieux M14, tu adorais le guidon au bout du canon, tu disais qu'il ressemblait à une couronne. Si tu te sers d'un SVD aujourd'hui, c'est parce que tu penses que le fusil est plus élégant ? Sasaki est japonais, tu ne vas quand même pas offenser les sentiments d'un de tes condisciples à cause d'un Jap ? Alors, où est-il ?

Alex aperçoit un bref éclat sur une pente éloignée. Une autre balle soulève un geyser de poussière sous ses yeux. Tuan connaît sa position. Alex observe son téléphone. C'est le téléphone que Tuan a donné à Wu, bien sûr qu'il peut le repérer. Il enfonce le téléphone dans le gazon, roule jusqu'aux arbres, avance en rampant sur cinq mètres, se coule dans l'obstacle d'eau, tête la première. Ce n'est pas assez profond, son déplacement va créer des vaguelettes à la surface de l'eau. Il se colle à la passerelle, avance à tout petits pas. Ça ne va pas, même à tout petits pas l'eau se couvre de rides, Tuan est en hauteur, Alex va être aussi repérable dans sa lunette de vision nocturne à grossissement × 10 qu'un cafard tropical dans une pantoufle. Il va falloir dépenser une cartouche pour détourner l'attention de Tuan. Il tire vers l'arrière, sur la hampe du fanion qui indique le sens du vent au niveau de l'aire de départ, la brise en deux. Bondit hors de la mare, se jette dans un fourré.

Les trois cents yards qui s'étendent au-delà de la passerelle ondulent doucement. Le fairway forme un S à la courbure peu prononcée, à droite de la tête du S, un fourré un peu en hauteur, qui procure un abri correct. C'est là qu'Alex a vu la lueur de départ du coup.

À l'entraînement, il fallait être capable de parcourir au moins cent mètres en se propulsant à toute vitesse sur les coudes et les jambes. Alex n'a pas oublié ses bases. Ramper sur les coudes est épuisant, mais c'est aussi la méthode de déplacement la plus discrète. Les deux mains serrant son fusil, il rampe sur près de quatre-vingts mètres. Tout près devant lui, dans la partie droite du fairway, un petit monticule. Il bondit, se jette derrière, une balle vrombit au-dessus de sa tête. Il braque son arme, tire, la balle pénètre le fourré à un peu plus de deux cents mètres, il n'a sûrement pas touché Tuan mais le but est de l'effrayer et de le débusquer. Alex roule encore vers la droite, la partie centrale du fairway est courbée vers la droite, Tuan est posté dans un fourré à droite : entre eux deux, il y a désormais les arbres qui longent le fairway à l'intérieur du virage. Tuan ne peut plus le voir, il ne peut pas voir Tuan. Égalité.

Alex continue sa progression, il parie que Tuan sera obligé de bouger lui aussi. Il va prendre le risque, il a calculé qu'Alex n'avait plus qu'une seule cartouche.

Soudain, dans son dos, un hurlement :

— Ai Li ! J'ai délivré ma femme, vous pouvez y aller !

En effet, Mme Wu a disparu du petit pont. Mais comment le superintendant Wu a-t-il débarqué ici ? Alex n'a pas le temps d'y réfléchir. Une balle arrache un bon morceau de pelouse près du pont, la petite motte de terre vole haut, en arc tendu, comme une grenouille qui bondit hors de l'eau. Un autre hurlement :

— Tout va bien, Ai Li ! Ne vous occupez pas de nous !

— Il a raison, ma poule ! Occupe-toi plutôt de tes fesses, il ne te reste plus qu'une balle !

Surtout, il reste deux cents mètres. Au deuxième virage du S, une autre petite butte, il se positionne sur sa gauche, reprend la vue sur le reste du fairway et la hauteur où est planqué Tuan. Entre eux deux, quelques dizaines d'arbres. Il bloque sa respiration, stabilise sa ligne de mire, presse la détente. Dans la clarté diffuse de la lune, le projectile traverse les frondaisons raréfiées en remuant comme une truite en eau vive, laisse derrière lui des feuilles tremblantes, frappe une petite souche sur laquelle Tuan appuie son arme.

Cette troisième balle, c'était pour raccourcir la distance. Alex prend l'extérieur du virage, court en zigzag comme un dératé, bondit tel un lièvre sous amphétamines. *Calcul.* Son tir a frappé la souche, et quelques éclats de bois ont pu jaillir dans les yeux de Tuan, ou le toucher au visage, ou au moins le déconcentrer. Quoi qu'il en soit, réajuster sa vision, retrouver sa cible et reprendre sa visée vont demander du temps. À moins de deux cents mètres, le temps est beaucoup plus important que les munitions. Quand Tuan recommence à tirer, Alex s'est déjà jeté à plat sur le fairway. Plus il se rapproche, plus le terrain est pentu, plus il présente des irrégularités, plus la marge de survie d'un Alex dépourvu de munitions augmente.

Tête-de-fer avait dit que des dix-sept élèves qui avaient terminé le stage de tireur d'élite, le plus précis était le Gros, celui qui anticipait le mieux était Ai Li, le plus intelligent était Tuan. Mais aussi que le Gros était trop perfectionniste, Ai Li trop calculateur, Tuan trop pressé.

Tuan est en effet trop pressé. Il émerge sur le fairway, courant penché en avant, le fusil braqué devant lui.

— Montre-toi, Ai Li ! Tu n'as plus de balles, ton petit frère va t'en donner quelques-unes.

Cent mètres. Tuan tire dans le repli de terrain derrière lequel s'abrite Alex.

— Montre-toi ! Ils ne vendent pas ces cartouches japonaises à Taïwan. Ne joue pas les héros. J'irai les supplier, si tu leur donnes Sasaki, ils te laisseront ta misérable vie. Hé hé, ma poule, tu refuses de te rendre, pas vrai ? Pourtant le colonel nous avait bien dit que ça ne servait à rien de jouer les héros. Tu te souviens de son histoire de l'abruti qui voulait devenir tueur de dragon ? Je suis arrivé au grade de commandant, mais je ne savais rien faire d'autre que tirer au fusil. J'ai récolté un blâme pour avoir bu quelques verres de trop, j'ai dû quitter l'armée et vivre sur une pension réduite. Putain, comme il disait, y a pas de dragons en ce bas monde. Qui a eu l'idée géniale d'inventer les dragons pour que des abrutis deviennent dingues à l'idée de les buter ?

Plus que quatre-vingts mètres, et encore un coup de fusil qui emporte une motte de gazon tout près d'Alex, trop près. Alex entend maintenant le bruit des pas de Tuan sur l'herbe du fairway.

— Et grâce à toi, le tireur d'élite retraité d'office a soudain un nouvel horizon ! Tu avais une bonne estimation de ta valeur, ta tête est mise à prix à un million, armes fournies. Si je te fais disparaître c'est un million de rab. En résumé, ma poule, ta barbaque vaut la peau des fesses, ah, le premier saumon de l'année ramené à Tungkang vaut moins que toi.

Deux coups de plus, bientôt l'abri d'Alex aura été entièrement arasé.

Cinquante mètres. Le vent apporte à Alex l'odeur du bétel dans l'haleine de Tuan.

— J'ai enfin compris ce que Tête-de-fer voulait nous dire. Fallait pas qu'on s'enferre sur une voie. Un tireur d'élite, c'est un cador tant qu'il est dans l'armée, dès qu'il la quitte il ne vaut plus un pet de lapin. Il nous disait de préparer notre avenir avec suffisamment d'avance, on avait protégé la Patrie, on s'était bien marrés, il fallait aussi penser à nous sinon on terminerait comme les vieux ploucs débarqués du continent qui ont fait chier le monde pendant un demi-siècle.

Quarante mètres. Trois tirs coup sur coup, il ne manque pas de munitions, mais ça relève un peu du caprice.

— J'avais entendu dire que le colonel s'était lancé dans la vente d'armes. Je suis allé le voir pour qu'il me pistonne un peu, j'aurais pu bosser pour lui, me faire un peu de fric pour améliorer l'ordinaire. Il s'est défilé, comme quoi il n'avait rien pour moi. Ce n'était pas très sympa pour un de ses anciens disciples. Quand il s'est fait buter au temple de Kuan-yin, la télé a raconté que c'était un vieux flic qui l'avait descendu au pistolet. Mon cul ! Descendre Tête-de-fer au pistolet ! C'était juste pour faire peur au bon peuple. C'était forcément toi. À vrai dire je ne suis pas allé pleurer sur sa tombe, je lui devais plus rien. Ce soir ce n'est pas moi qui veux t'exécuter, c'est toi l'enculé qui as décidé de ta mort en te mêlant de l'attentat contre le Président, en te mettant à genoux devant un flingueur japonais. T'es con ou quoi ? Tu te prends pour le meilleur sniper du monde et t'avais peur que le monde l'oublie ? Un tireur d'élite ça doit rester discret, ça n'a pas à protéger un putain de Jap.

Trente mètres. Alex peut renifler les vêtements humides de Tuan et des effluves d'alcool. Une nouvelle balle transperce la terre, des fragments d'herbe et des grains de sable fouettent le crâne et le visage d'Alex.

Vingt mètres.

— Putain, t'as plus de balles ! Un flingue vide, c'est plus bon qu'à bêcher la rizière. Balance-le, bordel !

— T'as gagné, Tuan ! Je te file mon fusil.

Alex lance le SVD devant lui, roule sur la gauche, fait face à Tuan, tire. Touché.

Les jambes de Tuan s'effacent sous lui, il tombe à genoux, ne lève pas son arme pour riposter, contemple d'un air incrédule le trou dans sa poitrine.

— Tu n'avais plus de balles…

— Tuan, j'ai tiré mes trois cartouches, mais tu as oublié que j'avais encore deux balles sans leur étui.

— Impossible.

Tuan tente de braquer son fusil.

— Ne fais pas ça, ça ne sert à rien. Le match est terminé. Dépose ton arme.

Tuan n'obéit pas, le canon du FR-F2 se redresse péniblement. Une grimace lui déforme la bouche :

— Ma poule, tu vas encore buter un de tes camarades. Tu auras bientôt éliminé toute ta promotion, félicitations.

— Arrête ! Ne m'y force pas. Pourquoi voulez-vous tous m'y forcer ?

Tuan a bloqué la crosse de son fusil dans le creux de son épaule, le canon est presque à l'horizontale. Alex n'est plus qu'à trois mètres, il lève le lance-pierre, lui loge l'autre balle qui avait disparu de la rue Huayin dans le crâne.

C'est propre comme tout, il ne s'écoule pas la moindre petite goutte de sang.

Sasaki lui a dit où il avait caché son arme dans Taipei. Il a trouvé le fusil, le chargeur, il a trouvé les deux balles sans étui que la police cherchait partout depuis des jours.

— Ce lance-pierre, explique-t-il à Wu, c'est moi qui l'ai fabriqué, c'est très pratique. Pendant l'entraînement à la survie, on avait été parachutés dans la chaîne Centrale, avec pour mission de rejoindre le camp en moins de cinq jours. On était équipés en tout et pour tout d'un poignard, ce n'est pas franchement la joie pour chasser le faisan et se remplir l'estomac. D'où le lance-pierre. Ce n'est pas très compliqué, et c'est le même principe que le tir au fusil.

« Je l'ai toujours avec moi, c'est devenu une habitude. Je me disais que j'allais ramasser des cailloux, mais allez trouver des pierres sur un terrain de golf ! Alors j'ai pensé aux deux balles que j'avais récupérées avec le SVD. Parfait pour le lance-pierre !

Alex soutient Mme Wu, dont les jambes sont engourdies, pour rejoindre le parking.

— Le Bureau des enquêtes criminelles va se torturer les méninges ! Pourquoi les deux balles de fusil recherchées se retrouvent-elles sur le golf de Kuohua ?

« Mais j'y pense, ce parcours se trouve sur la commune de Beituo qui dépend de Taipei, c'est dans la juridiction du contrôleur Lu. Vous pourriez le prévenir, pour éviter que Tuan dessèche au soleil ?

Il soulève les deux jambes de Mme Wu, les fourre dans l'habitacle de la voiture.

— Le contrôleur Lu sera sûrement content d'avoir retrouvé les balles avant les autres.

Il enjambe son scooter, salue Wu et son épouse dans la voiture.

— Je redescends à scooter, c'est bientôt l'aube et à cette heure il n'y a pas encore de police de la route. Rassurez-vous ! Dites à Bébé de retourner à l'église, superintendant, quoi que vous disiez il faut lui conseiller de rentrer à Yilan. Sinon, madame, vous la laisseriez habiter un moment chez vous ?

Il regarde les feux arrière de la voiture de Wu s'éloigner. « C'est forcément elle… Mais est-ce que c'est le superintendant qui l'a contactée, ou l'inverse ? Elle était la seule à savoir ce que "le quatrième trou" pouvait signifier. Mais pourquoi aurait-elle prévenu Wu, plutôt que de venir elle-même ? Qu'est-ce qu'elle fout ? »

Le temps est venu de partir. Il y a des fanatiques chez les golfeurs qui vont taper la balle avant même le lever du soleil.

3

— Ça craint, mon vieux. Le vieux barbon qui a découvert par hasard le corps sur le parcours de golf, il portait un casque en bois rond surmonté d'une balle de golf. Putain, tu le retournes et t'as le parfait saladier *eco friendly*. Le gars, il tape son drive avec le bois n° 1, il va chercher sa balle sur le fairway, et paf, à côté de la balle, un cadavre avec un fusil dans les mains.

Assis à la table de cuisine des Wu, Crâne d'œuf dévorait des œufs au plat et des petits pains fourrés à la moutarde chinoise que lui avait préparés Mme Wu.

— Le docteur Ping débarque sur le parcours, regarde un peu, et sans me demander l'autorisation va fouiller dans la viande du mort avec ses pincettes. Tu connais le vieux Ping, il est plus insensible qu'un arracheur de dents. Bon, il retire une première balle… Pardon, grande sœur, je parle boulot, c'est toujours un peu sanglant, j'arrive à me dégoûter moi-même. Il veut retirer la deuxième balle, je l'engueule, je lui dis qu'il abîme le corps, c'est manquer de respect au défunt. Le fantôme allait débarquer au milieu de la nuit pour lui demander des comptes. D'autant que tout autour il y avait des golfeurs qui venaient jeter un coup d'œil avant d'aller gerber un à un. Je lui dis de continuer son boulot au centre d'autopsie.

« Grande sœur, dans vos petits pains il n'y a que de la moutarde, pas de viande du tout ? Vous voulez transformer mon frère Wu en ruminant ?

Ce qui n'empêcha pas Crâne d'œuf de mordre dans le second petit pain.

— Là, l'inspiration m'est venue, j'ai demandé au service technique de comparer les balles aux étuis de cartouche de 7,62 × 54 mm de l'Hôtel du Bonheur. Bingo ! Ça collait impec, même les traces causées par la séparation de la balle et de l'étui correspondent. Le chef de la balistique a dit que si tu veux retirer une balle de sa cartouche, c'est un peu comme ouvrir une bouteille de rouge, si tu tournes un peu le bouchon dans les deux sens, c'est plus facile de l'arracher. Mais comme la balle est en métal, ça laisse des traces.

Manger en parlant avait également laissé quelques traces de farce sur le menton de Crâne d'œuf. Mme Wu lui tendit une serviette en papier.

— Comment pourrais-je douter de ta parole ? Les sbires du Bureau des enquêtes ont dit que notre enquêteur d'assurance d'élite Wu avait un alibi pour toute la nuit, j'ai joué au naïf et demandé s'ils pouvaient le prouver.

Crâne d'œuf s'essuya le menton, tendit la main et s'empara du petit pain dans l'assiette de Wu.

— Ils ont bredouillé un bon moment, j'ai compris que tu te les étais mis dans la poche, tu leur as fourgué des contrats à prix préférentiel ou quoi ? Je me suis dit que ça devait être ça, et que tu fêtais tes succès en allant te faire quelques trous en pleine nuit à Kuohua. Et si c'est pas toi, c'est ta femme qui y est allée. Grande sœur, je sais pas comment ça se fait, mais votre voiture a été repérée ce matin par les caméras de surveillance sur la route de Beituo.

Crâne d'œuf fit disparaître la moitié du petit pain d'une seule bouchée. Un jour Mme Wu avait demandé à son mari s'il n'était pas nourri chez lui. Comment pouvait-on être aussi glouton ?

— Vous avez du bol de ne pas avoir été inscrits sur la liste des suspects. Vous pouvez toujours raconter que vous êtes sortis vous balader au clair de lune pour rallumer la flamme de votre jeunesse. De toute façon, les caméras n'ont pas vu votre bagnole entrer sur le fairway. Hé, « rallumer la flamme de votre jeunesse », c'est joli, hein ? Je suis assez content de moi.

Le rire de Crâne d'œuf projeta quelques fragments de feuilles de moutarde sur le visage mal réveillé de Wu.

— Et puis, vieux frère, on avait pas jugé au début qu'il y avait deux tireurs ? C'est bon, on les a : le tireur au pistolet, allongé dans sa mare, le tireur au fusil, allongé sur le terrain de golf. En plus cette fois c'est la bonne arme, un fusil de précision russe qui tire des cartouches en 7,62 × 54 mm. Quand les gars du Bureau des enquêtes criminelles ont entendu la nouvelle, ils ont beuglé tellement fort dans le téléphone que l'affaire était dans le sac qu'ils m'ont quasiment percé le tympan.

« Et d'un seul coup, je redeviens le héros du jour ! Le gars auquel le mystère ne résiste pas ! La vie, hein, ce que c'est. Tu crois que t'es en train de rouler droit vers les

Enfers, et soudain y a un signal de virage à gauche qui flashe devant toi.

Crâne d'œuf n'oublia pas de s'enfourner la moitié restante du petit pain.

— Alors le mort nommé Tuan a lui aussi reçu une formation de tireur d'élite militaire, son instructeur était surnommé Tête-de-fer, le gars qui trempait dans des affaires d'armement louches que tu as descendu près du temple de Kuan-yin, et l'un de ses petits camarades était Ai Li.

Crâne d'œuf lâcha un rot, leva le regard de son assiette pour le poser sur le visage de Wu :

— T'es pas surpris du tout, pas vrai ? Notre vieux Wu est calme et serein comme le grand général à la veille de la bataille. Le poste de police de Beituo a fait ratisser le terrain de golf par quelques dizaines de flics, ils ont retrouvé deux douilles identiques à celles de l'Hôtel du Bonheur et un téléphone portable qui traînait dans l'herbe, pas raccroché. Un seul appel reçu, le numéro correspondait au téléphone dans la poche de Tuan, avec un seul appel passé.

Crâne d'œuf consulta son propre téléphone :

— Il y a quand même un petit problème. Les balles qu'on a retrouvées dans la bidoche de Tuan ne présentent aucune trace de rayure laissée par un quelconque canon, aucune trace de poudre brûlée. Autrement dit, les bastos retirées par le bon docteur Ping n'ont jamais été tirées par une arme à feu. Autant te dire que les gars de la balistique ont trouvé ça bizarre. Peut-être que c'est leur équipement qui est insuffisant. Ils ont proposé de demander de l'aide au département du matériel du ministère de la Défense, après tout c'est eux les spécialistes, ils produisent des munitions.

Crâne d'œuf se leva et balaya les débris de moutarde sur son uniforme.

— Et le cadavre, y a baleine sous gravier. Il avait un flingue russe, des munitions japonaises, ça doit être le tireur qui a laissé les deux douilles à l'Hôtel du Bonheur. Mais comment on peut avoir encore un collègue d'Ai Li qui nous tombe du ciel comme ça ? Décidément, ça ne va pas. On avait cru comprendre que le tireur était japonais, c'était quoi son nom, déjà ? Sasaki. Hmmm. Mon vieux Wu, ne lève pas comme ça les yeux au ciel, comment pourrais-tu ne pas le savoir ? Alors, c'est Sasaki qui aurait tué Tuan ?

Crâne d'œuf agita vigoureusement son index pointé :

— Y a beaucoup de choses que tu ne m'as pas dites. Et j'ai l'impression que je pourrais t'arracher les ongles que t'en dirais pas plus. Mon vieux, quand tu le sentiras, passe-moi un coup de fil. Trop de secrets dans le bide c'est l'ulcère garanti. Grande sœur, merci pour ce petit déjeuner, je dois aller au boulot. Aya, moi aussi je devrais demander à prendre ma retraite, comme votre paresseux de mari qui reçoit ses invités à neuf heures et demie du matin en pyjama. Vraiment ! Secoue-toi, mon vieux, haut les cœurs !

Wu serra sa femme dans ses bras :

— Laisse la vaisselle, je la ferai. Je suis désolé que tu aies été impliquée dans cette histoire. Tu es sûre de ne pas vouloir aller à l'hôpital ? Je ne pensais pas que ça en arriverait là.

« Au départ c'était pour donner un coup de main à Crâne d'œuf, continua-t-il en serrant plus fort. Et finalement ça m'est revenu dans la gueule.

« Quand est-ce que je prends ma retraite ? Mais ça fait un an, dit Wu qui serrait toujours sans craindre le tour de reins. Tu dis que je me mêle trop de ce qui ne me regarde pas, mais Crâne d'œuf m'a protégé par le passé, sans lui c'est probablement sur Kinmen qu'on m'aurait envoyé prendre ma retraite. Le père Chu aussi m'a aidé, je devais lui rendre la pareille si je le pouvais. D'accord, après j'arrête, il faut juste qu'on s'occupe d'Ai Li.

« Oui, c'est lui qui t'a sauvée, la prochaine fois on l'invitera à la maison goûter tes têtes de lion. Mais moi aussi je suis allé à Beituo pour te sauver ! Ce n'est pas moi qui t'ai prise dans les bras et t'ai mise à l'abri pendant qu'ils se tiraient dessus ?

Wu poussa un profond soupir, concéda.

— D'accord, c'est vrai, c'est Ai Li qui t'a sauvée d'abord, moi ensuite. Non, Fiston d'abord, Ai Li ensuite, moi en neuvième, pas de problème.

« Et puis n'est-ce pas toi qui m'as dit que j'aurais des problèmes si je lâchais Ai Li ? Et qu'en tant qu'aîné, je devais faire tout mon possible pour m'occuper de lui, qu'il arrive à épouser Bébé ou pas ?

Wu franchit le seuil de la chambre en soulevant sa femme du sol, se rendit soudain compte que cela faisait bien dix ans qu'il ne l'avait pas portée ainsi et qu'elle avait pas mal profité.

— Voilà, comme ça, Ai Li sera ton fils adoptif.

Quand il la mi-posa mi-jeta sur le lit, il se rendit soudain compte que la sensation de délice et de légèreté qu'il en éprouvait n'était finalement pas très différente de la volupté amoureuse.

Le club du septième étage n'était pas réveillé, les ustensiles de cuisine allemands en acier inoxydable étincelant n'avaient pas encore commencé à cracher leur vapeur bouillante, les premiers rayons de soleil de la journée jouaient au kaléidoscope avec les vitraux et les peintures de Chang Tai-ch'ien et de Wang Ya-ch'en se terraient peureusement dans le long couloir obscur.

Le chauffeur de Johnny lui alluma la lumière. Le vieillard manœuvrait son fauteuil roulant d'une main, l'autre main serrant une thermos. Il ordonna à son chauffeur de redescendre, mit lui-même en marche l'écran géant qui affichait simultanément six chaînes d'information. Une seule parlait de Hu Yen-po, les cinq autres de Hsü Huosheng. Le nerf de la guerre était toujours l'argent, surtout dans la dernière ligne droite. Un présentateur avait un jour utilisé une métaphore sportive : les deux camps s'affrontaient par la profondeur de leur banc. Celui qui dépensait le plus d'argent en publicité avait tout naturellement droit à faire entendre plus fort sa voix.

Johnny fit glisser son doigt sur l'écran de son téléphone :

— Un accident ? Mais pourquoi ne m'en a-t-on pas informé plus tôt ? Dites à Jeffrey de bien se soigner, ce genre de choses, il faut les prendre au sérieux. Oui, voyez ce qu'il en est, en cas de besoin appelez-moi. Je suis au club, je gère cette histoire d'argent.

Il entendit le bruit de la porte d'ascenseur qui s'ouvrait, le claquement pressé de hauts talons sur le parquet.

— Posez ça ici, fit une voix de femme.

Dans la salle de réception, un homme en uniforme bleu

de garde de sécurité déposa deux sacs de toile à côté du canapé, puis retourna à l'ascenseur, s'inclinant brièvement avant que la porte ne se referme.

— Johnny, je suis arrivée !

Sa voix la précédant, une femme d'âge mûr un peu boudinée entra en coup de vent dans la pièce, lâcha son sac Chanel, s'empressa d'allumer les lampadaires et de faire chauffer de l'eau pour le thé.

— Ne buvez donc pas de café le matin ! Un bon thé aux herbes, c'est excellent pour la santé. Avez-vous petit-déjeuné ? Je vais préparer des œufs au plat.

— J'ai déjà mangé. Après un master de biologie à Stanford, tu crois encore aux vertus du thé aux herbes de longévité ? Tout est prêt, l'envoyé de Hu va arriver, va le recevoir.

Judy retourna à la salle de réception à petits pas clic-claquants.

Le septième étage du vieil immeuble avait une surface d'environ 200 mètres carrés et ne comptait que trois pièces : la cuisine, la salle de réception faisant aussi office de salle à manger et un espace plus petit, aménagé en bar et salle télé.

Les aiguilles de l'antique horloge indiquaient 7 h 17. L'ascenseur s'ouvrit de nouveau, un homme du même âge que Judy, vêtu d'un costume occidental enveloppant un corps énorme, hésita un instant, inclina la tête vers la femme qui attendait.

— Je suis Tu Li-ren, le trésorier de Hu Yen-po.

— Vous êtes en avance de treize minutes. Par ici.

— Oui.

De ses doigts aux ongles carmin, Judy ouvrit le premier sac :

— Cinquante millions, mis en liasses par la banque. Chaque paquet fait 100 000, vous pouvez compter. Vous avez la liste ?

Elle regagna le bar, vérifia d'abord la bouilloire, versa de l'eau bouillante dans la théière. Puis elle tendit d'une main un papier à Johnny et ressortit, croisant un homme en tenue de golf qui déclara nerveusement :

— Qu'est-ce que c'est que cette histoire d'accident de Jeffrey, Johnny ? Ça tombe vraiment mal.

— Hu nous a envoyé sa liste, regardez : exactement ce que nous avions exigé, pas un poste de moins.

— Pas mal…

Nouveau bruit d'ascenseur, puis la voix du trésorier obèse :

— Merci, le compte est bon. Je repars.

— Bonne route, dit Judy sans élever la voix.

L'ascenseur se referma, le vieillard reprit :

— Ils ont été sages. Mais ça ne change rien au fait qu'avec l'attentat, les chances de Hu Yen-po ont pris un sérieux coup dans l'aile. Les jeunes électeurs se fichent bien de savoir d'où viennent les balles, ils sont en colère et plaignent spontanément Hsü Huo-sheng. Joe, veuillez ranger le document.

Joe s'accroupit, ouvrit le tiroir inférieur du meuble bar, posa la liste au sommet d'une pile de papiers divers et demanda :

— Et les gens de Hsü ? À quelle heure passent-ils nous donner la leur ?

— À huit heures et quart. Il est encore plus pressé que Hu, il a plus de factions à contenter, et tout le monde lui tend la main pour se faire arroser. Ah, qu'est-ce que donnent les résultats de l'enquête d'opinion d'hier soir ?

— 48 % de soutien pour Hu, 46 % pour Hsü. La situation est bloquée.

— Presque à égalité, pas étonnant que Hu soit nerveux et qu'il n'ait pas changé un caractère à nos conditions.

— Il m'a appelé ce matin à propos de la fusillade sur le golf de Kuohua. Le mort n'est pas Ai Li. Il veut Ai Li, il dit que s'il réapparaissait dans les deux jours avant le vote et disait la vérité sur ce qui s'est passé rue Huayin, ça lui permettrait d'écraser Hsü Huo-sheng.

— Qu'avez-vous répondu ?

— L'histoire du golf, c'est par lui que je l'ai apprise. Je lui ai demandé qui était le mort, et il a raccroché. Est-ce que ce sont les gens trouvés par Jeffrey et Chao Tso qui sont nuls, ou cet Ai Li qui est vraiment trop bon ? Qui a recruté le gars du golf ?

— C'est Joan, via des relations de relations. Ça ne remontera pas jusqu'à nous.

— Il paraît que Sasaki est revenu à Taipei. Dès qu'il a repris conscience, Jeffrey a appelé Joan pour qu'elle mette en place une protection autour de sa chambre à l'hôpital. Sasaki lui-même serait à l'hôpital.

— Buvez un peu de thé, c'est l'infusion de longévité de Judy, ça vous remontera le moral.

— Et si Sasaki surgit et frappe ?

— Calmez-vous, Joe. Si vous voulez réussir de grandes choses, vous ne pouvez pas vous permettre de vous inquiéter pour des détails. Trouvez quelqu'un pour se renseigner sur les mouvements de Sasaki. Et proposez-lui de l'argent pour qu'il s'écrase, ou trouvez quelqu'un d'autre pour s'occuper de lui, dans les deux cas ça fera l'affaire. Personne n'est assez courageux pour n'avoir jamais peur. Si la première tentative n'a pas suffi, ni la deuxième, ça marchera à la troisième, il finira par s'incliner.

À 8 h 11, soit quatre minutes avant l'heure prévue, l'un des hommes de Hsü Huo-sheng arriva. Il ignora tout le monde, le regard fixé sur le sac de voyage en toile bleue.

— Cent vingt millions en liasses de 100 000, avec le sceau de la banque. Je vous laisse compter tranquillement.

— Très bien. Voici la liste.

Judy revint, tendit la liste à Joe qui la passa à Johnny.

— Alors ?

Le vieillard contemplait le papier et gardait bouche cousue.

Au bout d'un bref moment, la malle au trésor fut embarquée dans l'ascenseur et la vieille cabine repartit dans un vacarme effroyable.

— Il va vraiment falloir le remplacer. Il a au moins trente ans ?

— À vous de voir. Aux cinquième et sixième étages, la fondation des Quatre Mers fait changer la déco et le sol, les lattes sont complètement tordues et empêchent mon fauteuil de rouler.

— D'accord.

— Notre vieil ami se fait encore tirer l'oreille pour la

vice-présidence de la Banque centrale. Il a peur d'avoir le cœur qui saigne.

— Heureusement qu'il a pensé à cette comédie d'attentat.

— Il avait onze points de retard, il était bien obligé de risquer le tout pour le tout. C'est son point fort, c'est un joueur. Tandis que Hu Yen-po a des scrupules, dommage pour lui.

— Ses hommes disent de lui qu'il est un vrai duc Hsiang, toujours à leur parler de droiture et de bienveillance.

Judy passa la tête par la porte :

— L'argent est parti, je redescends. Que désirez-vous pour le déjeuner ?

— Des ailerons de requin de Tingnai et deux portions de riz sauté, sans pétoncles ni crevettes, rien que des œufs. Pourquoi toujours rajouter des fruits de mer au riz sauté ? Ça abâtardit le goût.

— D'accord.

— Vous pariez toujours sur Hsü ? demanda Joe alors que de nouveaux bruits d'ascenseur retentissaient.

— Je ne mise pas sur Hsü, mais sur celui qui lui succédera.

— Vous vous inspirez des conseils d'Adam Schall à K'ang-hsi ?

— Adam Schall ?

— Un jésuite. K'ang-hsi était resté très longtemps sur le trône, ses enfants étaient trop nombreux, il ne pouvait décider lequel lui succéderait. Schall se présenta et lui dit que ses enfants étant déjà tous assez âgés, c'était plutôt la génération d'après qu'il fallait considérer. Or Ch'ien-lung, le fils de Yung-cheng, était un garçon intelligent et l'un des préférés de son grand-père. En vérité, si K'ang-hsi a finalement transmis le trône à Yung-cheng, c'était pour qu'un jour Ch'ien-lung y monte.

— Des affabulations de chroniqueurs mondains. On ne peut pas prendre ça au sérieux.

Le vieillard rendit le papier à Joe qui l'examina le sourcil froncé puis le rangea également dans le tiroir du bar.

— Pas franc du collier, décidément, ce Hsü.

— Il faut de tout pour faire un monde. Même élu, il n'en aura plus que pour quatre ans de règne, et il ne veut pas d'un fauteuil roulant derrière son trône, je ne l'en blâme pas.

— Je vous admire, Johnny. Le tueur que nous avions recruté pour la rue Huayin n'a pas ouvert le feu, et qui d'autre aurait voulu tuer Hsü ? J'étais complètement soufflé, je ne m'attendais pas à ce genre d'événement une semaine avant les élections. Mais vous, vous avez réagi très vite en décidant du sort de Tsai Min-hsiung.

— Question de chance. J'ai dû regarder plus d'une dizaine de fois les bandes vidéo que le BSN nous avait transmises. Seul le Destin a pu ordonner que Tsai soit rue Huayin ce jour-là et se fasse prendre une nouvelle fois par les caméras de sécurité en arrivant à la gare routière.

— Quand le Bureau des enquêtes criminelles a lancé l'assaut sur la ferme de Tsai, Hsü a dû en faire dans son froc. Jamais il ne se serait imaginé qu'on lui dégote aussi rapidement un tueur. Il paraît qu'il a tenu une réunion de plus de six heures avec ses confidents, au cours de laquelle ils ont examiné toutes les données récoltées, et quand il a vu la photo de son ancien camarade de classe que vous lui aviez envoyée, il est resté bouche bée pendant un bon moment.

— Et il m'a joint hier soir au téléphone en se répandant en remerciements, de sa propre initiative. La première fois depuis six mois.

— Vous avez vu clair dans son jeu, vous seul en étiez capable.

— Je n'ai jamais admis la défaite une seule fois dans ma vie, d'où ma décision initiale de lui envoyer un tueur. Si nous l'avions abattu, il y aurait eu d'autres élections. Comment aurais-je pu prévoir qu'il nous devancerait en se blessant lui-même ? Si, à quatre-vingts ans passés, je m'inclinais sans lutter devant un politicard, je n'arriverais plus à fermer l'œil même quand on m'allongera dans mon cercueil.

— Aucun plan n'est infaillible. D'abord ce Sasaki qui nous chie dans les bottes, puis cet Ai Li qui nous échappe comme une anguille.

— Des broutilles. Ils n'ont pas de preuves. Après l'élection, ils pourraient parler cinq cents jours d'affilée que personne ne les croirait, ils se prendraient des procès en diffamation à la pelle et finiraient en prison pour le restant de leurs jours. Mais… avant l'élection, ils pourraient encore influencer le vote.

— Pourtant vous n'avez pas peur, c'est Hsü qui tremble.

— Il n'a peur que des deux jours qui viennent. Il a la trouille que je lui sorte Sasaki ou Ai Li. Après l'élection, il n'aura plus peur de rien.

— Et du coup, il céderait pour la Banque centrale ?

— Jeffrey et vous entrerez à la Banque centrale. À Taïwan, la Défense et les Affaires étrangères, c'est du cinéma, il n'y a que l'Économie qui compte vraiment.

— Vous voyez loin, Johnny. Je redescends jeter un coup d'œil aux comptes avec Judy et j'attends le livreur d'ailes de requin.

Joe versa un verre d'eau dans un grand pot de fleurs, continua :

— La vague de froid va arriver, je vous allume le chauffage.

Il régla la climatisation et sortit. Le grand pot de fleurs se déplaça, un inconnu sortit de l'ombre, le couvre-chef hérissé de plantes et de fleurs :

— Hello, monsieur Fang. Comment se porte votre respectable personne ?

Johnny se recula dans son fauteuil si brusquement qu'ils faillirent basculer en arrière, engin et passager.

~

— Je suis Ai Li. Il paraît que vous me cherchez ?

— Comment êtes-vous entré ici ?

— Les vis de l'extracteur d'air de la cuisine étaient desserrées. Je suis descendu du toit par la gouttière, deux bons coups de pied et voilà. Votre immeuble est bien trop vieux, d'ailleurs certaines des attaches de la gouttière étaient foutues aussi, vous mettez des gens en danger.

— Qui a prétendu que je vous cherchais ?

— Tous les gens que j'ai rencontrés.

— Vous avez entendu tout ce que nous venons de dire ?

— À peu près, en tout cas les histoires de fric, les listes dans le tiroir, oui. Mais je ne comprends rien à vos histoires de VIP, je n'ai rien à voir avec ça. Ça fait des années que j'ai quitté le service, je ne suis plus qu'un spécialiste en riz sauté.

— Qu'est-ce que vous voulez ? De l'argent ?

— Non, réclamer de l'argent à quelqu'un d'aussi riche que vous, c'est n'obtenir que son mépris. Je n'ai pas besoin de votre mépris, ce que je veux c'est la vérité. Sasaki est mon ami, pourquoi avez-vous essayé de le piéger ?

— Je ne sais pas de quoi vous parlez.

— Dans l'armée, les tireurs d'élite vont par deux. Le premier est observateur, il contrôle l'évolution de la température, de la direction et de la force du vent et protège l'autre, le tireur principal. Sasaki était mon binôme, mon partenaire. Vous l'avez attiré dans un piège, vous avez envoyé un assassin pour le tuer, il est de ma responsabilité de le protéger. Mais j'ai aussi ma vie à moi, je ne pourrai pas m'occuper de lui tout le temps. Alors je viens vous voir, histoire de négocier, trouver un arrangement : rien ne vous arrivera tant que rien ne lui arrivera.

« Attendez… je m'exprime mal. Ce que je veux dire, c'est que je vous prie de m'expliquer de quoi il retourne. Avant, j'avais l'habitude d'obéir aux ordres, mais il se trouve qu'ensuite j'ai mal compris mes ordres, que j'ai failli me faire tuer et que j'ai dû causer du tort à beaucoup de mes amis. C'est pour cela que, depuis, j'accorde une grande importance à la compréhension de la vérité. Histoire de ne pas refaire les mêmes erreurs.

— Jeune homme, la vérité n'existe pas en ce monde. Il n'y a que des vérités relatives, qu'il vaut mieux ne pas chercher à comprendre. Pour ce qui est de vos inquiétudes, je peux vous garantir qu'à compter de ce jour, je n'ai absolument plus rien à reprocher à Sasaki et à vous-même.

— Non. Il y a vingt-quatre heures encore, je vous aurais cru, mais après ce que je viens d'entendre c'est impossible.

— Vous n'avez pas d'autre choix que de me croire.

— Je me suis renseigné sur vous et sur l'ancien vice-ministre des Finances. Vous êtes tous d'anciens diplômés ou docteurs de l'Ivy League aux États-Unis. C'est impressionnant. J'ai vu les photos au mur de votre bureau, beaucoup de visages me semblaient familiers, que des hauts fonctionnaires. Ces photos ont toutes été prises en Amérique ? La légende était donc vraie.

— Quelle légende ?

— Une légende qui courait dans les années 70 et qu'on retrouve dans les tréfonds d'Internet. Comme quoi, après la défaite de 49, la Bande verte était pratiquement anéantie et a dû changer de *business model*. Elle a décidé de se réinventer en recrutant, pendant toute la période de la dictature, des jeunes gens talentueux parmi les étudiants taïwanais aux États-Unis, pour ensuite infiltrer les plus hauts échelons de l'administration. Ce que je ne comprends pas, c'est pourquoi aucun n'a jamais été candidat à une élection présidentielle, s'ils étaient tous aussi talentueux et puissants ?

— Racontars de gauchistes.

— Je comprends maintenant. Nous votons, mais c'est vous qui en réalité choisissez le président. Il existe une formule pour ça : « faiseur de rois » ?

— Notre objectif est de faire de Taïwan un endroit meilleur et de permettre au peuple de s'enrichir.

— Ah, comme tous les candidats à l'élection présidentielle.

Tout en parlant, Alex ôte son chapeau de brousse et en retire le camouflage. Il relève la tête, aperçoit le pistolet.

Johnny quitte son fauteuil et se dresse, très droit. La main qui tient l'arme ne tremble pas d'un millimètre.

— Vous vous êtes levé.

Johnny allonge sa main armée.

— Un Browning. Vous êtes décidément de la vieille école.

— Posez votre arme.

Alex prend le lance-pierre dans la poche arrière de son pantalon.

— Ce sont vos hommes qui ont piraté le portable du superintendant Wu l'autre jour pour me faire venir rue Huayin ?

— Un lance-pierre ? Pas de pistolet ?

— Vous avez dit tout à l'heure que vous ne misiez pas sur Hsü, mais sur son successeur. J'avoue que ce n'est pas très clair pour moi. Laissez-moi deviner : Hsü refuse de vous obéir, vous essayez de le tuer, l'élection est reportée, quand le moment est venu pour son successeur de se présenter, vous le soutenez ? Ça me semble quand même compliqué. Ah, sinon, oui, ce lance-pierre est mon arme, je n'ai pas de pistolet.

Johnny écarte son fauteuil d'un coup de pied puis s'avance d'un pas.

— Vous disiez que les tireurs d'élite vont par deux. L'autre est Sasaki, n'est-ce pas ? Où est-il ?

— Notre instructeur nous disait que les tireurs d'élite doivent compter sur le camouflage pour s'approcher au plus près de l'ennemi et garantir le succès. Je dois dire, monsieur, que vous êtes un maître du camouflage.

Le canon du pistolet, prolongé d'une main constellée de taches de vieillesse, se pose au milieu du front d'Alex.

— Se comporter intelligemment, ça demande de disposer d'un capital d'intelligence. Vous jouez au plus fin, Ai Li, mais vous n'avez pas de capital. En fait, vous vous croyez intelligent.

— Il y a encore un truc que je ne pige pas. Il n'y a pas plus haut que le Président, si le candidat que vous soutenez est élu président, mais ne veut pas tenir ses promesses envers vous – Alex lorgne du côté du tiroir du bar – et que vous rendez la chose publique, il est certes fini de chez fini, mais vous, vous tombez avec, non ? Ah… Vous, vous êtes très âgé, vous vous en battez l'œil. Mais pour les politiciens qui ont tout donné pour en arriver là, l'enjeu est trop important, ils n'osent pas jouer contre vous. Ouf ! J'aurai appris une leçon aujourd'hui.

— Quelle leçon ?

— Que tout le monde a une faiblesse. Et plus les gens ont de pouvoir, plus ils ont peur que leurs faiblesses soient découvertes, moins ils acceptent de renoncer à leur pouvoir. C'est à peu près ça, non ?

Le doigt de Johnny blanchit sur la détente.

— C'est ça. Et les vieux, eux, ont de moins en moins de patience. Où est Sasaki ?

Wu n'a même pas eu le temps de dégrafer le soutien-gorge de sa femme qu'il est poussé hors de la chambre. Mme Wu a plusieurs dizaines d'années d'expérience de femme d'enquêteur criminel, des décennies passées à contenir sa colère et son inquiétude, elle l'a trop souvent attendu au domicile conjugal jusqu'à tard dans la nuit. D'un ton glacé, elle lui dit :

— Dehors. C'est Ai Li qui m'a sauvée, pas toi. Tu ne remettras pas les pieds ici avant d'avoir tout arrangé, sinon tu n'as qu'à aller chez Crâne d'œuf.

Wu sort de chez lui en tentant de dompter la bête qui s'est réveillée dans son pantalon. Le temps a changé, le vent s'est levé, l'hiver est arrivé.

Principe n° 1 de la police criminelle : personne ne peut dissimuler l'ensemble des preuves. L'enquêteur doit se saisir d'un fil et dévider la pelote.

Il se rend de nouveau dans la ruelle en face du Bureau des enquêtes criminelles. Le père Chu a placé une couverture sur ses jambes. Les vieux, ça ne supporte plus le froid, ça tremblote au moindre souffle de vent. Comme le dit Lili : une couche d'habits en plus n'a jamais rendu personne malade, une en moins, si. Elle s'occupe très bien de son père – elle lui serre la vis à mort contre l'écrou.

Le vieux brigand observe, derrière Wu, la foule des gens qui se rendent au boulot, puis se plaint à l'antique félin blotti contre sa poitrine :

— J'ai plus droit à la farce à la ciboule pour mes raviolis, j'ai plus droit à la farce au porc, le chou cabus n'a pas assez de goût, elle me les cuit trop longtemps et la pâte est toute collante.

Le vieux chat ne réagit pas : il n'aime pas les raviolis.

— Chez moi on aimait les farces au chou blanc, mais le meilleur c'est quand même le fenouil, haché tout menu. La consistance, la saveur, tout y est. Voilà ce que j'appelle des *raviolis.*

Le chat doit avoir trop entendu parler de raviolis, il bondit et s'enfuit. Sans s'en offusquer, le père Chu allume la radio qui pend au bras de son fauteuil. Il n'est pas d'humeur aujourd'hui pour la douce voix de Teresa Teng. Le rock de Wu Bai est un peu violent, ça fait l'affaire, il monte le son.

— Profitons-en pour parler un peu business avant qu'y se casse la voix. C'est très serré, y z'ont à peine 30 000 voix d'écart dans les sondages. Z'avez trouvé des nouvelles pistes ?

— Il reste une bonne journée, répond Wu.

Le père Chu lui tend une enveloppe rouge, de celles utilisées pour l'argent des étrennes. Wu reste coi.

— Vous avez beaucoup donné ces derniers jours, j'ai bien vu. C'est de la part de Hu Yen-po, pour couvrir vos dépenses.

— Qu'est-ce que ça veut dire ?

— Ça veut dire qu'on arrête les frais. Les flics ont leurs tireurs, Tsai Min-hsiung et ce Tuan. « Quand l'eau baisse, les roches émergent. » La lumière est faite sur l'affaire.

— Ils n'ont pas de mobiles.

— Y a dix minutes, le Bureau des enquêtes criminelles a tenu une nouvelle conférence de presse pour tout expliquer. Tsai en voulait au gouvernement, Tuan avait pas trouvé de boulot après avoir posé la casquette, lui aussi en voulait au gouvernement.

— Rien ne les relie.

— Tsai Min-hsiung et Tuan fréquentaient apparemment le même site Internet, un truc de « citoyens en colère ». J'en avais jamais entendu parler, je vais pas sur Internet, Lili me l'a montré. Ils passent leur temps à s'engueuler et s'insulter avec ceux qui ne sont pas d'accord avec eux.

— Ce n'est pas crédible.

Chu lui tend de nouveau l'enveloppe, Wu la repousse.

— Eh bien ?

— Je ne lâche pas l'affaire, monsieur. Nous étions convenus que je bosserais dessus jusqu'au dernier soir avant le vote.

— C'est vrai.

Le père Chu se penche en avant, tapote la cuisse de son interlocuteur.

— Superintendant, nous non plus, on pensait pas que la police oserait déclarer l'enquête bouclée. Mais vu qu'on en est là, à moins de savoir exactement où frapper, on risque surtout d'aggraver la situation. On y peut rien, après tout c'est Hsü Huo-sheng qui s'est pris une bastos.

— Ce qui m'est arrivé cette nuit, c'est en rapport avec l'attentat et avec l'élection. Et pourtant je n'avais au départ rien à voir ni avec l'attentat, ni avec l'élection. Mais ce n'est pas en prenant de l'âge que je vais changer de caractère. Têtu j'étais, têtu je reste. Je ne veux pas d'argent pour « couvrir mes dépenses », je n'ai jamais accepté d'enveloppe rouge au cours de ma carrière, je ne vais pas m'y mettre maintenant.

— Alors qu'est-ce que vous voulez ?

— La vérité. Je suis enquêteur, peut-être pas le meilleur, mais sans la vérité un enquêteur n'est plus rien du tout.

Assis à la terrasse du café, ils attendent la bise glacée du nord-est.

— On travaillait pour aider Hu Yen-po à ne pas se faire enfumer par l'autre camp. Hu vous demande de vous retirer de l'affaire, je vois pas bien pourquoi, mais il doit avoir ses raisons, non ? Et si le tireur n'est pas ce Tuan qu'ils ont cité aux nouvelles, c'est qui ? Ai Li ? Ou bien ce Japonais dont on parlait à un moment ? Il est de retour à Taïwan ?

— Je ne veux plus mêler Ai Li à cette histoire, il n'a fait que m'aider, et il se retrouve avec un mandat au cul.

— Pas de ces foutaises avec moi, superintendant, soyons sérieux, dit Chu en tapotant derechef la cuisse de Wu, j'ai pas survécu plus d'un demi-siècle dans la pègre sans avoir quelques bonnes sources au Bureau de la sécurité nationale ou au Bureau des enquêtes.

« Mais y a pas que Hu Yen-po qui veut que vous remballiez, moi aussi je vous conseille de laisser quimper l'affaire au plus vite.

— C'est si grave que ça ?

Le chat revient, mais change de cible : il attaque la jambe de Wu.

— Il mange du sucre ? Il a senti les bonbons dans ma poche ?

— Lui en filez pas, le vieux matou a hérité de mon diabète. Superintendant, vous avez voulu chatouiller les panards du vieux M. Fang ? C'était pas une bonne idée, c'est un boss de la Bande verte, très haut placé. Il gère plus les choses directement, mais il sait faire péter le chéquier au bon moment. Y a pas un des parrains qui lui obéisse pas. Mes vieux frangins dans la Bande m'ont demandé de vous prévenir. Et même Hu Yen-po m'a fait dire qu'il faut pas titiller le vieux Fang.

— Les deux Fang la jouent en duo ? L'un mise sur Hsü, l'autre sur Hu ?

— Façon de parler. Quand on se mêle de politique on investit toujours des deux côtés, comme ça on gagne à tous les coups. Après on peut toujours serrer poliment la main au vainqueur et on se tape pas presto tous les services du fisc qui viennent vérifier vos comptes au 15 janvier.

— J'ai quelque chose d'important à vous dire aujourd'hui.

Le père Chu se redresse et tend l'oreille.

— Dans ma carrière de flic j'ai eu quelques succès, ça m'a au moins permis de gagner l'estime de mon fils. L'enquête sur l'attentat, c'est vous et le contrôleur Lu qui m'y avez mouillé, maintenant j'y suis jusqu'au cou et je ne peux plus en sortir. Et si j'abandonnais vraiment Ai Li à son sort, si je faisais les choses à moitié, je sais que le père de Lili n'hésiterait pas à me cracher à la gueule la prochaine fois qu'il me verrait. On n'est plus tout jeunes, on a les muscles flasques, la voix qui tremble, la mémoire qui flanche, mais on n'a pas encore oublié ces moments, quand nos gosses étaient petits, quand on les emmenait au terrain de basket, quand on leur expliquait les règles du base-ball à la télé. La seule chose qu'on peut encore espérer, père Chu, c'est de rester un héros aux yeux de nos enfants.

Le père Chu reste un long moment les yeux dans le vague, répond enfin :

— Vous refusez de laisser tomber, pour pouvoir continuer à jouer les héros aux yeux de votre fils ?

— Tant qu'un père reste un héros, il n'est pas remisé ni soldé.

Le vieux mafieux se laisse aller contre son dossier, contemple Wu d'un regard froid.

— D'accord. Si quelqu'un veut s'en prendre à vous, je fais traîner les choses. Z'avez pas tort, superintendant. Ouais. Tant qu'un daron est un héros, y sera pas fourgué.

— Mais je ne veux plus vous devoir de faveur.

— Une petite info. Le Bureau des enquêtes criminelles vient de retirer les scellés du bloc opératoire de l'hôpital Xing'an.

— Merci beaucoup.

Le père Chu se débarrasse de sa couverture, éteint la radio, déclare à voix forte :

— D'accord ! On se fait une grosse bouffe avant le Nouvel An, des raviolis au porc et au fenouil. Vous raquez l'addition et vous apportez l'alcool.

Wu sort de la ruelle, prend par l'avenue Zhongxiao Est. Il ne repère aucune filature, ni du Bureau des enquêtes, ni d'aucune autre agence. Tout est redevenu étrangement calme.

Crâne d'œuf a beau s'être fait écarter sommairement du dossier par le Bureau des enquêtes criminelles, il est toujours directeur adjoint de la police de Taipei, c'est lui qui a trouvé le second tueur, et il estime que l'oisiveté est mauvaise pour la santé. Cet après-midi, à bord d'un véhicule de commandement, il doit gérer le convoi électoral du candidat Hsü Huo-sheng à Ximending. Il a ordonné au chef de quartier et au poste de police local de veiller à ce qu'il n'y ait pas de pétards sur le chemin du convoi. Les cinémas, les restaurants, tous les endroits publics ont été fouillés de la cave au grenier, le moindre individu louche arrêté préventivement, on discutera après, Crâne d'œuf se charge des problèmes de droits de l'homme.

Il a reçu confirmation : les deux balles extraites du corps de Tuan ne présentent absolument aucune trace d'être passées par un quelconque canon, mais correspondent bien aux douilles de l'Hôtel du Bonheur. Bien entendu, le défunt étant apparemment relié à l'affaire de l'attentat contre le Président, le Bureau des enquêtes criminelles a pour les besoins de l'enquête embarqué toutes les pièces à conviction : le cadavre, le fusil, les téléphones, les balles, les étuis. Pour un peu, ils auraient entièrement déménagé le service technique de la police de Taipei.

Sa tête pivote comme un radar de DCA, son regard scanne la foule pour y retrouver son estime de soi.

Le convoi doit ralentir, il y a trop de monde. Pas de pétards, mais des deux côtés de la rue des masses de supporters qui agitent des fanions au nom de Hsü Huo-sheng. Le candidat se tient à l'arrière d'une nouvelle Jeep aménagée, sa voix amplifiée traverse les parois (cinq désormais) de l'abri en verre pare-balles :

— Hsü Huo-sheng ne craint pas les balles ! Si vous voulez tirer, venez donc ! Même si je dois être transformé en nid d'abeille au cours des quatre prochaines années, j'apporterai la sécurité à ce pays et à son peuple !

Au milieu des braillements, Crâne d'œuf perçoit la suite du discours de Hsü, une série confuse de hurlements en pointillé :

— Huo-sheng veut… vérité !… Tous les élec… veulent la… rité ! Je la leur… nerai !

Le petit écran de télévision qui se trouve dans le véhicule de commandement montre le convoi de l'autre candidat, Hu Yen-po, en pleine tournée électorale dans le district d'Anping à Tainan. Lui aussi se dresse sur une Jeep blindée, lui aussi hurle dans son micro :

— La vérité, Hsü Huo-sheng ! Rendez-nous la vérité !

Hsü a misé bien plus que Hu dans cette élection. Il ouvre le portillon à l'arrière de sa voiture, descend sur le marchepied, serre les mains tendues des électeurs au mépris total de sa sécurité corporelle :

— Soutenir Huo-sheng, c'est soutenir Taïwan ! C'est *votre* vote dont j'ai besoin !

Une élection, c'est comme au casino : plus on mise gros, plus on peut gagner gros.

À cette vue, le sang de Crâne d'œuf ne fait qu'un tour. Malgré sa grande casquette d'uniforme de contrôleur de 3e classe, il est toujours au fond de lui-même un policier au service de la sécurité de ses concitoyens. Descendre de voiture en route reste une manœuvre dangereuse, même à cette allure de tortue, mais Crâne d'œuf ouvre la portière, jaillit de son véhicule alors que les autres agents tentent de le retenir, rattrape à grands pas la Jeep présidentielle, écarte les autres gardes du corps qui n'osent s'opposer aux risques pris par leur protégé, fait écran à Hsü Huo-sheng de son corps massif tout en le maintenant d'une main pour l'empêcher de tomber de son marchepied. Il se fout que les gens dans la Jeep ou sur les deux côtés de la rue voient la bande dorée étincelante censée prouver le rang élevé qu'il occupe dans la police.

— Nous-voulons-la-vérité ! scandent les citoyens à l'unisson du candidat.

4

— La vérité, les gens comme vous n'ont pas à la connaître.

Johnny appuie enfin sur la détente. La détonation claque. Le projectile casse un abat-jour et termine sa course dans une peinture à l'huile, après avoir frôlé la joue d'Alex ; une autre balle a frappé le canon du Browning, a projeté le pistolet automatique dans un coin de la pièce. Abasourdi, Ai Li contemple la vieille main, pâle et flétrie, qui maintenant ne peut plus contrôler ses tremblements.

Des morceaux de verre multicolores parsèment le sol de la pièce, brillant au soleil. Ils viennent du vitrail détruit à l'une des fenêtres. Alex explique au vieillard qui bave, bouche béante :

— Les tireurs d'élite vont en général par deux, ma sauvegarde est dans l'immeuble d'en face. Heureusement qu'elle n'a pas oublié comment tirer au fusil.

Johnny lève les yeux au ciel, bascule en arrière, Alex se précipite pour le soutenir, récupère le fauteuil roulant, y rassied le vieil homme.

— À dire vrai c'était moins une, cher monsieur Fang.

J'étais tout seul, je n'avais pas du tout prévenu ma couverture ; heureusement qu'elle y a pensé.

Alex pousse le fauteuil jusqu'au mur, ramasse le Browning dont le canon est doté d'un second trou latéral :

— Un an sans entraînement et toujours aussi précise ! Elle a atteint le sommet de son art, pas d'erreur, elle peut arrêter maintenant.

Le vieillard n'a rien dit jusque-là. Son regard se fait fixe, sa main gauche se crispe au creux de son estomac, il bredouille entre deux filets de salive au coin des lèvres :

— Sa... Sasaki ?

— Remettez-vous, monsieur Fang.

M. Fang ne réagit plus. Alex est face à un choix difficile : doit-il appeler une ambulance, ou s'esbigner au plus vite ? Il se souvient de sa formation aux premiers secours. Il allonge le vieillard, lui incline la tête en arrière, lui ouvre la bouche, y passe les doigts pour vérifier que rien n'obstrue les voies aériennes, attaque une série de compressions thoraciques puis le met en position latérale de sécurité. Il entend le bruit de l'ascenseur, tapote la joue de Johnny :

— Tenez bon, monsieur, du monde arrive.

Il se réfugie dans la cuisine. L'homme grand et mince appelé Joe entre dans la pièce, pousse un cri perçant.

Quand Wu était encore policier, il portait toujours au cou son badge du Bureau des enquêtes criminelles. Il n'est plus policier, mais les vieilles habitudes ne changent pas. Avec son badge d'entrée et sortie de sa compagnie d'assurance bien en évidence, il se promène à sa guise dans l'hôpital. Personne ne semble s'étonner outre mesure de sa présence. Une infirmière lui indique même le chemin.

Wu se rappelle que Hsü a été opéré dans le bloc n° 3. La porte de la salle est grande ouverte, trois agentes d'entretien y travaillent, revêtues d'une blouse marquée « P&G Propreté ». Ça s'annonce mal. L'une d'elles asperge les murs au désinfectant, les deux autres frottent le sol, une bouteille d'alcool dénaturé à côté de leur seau.

PRINCIPE N° 2 D'UNE ENQUÊTE CRIMINELLE : LES INDICES PEUVENT PARLER.

Depuis que Hsü Huo-sheng a été traité ici en urgence, le Bureau des enquêtes criminelles a gardé la salle d'opération sous scellés. Ceux-ci ôtés, elle est remise à disposition de l'hôpital, ce devrait donc être au service d'entretien de l'hôpital de le nettoyer. Mais P&G Propreté n'est pas un sous-traitant de l'hôpital Xing'an, c'est l'entreprise qui s'occupe de l'entretien des locaux de l'immeuble de ces saligauds du Bureau des enquêtes criminelles. Wu est arrivé trop tard, si indices il y avait ici, ils ont été proprement éliminés.

LES INDICES PEUVENT ÊTRE DÉTRUITS, ILS NE MEURENT PAS D'EUX-MÊMES.

Wu échange quelques banalités avec l'une de ces dames. Elles ont été amenées dans un des véhicules du Bureau, sont entrées dans la salle après qu'un agent du Bureau a arraché les scellés pour elles. À ce moment-là, il y avait encore quelques instruments chirurgicaux, du coton et de la gaze usagés qui n'avaient pas été déjà embarqués, à côté de la table d'opération. Elles ont tout rassemblé, tout nettoyé, les déchets ont été emportés par des gens du service d'entretien de l'hôpital.

MÊME QUAND LES INDICES SONT DÉTRUITS, LES TÉMOINS DE LA DESTRUCTION RESTENT.

Les enquêteurs d'assurance sont des habitués des couloirs d'hôpitaux. Wu redescend en toute hâte, parvient sans se perdre à l'espace de stockage des déchets médicaux, à l'arrière du bâtiment. L'endroit est fermé à clé. Chaque soir, un véhicule d'une entreprise spécialisée vient récupérer les déchets du jour, le chauffeur et son assistant ont la clé, de même que le responsable du service d'entretien de l'hôpital. Wu sait où est le vestiaire du service d'entretien au sous-sol. Il y descend. Personne ne lui prête attention. Il soulève quelques blouses vertes, décroche un trousseau de clés suspendu à une patère.

Dans la salle de stockage des déchets, chaque conteneur est marqué du nom d'un service : Urgences, Dermatologie, Chirurgie, Bloc opératoire n° 1, Bloc opératoire n° 2, il ouvre le conteneur du bloc n° 3, où se trouve un sac-poubelle en plastique, contenant quelques pansements et compresses tachés de sang, une ou deux paires de gants et des masques chirurgicaux. Ainsi que, bizarrement, une minuscule plaque métallique, extrêmement mince. Wu place le sac-poubelle dans un autre sac plastique, remet les clés à leur place et s'en va.

LES INDICES COLLECTÉS DE FAÇON ILLÉGALE NE PEUVENT SERVIR DE PREUVE DEVANT UN TRIBUNAL.

Wu s'est placé dans une position difficile. Les indices récupérés ne serviraient à rien devant un tribunal, il serait dans l'incapacité d'en expliquer la provenance. D'autant qu'il n'est plus que détective en assurance, il n'a aucun droit de s'emparer de pièces à conviction. Mais il l'a fait. Il a été flic trop longtemps, il n'a pas pu s'en empêcher.

~

Après quelques détours et plus d'une heure d'attente, Crâne d'œuf enleva sa casquette d'uniforme, essuya son crâne luisant avec une serviette en papier, passa commande en observant les plats disposés sur le comptoir :

— Du tofu, du bok choy, du maigre de foie de porc, une soupe aux boulettes de porc, de la bardane sautée, un grand bol de riz au porc braisé, un coca.

Il n'accorda pas même un regard aux frugaux vermicelles de riz sautés de Wu.

— Dis donc ! Aller à l'hôpital pour voler des déchets médicaux, c'est illégal. Tu portais des gants au moins ? T'as essuyé tes empreintes ? Ouais, ce morceau d'acier, c'est clairement un fragment de lame de cutter. Avec du sang dessus ! Et tu veux que je la file à examiner à mon service scientifique ? Wu, mon vieux, j'ai pas les tripes pour ça, et de toute façon tes preuves ne servent à rien, vu comment tu les as obtenues.

— Je veux juste la vérité, pour retrouver la sérénité.

— Pour ça je t'envoie au temple du seigneur Kuan, tu fais trois kowtow et il te donne l'absolution. Qu'est-ce que t'as comme problème de sérénité, à ton âge ça se fait plus !

— Tu me files ce coup de main ou pas ?

Jamais Wu n'avait vu Crâne d'œuf aussi irrésolu. Leurs plats enfin servis, Crâne d'œuf avala deux grandes bouchées d'estomac de porc braisé, poussa un soupir caverneux et reposa ses baguettes :

— Vieux frère, peut-être bien que je suis devenu trop avide de gloire, mais j'ai toujours conscience qu'on peut pas trahir ses vieux amis. En prenant de l'âge on a peur de ne plus en avoir, des amis… Alors, pour te dire ce qui est : si tu me files ce morceau de lame que t'as trouvé, je verrai ça comme une bonne occasion de me faire valoir. Je vais faire parvenir ça en paquet cadeau à la Présidence, le secrétaire du Président va me passer un coup de fil, contrôleur Lu, qu'est-ce que c'est que ce truc que vous nous avez envoyé ? Et moi, au garde-à-vous devant mon téléphone, je répondrai que s'ils n'en veulent pas, ils ont qu'à le bazarder. Mais le gars, il va bien sûr demander d'où ça vient. Le vin étant tiré, il faut le boire, je dirai immédiatement que c'est l'ex-superintendant Wu qui me l'a donné. Voyant que je suis revenu sur le droit chemin, le Président me filera probablement une promotion au bout de quelques mois, et je décrocherai enfin ce poste de chef de la police de Taipei dont je rêve depuis ma plus tendre enfance. Par les cieux, la tentation est trop forte. Et voyant que toi, tu continues à faire chier, le Président ripostera d'une façon ou d'une autre, tu perdras ton job d'enquêteur d'assurance et tu passeras tes journées au parc à jouer au go avec d'autres croulants, ou bien tu retourneras des hamburgers au McDonald's.

Nouveau soupir.

— Si je fais ça, je t'aurai trahi, et quand viendra mon tour de prendre ma retraite, je me sentirai si mal que j'irai faire un tour au McDo pour te supplier de me pardonner. Mais j'apprendrai que t'es rentré aux soins palliatifs à l'hôpital, et je serai submergé par l'émotion. Mon vieux, c'est une pièce à conviction, je peux pas la prendre, je *n'ose* pas la prendre, tu peux m'insulter autant qu'tu veux, de toute façon je dirai qu'il s'est rien passé et que j'ai jamais vu ce truc. Si tu veux le faire examiner, trouve un autre moyen.

Il écrivit un numéro de téléphone sur l'étui en papier des baguettes jetables :

— Va voir ce type, Ah Ch'in, tu lui dis que t'es un ancien flic, tu parles pas du Président. Tout le monde connaît le groupe sanguin de Hsü, c'est du AB, si c'est bien du AB sur la lame, tu fais vérifier l'ADN. Comment tu comptes choper l'ADN du Président ?

— Je m'arrangerai.

Crâne d'œuf termina le repas en silence comme il l'avait commencé, s'essuya la bouche et dit :

— Je suis haut fonctionnaire, je peux pas tremper dans tes combines illégales, faut que tu me comprennes, mon vieux. Putain, un jour cette saloperie de campagne sera terminée, tu me dois encore une bouffe, on se trouvera un bon restau et on noiera tout ça dans l'alcool.

— Je te comprends.

— Je peux pas provoquer mes supérieurs, et encore moins provoquer le Président, je peux pas provoquer les

Fang des Quatre Mers, et je peux pas non plus provoquer une vieille tête de mule de mes amis. Je suis fait comme un rat, mon pote, tu dois me pardonner, faut que je tienne jusqu'à mes soixante-cinq ans, et pas question de passer les années qui me restent à attendre la retraite dans un placard quelconque. Toi et moi on les connaît, les gars de l'Inspection générale, tous des types brillants, tous largement capables d'être directeur de la police de la capitale, mais ils ont laissé passer l'occasion ou marché sur les pompes de quelqu'un. Tant de talents réunis, tu fous n'importe lequel d'entre eux dans le *Roman des trois royaumes* et Tsao Tsao le nomme d'office ministre conseiller. Et résultat, ils passent la journée assis sur leur cul à boire du thé et à lâcher des gaz.

— Pourquoi tu continues à gémir ? Je ne viens pas de te dire que je te comprenais ?

— C'est qui ce Japonais, Sasaki ?

— Ni mon cousin, ni mon beau-frère, je ne le connais pas.

— Tu veux rien me dire ? Bordel, y a plus qu'un jour, si tu dis rien maintenant, tu le diras quand ?

Crâne d'œuf quitta la table en premier, et dans un geste rare de sa part, il prit l'addition :

— En uniforme, on peut pas se faire inviter par des civils, si les gens du restau le racontent ça passera mal. Je raque, tu me dois une bouffe de plus.

Grâce aux dons d'intimidation qu'il avait développés en près de quarante ans de police, Wu obtint d'Ah Ch'in, en moins d'une heure, la confirmation du groupe sanguin sur l'éclat de lame de cutter : du AB.

Ah Ch'in avait sa tanière au dernier étage d'un immeuble près de la station de métro de Yuanshan, un petit laboratoire privé qui n'émettait pas de facture, ne prenait pas les cartes de crédit et dont 100 % des résultats d'examens étaient parfaitement irrecevables aux yeux de la loi. Il peignait sa tignasse d'une main, remontait son pantalon de jogging extra-large de l'autre. Wu but un café après avoir préalablement nettoyé lui-même le verre au tampon à récurer et écouta le récit du développement d'une nouvelle industrie underground. Ah Ch'in avait peu de clients mais ils payaient bien, il vivait correctement. Parmi les bénéficiaires de ses services : des épouses venant faire analyser le slip de leur époux, des maîtresses venant faire analyser des feuilles de PQ, mais surtout des hommes ou femmes souhaitant déterminer le groupe sanguin de leurs enfants. En résumé, Ah Ch'in tentait, dans une certaine mesure, de définir un nouveau paradigme des relations entre les sexes à l'époque moderne, afin de clarifier et de préserver ce qui pouvait l'être de la légitimité de l'acte de fornication.

— Vous êtes détective privé ?... Ce genre de cutter, pour tuer quelqu'un, faut frapper à la gorge ou toucher une artère.

— Vous faites aussi de la comparaison d'ADN ?

— Je sous-traite.

— À qui ?

— Secret commercial.

Wu porta la main à la poche arrière de son pantalon. Ce geste avait la particularité de déclencher les confidences de beaucoup de gens.

— Inutile. Je sous-traite à un pote à moi qui travaille dans un hosto, je peux pas vous dire lequel.

— Je reviendrai vous voir quand j'aurai l'échantillon à comparer.

Wu plaqua deux billets de mille sur la table et s'en alla. Quand il quitta la rue Jiuquan, la nuit était tombée, le froid était arrivé. Il remonta le col de sa veste, ruminant ses choix : récupérer de la salive présidentielle serait compliqué. Lui pouvait baisser ses critères, se contenter de l'analyse du groupe sanguin et considérer l'affaire éclaircie. Mais pour Ai Li, il fallait disposer des résultats d'une comparaison ADN. Alors seulement le niveau de menace serait suffisant pour que Hsü Huo-sheng et Fang père et fils laissent Ai Li tranquille.

Quant à lui, il n'était qu'un petit vieux semi-retraité, il en avait encore pour quatre ans, après quoi il pourrait profiter de sa carte du troisième âge pour prendre gratuitement le bus et aller voir des expositions à moitié prix. Peut-être pourrait-il claquer une partie de sa prime de départ pour déménager à Wanli, partir en excursion tous les jours ou aller à la pêche, manger du poisson frais, respirer l'air pur de la montagne. Il laisserait l'appartement subventionné pour fonctionnaires de Dazhi à son fils, assumant jusqu'au bout ses responsabilités parentales.

Chimères, rêveries. On finit toujours par devoir faire la queue, pour se faire enregistrer par tous les diables des Enfers…

Son employeur l'appelle au téléphone : monsieur Wu, notre contrat arrive à son terme, vous êtes viré.

Le père Chu agite la main : superintendant, on va dire qu'on se connaît plus, des cafés y en a partout, z'avez plus besoin de débarquer chez Lili.

Crâne d'œuf frappe à sa porte en pleine nuit en suppliant : je sais que t'es à la retraite, mais faut que tu prennes tout sur le dos, je te revaudrai ça un jour.

Jeffrey, portant l'un de ses éternels foulards, brandit l'accord de confidentialité en plein tribunal et montre Wu du doigt : je réclame compensation, cinq millions de dollars.

Wu a souvent eu connaissance d'abus de pouvoir au détriment du citoyen lambda. Au pire, le procureur l'inculpera pour implication dans l'affaire de l'attentat contre Hsü Huo-sheng. Internet bruisse déjà de rumeurs l'accusant de couvrir l'attaquant du Président. Son fils sera forcé d'interrompre ses études à l'École de police en raison de pressions extérieures, mais Wu réussira à rassembler assez d'argent pour l'envoyer dans une école d'informatique à l'étranger ; au bout de quelques années, Fiston épousera une locale et changera de nationalité. Quant à lui, il sera envoyé en prison, et ses quatre petits camarades de chambrée se frotteront les mains : t'es un cochon de flic ? Parfait, tu nous laveras les panards tous les soirs à partir de tout de suite.

Il entra dans la station de métro, arriva à monter dans la dernière rame de la soirée. Il était minuit quinze. Après minuit, elles ramenaient charitablement les ivrognes chez eux.

La voiture était presque vide. La jeune femme assise de biais face à lui portait une minijupe dont le bord affleurait sa culotte. Assis à côté d'elle, un homme dont le masque facial ne suffisait pas à retenir l'haleine chargée d'alcool contemplait les jambes de la jeune femme. Celle-ci, sans doute incommodée par l'odeur, se leva et vint s'asseoir à côté de Wu. Elle devait trouver qu'il avait l'air gentil et l'aiderait à repousser les avances de l'aviné. Bien sûr, elle ne se départit pas entièrement d'une certaine méfiance envers lui, et laissa une place entre eux deux.

Wu ne sentait pas l'alcool mais la crasse de vieux qui n'a pas changé de vêtements depuis plusieurs jours.

Une femme si jeune toujours pas rentrée chez elle à cette heure. Où allait le monde ?

5

Plus qu'un jour avant le vote

— Superintendant, dit Bébé, il ne m'écoute pas quand je lui parle. Ne pourriez-vous pas le convaincre de votre côté ?

Wu fit les gros yeux à l'ivrogne en face de lui. La puissance de son regard, forgée par des décennies de flicaillerie, opéra encore une fois sa magie : l'ivrogne changea de voiture.

— Je n'arrive même pas à m'obéir à moi-même. Comment voulez-vous que je le persuade ?

— On nous cherche partout, il dit que nous devons rester planqués au moins un jour de plus.

— Toutes les agences vous recherchent, oui. Il faut faire attention.

Wu contemplait une publicité sur la paroi du wagon.

— C'est de nouveau l'époque du marathon de Taipei…

— Vous participez ?

— Ah non, je ne cours pas, c'est pour les jeunes comme vous.

— Il faut qu'on aille courir ?

— Le vote est demain, vingt-quatre heures après plus personne ne s'intéressera à Ai Li. Et il va se passer quatre ans avant que le Président élu ne remette son mandat en jeu, qui sait ce que Taïwan sera devenu dans quatre ans. Restez planqués pour l'instant.

— Je vais lui en parler.

— Dites-lui bien ça, ça va le faire cogiter : le superintendant Wu recommence à faire des un plus un qui n'ont pas l'air de faire deux.

Ai Li et Bébé s'inscrivirent tous les deux sous leur vrai nom au marathon de Taipei. La société organisatrice, sensibilisée aux risques, en informa la police de Taipei, le directeur adjoint Lu dépêcha une équipe de techniciens en informatique investir le siège de la société, afin d'extraire de ses serveurs des données qui permettraient d'enfin arrêter Ai Li, suspect dans l'affaire de l'attentat contre le Président. Le Bureau des enquêtes et le Bureau de la sécurité nationale s'en contrefichèrent, bien entendu personne ne croyait vraiment qu'Ai Li allait courir le marathon. Les agences barbouzardes se disaient qu'il avait quelque chose en tête, que le marathon n'était qu'un écran de fumée. Elles déployèrent leurs moyens d'enquête dans plusieurs directions : Wu, Crâne d'œuf, le père Chu et Hu Yen-po firent tous l'objet d'une surveillance renforcée.

Chaque agence était persuadée d'être la seule à connaître le secret qu'il ne fallait pas évoquer : en trouvant Ai Li, on trouverait Sasaki. Il se disait que Sasaki était à Taipei.

Wu passa sa journée à rédiger des rapports dans son

bureau de la compagnie d'assurance. Crâne d'œuf accompagnait le convoi électoral du Président. Après sa prestation de la veille, il était désormais qualifié par toutes les langues de vipère de la police de « ministre des lèche-culs ». Hu Yen-po parcourait le pays dans un autre bus électoral suivi par les médias, et s'il n'était pas dans son bus, il se trouvait dans ses permanences électorales à passer en personne des coups de téléphone aux électeurs potentiels. Pour les enquêteurs du Bureau de la police criminelle, le plus curieux était l'agitation du père Chu : de l'aube jusqu'au soir, un nombre considérable de personnes se rendirent au café de Lili, dont des membres de l'Alliance des dix mille, du groupe des Quatre Mers, de l'Association de bienveillance des personnels militaires retraités, des Frères jurés de la Voie céleste, du syndicat de la Guilde professionnelle des boulangers et pâtissiers de la municipalité de Taipei. Chu Lili était membre du syndicat, la campagne électorale était extrêmement serrée, il était naturel que tous les membres de la famille soient mobilisés.

La surveillance était générale et exhaustive. Le vote avait lieu le lendemain, rien de fâcheux ne devait arriver.

L'élection présidentielle était une affaire importante aux yeux de la plupart des gens. Moins pour les jeunes. Les parcs en bord de rivière et les terrains d'athlétisme de Taipei étaient remplis d'individus suants et soufflants qui préparaient le marathon. Les cyclistes ignoraient la bise glacée venue du nord et attaquaient chaque tronçon de route présentant une pente élevée. Tous les postes de police, chargés de maintenir le calme en ce dernier jour d'attente, avaient disposé des fonctionnaires à chaque carrefour pour mener des tests d'alcoolémie, les agents du département de la circulation de la police de Taipei scrutaient fiévreusement les images qui leur parvenaient de toutes les caméras de sécurité. Le Bureau des enquêtes poussait des reconnaissances aux quatre points cardinaux. Un seul objectif en tête : Ai Li.

La caravane, composée de dizaines de cyclistes s'étalant sur une bonne centaine de mètres, était partie du poste de police de Xinghua à Tamsui et s'engagea sur la route Balaka en direction de Yangmingshan.

La route Balaka, 17 kilomètres de long, monte et descend en zigzags sur 800 mètres de dénivelé. De son nom officiel « voie municipale n° 101 », elle fut construite comme voie à usage militaire de niveau intermédiaire. Elle aboutit à la réserve naturelle de Datun, au sein du parc national de Yangmingshan. Les policiers avaient également installé à mi-chemin une aire de repos pour les nouveaux chevaliers de la route*, leur objectif était de servir le peuple, et de procurer aux sportifs du ravitaillement et des postes de gonflage de pneus. Quand les cyclistes arrivèrent sur la route de montagne, les policiers durent servir le peuple de façon plus abrupte, réguler le flot des voitures dans les virages, coincer bus et autos sur les bas-côtés, avec parfois une roue tournant au-dessus du vide.

* Dans l'argot spécifique de Taïwan, les vélos sont des « chevaux de fer », les cyclistes sont des « chevaliers ».

— On est là pour s'entraîner ? demanda une des cyclistes.

— On n'a rien d'autre à faire aujourd'hui, détends-toi, cette ascension est un loisir, pas un entraînement, répondit son voisin tout en changeant de dérailleur.

— On va vraiment jusqu'à Yangmingshan ?

— Tu vas voir, revenir sur Taipei à toute allure par la grande descente de la route de Yangde, c'est magique !

— Ai Li, tu ne t'arrêtes jamais ? C'est à cause de Tuan ? Ce n'est pas de ta faute.

— Si, c'est ma faute.

— Ça m'a beaucoup touchée de vous entendre bavarder dans la forêt, Sasaki et toi.

— C'est grâce à ça que tu as guéri d'un seul coup ?

— Il y a comme une pierre qui pèse très lourd sur ton cœur.

— Je réfléchis justement au moyen de la virer.

La ribambelle cycliste continua son chemin, eux s'arrêtèrent au mausolée de Yu You-jen. De Nankin à Taipei, le vieil homme avait présidé le Yuan de contrôle pendant trente-quatre ans, jusqu'à sa mort en 1964. En dehors de ses tâches officielles, il se consacrait à la calligraphie, ce qui en avait fait l'un des « Quatre grands calligraphes de la République ». Le parc de son mausolée derrière Yangmingshan s'étageait à flanc de montagne. De la route Balaka, on voyait soudain émerger des pans de brume le sévère ensemble de style classique, qui donnait aux passants l'impression de pénétrer dans une brèche spatio-temporelle.

Même là, dans un endroit si isolé, les vases bordant des deux côtés l'estrade de la stèle funéraire étaient remplis de fleurs fraîches, et le parc était, semblait-il, régulièrement entretenu. Alex et Bébé, assis sur les marches menant à la tombe, admiraient les colonnes de pierre sculptées de créatures légendaires.

— Qu'est-ce qu'il t'a dit, Tuan, avant de mourir ?

— Il a dit que j'avais tué Tête-de-fer, que j'avais tué le Gros, que j'allais le tuer. Que j'étais coupable de manque de piété filiale, de manque d'humanité, d'injustice.

— Ils voulaient tous te tuer, tu ne pouvais pas faire autrement.

— Bébé, tu ne me détestes pas d'avoir tué ton père adoptif ?

— La haine, on s'en débarrasse. Il avait sombré, était allé trop loin, je n'ai pas su le retenir.

— Mais tu l'aimais.

— Nous sommes tous des orphelins. Avant, j'avais le sentiment de n'avoir pas de famille, l'armée m'en a donné une, et la chaleur qui va avec. Tête-de-fer était comme un père, comme un grand frère, un homme sur lequel on pouvait compter.

— Vous m'avez souvent manqué quand j'étais à la Légion…

— En t'écoutant parler avec Sasaki, j'avais l'impression d'être retournée à l'époque où j'étais aussi tireur d'élite.

— Ce sont des souvenirs de jours plus simples. Notre seul souci, c'était de devenir encore meilleurs, on pouvait parler de tout avec nos frères d'armes, on n'avait qu'à obéir aux ordres, se conformer aux règles, et s'entraîner…

— Tête-de-fer a énormément changé après avoir quitté l'armée. Il disait qu'il se rendait compte que tous ces discours sur la défense de la patrie, la protection des citoyens, ça n'avait aucun sens. Ce qui comptait, c'était le fric, les résidences de luxe et les voitures de sport.

— Il n'avait pas trouvé son dragon.

— Tu te souviens de ça ?

— « Chu P'ing-man dépensa la fortune familiale, étudia pendant trois ans mais jamais ne put employer ses talents. »

— Ne me dis pas que tu cherches encore ton dragon.

— Je ne suis pas assez romantique pour ça, je n'ai jamais cru aux dragons.

— Alors pourquoi tu t'obstines à rechercher la vérité dans cette histoire d'attentat ?

Alex se releva, s'accouda à la balustrade de pierre, face aux lourds nuages charriés par le vent.

— Tu as obéi à Tête-de-fer, tu m'as dit d'aller à Rome assassiner le conseiller du Président. Je n'ai rien demandé, je l'ai tué, sans penser un seul instant que le Gros essayerait de me faire taire définitivement. Pourquoi Tête-de-fer a-t-il agi ainsi ? Pour trouver la vérité, j'ai tué le Gros, j'ai tué un autre sniper qui était probablement aussi un camarade, j'ai tué Tête-de-fer, j'ai même dû te blesser. Si à la place je m'étais planqué, tout irait beaucoup mieux.

— C'est ça, la pierre sur ton cœur ?

— Tuan m'a mis sous les yeux ce que je refusais de voir. J'ai effectivement tué mon maître.

Bébé s'approcha d'Alex, tendit la main, lui attrapa la manche.

— J'ai tué mon maître ! Bébé, je n'arrête pas de me dire que c'est à cause de ma recherche de la vérité que j'ai été forcé à chaque fois de tirer.

— Tête-de-fer, le Gros, toi, moi, les autres, on n'est que des pions. Les pions du pognon.

— Le superintendant Wu m'a aidé, je voulais simplement lui rendre la pareille. Je ne pensais pas qu'on voudrait encore que je meure. Je ne peux pas renoncer à la vérité, mais je n'arrive pas à me convaincre que… que je ne suis pas coupable d'avoir tué Tête-de-fer et mes camarades.

— Je comprends.

Alex essuya l'humidité qui mouillait ses pommettes – comme s'il ne s'agissait que de brume condensée –, serra âprement Bébé dans ses bras.

— Allons à Yangmingshan. On va se faire un bon poulet.

Ils remontèrent à vélo. Une autre caravane précédée d'une dizaine de véhicules qui grimpaient en louvoyant arriva à lourds coups de pédale, passa sous l'arche de pierre surplombant la route devant le mausolée, laquelle marquait l'entrée dans la réserve naturelle. Sans autre arrêt, ils traversèrent le parc national jusqu'à une petite boutique à l'entrée de la ruelle menant à l'Université chinoise de la culture, burent un peu d'eau, avalèrent un sandwich. Alex désigna la route de Yangde :

— Ça descend tout du long, n'oublie pas de serrer les freins !

— Faut-il absolument que tu saches la vérité ?

— Sans la vérité, je ne peux plus fermer les yeux quand je pense à eux.

— Ai Li, tu portes un poids trop lourd.

— T'inquiète, je ne suis pas aussi lourd que Sasaki, tu devrais supporter.

Ai Li passa devant et ils attaquèrent la descente. Ils dépassaient les voitures, filaient sous le nez des scooters, arrivèrent en moins de dix minutes au pied de la montagne, dans la cuvette de Taipei.

On avait beau être la veille du vote, les nouvelles de la découverte du cadavre d'un suspect muni du fusil ayant servi (putativement) le jour de l'attentat et de la crise cardiaque qui avait plongé le vieux M. Fang dans le coma relativisaient l'importance du combat féroce qui opposait les deux camps ; Taipei était aussi calme que pendant les vacances de la fête du Printemps. Mais à vrai dire, cela était dû à une nouvelle plus importante encore, l'arrivée de la vague de froid. Les personnes âgées résistaient à la baisse des températures en allumant leurs radiateurs électriques, les jeunes augmentaient leur température corporelle en se fourrant sous les couettes pour se frotter la couenne.

Sa femme étant sortie jouer au mah-jong, son fils étant sous une couette étrangère, Wu se rendit seul au sous-sol du Miramar, dans la « rue des gourmets ». Il s'arrêta devant le restaurant de bibimbap, hésita devant la boutique de nouilles au thé Oolong de Sanuki, opta pour un hamburger. Un gros bun moelleux, deux steaks hachés, un grand coca.

Il y avait foule, mais la physionomie de Wu devait être inadaptée à l'allégresse et au bonheur ambiants, et personne ne s'assit ni à sa droite, ni à sa gauche, ni en face de lui. Il termina son hamburger aussi seul qu'il l'avait commencé. Une demi-heure de promenade le long de la rivière dissipa l'excès de chaleur avalée. L'appartement était vide, trop vide. Il prit une bouteille de vin rouge et descendit d'un étage pour aller voir les résultats du base-ball chez le professeur Shih.

La vie du professeur Shih était très linéaire : un mariage, un divorce. Le jour du divorce, sur le chemin du bureau de l'état civil pour faire tamponner le document, sa femme et lui avaient poussé ensemble un grand soupir de soulagement : heureusement qu'on n'a pas eu d'enfants. Il avait enseigné les mathématiques pendant des décennies au même niveau, la première année de lycée. Il avait été l'un des premiers habitants de cette résidence pour fonctionnaires, où il vivait également depuis des décennies. Il marchait six mille pas par jour, qu'il comptait jadis avec un podomètre, aujourd'hui avec son téléphone. Les six mille pas, selon lui, expliquaient sa bonne santé. Il aimait le base-ball mais n'était jamais entré dans un stade pour assister à un match : trop de tension nerveuse, trop de bruit. Du dimanche au mardi, il prenait des raviolis au dîner, dix à chaque fois, ni trop ni trop peu. Mercredi et jeudi soir, soupe de nouilles au poulet : avant sa sortie du mercredi, il mettait un demi-poulet à cuire à l'étouffée, rajoutait des nouilles au bouillon en rentrant, ça lui tenait deux jours et c'était excellent pour le moral. Le vendredi, il dînait chez sa sœur cadette, le samedi au restaurant, le dimanche il préparait ses raviolis de la semaine à la maison.

Le mois précédent, il avait enfin accepté l'invitation de Mme Wu de monter dîner pour le réveillon. Puis il avait discrètement demandé à Wu s'il pouvait apporter une marmite de soupe de poulet, ça le gênait d'arriver les mains vides. Encore de la soupe de poulet ? Wu lui avait conseillé d'aller au « Din Tai Fung » acheter du riz aux huit trésors, ça serait plus pratique et moins sournois.

À la télé, Lin Che-hsuan galopait toujours, mais cette fois ne rattrapa pas la balle. Coup de circuit parfait. Le téléphone sonna, Shih approuva de la main, Wu remercia de la tête.

— Vous êtes chez le professeur Shih… C'est bien deviné, c'est mon standard téléphonique… J'ai déjà dîné. Non je n'ai pas mon portable, je l'ai mis à recharger à la maison… Tu as gagné ? Je parle du mah-jong, pas du base-ball. Je vais voir papa demain, on en reparle quand je reviens… Voter ?… D'accord, d'accord, j'irai voter avant d'aller à l'hôpital, et j'en parle à Fiston.

Wu se rassit, se plia à une autre règle de vie du professeur Shih : deux bouteilles de bière par soirée, une pendant le dîner, une pendant le match. Une règle simple et pratique, qui permettait de vivre sa propre vie tranquillement, sans trop se soucier du ciel qui risquait de vous tomber sur la tête.

Après la Ligue de base-ball professionnelle de Taïwan, ce fut une retransmission d'un match de la Ligue majeure américaine. Cette journée était passée en un clin d'œil, il était déjà soudain minuit.

— Tu enseignais les mathématiques, c'est ça ? Quel genre de maths ?

— Il n'y a qu'un seul genre de mathématiques. Tu ne peux pas avoir envie de savoir quel genre de mathématiques est ce genre-là.

Wu se frappa le front, il avait compris. Ai Li disait qu'il

parlait trop mystérieusement, son fils prétendait qu'il utilisait trop souvent de la syntaxe japonaise. Mais tout était dû au fait qu'il regardait trop souvent le base-ball avec le professeur Shih.

6

Jour de l'élection présidentielle

Le jour du vote fut aussi calme. Wu dormit jusqu'à presque 10 heures. La télé était allumée mais personne ne la regardait. Les nouvelles n'évoquèrent pas une seule fois l'attentat. Crâne d'œuf ne lui demanda pas où était Ai Li, et mieux encore, le Bureau des enquêtes changea d'approche et lui fit parvenir une boîte de « poires du phénix », contenant une douzaine de petites pâtisseries fourrées à l'ananas magnifiquement emballées. Devaient-ils épuiser en urgence leur budget de relations publiques avant la fin de l'année ?

Il se rendit avec sa femme à l'école primaire du quartier pour déposer son bulletin dans l'urne, puis ils prirent le bus, un changement, pour aller déjeuner chez sa belle-mère. À l'approche de chaque élection, la vieille dame témoignait d'une approche assez autocratique de la démocratie : « Mon gendre, votez Hsü Huo-sheng et je vous fais des pieds de porc mijotés dans la sauce soja. Si vous ne votez pas pour lui, pas de déjeuner chez moi pendant un an. »

Le maintien de la sérénité familiale exige des mensonges de bonne foi. Face au judas de la porte d'entrée, il proclama :

— Deux bulletins de plus pour Hsü !

Mais la belle-mère avait vécu et dit en ouvrant :

— C'est donc deux votes pour Hu Yen-po. À table tout le monde !

Crâne d'œuf l'appela, lui dit en mâchant son chewing-gum :

— Elle t'a préparé des pieds de porc, la belle-doche, pas vrai ? Je suis près du mausolée de Sun Yat-sen et je les sens d'ici. Elle veut pas les vendre à emporter ? J'appelle Uber pour les récupérer, qu'elle me mette deux bols de riz blanc en plus. Ses pieds de cochon sont meilleurs que ceux de Fubawang. Tiens, fais-moi livrer Ai Li avec, et ce sera tip-top.

Ce ne fut pas un chauffeur Uber qui arriva pour récupérer des plats, mais un livreur Uber Eats qui apporta un carton de gâteaux dits de « prospérité ». Quand sa femme demanda qui les leur avait fait livrer, il s'en tira en répondant :

— Un ami qui sait qu'on aime les gâteaux à la pâte de jujube. Ceux que tu préfères.

— Très bien, ça ira parfaitement avec le thé !

Wu ne lui donna pas l'autre objet dans le sac en papier : un long et mince tube à essai, qui contenait un coton-tige.

La télé montrait Hu Yen-po rentrant déjeuner chez lui après avoir accompli son devoir de citoyen, et saluant de la main la foule qui hurlait « Hu pré-si-dent ! ». Ce jour-là,

Hu se mit lui-même à la cuisine, son autre passion après la politique. Il avait déclaré à la presse que si par malheur il n'était pas élu, il ouvrirait un restaurant avec sa femme et ses trois filles. Il en avait d'ailleurs déjà trouvé le nom : « À un bulletin près ».

Hu Yen-po enleva sa veste de costume, enfila un tablier, mit d'abord à mijoter le riz à la viande séchée dans une casserole de terre cuite, écailla et vida un mérou à taches orange qu'il plaça dans un autocuiseur, blanchit des feuilles de kailan qu'il aspergea ensuite de sauce d'huître. Il n'avait pas besoin d'en faire plus : pour le nouveau petit ami de sa benjamine, il avait aussi commandé des perles de dragon, frites et sautées d'avance. Hu Yen-po ne comprenait pas comment la jeune génération pouvait aimer manger des bouches de calmar.

Comme il était encore filmé, même chez lui, par les caméras des deux chaînes de télévision qui le soutenaient, il continua à jouer les bons époux et les pères aimants, et déclara dans le micro :

— Après le déjeuner et une petite sieste pour se remettre d'aplomb, nous irons ce soir au QG de campagne pour y attendre les résultats définitifs du vote. Que nous gagnions ou que nous perdions, demain sera une belle journée !

Son bulletin déposé dans l'urne, le directeur général du groupe des Quatre Mers, Fang Te-min, sortit du bureau de vote et reçut deux coups de téléphone, auxquels il répondit sans se préoccuper des flashs des journalistes.

Quelques jours plus tard, Wu invita Crâne d'œuf à dîner, et celui-ci lui expliqua, sans avoir l'air d'y toucher :

— C'est moi qui ai appelé Fang Te-min, je lui avais promis de le faire. Je lui ai dit que je n'arrivais pas à retrouver Sasaki, que l'enquête était morte. Il a raccroché sans dire un mot. Et le second coup de fil, Chao Tso me l'a raconté, les RH des Quatre Mers l'avaient mis à la retraite avec un mois d'avance pour incompétence, mais il a téléphoné à Fang Te-min pour le remercier, il n'attendait que ça.

Fang junior remit son mobile dans sa poche, monta en voiture et, suivi en cortège par des voitures de presse, se rendit à l'hôpital. Il était un bon fils, qui chaque jour allait s'informer de l'état de son père, et sa femme était une encore meilleure belle-fille, qui rendait visite au malade deux fois par jour, le matin et le soir. Les photos publiées dans les journaux le montrèrent, debout derrière la vitre qui donnait sur l'immense chambre du patient, en train de parler dans son téléphone portable.

Puis un journal du matin publia une information exclusive : Fang Te-min, directeur général du groupe des Quatre Mers, était promu président du conseil d'administration.

Le père Chu alla voter accompagné de sa fille Lili. Il pressa vigoureusement le tampon à l'endroit choisi du bulletin, souffla pour sécher l'encre, plia soigneusement le papier et le glissa dans l'urne. Suite à quoi, il se pencha pour jeter un coup d'œil par la fente de l'urne, semblable à celle d'une boîte aux lettres, comme s'il craignait que dans l'urne ne se dissimule une monstrueuse créature recroquevillée, attendant dans le noir d'avaler tout rond chaque bulletin.

À la sortie du bureau de vote, il appela Wu :

— Superintendant, j'ai une bouffe à midi, on va au « Du Yi Chu » avec des vieux frangins se taper une marmite mongole, des crêpes fourrées et des galettes au sésame. Ça vous dit ? On va s'en mettre plein la lampe. Interdit d'en parler à ma fille.

Wu refusa poliment :

— Ma belle-mère nous a déjà préparé des pieds de porc. Merci beaucoup, ce sera pour une autre fois !

Avant de raccrocher, le vieux mafieux ajouta :

— J'en profite pour vous dire… ce que vous m'avez sorti l'autre jour… un père doit rester un héros. C'était vraiment bien dit, superintendant.

Hsü Huo-sheng fit aussi une apparition au bureau de vote à la tête de sa famille, confiant et rayonnant. Il devait bien sûr également déjeuner, il ne retourna pas à sa résidence officielle mais se rendit dans un de ses restaurants français préférés, dont Internet disait que la nouvelle carte comportait des asperges blanches, des truffes et du poulet importé de France.

Le restaurant était immense et la famille présidentielle avait pris place dans le salon particulier le plus à l'écart. Deux agents spéciaux étaient postés à la porte principale, deux autres à l'extérieur du salon privé, deux encore à l'intérieur. Trois véhicules télé avec antenne satellite s'étaient parqués devant. Les caméras capturèrent l'arrivée du frère cadet de Hsü, accompagné de M. et Mme Hsü père et mère, quatre-vingt-onze et quatre-vingt-sept ans respectivement, dans une forme splendide.

Le matin même, le vieux M. Hsü avait reçu la visite d'une infirmière du Bureau municipal de la santé publique, venue mesurer sa tension et lui déboucher les fosses nasales au coton-tige, lesquelles avaient tendance à s'obstruer à chaque changement de saison. Il avait taquiné l'infirmière :

— Cela faisait longtemps qu'ils ne m'avaient pas envoyé une infirmière aussi jolie !

Sa femme l'avait coupé d'un ton aigre :

— Je croyais qu'à cause de la cataracte tu ne voyais même plus la télé ?

Tout le monde attendait l'ouverture des urnes. Si l'on se fiait aux élections passées, les résultats pouvaient tomber dès 21 heures, mais cette fois la compétition était extrêmement serrée et les candidats au coude-à-coude. Des véhicules dotés de canons à eau et des unités de maintien de l'ordre, munies de boucliers antiémeute et de fusils à gaz lacrymogène, se postèrent autour des QG de campagne des deux candidats. Le directeur de l'Agence nationale de police affirma que les canons à eau suffiraient à abaisser la température collective d'éventuelles foules en colère, que les fusils à gaz ne serviraient qu'en cas de besoin, qu'il espérait que les supporters des deux camps sauraient garder leur calme, quel que soit le résultat des élections.

Son déjeuner terminé, Hsü Huo-sheng émergea du restaurant et répondit, chose rare, aux questions des médias. Il déclara qu'il allait rentrer à sa résidence pour un petit somme, et qu'il se rendrait à six heures du soir à son QG électoral pour fêter la fin de la campagne avec les bénévoles autour de cartons de riz aux travers de porc et attendre patiemment les résultats. Comme Hu Yen-po, il prononça aussi quelques belles paroles :

— Je vous remercie tous du fond du cœur pour votre soutien. Que Huo-sheng soit élu ou pas, c'est en homme du peuple qu'il servira le peuple jusqu'au bout !

Wu mordillait ses pieds de porc, si longtemps mitonnés que les os et la chair se séparaient sans effort et fondaient dans la bouche. Comme dans d'autres familles taïwanaises, chez sa belle-mère la télévision allumée accompagnait le repas. Quand Hu Yen-po émit devant la caméra ses prévisions quasi météorologiques pour la journée du lendemain, Wu ne put retenir un juron en recrachant les petits morceaux de phalanges :

— Conneries.

Les yeux de la belle-mère étincelèrent, elle resservit à son gendre un morceau de viande flageolante.

— C'est ce Hu qui est le problème.

Wu reprit sa mastication, et quand Hsü Huo-sheng en eut terminé avec ses vœux pour le futur, il n'eut qu'un mot :

— Foutaises !

La belle-mère eut un instant de flottement, qui heureusement ne dura pas. Ses baguettes agiles transférèrent de nouveau un pied porcin et trémulant du plat au bol de Wu.

— Mangez donc. Il faut qu'on arrête la télé pendant les repas.

Fiston se mit à rire, Wu lui lança un regard torve, qui n'empêcha pas son fils de s'étouffer à moitié avec sa nourriture.

Alex avait persuadé Bébé de goûter quelques spécialités sautées au restaurant du vieux Mo. Ils avaient commandé un nombre considérable de plats beaucoup trop riches en calories, mais ils étaient encore jeunes et comptaient faire l'aller-retour Taipei-Keelung à vélo après le déjeuner, ce qui devrait faciliter la digestion.

— Ta vérité, ta pierre, ça y est, tu t'en es débarrassée ?

— Ils ont des perles de dragon ici, tu en as déjà mangé ?

— Planque-toi. Même le superintendant Wu t'a dit de laisser tomber.

— En fait ce sont des bouches de calmar. Avant personne n'en voulait, maintenant ça coûte 300 dollars l'assiette.

— Retournons à Yilan, tu conduiras la camionnette pour la paroisse, et tu oublieras Tête-de-fer et Tuan.

— D'abord on les fait frire pour que ça soit bien croquant, puis on les saute avec des cacahuètes au piment.

— Mmmm. C'est bon.

— Je te le dis, ce plat m'a fait réfléchir au fait qu'on était des orphelins dont personne ne voulait, déracinés, vidés, rejetés.

Alex but une gorgée de bière, prit une autre boulette entre ses baguettes.

— Mais si on ne les avait pas mises d'abord à frire, si on ne les avait pas mélangées aux cacahuètes au piment, les bouches de calmar, c'était trop répugnant, jamais elles ne seraient arrivées sur les tables des restaurants.

— Quoi ? Tu me compares avec une poêle à frire ? Ou avec des cacahuètes ?

— Non, tu es Bébé, ma sauvegarde chérie. Je te prie de me pardonner, ma petite perle de dragon.

Ils levèrent haut leur verre, burent à grandes goulées.

Binocles passa la tête par la porte de la cuisine, agita sa spatule en direction d'Alex. Quelques secondes plus tard, une assiette de foie de porc sauté se rajoutait aux autres plats. Le vieux Mo passa devant leur table, frappa sur l'épaule d'Alex :

— Binocles ! On avait jamais eu un chiffre d'affaires pareil, tout le monde a la flemme de se faire à bouffer après avoir voté. T'as assez de monde en cuisine ? Sinon ici y a ce qui faut. Hé, deux bouteilles de Taïwan bien fraîches pour mon vieil ami !

Alex le remercia d'un salut militaire. Bébé s'abstint, son attitude n'était pas des plus enjouées.

— Je te le demande une dernière fois, tu veux vraiment y aller ?

— Ne vivons-nous pas dans un État de droit ?

— Ai Li, je te préviens, arrête de répondre aux questions par d'autres questions comme le superintendant Wu !

Il y avait bien sûr beaucoup plus de télés dans le restaurant de spécialités sautées que dans une salle à manger familiale, réglées elles aussi sur les chaînes d'information. Hu Yen-po succédait à Hsü Huo-sheng à l'écran, les clients ne pouvaient s'empêcher de lever le nez vers les moniteurs qui pendaient du plafond comme le soleil, la lune ou les étoiles. Seuls Alex et Bébé étaient penchés au-dessus de leurs assiettes, presque front contre front, tâchant de retrouver les dernières perles de dragon au milieu des cacahuètes. Cette année le prix des bouches de calmar avait connu une certaine inflation, et le vieux Mo, n'ayant pas ouvert ses restaurants par bonté d'âme mais par besoin de gagner de l'argent, cachait la misère sous un grand tas de cacahuètes au piment.

7

Alex prit le bus jusqu'au carrefour puis contourna la foule pour arriver à la porte de service du QG électoral. La grande place était noire de monde, attendant que l'immense écran affiche le résultat du dépouillement. Crâne d'œuf était là, revêtu de son uniforme le plus immaculé, la poitrine arborant les deux étoiles et trois bandes dorées sur fond noir de son insigne de grade, correspondant à la dignité de sa fonction de directeur adjoint de la police de Taipei. Il secoua la main d'Alex :

— Ai Li, ravi de vous rencontrer ! Va falloir rester poli là-dedans.

— Reçu, monsieur le contrôleur. Je sais me tenir.

Des agents le fouillèrent, puis Alex, sur les talons de Crâne d'œuf, entra dans le bâtiment. Des volontaires fourbus dormaient en désordre entre les piles de tracts et les tas de fanions. Dans une des pièces, des tables pliables avaient été accolées pour former une grande table de réunion entourée d'une douzaine de chaises pliables ; au mur, un tableau blanc et un écran ; au plafond, un projecteur ; dans les coins, des fauteuils et un grand canapé sur lesquels il semblait faire bon s'endormir.

Hsü Huo-sheng se leva et son regard intense se fixa sur Alex.

— Ai Li, asseyez-vous, je vous prie. Contrôleur Lu, tout va bien, vous pouvez sortir.

Crâne d'œuf claqua des talons et salua, sortit sans accorder à Alex un seul regard, même en coin.

— Le Bureau des enquêtes criminelles a écarté l'hypothèse de votre implication dans l'attentat. Le suspect du tir au pistolet est Tsai Min-hsiung, celui du tir au fusil est ce Tuan. Si je vous vois, c'est que j'ai reçu un colis – plus précisément, le contrôleur Lu a reçu un colis, et l'a transmis immédiatement à mon secrétaire.

Hsü Huo-sheng désigna trois objets alignés à l'extrémité de la table, chacun dans un sac plastique transparent, un cutter, une compresse imbibée de sang, un coton-tige.

— La police a examiné ces objets. Le cutter est neuf, il n'y a pas d'empreintes dessus. Sur la compresse, ce n'est pas du sang mais du ketchup. Les résultats des tests menés sur le coton-tige ne m'ont pas encore été transmis. Le but de cette mascarade ?...

— Mon but est de connaître la vérité, monsieur le Président.

— Très bien. Tout le monde veut la vérité. Si l'espoir en la vérité était une chose concrète, cette planète imploserait sous son poids. Vous êtes jeune, idéaliste, j'ai été jeune moi aussi, mais aujourd'hui encore je poursuis mon idéal.

— Monsieur le Président, l'éducation que j'ai reçue disait qu'il n'y avait qu'une vérité, et que l'humanité ne progressait que par la recherche de cette vérité.

Hsü vint se placer devant Alex. Il était de taille modeste, légèrement bedonnant, mais son regard était pénétrant.

— Je ne souhaite faire de mal à personne. De ma vie entière je n'ai même jamais écrasé un cafard. Mais je n'accepte pas les menaces.

— Je veux la vérité.

— La vérité. Avez-vous une idée de ce que cela signifie ?

Le Président, les mains dans le dos, se mit à tourner autour de la table.

— La vérité, cela signifie la vérité. Il n'y a nul besoin de définition ni d'explication.

Hsü revint à pas vifs devant Alex et rugit :

— Si je vous ai reçu, c'était pour avoir la vérité sur ces trois objets. Pour la vérité que vous cherchez, voyez le contrôleur Lu.

— Ce cutter est neuf, mais j'ai une vieille lame tachée de sang, ainsi qu'une compresse souillée. L'analyse indique que dans les deux cas, il s'agit du groupe sanguin AB.

— Quelle impudence. Je pourrais vous faire arrêter sur-le-champ.

— Négatif, monsieur le Président. Si je suis arrêté, d'autres échantillons parviendront à Hu Yen-po, qui pourra exiger l'invalidation de l'élection.

— Je m'en fous. Je suis avocat, je vais vous foutre tellement de procès au cul que vous ne verrez plus jamais le soleil.

— J'ai aussi la liste que vous avez signée.

— Quelle liste ?

— La liste que vous avez donnée au vieux M. Fang. La liste de postes promis.

Les pas de Hsü Huo-sheng se faisaient de plus en plus larges, de plus en plus précipités.

— Mais qu'est-ce que vous voulez, à la fin ?

— La vérité.

Hsü retrouvait ses habitudes d'avocat. Il agitait les mains et chaque once de sa chair semblait vouloir participer à son discours.

— Je vais vous la donner, la vérité. Vous voulez tout savoir sur cet attentat ? Je n'ai jamais prétendu avoir été blessé par balle, c'est le Service spécial qui l'a déclaré. À l'hôpital où ils m'ont recousu, c'est le directeur adjoint qui a certifié qu'il s'agissait bien d'une blessure par balle, pas moi. La police a recherché Tsai Min-hsiung et n'a trouvé qu'un cadavre. Je ne sais pas qui l'a tué, et de toute façon j'étais à Taipei et ça n'a rien à voir avec moi. Les deux étuis de cartouche de l'Hôtel du Bonheur, j'en ignorais tout avant l'attentat, et après je ne me suis pas mêlé des détails de l'enquête. Du début à la fin de l'affaire, à part la blessure que j'ai au ventre, rien n'a quoi que ce soit à voir avec moi, voilà la vérité.

— Monsieur le Président, cela n'est pas la vérité, ce n'en sont que les réflexions, vues sous l'angle que vous choisissez.

Hsü se planta devant le tableau blanc, pointa du doigt des chiffres griffonnés :

— Une enquête d'opinion menée par mon QG de campagne. Mais ensuite, le dépouillement décidera de qui a obtenu le plus grand nombre de voix. Celui qui en a le plus remporte le tout, c'est comme au jeu. Même une voix de plus et c'est la victoire, voilà la vérité. Ces trucs sur la table ? J'ai bien compris le message, vous avez gardé les vrais. Vous me menacez ? Mais sur quelle base ? Les seules preuves, ce sont celles que vous pouvez présenter au tribunal, le reste c'est de la merde. C'est pas un home run au base-ball, c'est comme au jeu, une seule voix de plus vous permet de remporter l'élection. Ai Li, ce que vous avez en main, c'est de la merde.

— Affirmatif, monsieur le Président, votre vérité est assez différente de ma vérité.

— Votre vérité est bien trop abstraite, seule la vérité légale est concrète. C'est pourquoi nous avons besoin de lois.

— Affirmatif. Nous avons besoin de lois.

— Vous êtes resté en marge de la loi, et même si la police ne vous tient plus pour suspect pour l'attentat, le fait de m'avoir envoyé ce cutter et le reste vous rend coupable de tentative de chantage et d'extorsion

— Affirmatif. Je comprends.

— Mais qu'importe. Parfois, le pouvoir de tolérance de la vérité est élevé. Je vous pardonne.

— Négatif, monsieur le Président, la vérité n'est pas tolérante, elle ne tolère que la vérité.

— Espèce de bourricot, retournez à la fac, mettez-vous au droit de préférence. J'ai accepté de vous recevoir parce que vous êtes jeune, parce que je craignais que vous vous égariez. Qu'est-ce qui vous fait penser que je ne vais pas vous faire arrêter ? Ah, et puis, qu'est-ce que c'est que ce coton-tige ?

— Monsieur le Président, le coton-tige est celui qui a recueilli ce matin des mucosités nasales de Monsieur votre père, au cours de son examen médical. Afin de vérifier son ADN.

La physionomie de Hsü Huo-sheng passa progressivement de la perplexité à la rage, puis revint au sourire.

— N'avez-vous toujours pas compris ? La vérité ne peut être établie que par des moyens légaux. Aviez-vous l'accord de mon père pour recueillir son ADN ? La méthode utilisée ne relèverait-elle pas de la fraude ?

— Affirmatif, monsieur le Président, j'ai en effet dupé votre père.

— Parfait. La preuve n'est donc pas valable.

— Pas du tout. La preuve n'est peut-être pas valable aux yeux de la justice, mais elle le sera aux yeux de la plupart des gens.

— Vous me menacez encore ?

— Négatif, je ne fais que discuter avec vous de sujets relatifs à la vérité.

— Et que comptez-vous faire désormais ?

— Je crois que je vais vous laisser, monsieur le Président.

— Tu veux vraiment qu'on fasse ça ?

— Hé, je crois que nous n'avons pas le choix. Pars d'abord, après tu n'auras qu'à m'attendre à la gare de Yuanshan.

— Ai Li, tu es trop obstiné.

— Pour une fois encore seulement, Bébé. J'ai les mains moites tellement je suis excité.

— Tu penses que ça sert à quelque chose ?

— Affirmatif. Actuellement tous les policiers de Taïwan me cherchent, mais après ça plus personne ne s'intéressera à nous. Que cette rencontre se solde par une victoire ou par une défaite.

— Qu'est-ce que la défaite ou la victoire ont à voir avec la vérité que tu cherches ?

— La police a lancé un mandat d'arrêt contre moi, ce qui signifie qu'il y a une chance que la vérité puisse être dévoilée au grand jour. S'il n'y avait pas eu de mandat, si la police avait simplement déclaré mener une enquête, ou avait monté une équipe spécialisée, cela voudrait dire que la vérité ne pourrait être montrée à tout le monde, mais qu'elle existe quand même.

— Houlà… je n'y comprends plus rien. Va en parler au superintendant Wu.

Alex n'était pas allé en parler à Wu, il était allé au QG électoral de Hsü Huo-sheng trouver le contrôleur de 3e classe Lu, celui-ci l'avait mené à l'intérieur, puis l'avait raccompagné vers la sortie. De leur position, ils apercevaient l'estrade d'où Hsü allait s'adresser à ses supporters.

— Ai Li, où est Sasaki ? Si je vous le demande encore une fois, c'est par compassion.

— Sasaki est à l'hôpital, monsieur le contrôleur.

— Vous refusez encore de me parler franchement ?

Le dépouillement n'en était encore qu'à mi-chemin. Les scores temporaires des deux candidats étaient si serrés qu'il était encore impossible de les départager. Vers 20 h 30, Hsü Huo-sheng apparut devant son QG électoral, appela ses partisans au calme, déclara qu'il croyait toujours à la victoire finale, leva les bras au ciel et hurla :

— Vive la démocratie !

Alors que des dizaines de milliers de personnes s'égosillaient sur l'air de « Hsü Huo-sheng président », un projectile perça la première vague d'air glacé, franchit les flux de chaleur émanant de la foule fiévreuse, déchira les nobles notes du chant électoral, frappa violemment la paroi de verre blindé qui protégeait Hsü Huo-sheng. À la hauteur des yeux de Hsü, une grosse tache rouge obscurcissait le verre.

Les spectateurs n'avaient pas encore compris ce qui venait d'arriver qu'une bonne dizaine d'agents spéciaux ramenaient Hsü Huo-sheng à l'intérieur en formant un écran qui n'aurait pas laissé passer un courant d'air. Les policiers qui se trouvaient au bas de l'estrade ramassèrent le projectile déformé par le choc.

Une balle creuse.

— Attendez-moi ici, dit Crâne d'œuf à Alex avant de se précipiter.

Sept minutes plus tard, Crâne d'œuf emmenait ses troupes, arme à la main, à l'assaut d'un immeuble de bureaux situé à l'arrière de la grande place, sur le côté gauche. Dans une pièce au quatrième étage, ils trouvèrent un étui de cartouche. En une semaine, Crâne d'œuf était devenu un expert en étuis de cartouche ; il déclara, en observant la douille solitaire à la lueur d'une lampe de poche :

— Du 7,62 × 54 mm, une munition de fabrication japonaise. Putain ! Ce cauchemar ne finira donc jamais ?

— M'sieur le contrôleur, la balle et l'étui sont pas pareils ?

— Bordel, une balle et un étui c'est jamais pareil. Y a la balle, et y a l'étui. Mais là, c'est une douille de 7,62 mm, et la balle qui vient d'être tirée sur le Président, c'est une balle creuse d'entraînement de 5,56 mm, qui contient un produit colorant.

— C'est comme rue Huayin alors.

Crâne d'œuf dit en consultant son téléphone :

— Non, c'est pas du tout la même chose. La balle creuse d'entraînement, c'est pas une vraie balle.

— Les journalistes dehors demandent ce qui se passe, puisque les deux suspects de l'attentat étaient censés être morts, demanda un policier en pénétrant en coup de vent dans la pièce.

— Dites-leur d'aller poser leurs questions au Bureau des enquêtes criminelles.

Crâne d'œuf retrouva Alex à la porte de service du QG électoral.

— C'est Sasaki qui a tiré ?

— Monsieur le contrôleur, les choses sont claires : vous n'avez aucune information sur Sasaki. Vous n'avez aucune preuve qu'il ait franchi la frontière dans un sens ou dans l'autre. Vous ne connaissez pas sa véritable identité. D'un point de vue légal, Sasaki n'existe même pas.

— Hé hé, Ai Li, la non-existence de Sasaki rend votre existence d'autant plus importante.

— J'ai l'honneur de vous informer que mon existence est réelle, mais que dans le cadre de l'attentat de la rue Huayin et de ce qui vient de se passer, je n'existe pas non plus.

— Dites-moi, pourquoi avoir tiré une munition d'entraînement ?

— Au-delà des considérations d'existence légale ?

— Putain ! Comment une simple rencontre avec le Président peut-elle transformer un bon gars comme vous en existentialiste ?

— J'imagine que le tir avec une munition d'entraînement, c'est une preuve d'existence. Une preuve que l'attentat a bien existé, pour ne pas qu'il soit oublié ou bien balayé sous le tapis par la police.

— C'est réussi. Ça va être difficile à enterrer.

— L'existence prolongée de l'attentat fera que dans cent ans les gens s'en souviendront probablement encore. Et avec un peu de chance, d'ici là les techniques de police scientifique auront fait des progrès, et il sera possible de trouver la vérité. Mais avant d'avoir trouvé la vérité il faudra penser à trouver le moyen que les gens se souviennent de son existence. De la vérité.

— Vous faites exprès de m'embrouiller ?

— Je pense que tant que Sasaki continuera à exister, pas mal de gens ne dormiront pas du meilleur sommeil. On a voulu en faire un bouc émissaire, ça l'a foutu en rogne, et ça a aussi foutu ses amis en rogne.

Crâne d'œuf le tança du doigt :

— Je croyais que vous étiez un type à peu près sensé, en fait vous êtes encore plus imbitable que le vieux Wu. Hé, la nouvelle de ce nouveau tir a carrément relégué à l'insignifiance le résultat de l'élection.

« Entre amis, Ai Li : j'arrive pas à piger pourquoi le Président vous a reçu.

— Sauf votre respect, monsieur le contrôleur, ça me ferait mal. Le superintendant Wu dit que vous êtes le flic le plus intelligent qu'il ait rencontré. Vous avez tout compris depuis longtemps, vous cherchez seulement confirmation.

— OK, je cherche confirmation.

— Le Président m'a dit que l'objectif de l'existence des lois n'est pas la vérité.

— Hein ? Alors c'est quoi ?

— C'est de pouvoir se persuader de son propre bon droit.

À l'extérieur de l'hôpital, les feux d'artifice zébraient le ciel. Wu, sa femme et son fils attendaient dans un couloir. Wu avait signé le document. Le docteur retira les tuyaux et, au bout d'une heure, vint leur rendre compte de la mort du vieux M. Wu.

Il n'avait pas eu besoin de lutter, il était parti tranquillement. Wu avait même cru entendre un long soupir de soulagement.

— Papa, c'est pour moi, à cause de ce que j'ai dit l'autre jour, que tu as accepté ?

— Ce n'est pas pour toi, c'est pour moi. La semaine prochaine, ta mère et moi avons rendez-vous aux bureaux de la Sécurité sociale pour signer notre ordre de ne pas nous réanimer.

— Rien ne presse…

— Fiston, c'est entre ta mère et moi, ça ne te regarde pas. Bon, allons chez grand-père, on va choisir la plus belle photo de lui comme image mortuaire.

— D'accord, on la mettra dans nos portables, pour que grand-père reste éternellement le plus beau dans nos cœurs.

— Mon image mortuaire, c'est moi qui la choisirai en avance. Je ne fais nullement confiance à tes goûts.

Il alluma la lumière dans l'appartement de son père. Ils examinèrent ensemble les photos aux murs. S'immobilisèrent devant une peinture à l'huile. Puis se retournèrent pour contempler la pièce.

Le tableau avait été peint par la mère de Wu avant sa mort. Après son départ à la retraite, elle avait pris dix ans de cours de peinture. Son mari laissait faire, mais trouvait que ce que peignait sa femme manquait de réalisme, n'avait pas d'intérêt. La scène : une pièce ; à gauche, une fenêtre ouverte, par laquelle entrait un soleil si vif qu'il écrasait la moitié du tableau, lui ôtant toute profondeur ; à droite, une chaise blanche et une petite table ovale sur laquelle étaient posés un livre, une fleur dans un vase, une paire de lunettes, une tasse de café. Et c'était tout. Grand-mère avait appelé ce tableau « Ma maison », s'était fait traiter de folle par grand-père : une maison, cela devait être plein de choses, sinon cela manquait de vie, de chaleur familiale.

Au cours des deux mois qui avaient précédé l'accident, chaque fois que Wu avait voulu venir voir son père chez lui, celui-ci avait refusé. Deux mois que le vieux monsieur avait passés à refaire son appartement. Il s'était débarrassé d'énormément de choses qu'il avait chéries, avait demandé aux ouvriers de changer une fenêtre, fait abattre la cloison d'une chambre pour agrandir le salon.

Wu, sa femme et son fils contemplaient les trois fenêtres

ouvertes, les murs uniformément blancs, la table ovale et la fleur et le livre et les lunettes et la tasse de café et la chaise blanche à haut dossier, et derrière la chaise, pendu au mur, le tablier à fleurs que mettait sa mère quand elle peignait.

Malheureusement, le soir était tombé. Il manquait le soleil.

Il manquait le soleil.

Note du traducteur : la transcription des termes chinois du roman

Ce roman se déroule en partie à Taïwan, avec des personnages taïwanais, donc de langue chinoise. La transcription des termes et noms chinois qui y figurent peut cependant s'avérer délicate, car le système *pinyin* habituellement utilisé pour les romans traduits du mandarin de Chine populaire est loin d'être universellement répandu à Taïwan, et soulève des questions non seulement *politiques*, mais aussi *affectives* très vives. Et ce, même s'il a été officiellement adopté au niveau gouvernemental en 2009, après des années de débat. Ainsi, l'immense majorité des Taïwanais, quand ils transcrivent leur nom en lettres latines, évitent résolument le *pinyin*. Par exemple, l'auteur transcrit son nom Chang Kuo-li, alors qu'en *pinyin* il serait écrit Zhang Guoli. Par ailleurs, la plupart des subdivisions administratives restent libres de leur choix et n'ont pas adopté le *pinyin* ; d'innombrables systèmes coexistent encore.

Nous avons donc décidé de coller au plus près des usages *réellement en vigueur* à Taïwan, par respect pour l'auteur et les personnages, tout en harmonisant quand c'était possible. Ce qui nous a conduit à faire les choix suivants :

— pour les noms les plus courants ou les noms « historiques », nous respectons la graphie en vigueur depuis toujours, même si elle n'est pas forcément « correcte » : Taïwan, Taipei, Keelung, Tamsui, Koxinga… ou Sun Yat-sen ou Tchang Kaï-chek (noms cantonais) ;

— pour la majorité des transcriptions des noms de personnages du roman (et quelques mots chinois et noms de lieux, hors Taipei), nous avons adopté le système le plus couramment utilisé à Taïwan : le système dit Wade-Giles simplifié (sans apostrophes). Quoique assez ancien, ce système présente cependant l'avantage, sur le *pinyin*, de représenter un peu plus « naturellement » la prononciation réelle des mots. Exemple : Hsü Huo-sheng pour le personnage 許活生, qui en *pinyin* s'écrirait Xu Huosheng ;

— pour les noms des rues et des districts de Taipei, où se déroule l'essentiel de l'action du roman sur Taïwan : Taipei est l'une des rares municipalités à avoir adopté, il y a quelques années, le système *pinyin* pour sa signalisation. Nous avons donc fait de même, pour permettre aux lecteurs de situer ces lieux sur un plan s'ils le désirent. Exemples : « rue Zhongxiao Est », « district de Jingshan ». Notons cependant que le nom de la ville elle-même, Taipei, n'a pas changé et s'écrit toujours Taipei, alors qu'il ne s'agit pas de *pinyin*.

DU MÊME AUTEUR

Aux Éditions Gallimard

LE SNIPER, SON WOK ET SON FUSIL, Série Noire, 2021 (Folio Policier n° 969)

Composition : Nord Compo
Achevé d'imprimer
sur Roto-Page
par l'Imprimerie Floch
à Mayenne, le 23 août 2022.
Dépôt légal : août 2022.
Numéro d'imprimeur : 100792.
ISBN 978-2-07-290613-8 / Imprimé en France.

370029